龙芯 1+X 认证
嵌入式边缘计算软硬件开发 1+X 认证教材
龙芯企业工程师认定参考用书

嵌入式边缘计算软硬件开发教程（高级）

——龙芯 2K1000 处理器应用开发

杨　黎　张　洋　主编

電子工業出版社
Publishing House of Electronics Industry
北京 · BEIJING

图书在版编目（CIP）数据

嵌入式边缘计算软硬件开发教程：高级：龙芯 2K1000 处理器应用开发 / 杨黎，张洋主编. —北京：电子工业出版社，2023.7

ISBN 978-7-121-45335-9

Ⅰ. ①嵌… Ⅱ. ①杨… ②张… Ⅲ. ①微处理器—系统开发—高等职业教育—教材 Ⅳ. ①TP332.2

中国国家版本馆 CIP 数据核字（2023）第 055607 号

责任编辑：魏建波
印　　刷：三河市华成印务有限公司
装　　订：三河市华成印务有限公司
出版发行：电子工业出版社
　　　　　北京市海淀区万寿路 173 信箱　邮编：100036
开　　本：787×1092　1/16　印张：19.75　字数：505.6 千字
版　　次：2023 年 7 月第 1 版
印　　次：2023 年 7 月第 1 次印刷
定　　价：59.00 元

凡所购买电子工业出版社图书有缺损问题，请向购买书店调换。若书店售缺，请与本社发行部联系，联系及邮购电话：（010）88254888，88258888。

质量投诉请发邮件至 zlts@phei.com.cn，盗版侵权举报请发邮件至 dbqq@phei.com.cn。

本书咨询联系方式：（010）88254609，hzh@phei.com.cn。

序 言

国产软硬件技术的发展离不开场景应用。

纵观信息产业的发展过程，可以很明显地看到，技术研发和技术应用是一个相辅相成的过程，Intel+Windows 体系、ARM+Android 体系等国外软硬件生态系统，在设计之初比当前国内的软硬件生态体系缺点更多、性能更差。但是在体系的配合下，能够针对用户的实际问题需求和应用场景有的放矢，用户在解决问题的过程中将成果反馈到生态体系中，使得已有的体系能够不断迭代成长，软硬件生态系统内的厂商和最终用户形成了围绕解决问题需求的信任，实现了生态系统的良性循环。

因此，发展正向设计的国产自主信息技术，离不开与应用场景相互促进、迭代的过程。国产软硬件技术的发展已经来到了下半场阶段，以龙芯为例，我们在 2001 年研发出了中国第一款自主设计的通用处理，历经二十余年的艰苦奋斗，龙芯处理器已经达到国际主流性能水平。但是，龙芯处理器为代表的国产软硬件技术在广泛场景的应用推广，取决于持续的技术场景用例、开发资料、辅导教程，这就是“功夫在诗外”。

为了让龙芯处理器从“能用”向“好用”迈进，龙芯成功申报了教育部 1+X 证书，成为嵌入式边缘计算软硬件开发职业技能等级认证的培训评价组织，并完成了学分银行互认，依托认证体系，开发了《嵌入式边缘计算软硬件开发考试教程》，为广大工程师、学生群体学习龙芯处理器的应用开发提供参考和指导。

目前，已经有 40 多所高职、职业本科和应用型本科高校引入了龙芯的 1+X 证书，这个数量每年还在不断增长。我们已经将龙芯的 1+X 证书列入了龙芯企业工程师开发认证计划，在未来的芯片销售过程中，招聘持有龙芯企业工程师认证的工程师的企业还可以获得龙芯提供的芯片折扣优惠政策，这样将会有越来越多的企业认可龙芯的 1+X 证书，愿意招聘持证学生和工程师。同时，我们的生态企业的工程师也要到建设了龙芯 1+X 证书的院校考试、培训，龙芯就成为了国产技术产教融合的桥梁。

作为一本面向 1+X 证书考试的教程，本书不仅涵盖了嵌入式边缘计算的软件和硬件方面的基础知识，更为重要的是，它为学习者提供了一条从理论到实践的完整学习路径。初级和中级认证面向龙芯的微处理器开发，高级认证面向龙芯的高性能嵌入式处理器开发，覆盖了裸机开发、RTOS 开发、Linux 开发的学习过程。

通过学习本书，学习者可以系统地了解和掌握嵌入式相关知识，同时还可以通过实际操作和实验，深入掌握开发技术，提升自己的实际操作能力。同时，本书的技术实现都是在龙芯处理器上实现的，充分体现了龙芯作为国产处理器的优势和特点。国产芯片设计与应用互相促进，我们相信本书的推出将会对龙芯的发展和国家信息安全的保障起到积极作用。

胡伟武

编委会名单

主　　编	杨　黎	深圳职业技术大学
	张　洋	重庆幼儿师范高等专科学校
副 主 编	杨琳芳	深圳市第一职业技术学校
	江　洋	山东药品食品职业学院
	徐　咏	河池学院
参编人员 （排名不分先后）	叶骐宁	龙芯中科技术股份有限公司
	汪永安	深圳市中微技术有限公司
	谌祖龙	深圳市中芯教育科技有限公司
	马中秋	黄冈职业技术学院
	王树森	济源职业技术学院
	张　洋	重庆幼儿师范高等专科学校
	江　洋	山东药品食品职业学院
	徐　咏	河池学院
	吴德文	厦门大学
	刘　涛	桂林电子科技大学
	邵　瑛	上海电子信息职业技术学院
	段　俐	武汉华夏理工学院
	王艳玲	桂林师范高等专科学校
	刘　勇	广东建设职业技术学院
	郭艳平	中山火炬职业技术学院
	张　青	南宁职业技术学院
	郑　强	烟台大学
	丁　犇	佛山职业技术学院
	韩慧敏	海南科技职业大学

目　录

第一篇　龙芯 2K1000 处理器快速入门

第 1 章　龙芯 2K1000 开发平台

1.1　龙芯教育派 2K1000 简介

龙芯教育派 2K1000 是基于龙芯 2K1000 处理器的软硬件全开源教育产品系龙芯中科技术股份有限公司出品的龙芯教育派超低成本入门开发板。龙芯 2K1000 处理器是面向网络安全领域及移动智能终端领域的双核处理器芯片。龙芯 2K1000 集成两个 GS264 处理器核，同频核算力相当于 Cortex A53 水准，以及集成了 PCIE2.0、SATA2.0、USB2.0、DVO、64 位 DDR2/3 等多种接口，可以满足中低端网络安全应用领域需求，并为其扩展应用提供相应接口，如图 1-1 所示。

图 1-1　龙芯教育派 2K1000

龙芯教育派 2K1000 主要特点为：

- 龙芯 2K1000 双核高性能低功耗处理器（2*GS264@1GHz）。

- 支持千兆网络传输。
- 2 个 USB2.0 接口，2 个 PCIE 扩展的 USB3.0 接口。
- 1 路 TTL UART 调试串口。
- 多路扩展 GPIO。
- 1 路 HDMI 视频输出接口。
- TYPE-C 供电。
- 搭载 Linux 桌面操作系统。

1.2 硬件资源与布局

1. 排针接口

龙芯教育派双排针上集成了不同的信号，双排针的规格为 2.54mm 2×30 pin，信号的定义如图 1-2 所示。

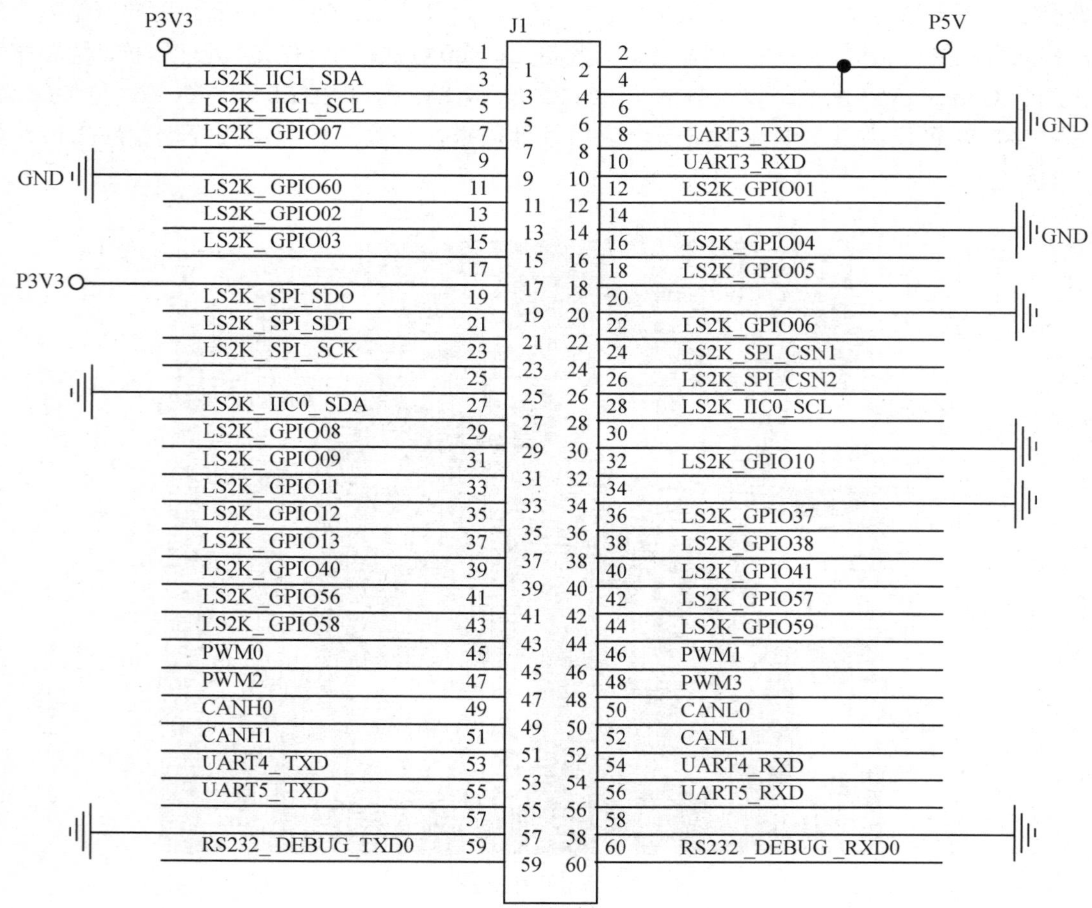

图 1-2 双排针信号定义

图 1-2 中各个信号的名称定义如表 1-1 所示。

表 1-1　排针信号名称

引脚号	信号定义	功能描述
1	P3V3	3.3V 电源
2	P5V	5V 电源
3	LS2K_IIC1_SDA	I2C1 数据线
4	P5V	5V 电源
5	LS2K_IIC1_SCL	I2C1 时钟线
6	GND	系统地
7	LS2K_GPIO07	GPIO7
8	UART3_TXD	2K UART3 的发送
9	GND	系统地
10	UART3_RXD	2K UART3 的接收
11	LS2K_GPIO60	GPIO60
12	LS2K_GPIO01	GPIO1
13	LS2K_GPIO02	GPIO2
14	GND	系统地
15	LS2K_GPIO03	GPIO3
16	LS2K_GPIO04	GPIO4
17	P3V3	3.3V 电源
18	LS2K_GPIO05	GPIO5
19	LS2K_SPI_SDO	2K SPI 的 MOSI
20	GND	系统地
21	LS2K_SPI_SDT	2K SPI 的 MISO
22	LS2K_GPIO06	GPIO6
23	LS2K_SPI_SCK	2K SPI 的时钟
24	LS2K_SPI_CSN1	2K SPI 的片选 1
25	GND	系统地
26	LS2K_SPI_CSN2	2K SPI 的片选 2
27	LS2K_IIC0_SDA	2K I2C0 的数据线
28	LS2K_IIC0_SCL	2K I2C0 的时钟线
29	LS2K_GPIO08	GPIO8
30	GND	系统地
31	LS2K_GPIO09	GPIO9
32	LS2K_GPIO10	GPIO10
33	LS2K_GPIO11	GPIO11
34	GND	系统地
35	LS2K_GPIO12	GPIO12
36	LS2K_GPIO37	GPIO37
37	LS2K_GPIO13	GPIO13

续表

引脚号	信号定义	功能描述
38	LS2K_GPIO38	GPIO38
39	LS2K_GPIO40	GPIO40
40	LS2K_GPIO41	GPIO41
41	LS2K_GPIO56	GPIO56
42	LS2K_GPIO57	GPIO57
43	LS2K_GPIO58	GPIO58
44	LS2K_GPIO59	GPIO59
45	PWM0	PWM0
46	PWM1	PWM1
47	PWM2	PWM2
48	PWM3	PWM3
49	CANH0	CAN0 总线的 H
50	CANL0	CAN0 总线的 L
51	CANH1	CAN1 总线的 H
52	CANL1	CAN1 总线的 L
53	UART4_TXD	2K UART4 的发送
54	UART4_RXD	2K UART4 的接收
55	UART5_TXD	2K UART5 的发送
56	UART5_RXD	2K UART5 的接收
57	GND	系统地
58	GND	系统地
59	RS232_DEBUG_TXD0	RS-232 调试串口的发送
60	RS232_DEBUG_RXD0	RS-232 调试串口的接收

2. EJTAG 接口

开发板的 EJTAG 接口从 CPU 引出，但并未焊接对外连接器。如需使用 EJTAG 接口进行调试，可以与销售人员联系对接。如果需要针对 Nor Flash 进行烧写，可以直接将板上的 Nor Flash 拆下再使用烧写器完成烧写。

3. M.2 接口

开发板的系统在出厂时已经烧录到 SSD 卡中，并且 SSD 卡已固定到板卡上，可以直接使用。用户也可以根据实际需求更换不同容量的 SSD 卡。SSD 卡的规格要求为 Key B-M，2242，SATA 协议，固定孔在中间。

4. 音频接口

开发板的音频接口集成了输入/输出的功能。采用的是 3.5mm 国标 4 段式的耳机插孔，用户将耳机插入耳机插孔即可实现音频的输入/输出。

5. HDMI 接口

开发板采用 HDMI TYPE-A 接口，用户只需要接上 HDMI 线和显示屏即可实现 HDM 的数据显示。

6. USB2.0

开发板采用双 USB2.0 接口的连接器，可插入具有 TYPE-A 接口的 USB 设备。

7. USB3.0

开发板采用双 USB3.0 接口的连接器，可插入具有 TYPE-A 接口的 USB 设备。

8. 网络接口

开发板集成了 1 路千兆自适应网络。采用 RJ-45 接口，用户在使用时将网线直接插入即可，网络使用前需要先配置网络的 IP 地址。

9. 复位按键

直接插入即可，网络使用前需要先配置网络的 IP 地址。

10. 调试接口

开发板的调试接口在双排针上，具体定义见通用接口处表格，用户在使用时需要将调试串口用杜邦线引出。

11. RTC 电池接口

开发板预留了 1 路 RTC 电池的接口。注意如果不接 RTC 电池，RTC 计时功能就不可用，如需使用此功能，用户需自行安装接线式的 3V 纽扣电池。RTC 电池接法如图 1-3 所示，用户使用时注意不要接反。

图 1-3　RTC 电池接法

12. 电源

开发板需采用 5V，电流至少达 2A，TYPE-C 接口的电源输入。注意，需使用支持快充的电源线。

13. 指示灯

开发板共有 2 个指示灯，分别是电源指示灯和复位指示灯。电源正常时电源指示灯亮。在手动复位时，按下按键，复位指示灯亮，松开后复位指示灯灭。

14. 网口指示灯

黄灯常亮、绿灯闪烁表明已建立网络连接且有数据传输。黄灯常亮、绿灯熄灭表明已建立网络连接但无数据传输。在无网线连接情况下，如果板卡已上电启动，两个指示灯会处于熄灭状态。

1.3 2K1000 处理器介绍

1.3.1 概述

龙芯 2K1000 处理器主要面向于网络应用，兼顾平板应用及工控领域应用。它采用 40nm 工艺，片内集成 2 个 GS264 处理器核，主频 1GHz，64 位 DDR3 控制器，以及各种系统 I/O 接口。

龙芯 2K1000 处理器的主要特征如下：

- 片内集成两个 64 位的双发射超标量 GS264 处理器核，主频 1GHz。
- 片内集成共享的 1MB 二级 Cache。
- 片内集成 GPU。
- 片内集成显示控制器，支持双路 DVO 显示。
- 片内集成 64 位 533MHz 的 DDR3 控制器。
- 片内集成 2 个 x4 PCIE2.0 接口；可以拆分为 6 个独立 x1 接口。
- 片内集成 1 个 SATA2.0 接口。
- 片内集成 4 个 USB2.0 接口。
- 片内集成 2 个 RGMII 千兆网接口。
- 片内集成 HDA/I2S 接口。
- 片内集成 RTC/HPET 模块。
- 片内集成 12 个 UART 控制器。
- 片内集成 1 个 NAND 控制器。
- 片内集成 2 个 CAN 控制器。
- 片内集成 1 个 SDIO 控制器。
- 片内集成 2 个 I2C 控制器。
- 片内集成 1 个 LIO 控制器。
- 片内集成 1 个温度传感器。

- 集成动态功耗控制模块。
- 采用 FC-BGA 封装。

1.3.2　芯片体系结构

龙芯 2K1000 的结构如图 1-4 所示。一级交叉开关连接两个处理器核、两个二级 Cache 及 I/O 子网络（Cache 访问路径）。二级交叉开关连接两个二级 Cache、内存控制器、启动模块（SPI 或者 LIO）及 I/O 子网络（Uncache 访问路径）。I/O 子网络连接一级交叉开关，以减少处理器访问延迟。I/O 子网络中包括需要 DMA 的模块（PCIE、GMAC、SATA、USB、HDA/I2S、NAND、SDIO、DC、GPU 和加解密模块）和不需要 DMA 的模块，需要 DMA 的模块可以通过 Cache 或者 Uncache 方式访问内存。

龙芯 2K1000 有大量的配置寄存器，多数分布于各个功能模块中，如需要配置寄存器地址，可查看龙芯官网上的龙芯 2K1000 处理器用户手册芯片配置寄存器部分。

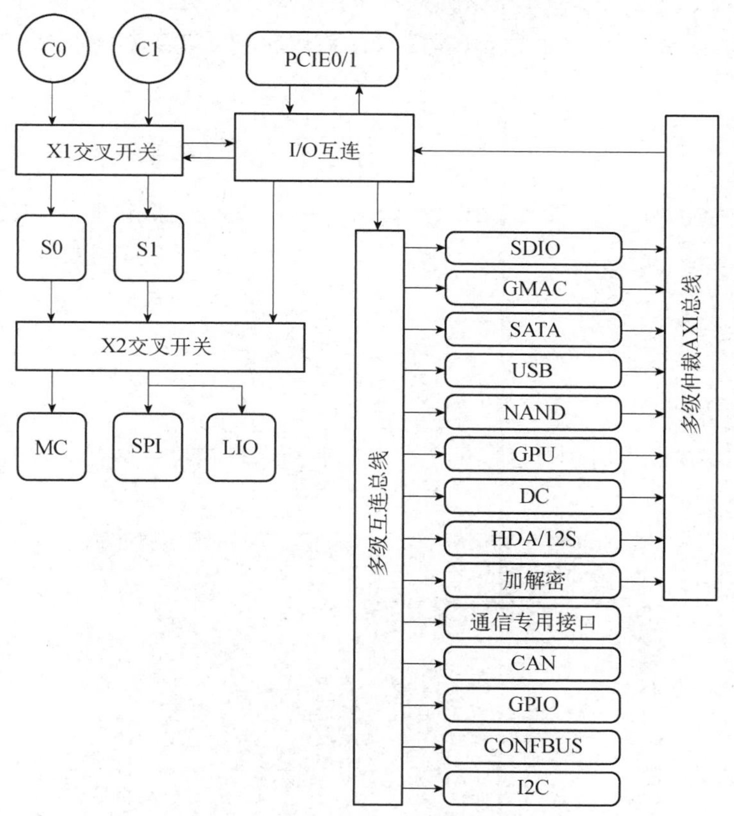

图 1-4　龙芯 2K1000 结构图

1.4　龙芯 2K1000 支持的 Linux 发行版

龙芯 2K1000 支持多个 Linux 系统：LoongBian、Loongnix、CentOS、SylixOS 多种操作系统平台，教育派预装 LoongBian 操作系统。

1. LoongBian 操作系统

LoongBian 采用的是基于 GTK2 的美观和国际化的桌面环境，分为精简版和完整版，完整版在精简版的基础上增加了常用的软件。

2. Loongnix 操作系统

Loongnix 操作系统是龙芯开源社区推出的 Linux 操作系统，作为龙芯软件生态建设的成果验证和展示环境，集成在内核、驱动、图形环境等操作系统基础设施方面的最新研发成果，以“源码开放、免费下载”的形式进行发布，可直接应用于日常办公、生产、生活等应用环境，同时可供合作厂商、科研机构及爱好者等在龙芯平台上研发其品牌软件或专用系统。用户想要获取最新的 Loongnix 操作系统，以及 PMON、内核、编译工具等基础软件，可以访问龙芯开源社区。

任务 1　龙芯 2K1000 开发平台测试

一、任务描述

连接龙芯 2K1000 的电源线、HDMI 显示线、鼠标、键盘，启动龙芯 2K1000 并登录用户进入桌面。

二、任务实施

第 1 步：上电开机

龙芯 2K1000 开发板使用 TYPE-C 供电，上电后指示灯亮起并伴有“滴”的一声提示音开始自动开机，如图 1-5 所示。

图 1-5　上电启动

第 2 步：连接显示器

龙芯 2K1000 提供 HDIM 视频输出接口，将其接入显示器的 HDIM 口。

第 3 步：用户登录

等系统初始化进入登录界面后，输入账号和密码。龙芯 2K1000 默认账户和密码，如表 1-2 所示。登录后的桌面如图 1-6 所示。

表 1-2　登录账户与密码

默认账户	默认密码
loongson	loongson
root	loongson

图 1-6　龙芯教育派桌面

第 2 章 Linux 系统基本操作

2.1 Linux 的系统目录树

整个 Linux 系统最重要的地方就是其采用目录树架构，系统目录树如图 2-1 所示。目录树就是以根目录为主，然后向下呈现分支状的目录结构的一种档案架构，系统目录树中的系统目录文件如表 2-1 所示。

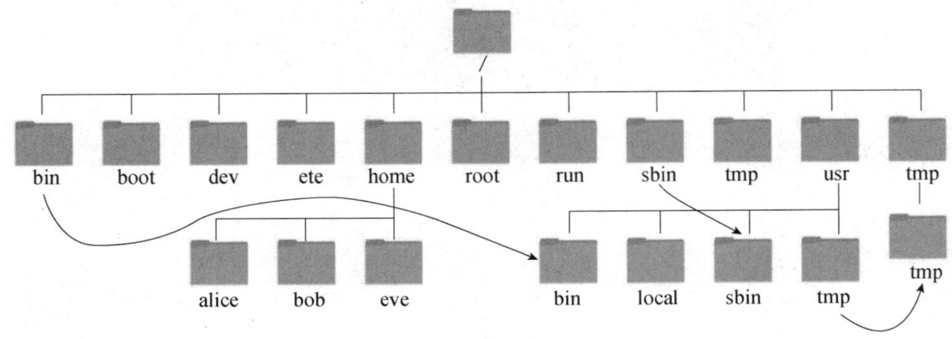

图 2-1 系统目录树

表 2-1 系统目录文件

目 录 名	描 述
/	根目录，一般根目录下只存放目录，不要存放文件。/etc、/bin、/dev、/lib、/sbin 应该和根目录放置在一个分区中
/bin	存放系统中最常用的二进制可执行文件（二进制文件）。基础系统所需要的那些命令位于此目录中，也是最小系统所需要的命令，例如，ls、cp、mkdir 等命令。功能和/usr/bin 类似，这个目录中的文件都是可执行的，普通用户都可以使用命令
/boot	存放 Linux 内核和系统启动文件，包括 Grub、lilo 启动程序
/dev	存放所有设备文件，包括硬盘、分区、键盘、鼠标、USB 等
/etc	存放系统所有配置文件，例如，passwd 用于存放用户账户信息，hostname 用于存放主机名等。/etc/fstab 是用于开机自动挂载一些分区的，在里面写入一些分区信息，就能实现开机挂载分区
/home	用户目录的默认位置
/initrd	存放启动时挂载 initrd.img 映像文件的目录，以及载入所需设备模块的目录
/lib	存放共享的库文件，包含许多被/bin 和/sbin 中程序使用的库文件

续表

目录名	描述
/lost+found	在 ext2 或者 ext3 文件系统中，当系统意外崩溃或者计算机意外关机，而产生的一些文件碎片存放在这里。当系统启动的过程中 fsck 工具会检查这里，并修复已经损坏的文件系统。有时系统发生问题，有很多的文件被移动到这个目录中，可以用手工的方式来修复或移动到文件的原位置上
/media	即插即用型设备的挂载点自动在这个目录下创建。例如，USB 自动挂载后会在这个目录下产生一个目录；CDROM/DVD 自动挂载后，也会在这个目录中创建一个目录，存放临时读入的文件
/mnt	此目录通常用于作为被挂载的文件系统的挂载点
/proc	存放所有标识为文件的进程，它们是通过进程号或其他的系统动态信息进行标识的。例如，CPU、硬盘分区、内存信息等存放在这里
/opt	作为可选文件和程序的存放目录。有些软件包也会被安装在这里，也就是自定义软件包；有些用户自己编译的软件包，就可以安装在这个目录中
/root	根用户（超级用户）的主目录
/sbin	大多是涉及系统管理的命令的存放地，也是超级权限用户 root 的可执行命令存放地。普通用户无权限执行这个目录下的命令，这个目录和/usr/sbin、/usr/X11R6/sbin 或/usr/local/sbin 目录是相似的。注意，凡是目录 sbin 中包含的都是必须具有 root 权限才能执行的
/srv	存放系统所提供的服务数据
/sys	系统设备组织或层次结构，并向用户提供详细的内核数据信息
/tmp	临时文件目录，有时用户运行程序时，会产生临时文件。/var/tmp 目录和这个目录相似
/usr	存放与系统用户直接相关的文件和目录，如应用程序及支出系统的库文件
/var	存放长度可变的文件，例如，日志文件和打印机文件

2.2 Linux 软件包管理

大多数 UNIX 操作系统都提供了一个集中的软件包管理机制，以帮助用户搜索、安装和管理软件。而软件通常以“包”的形式存储在仓库“repository”中，对软件包的使用和管理被称为包管理。而 Linux 包的基本组成部分通常有共享库、应用程序、服务和文档。

包管理通常不仅限于软件的一次性安装，还包括了对已安装软件包进行升级的工具。“包仓库”有助于确保代码已经在你使用的系统上进行了审核，并由软件开发者或包维护者进行管理。

在配置 Linux 服务器或开发环境时，通常不仅限于使用官方源。相对于如今软件版本快速更新迭代而言，虽然官方发布的稳定版软件包可能已过时，但对于系统管理员和开发人员来说，掌握常见 Linux 包管理基本操作还是一项必备的常用技能。

Debian 及其衍生产品如 Ubuntu、Linux Mint 和 Raspbian 的包格式为.deb 文件，apt 是最常见包操作命令，可搜索库、安装包及其依赖和管理升级。而要直接安装现成.deb 包时需要使用 dpkg 命令。

Linux 默认使用外国源，由于外国源下载慢，经常下载中断导致失败，所以要更改一下源。我们只要更改/etc/apt/sources.list 文件就可以，最好备份一下原来文件，执行命令为

```
cp /etc/apt/sources.list  /etc/apt/sources.list.bak
```

更改原来文件内容代码为

```
deb http://mirrors.aliyun.com/debian/ buster main non-free contrib
deb http://mirrors.aliyun.com/debian/ buster-updates main non-free contrib
deb http://mirrors.aliyun.com/debian/ buster-backports main non-free contrib
deb http://mirrors.aliyun.com/debian-security/ buster/updates main non-free contrib
deb-src http://mirrors.aliyun.com/debian/ buster main non-free contrib
deb-src http://mirrors.aliyun.com/debian/ buster-updates main non-free contrib
deb-src http://mirrors.aliyun.com/debian/ buster-backports main non-free contrib
deb-src http://mirrors.aliyun.com/debian-security/ buster/updates main non-free contrib
deb https://mirrors.teach.com.cn/loongbian-experimental buster main
deb http://ftp.de.debian.org/debian stretch main non-free
deb-src http://ftp.de.debian.org/debian stretch main non-free
```

更改完了配置文件，接下来更新一下本地源

```
apt-get update
```

apt apt-get 常用命令如表 2-2 所示。

表 2-2　apt apt-get 常用命令

apt 命令	取代的命令	命令的功能
apt install	apt-get install	安装软件包
apt remove	apt-get remove	移除软件包
apt purge	apt-get purge	移除软件包及配置文件
apt update	apt-get update	刷新存储库索引
apt upgrade	apt-get upgrade	升级所有可升级的软件包
apt autoremove	apt-get autoremove	自动删除不需要的包
apt full-upgrade	apt-get dist-upgrade	升级软件包时自动处理依赖关系
apt search	apt-cache search	搜索应用程序
apt show	apt-cache show	显示装细节
apt list	列出包含条件的包（已安装，可升级等）	
apt edit-sources	编辑源列表	

2.3　Linux 远程登录

1. 安装远程连接服务 SSH

Linux 中 SSH 是非常常用的工具，通过 SSH 客户端我们可以连接到 SSH 服务器，可以通过 ssh 命令远程控制计算机或者服务器。SSH 协议的优点是数据传输是加密的，可以防止信息泄露，而且数据是压缩后进行传输的，可以提高传输速度。

安装指令为

```
apt-get -y install ssh
```

2. 安装远程桌面服务 xrdp

xrdp 是一个开源工具，允许用户通过 Windows RDP 访问 Linux 远程桌面。除了 Windows RDP 之外，xrdp 工具还接收来自其他 RDP 客户端的连接，如 FreeRDP、rdesktop 和 NeutrinoRDP。xrdp 现在还支持 TLS 安全层。

安装指令为

```
apt-get -y install xrdp
```

2.4 Linux 文件与磁盘管理

Linux 磁盘管理常用的三个命令为 df、du 和 fdisk。

- df（英文全称：disk full）：列出文件系统的整体磁盘使用量。
- du（英文全称：disk used）：检查磁盘空间的使用量。
- fdisk：用于磁盘分区。

1. df 命令

df 命令参数功能：检查文件系统的磁盘空间占用情况。可以利用该命令来获取硬盘被占用了多少空间，目前还剩下多少空间等信息。

语法：

```
df [-ahikHTm] [目录或文件名]
```

选项与参数：

- -a：列出所有的文件系统，包括系统特有的 /proc 等文件系统。
- -h：以人们较易阅读的 GBytes、MBytes、KBytes 等格式自行显示。
- -i：不用硬盘容量，而以 inode 的数量来显示。
- -k：以 KBytes 的容量显示各文件系统。
- -H：以 M=1000K 取代 M=1024K 的进位方式。
- -T：显示文件系统类型，连同该 partition 的 filesystem 名称（如 ext3）也列出。
- -m：以 MBytes 的容量显示各文件系统。

【实例 2-1】将系统内所有的文件系统列出来。

```
[root@www ~]# df
Filesystem      1K-blocks      Used Available Use% Mounted on
/dev/hdc2         9920624   3823112   5585444  41% /
/dev/hdc3         4956316    141376   4559108   4% /home
/dev/hdc1          101086     11126     84741  12% /boot
tmpfs              371332         0    371332   0% /dev/shm
```

在 Linux 底下如果 df 没有加任何选项，那么默认会将系统内所有的占用情况（不含特殊内存内的文件系统与 swap）以 1 KBytes 的容量来列出来。

【实例 2-2】将容量结果以易读的容量格式显示出来。

```
[root@www ~]# df -h
Filesystem            Size  Used Avail Use% Mounted on
/dev/hdc2             9.5G  3.7G  5.4G  41% /
/dev/hdc3             4.8G  139M  4.4G   4% /home
/dev/hdc1              99M   11M   83M  12% /boot
tmpfs                363M     0  363M   0% /dev/shm
```

2. du 命令

du 命令也是用于查看使用空间的，但是与 df 命令不同的是，du 命令用于对文件和目录磁盘使用空间的查看。

语法：

```
du [-ahskm] 文件或目录名称
```

选项与参数：

- -a：列出所有的文件与目录容量，默认仅统计目录底下的文件量。
- -h：以较易读的容量格式（G/M）显示。
- -s：列出容量总量，而不列出每个目录占用容量。
- -S：不包括子目录下的总计，与 -s 有点差别。
- -k：以 KBytes 列出容量显示。
- -m：以 MBytes 列出容量显示。

【实例 2-3】只列出当前目录下的所有文件夹容量（包括隐藏文件夹）。

```
[root@www ~]# du
8       ./test4      <==每个目录都会列出来
8       ./test2
....中间省略....
12      ./.gconfd    <==包括隐藏文件的目录
220     .           <==这个目录(.)所占用的总量
```

直接输入 du 没有加任何选项时，则 du 会分析当前所在目录里的子目录所占用的硬盘空间。

【实例 2-4】将文件的容量也列出来。

```
[root@www ~]# du -a
12      ./install.log.syslog   <==有文件的列表了
8       ./.bash_logout
8       ./test4
8       ./test2
....中间省略....
12      ./.gconfd
220     .
```

3. fdisk 命令

fdisk 是 Linux 的磁盘分区表操作工具。

语法：

```
fdisk[-l]装置名称
```

选项与参数：

-l：输出后面接的装置中所有的分区内容。若仅有 fdisk -l 时，则系统将会把整个系统内能够搜寻到的装置分区均列出来。

【实例 2-5】列出所有分区信息。

```
[root@AY120919111755c246621 tmp]# fdisk -l

Disk /dev/xvda: 21.5 GB, 21474836480 bytes
255 heads, 63 sectors/track, 2610 cylinders
Units = cylinders of 16065 * 512 = 8225280 bytes
Sector size (logical/physical): 512 bytes / 512 bytes
I/O size (minimum/optimal): 512 bytes / 512 bytes
Disk identifier: 0x00000000

Device Boot      Start         End      Blocks   Id  System
/dev/xvda1   *           1        2550    20480000   83  Linux
/dev/xvda2            2550        2611      490496   82  Linux swap / Solaris
```

【实例 2-6】找出系统中的根目录所在磁盘，并查阅该硬盘内的相关信息。

```
[root@www ~]# df /            <==注意：重点在找出磁盘文件名而已
Filesystem           1K-blocks      Used Available Use% Mounted on
/dev/hdc2              9920624   3823168   5585388  41% /

[root@www ~]# fdisk /dev/hdc  <==仔细看，不要加上数字喔！
The number of cylinders for this disk is set to 5005.
There is nothing wrong with that, but this is larger than 1024,
and could in certain setups cause problems with:
1) software that runs at boot time (e.g., old versions of LILO)
2) booting and partitioning software from other OSs
   (e.g., DOS FDISK, OS/2 FDISK)
Command (m for help):     <==等待你的输入！输入 m 后，就会看到底下这些命令介绍。
Command (m for help): m
   a   toggle a bootable flag
   b   edit bsd disklabel
   c   toggle the dos compatibility flag
   d   delete a partition          <==删除一个 partition
   l   list known partition types
   m   print this menu
   n   add a new partition         <==新增一个 partition
   o   create a new empty DOS partition table
   p   print the partition table    <==在屏幕上显示分割表
   q   quit without saving changes   <==不储存离开 fdisk 程序
   s   create a new empty Sun disklabel
   t   change a partition's system id
   u   change display/entry units
   v   verify the partition table
   w   write table to disk and exit  <==将刚刚的动作写入分割表
   x   extra functionality (experts only)
```

离开 fdisk 程序时按下 Q 键，那么所有的动作都不会生效。相反地，按下 W 键则动作生效。

```
Command (m for help): p  <== 这里可以输出目前磁盘的状态
Disk /dev/hdc: 41.1 GB, 41174138880 bytes      <==这个磁盘的文件名与容量
255 heads, 63 sectors/track, 5005 cylinders     <==磁头、扇区与磁柱大小
Units = cylinders of 16065 * 512 = 8225280 bytes <==每个磁柱的大小

   Device Boot      Start         End      Blocks   Id  System
/dev/hdc1   *           1          13      104391   83  Linux
/dev/hdc2              14        1288    10241437+  83  Linux
/dev/hdc3            1289        1925     5116702+  83  Linux
/dev/hdc4            1926        5005    24740100    5  Extended
/dev/hdc5            1926        2052     1020096   82  Linux swap / Solaris
# 装置文件名 启动区否 开始磁柱     结束磁柱   1K 大小容量 磁盘分区槽内的系统
Command (m for help): q
```

输入 p 可以列出目前这颗磁盘的分割表信息，这个信息的上半部显示整体磁盘的状态。

2.5 GCC 编译器使用

2.5.1 GCC 编译器简介

GCC 是以 GPL 许可证所发行的自由软件，也是 GNU 计划的关键部分。GCC 的初衷是为 GNU 操作系统专门编写一款编译器，现已被大多数类 UNIX 操作系统（如 Linux、BSD、macOS X 等）采纳为标准的编译器，甚至在微软的 Windows 上也可以使用 GCC。GCC 支持多种计算机体系结构芯片，如 X86、ARM、MIPS 等，并已被移植到其他多种硬件平台。

GCC 原名为 GNU C 语言编译器（GNU C Compiler），只能处理 C 语言。但其很快加以扩展，变得可处理 C++，后来又扩展为能够支持更多编程语言，如 FORTRAN、Pascal、Objective-C、Java、Ada、Go 及各类处理器架构上的汇编语言等，所以改名为 GNU 编译器套件（GNU Compiler Collection）。

2.5.2 基本用法

在使用 GCC 编译器时，我们必须给出一系列必要的调用参数和文件名称。GCC 编译器的调用参数大约有 100 多个，这里只介绍其中最基本、最常用的参数，具体可参考 GCC Manual。

GCC 最基本的用法是：gcc [options] [filenames]

其中，options 就是编译器所需要的参数，filenames 用于给出相关的文件名称。

-c，只编译，不链接成为可执行文件，编译器只是将输入的以.c 等为后缀的源代码文件生成以.o 为后缀的目标文件，通常用于编译不包含主程序的子程序文件。

-o output_filename，确定输出文件的名称为 output_filename，同时这个名称不能和源文件同名。如果不给出这个选项，GCC 就给出预设的可执行文件 a.out。

-g，产生符号调试工具（GNU 的 gdb）所必需的符号资讯，要想对源代码进行调试，我们

就必须加入这个选项。

-O，对程序进行优化编译、链接，采用这个选项，整个源代码会在编译、链接过程中进行优化处理，这样产生的可执行文件的执行效率可以提高，但是编译、链接的速度就相应地要慢一些。

-O2，比-O 具有更好的优化编译、链接，当然整个编译、链接过程会很慢。

-Idirname，将 dirname 所指出的目录加入到程序头文件目录列表中，是在预编译过程中使用的参数。C 程序中的头文件包含两种情况：

A）#include <myinc.h>

B）#include "myinc.h"

其中，A 类文件使用尖括号（<>），B 类文件使用双引号（" "）。对于 A 类文件，预处理程序 cpp 在系统预设包含文件目录（如/usr/include）中搜寻相应的文件，而 B 类文件，预处理程序在目标文件的文件夹内搜索相应文件。

-v gcc 列出程序执行时执行的详细过程、gcc 及其相关程序的版本号。

原版 gcc manual 该选项英文解释为

Print （on standard error output） the commands executed to run the stages of compilation. Also print the version number of the compiler driver program and of the preprocessor and the compiler proper.

编译程序时加上该选项可以看到 gcc 搜索头文件/库文件时使用的搜索路径。

任务 2　Linux 常用命令操作

一、任务描述

在龙芯 2K1000 上，通过终端使用 Linux 的常用命令，熟悉 Linux 的基本操作。

二、任务实施

第 1 步：ls 命令

ls 就是 list 的缩写，通过 ls 命令不仅可以查看 Linux 文件夹包含的文件，而且可以查看文件权限（包括目录、文件夹、文件权限）、目录信息等。

常用参数搭配为

```
ls -a 列出目录所有文件，包含以.开始的隐藏文件
ls -A 列出除.及..的其他文件
ls -r 反序排列
ls -t 以文件修改时间排序
ls -S 以文件大小排序
ls -h 以易读大小显示
ls -l 除了文件名之外，还将文件的权限、所有者、文件大小等信息详细列出来
```

实例：

（1）以易读方式按时间反序排序，并显示文件详细信息。

```
ls -lhrt
```

（2）按大小反序显示文件详细信息。

```
ls -lrS
```

（3）列出当前目录中所有以"t"开头的目录的详细内容。

```
ls -l t*
```

（4）列出文件的绝对路径（不包含隐藏文件）。

```
ls | sed "s:^:`pwd`/:"
```

（5）列出文件的绝对路径（包含隐藏文件）。

```
find $pwd -maxdepth 1 | xargs ls -ld
```

第 2 步：cd 命令

cd(changeDirectory) 命令语法为

```
cd [目录名]
```

说明：切换当前目录至 dirName。

实例：

（1）进入目录。

```
cd /
```

（2）进入 "home" 目录。

```
cd ~
```

（3）进入上一次工作路径。

```
cd -
```

第 3 步：pwd 命令

pwd 命令用于查看当前工作目录路径。

实例：

（1）查看当前工作目录路径。

```
pwd
```

（2）查看软链接的实际路径。

```
pwd -P
```

第 4 步：mkdir 命令

mkdir 命令用于创建文件夹。

-m：对新建目录设置存取权限，也可以用 chmod 命令设置。

-p：可以是一个路径名称。此时若路径中的某些目录尚不存在，加上此选项后，系统将自动建好那些尚不存在的目录，即一次可以建立多个目录。

实例：

（1）当前工作目录下创建名为 t 的文件夹。

```
mkdir t
```

（2）在 tmp 目录下创建路径为 test/t1/t 的目录，若不存在，则创建。

```
mkdir -p /tmp/test/t1/t
```

第 5 步：rm 命令

删除一个目录中的一个或多个文件或目录，如果没有使用 -r 选项，则 rm 不会删除目录。如果使用 rm 来删除文件，通常仍可以将该文件恢复原状。

```
rm [选项] 文件…
```

实例：

（1）删除任何以.log 为后缀的文件，删除前逐一询问确认。

```
rm -i *.log
```

（2）删除 test 子目录及子目录中所有档案，并且不用一一确认。

```
rm -rf test
```

（3）删除以 -f 开头的文件。

```
rm -- -f*
```

第 6 步：mv 命令

移动文件或修改文件名，根据第二个参数类型来决定操作类型（如为目录，则移动文件；如为文件则修改该文件名）。

当第二个参数为目录时，第一个参数可以是多个以空格分隔的文件或目录，然后移动第一个参数指定的多个文件到第二个参数指定的目录中。

实例：

（1）将文件 test.log 重命名为 test1.txt。

```
mv test.log test1.txt
```

（2）将文件 log1.txt、log2.txt、log3.txt 移动到 test3 根目录中。

```
mv log1.txt log2.txt log3.txt /test3
```

（3）将文件 log1.txt 改名为 log2.txt，如果 log2.txt 已经存在，则询问是否覆盖。

```
mv -i log1.txt log2.txt
```

（4）移动当前文件夹下的所有文件到上一级目录。

```
mv * ../
```

第 7 步：cp 命令

将源文件复制至目标文件，或将多个源文件复制至目标目录。

注意：如果目标文件已经存在会提示是否覆盖，而在 shell 脚本中，如果不加 -i 参数，则不会提示，而是直接覆盖！

-i：会提示是否覆盖文件。

-r：复制目录及目录内所有项目。

-a：复制的文件与原文件时间一样。

实例：

（1）复制 a.txt 到 test 目录下，保持原文件时间，如果原文件存在则提示是否覆盖。

```
cp -ai a.txt test
```

（2）为 a.txt 建立一个链接（快捷方式）。

```
cp -s a.txt link_a.txt
```

第 8 步：cat 命令

cat 主要有以下三大功能。

（1）一次显示整个文件。

```
cat filename
```

（2）从键盘创建一个文件。

```
cat > filename
```

注意：此操作只能创建新文件，不能编辑已有文件。

（3）将几个文件合并为一个文件。

```
cat file1 file2 > file
```

-b：对非空行输出行号。

-n：输出所有行号。

实例：

（1）把 log2012.log 的文件内容加上行号后输入 log2013.log 这个文件里。

```
cat -n log2012.log log2013.log
```

（2）把 log2012.log 和 log2013.log 的文件内容加上行号（空白行不加）之后将内容附加到 log.log 里。

```
cat -b log2012.log log2013.log log.log
```

（3）使用 here doc 生成新文件。

```
cat >log.txt <<EOF>Hello>World>PWD=$(pwd)>EOF
ls -l log.txt
cat log.txtHelloWorld
PWD=/opt/soft/test
```

（4）反向列示。

```
tac log.txt
PWD=/opt/soft/testWorldHello
```

第 9 步：which 命令

当要查找某个文件，但不知道放在哪里时，可以使用下面的一些命令来搜索：

```
which      查看可执行文件的位置。
whereis    查看文件的位置。
locate     配合数据库查看文件位置。
find       实际搜索硬盘查询文件名称。
```

which 用于在指定的路径中，搜索某个系统命令的位置，并返回第一个搜索结果。使用 which 命令，可以看到某个系统命令是否存在，以及执行的到底是哪一个位置的命令。常用参数为：

```
-n   指定文件名长度，指定的长度必须大于或等于所有文件中最长的文件名。
```

实例：

（1）查看 ls 命令是否存在。

```
which ls
```

（2）查看 which 命令。

```
which which
```

（3）查看 cd 命令。

```
which cd（结果显示不存在，因为 cd 是内置命令，而 which 查找的是 PATH 中的命令）
```

查看当前 PATH 配置：

```
echo $PATH
```

或使用 env 命令查看所有环境变量及对应值。

第 10 步：whereis 命令

whereis 命令只能用于程序名的搜索，而且只搜索二进制文件（参数-b）、说明文件（参数-m）和源代码文件（参数-s）。如果省略参数，则返回所有信息。whereis 及 locate 都是基于系统内置的数据库进行搜索的，因此效率很高，而 find 则遍历硬盘查找文件。whereis 常用参数有

```
-b   定位二制进文件（也称可执行文件）。
-m   定位说明文件（也称帮助文件）。
-s   定位源代码文件。
-u   搜索默认路径下除二制进文件、源代码文件、说明文件以外的其他文件。
```

实例：

（1）查找 locate 程序相关文件。

```
whereis locate
```

（2）查找 locate 的源代码文件。

```
whereis -s locate
```

（3）查找 lcoate 的说明文件。

```
whereis -m locate
```

第 11 步：find 命令

find 命令用于在文件树中查找文件，并做出相应的处理，命令格式为：

```
find pathname -options [-print -exec -ok ...]
```

参数：

pathname：find 命令所查找的目录路径。例如，用.来表示当前目录，用/来表示系统根目录。

-print：find 命令将匹配的文件标准输出。

-exec：find 命令对匹配的文件执行该参数所给出的 shell 命令。相应命令的形式为'command' { } \;，注意{ }和\;之间的空格。

-ok：和-exec 的作用相同，只不过以一种更为安全的模式来执行该参数所给出的 shell 命令，在执行每一个命令之前，都会给出提示，让用户来确定是否执行。

命令选项有：

-name：按照文件名查找文件。

-perm：按文件权限查找文件。

-user：按文件属主查找文件。

-group：按照文件所属的组来查找文件。

-type：查找某一类型的文件，诸如 b—块设备文件、d—目录、c—字符设备文件、l—符号链接文件、p—管道文件、f—普通文件。

-size n :[c]：查找文件长度为 n*块文件，带有 c 时表示文件字节大小。

-amin n：查找系统中最后 n 分钟访问的文件。

-atime n：查找系统中最后 n*24 小时访问的文件。

-cmin n：查找系统中最后 n 分钟被改变文件状态的文件。

-ctime n：查找系统中最后 n*24 小时被改变文件状态的文件。

-mmin n：查找系统中最后 n 分钟被改变文件数据的文件。

-mtime n：查找系统中最后 n*24 小时被改变文件数据的文件（用减号“-”来限定更改时间在距今 n 日以内的文件，而用加号“+”来限定更改时间在距今 n 日以前的文件）。

-maxdepth n：最大查找目录深度。

-prune：用于指出需要忽略的目录。在使用-prune 选项时要当心，因为如果同时使用了-depth 选项，那么-prune 选项就会被 find 命令忽略。

-newer：如果希望查找更改时间比某个文件新但比另一个文件旧的所有文件，可以使用-newer 选项。

*：注：为了保持前后一致，此处字母采用正体处理，下同。

实例：

（1）查找 48 小时内修改过的文件。

```
find -atime -2
```

（2）在当前目录查找以 .log 结尾的文件，其中 . 代表当前目录。

```
find ./ -name '*.log'
```

（3）查找 /opt 目录下权限为 777 的文件。

```
find /opt -perm 777
```

（4）查找长度大于 1000 的文件。

```
find -size +1000c
```

查找长度等于 1000 字符的文件。

```
find -size 1000c
```

（5）在当前目录中查找更改时间在 10 日以前的文件并删除它们（无提醒）。

```
find . -type f -mtime +10 -exec rm -f {} \;
```

-exec 参数后面跟的是 command 命令，它是以“;”为结束标志的，所以该命令后面的分号是不可缺少的，考虑到各个系统中分号会有不同的意义，所以前面要加反斜杠。{} 花括号代表前面 find 查找出来的文件名。

（6）在当前目录中查找所有文件名以.log 结尾、更改时间在 5 日以上的文件，并删除它们，只不过在删除之前先给出提示。按 y 键删除文件，按 n 键不删除。

```
find . -name '*.log' mtime +5 -ok -exec rm {} \;
```

（7）在当前目录下查找文件名以 passwd 开头，内容包含 "pkg" 字符的文件。

```
find . -f -name 'passwd*' -exec grep "pkg" {} \;
```

（8）用 exec 选项执行 cp 命令。

```
find . -name '*.log' -exec cp {} test3 \;
```

（9）查找当前目录下每个普通文件，然后使用 xargs 来判断文件类型。

```
find . -type f -print | xargs file
```

-xargs find 命令把匹配到的文件传递给 xargs 命令，而 xargs 命令每次只获取一部分文件而不是全部，不像 -exec 选项那样。这样它可以先处理最先获取的一部分文件，然后获取下一批，并如此继续下去。

（10）查找当前目录下所有以 js 结尾的并且其中包含 'editor' 字符的普通文件。

```
find . -type f -name "*.js" -exec grep -lF 'ueditor' {} \;
find -type f -name '*.js' | xargs grep -lF 'editor'
```

（11）利用 xargs 执行 mv 命令。

```
find . -name "*.log" | xargs -i mv {} test4
```

（12）用 grep 命令在当前目录下的所有普通文件中搜索 hostnames 这个词，并标出所在行。

```
find . -name \*(转义) -type f -print | xargs grep -n 'hostnames'
```

（13）查找当前目录中以一个小写字母开头，最后是 4 到 9 加上 .log 结束的文件。

```
find . -name '[a-z]*[4-9].log' -print
```

（14）在 test 目录中查找，不在 test4 子目录中查找。

```
find test -path 'test/test4' -prune -o -print
```

（15）查找更改时间比文件 log2012.log 新但比文件 log2017.log 旧的文件。

```
find -newer log2012.log ! -newer log2017.log
```

depth 选项：depth 选项可以使 find 命令在向磁盘上备份文件系统时，首先备份所有的文件，再备份子目录中的文件。

实例：find 命令从文件系统的根目录开始，查找一个名为 CON.FILE 的文件。它将首先匹配所有的文件，然后进入子目录中查找。

```
find / -name "CON.FILE" -depth -print
```

第 12 步：chmod 命令

chmod 命令用于改变 Linux 系统文件或目录的访问权限，可以用它控制文件或目录的访问权限。该命令有两种用法：一种是包含字母和操作符表达式的文字设定法；另一种是包含数字的数字设定法。

每个文件或目录的访问权限都有三组，每组用三位表示，分别为文件属主的读、写和执行权限；与属主同组的用户的读、写和执行权限；系统中其他用户的读、写和执行权限。可使用 ls -l test.txt 查找，以文件 log2012.log 为例：

```
-rw-r--r-- 1 root root 296K 11-13 06:03 log2012.log
```

第一列共有 10 个位置，第一个字符指定了文件类型。在通常意义上，一个目录也是一个文件。如果第一个字符是横线，表示一个非目录的文件。如果是 d，表示一个目录。从第二个字符开始到第十个字符共 9 个字符，3 个字符一组，分别表示 3 组用户对文件或者目录的权限。权限字符用横线代表空许可，r 代表只读，w 代表写，x 代表可执行。

常用参数为：

-c：当发生改变时，报告处理信息。

-R：处理指定目录及其子目录下的所有文件。

权限范围为：

u：目录或者文件的当前用户。

g：目录或者文件的当前群组。

o：除了目录或者文件的当前用户或群组之外的用户或者群组。

a：所有的用户及群组。

权限代号为：

r：读权限，用数字 4 表示。

w：写权限，用数字 2 表示。

x：执行权限，用数字 1 表示。

-：删除权限，用数字 0 表示。

s：特殊权限。

实例：

（1）增加文件 t.log 所有用户可执行权限。

```
chmod a+x t.log
```

（2）撤销原来所有的权限，然后使拥有者具有可读权限，并输出处理信息。

```
chmod u=r t.log -c
```

（3）给 t.log 文件的属主分配读、写、执行的权限，给 t.log 文件的所在组分配读、执行的权限，给其他用户分配执行的权限。

```
chmod 751 t.log -c（或者：chmod u=rwx,g=rx,o=x t.log -c)
```

（4）将 test 目录及其子目录所有文件添加可读权限。

```
chmod u+r,g+r,o+r -R text/ -c
```

第 13 步：tar 命令

tar 命令用来压缩和解压文件。tar 本身不具有压缩功能，只具有打包功能，有关压缩及解压是通过调用其他的功能来完成的。

这里要弄清两个概念：打包和压缩。打包是指将一大堆文件或目录变成一个总的文件；压缩则是将一个大的文件通过一些压缩算法变成一个小文件。

常用参数：

-c：建立新的压缩文件。

-f：指定压缩文件。

-r：添加文件到已经压缩的文件包中。

-u：添加修改了的和现有的文件到压缩包中。

-x：从压缩包中抽取文件。

-t：显示压缩文件中的内容。

-z：支持 gzip 压缩。

-j：支持 bzip2 压缩。

-Z：支持 compress 解压文件。

-v：显示操作过程。

实例：

（1）将文件全部打包成 tar 包。

```
tar -cvf log.tar 1.log,2.log 或 tar -cvf log.*
```

（2）将 /etc 下的所有文件及目录打包到指定目录，并使用 gz 压缩。

```
tar -zcvf /tmp/etc.tar.gz /etc
```

（3）查看刚打包的文件内容（一定要加 z，因为是使用 gzip 压缩的）。

```
tar -ztvf /tmp/etc.tar.gz
```

（4）要压缩打包 /home、/etc ，但不要 /home/dmtsai。

```
tar --exclude /home/dmtsai -zcvf myfile.tar.gz /home/* /etc
```

第 14 步：kill 命令

kill 命令用于发送指定的信号到相应进程。不指定型号时将发送 SIGTERM(15)终止指定进程。如果仍无法终止该程序则可用"-KILL" 参数，其发送的信号为 SIGKILL(9) ，将强制结束进程。使用 ps 命令或者 jobs 命令可以查看进程号。root 用户将影响用户的进程，非 root 用户只能影响自己的进程。

常用参数：

-l：信号，若不加信号的编号参数，则使用“–l”参数会列出全部的信号名称。

-a：当处理当前进程时，不限制命令名和进程号的对应关系。

-p：指定 kill 命令只打印相关进程的进程号，而不发送任何信号。

-s：指定发送信号。

-u：指定用户。

实例：先使用 ps 命令查找进程 pro1，然后用 kill 命令终止。

```
kill -9 $(ps -ef | grep pro1)
```

第3章 龙芯教育派使用入门

3.1 龙芯教育派上电启动

龙芯教育派上电后会有“滴”的一声提示音，此时系统正在开机，到用户登录界面使用默认账号和密码登录（loongson），龙芯教育派桌面如图3-1所示。

图3-1 龙芯教育派桌面

3.2 龙芯教育派显示器配置

龙芯教育派支持HDMI接口输出图像，最大支持1024像素×768像素分辨率，刷新频率60Hz，如图3-2所示。

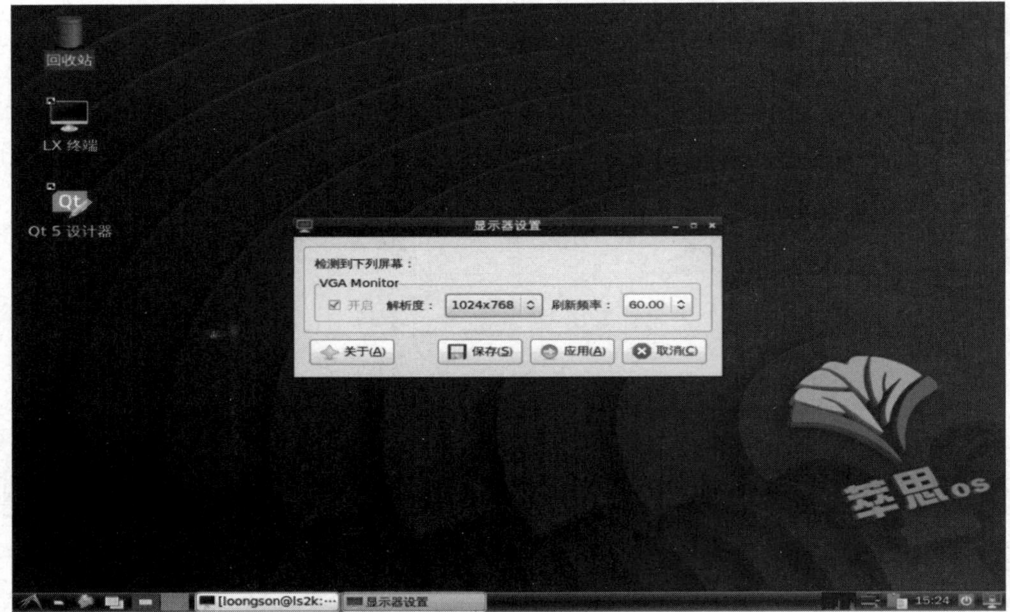

图 3-2　显示器设置

3.3　龙芯教育派连接网络

1. 有线网络连接

龙芯教育派提供了千兆网络传输口，将网线插入后，系统会自动获取 IP 并连接网络，如图 3-3 所示。

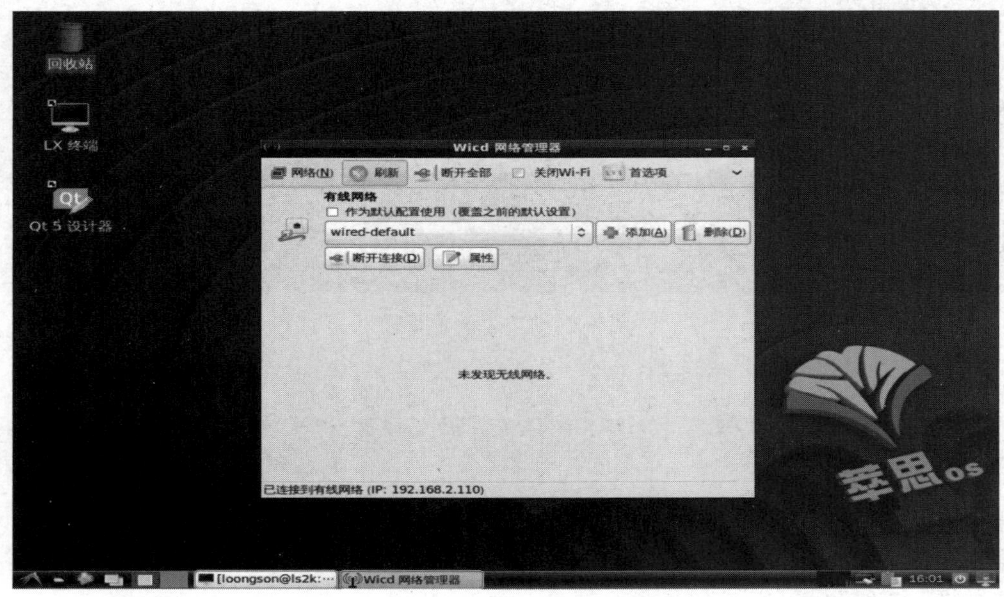

图 3-3　有线网络连接

2. 无线网络连接

在龙芯教育派上使用 nmcli 来配置无线网络连接。

（1）安装 nmcli。

```
sudo apt-get -y install nmcli
```

（2）常用命令。

```
nmcli connection show 显示所有连接
nmcli connection show -active      显示所有活动的连接状态
nmcli connection show "ens33"      显示网络连接配置
nmcli device status                显示设备状态
nmcli device show ens33            显示网络接口属性
nmcli connection add help          查看帮助
nmcli connection reload            重新加载配置
nmcli connection down test2        禁用 test2 的配置，注意一个网卡可以有多个配置。
nmcli connection up test2          启用 test2 的配置
nmcli device disconnect ens33      禁用 ens33 网卡，物理网卡
nmcli device disconnect ens33      启用 ens33 网卡
```

（3）搜索 WiFi。

```
nmcli device wifi  搜索附近的 WiFi
```

WiFi 列表如图 3-4 所示。

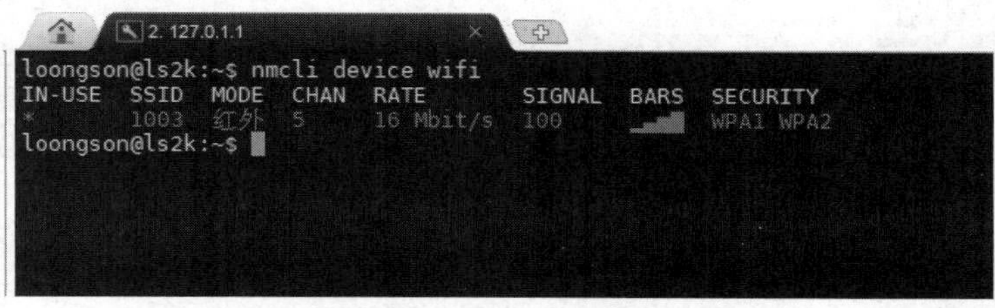

图 3-4　WiFi 列表

（4）连接 WiFi

```
nmcli device wifi connect "SSID" password "password"
```

3.4　龙芯教育派 SSH 远程控制

1. 安装 SSH 服务

在命令行输入指令安装 SSH 库。

```
apt-get -y install ssh
```

2. 下载安装 MobaXterm

MobaXterm 是一个全功能的终端软件，支持 SSH 连接，支持 FTP、串口等协议。下载地

址为 https://mobaxterm.mobatek.net/，安装过程中一直单击“下一步”按钮即可，运行该软件，开始新建会话如图 3-5 所示。

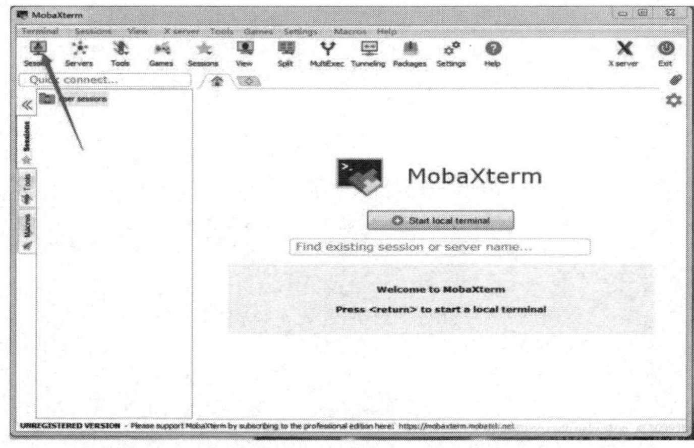

图 3-5 新建会话

里面有多种协议可供选择，下面 SSH 为例子，单击“SSH”，输入 IP 地址与用户名，如图 3-6 所示。

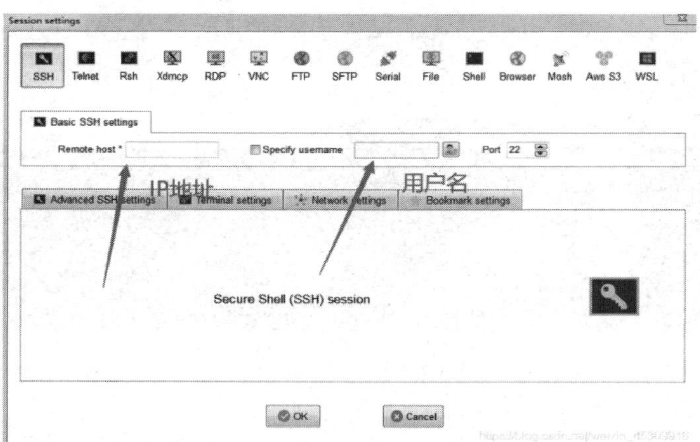

图 3-6 输入 IP 地址和用户名

输入完成，连接，再输入用户名和密码，登录龙芯 2K1000 教育派如图 3-7 所示。

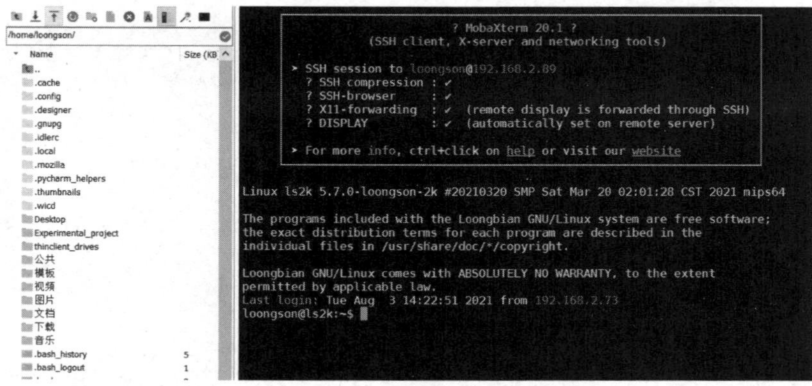

图 3-7 登录龙芯 2K1000 教育派

3.5 龙芯教育派系统安装

1. 下载 Loongbian ISO 安装镜像

龙芯教育派系统使用 Loongbian 操作系统。

LXDE 精简版为

```
wget https://mirrors.teach.com.cn/installer/loongbian_current_lxde.iso
```

LXDE 完整版（包括一些常用软件）为

```
wget https://mirrors.teach.com.cn/installer/loongbian_current_lxde_full.iso
```

2. 将 ISO 镜像写入 U 盘

警告：该操作将会删除 U 盘上的所有数据。

```
sudo dd if=loongbian_current_lxde.iso of=/dev/sdX bs=1M status=progress oflag=direct
```

请将 /dev/sdX 替换为 U 盘的设备名，如 /dev/sdc，不要加分区编号（如 /dev/sdc1），请再三检查设备名以免写错设备导致数据丢失。

另外，若下载的是 LXDE 完整版，请将 loongbian_current_lxde.iso 替换为 loongbian_current_lxde_full.iso。

3. 启动安装程序

将 U 盘插入 2K Edu 板卡的 USB 2.0 接口（黑色），安装程序会自动启动。启动过程可能需要一段时间，请耐心等待。启动完成后请按图形界面指引安装系统。

安装完成后使用以下账户登录：

```
用户名：loongson
密码：loongson
Root 密码：loongson
```

第二篇　Linux 应用开发

第 4 章 Linux 开发环境搭建

4.1 本地编译与交叉编译

对于没有做过嵌入式编程的人，可能不太理解交叉编译的概念，那么什么是交叉编译？它有什么作用呢？

在解释什么是交叉编译之前，先要明白什么是本地编译。

- 本地编译：编译器本身运行的平台与该编译器编译出的二进制程序运行平台一致。Loongbian 提供 Loongson（mips64el）平台下的本地编译器。
- 交叉编译：编译器本身运行的平台与该编译器编译出的二进制程序运行平台不一致，常用于在 PC（x86_64）环境下编译其他平台（如龙芯）的程序。

4.2 龙芯交叉编译工具链安装与使用

4.2.1 安装交叉编译工具链

宿主机进入 root 用户 shell（如使用 sudo -i 或者 su root -l 命令），然后运行。

```
apt install ca-certificates apt-transport-https wget
echo "deb https://mirrors.teach.com.cn/toolchain/debian buster main" > /etc/apt/sources.list.d/loongbian-toolchain.list
wget https://mirrors.teach.com.cn/loongbian/loongbian-archive-keyring.gpg -O - | apt-key add -
apt update
apt install gcc-mips64el-linux-gnuabi64 binutils-mips64el-linux-gnuabi64
```

验证安装是否成功：

```
mips64el-linux-gnuabi64-gcc -v
...
gcc version 8.3.0 (Debian 8.3.0-6+loongbian1)
```

确保版本号中包含 loongbian 字样。

4.2.2 交叉编译的使用

本节介绍如何通过交叉编译来定制龙芯的 Linux 内核。

1. 准备编译环境

准备 x86_64 Debian 环境。

2. 安装龙芯交叉编译器

如上一节所述安装龙芯交叉编译工具链。

3. 安装其他构建依赖

进入 root 用户 shell，运行如下命令：

```
apt install git-core bc bison flex libssl-dev make libncurses5-dev
```

4. 获取内核源码

```
git clone https://github.com/Loongbian/linux -b loongson-2k --depth 1
cd linux
```

5. 配置内核编译配置

（1）加载龙芯 2K 默认配置。

```
make ARCH=mips CROSS_COMPILE=mips64el-linux-gnuabi64- ls2k_defconfig debian.config
```

（2）配置内核构建选项（可选）。

```
make ARCH=mips CROSS_COMPILE=mips64el-linux-gnuabi64- menuconfig
```

6. 构建内核

（1）构建内核镜像 vmlinuz。

```
make ARCH=mips CROSS_COMPILE=mips64el-linux-gnuabi64- vmlinuz -j6
```

（2）构建出的内核镜像文件名为 vmlinuz。
构建并导出内核模块（可选，但强烈建议）：

```
make ARCH=mips CROSS_COMPILE=mips64el-linux-gnuabi64- modules -j6
make ARCH=mips CROSS_COMPILE=mips64el-linux-gnuabi64- INSTALL_MOD_STRIP=1 INSTALL_MOD_PATH=kernel_modules modules_install
```

构建出的内核模块将位于 kernel_modules 文件夹下，可以更改上述命令中的 INSTALL_MOD_PATH 变量来自定义内核模块导出位置。

（3）导出内核头文件（可选）。

```
make ARCH=mips CROSS_COMPILE=mips64el-linux-gnuabi64- INSTALL_HDR_PATH=kernel_headers headers_install
```

构建出的内核头文件将位于 kernel_headers 文件夹下，可以更改上述命令中的 INSTALL_HDR_PATH 变量来自定义内核头文件导出位置。

7. 打包内核文件并上传至龙芯教育派

在执行 scp 命令前需要构建机器和龙芯教育派在同一个内网里，并在龙芯派上先安装好 openssh-server，可以通过在 root 运行 apt install openssh-server 命令进行安装，或者可以使用 U 盘将 linux-build.tar.gz 文件复制到龙芯教育派上来替代 scp 命令。

```
tar zcvf linux-build.tar.gz vmlinuz kernel_headers kernel_modules
scp linux-build.tar.gz loongson@ls2k:
```

若没有导出内核模块，则需要将 tar 命令参数中的 kernel_modules 删去。若没有导出内核头文件，可将 kernel_headers 删去。

此外，可能需要将 scp 命令中的 ls2k 替换为龙芯教育派的 IP 地址。

8. 安装内核文件

在龙芯教育派上登录 root 用户。在以下命令中我们假定内核版本为 5.7.0-rc1+，内核版本可能有变化。

（1）解压压缩包。

```
mkdir kernel
cd kernel
tar xvf ~loongson/linux-build.tar.gz
```

（2）安装内核本身。

```
mv vmlinuz /boot/vmlinuz-5.7.0-rc1+
chmod 644 /boot/vmlinuz-5.7.0-rc1+
```

（3）安装内核模块。如果此前导出了内核模块，则运行，否则不用运行。

```
mv kernel_modules/lib/modules/5.7.0-rc1+ /lib/modules
chmod -R 644 /lib/modules/5.7.0-rc1+
```

（4）生成 initramfs。

```
update-initramfs -c -k 5.7.0-rc1+
```

（5）更新 PMON 启动项。

```
pmon-update
```

现在可以输入 reboot 命令来重启龙芯教育派。在启动过程中 PMON 启动菜单会出现刚刚编译的新内核。

4.3 Linux 应用编程基础知识

Linux 应用编程需要学习的基础知识有：

- C 语言。
- 数据结构。

- 文件 I/O 编程。
- 多线程编程的基本知识。
- 进程间通信的几种方法，如信号、管道、共享内存、信号量、消息队列。
- 网络编程：Socke 编程、TCP/IP、UDP。
- 开发工具：编辑器 Vim、编译器 GCC、调试器 GDB、工程管理工具 autoconf。

4.4 Makefile 工程管理

4.4.1 Makefile 简介

一个工程中的源文件按类型、功能、模块分别放在若干个目录中，Makefile 定义了一系列的规则来指定哪些文件需要先编译，哪些文件需要后编译，哪些文件需要重新编译，甚至于进行更复杂的功能操作。

Makefile 带来的好处就是“自动化编译”，一旦写好，只需要一个 make 命令，整个工程完全自动编译，极大地提高了软件开发的效率。make 是一个命令工具，是一个解释 Makefile 中指令的命令工具，一般来说，大多数的 IDE 都有这个命令，比如：Delphi、Visual C++、GNU。可见，Makefile 在工程方面成为了一种编译方法。

4.4.2 Makefile 文件举例

Makefile 的规则为：

```
target: prerequisites
  command（指令）
      ...
```

- target 也就是一个目标文件，可以是 Object File，也可以是可执行文件，还可以是一个标签（Label），对于标签这种特性，在后续的“伪目标”章节中会有叙述。
- prerequisites 就是要生成那个 target 所需要的文件或是目标。
- command 也就是 make 需要执行的命令（任意的 Shell 命令）。

以链表声明及方法 list.c 和其主函数所在文件 main.c 为例：

```
main:list.o main.o              //main 目标，.o 文件是中间文件
   gcc -o main list.o main.o  //生成的方式
list.o:list.c            //中间文件依赖的 C 文件
   gcc -c list.c
main.o:main.c
   gcc -c main.c
clean:              //清除中间文件
   Rm *.o main
```

可以简写为：

```
VPATH=./List        //特有变量
```

```
Val = list.o\    //定义一个变量
      Main.o
main:$(val)  //引用变量
   gcc -o main $(val)
$(val):
clean:    //清除中间文件
   Rm *.o main
```

每个 Makefile 中都应该写一个清空目标文件（.o 和执行文件）的规则，这不仅便于重编译，也有利于保持文件的清洁。

更为稳健的做法是：

```
.PHONY : clean
clean :
-rm   *.o   main
```

.PHONY 的意思表示 clean 是一个“伪目标”，而在 rm 命令前面加了一个小减号的意思就是：也许某些文件出现问题，但会继续做后面的事。clean 的规则不要放在文件的开头，不然就会变成 make 的默认目标，不成文的规矩是“clean 放在文件的最后”。

任务 3　编写龙芯教育派第一行代码

一、任务描述

编写一个 C 语言 main.c 文件，用 GCC 编译程序，在控制台输出结果。

二、任务实施

程序使用 C 语言编写，先包含 stdio.h（标准输入/输出），再通过 printf 函数打印字符串到控制台上。

第 1 步：编写代码

在龙芯教育派上新建文件，文件名为 main.c。

```
//main.c
#include <stdio.h>
int main(int argc, char *argv[]) {
   printf("Hello Loongson World! \n");return 0;
}
```

第 2 步：编译代码

打开命令行，进入文件所在目录，命令行执行 GCC 编译。

```
gcc -o main main.c
```

第 3 步：执行程序

执行后生成 main.o 文件，运行该文件。

```
./main
```

运行截图如图 4-1 所示。

```
loongson@ls2k:~/C$ gcc -o main main.c
loongson@ls2k:~/C$ ./main
Hello Loongson World!
loongson@ls2k:~/C$
```

图 4-1　运行截图

第 5 章 Linux 编程基础

5.1 Linux 内存管理

5.1.1 进程与内存

所有进程（执行的程序）都必须占用一定数量的内存，它或是用来存放从磁盘载入的程序代码，或是存放取自用户输入的数据等。不过进程对这些内存的管理方式，因内存用途不一而不尽相同，有些内存是事先静态分配和统一回收的，而有些却是按需要动态分配和回收的。

对任何一个普通进程来讲，它都会涉及 5 种不同的数据段。稍有编程知识的朋友都能想到这几个数据段中包含“程序代码段”“程序数据段”“程序堆栈段”等。不错，这几种数据段都在其中，但除了以上几种数据段之外，进程还另外包含两种数据段。下面我们来简单归纳一下进程对应的内存空间中所包含的 5 种不同的数据区。

- 代码段：代码段是用来存放可执行文件的操作指令，也就是说它是可执行程序在内存中的镜像。代码段需要防止在运行时被非法修改，所以只允许读取操作，而不允许写入（修改）操作——它是不可写的。
- 数据段：数据段用来存放可执行文件中已初始化的全局变量，换句话说就是存放程序静态分配的变量和全局变量。
- BSS 段：BSS 段包含了程序中未初始化的全局变量，在内存中 BSS 段全部置零。
- 堆（heap）：堆是用于存放进程运行中被动态分配的内存段，它的大小并不固定，可动态扩张或缩减。当进程调用 malloc 等函数分配内存时，新分配的内存就被动态添加到堆上（堆会被扩张）；当利用 free 等函数释放内存时，被释放的内存从堆中被剔除（堆会被缩减）。
- 栈：栈是用户用于存放程序临时创建的局部变量的，即函数括弧“{}”中定义的变量（但不包括 static 声明的变量，static 意味着在数据段中存放变量）。除此以外，在函数被调用时，其参数也会被压入发起调用的进程栈中，并且待到调用结束后，函数的返回值也会被存放回栈中。由于栈的先进先出特点，所以栈特别方便用来保存/恢复调用现场。从这个意义上讲，我们可以把堆栈看成一个寄存、交换临时数据的内存区。

5.1.2 内存分配机制

32 位系统有 4GB 的地址空间，其中 0x08048000～0xbfffffff 为用户空间，0xc0000000～0xffffffff 为内核空间，包括内核代码和数据、与进程相关的数据结构（如页表、内核栈）等。另外，%esp 执行栈顶，往低地址方向变化；brk/sbrk 函数用于控制堆顶_edata 往高地址方向变化。

64 位系统结果又是怎样的呢？ 64 位系统是否拥有 2^{64} 的地址空间？ 事实上，64 位系统的虚拟地址空间划分发生了改变：地址空间大小不是 2^{32} 的，也不是 2^{64} 的，而一般是 2^{48} 的。因为并不需要 2^{64} 这么大的寻址空间，过大空间只会导致资源的浪费。64 位 Linux 一般使用 48 位来表示虚拟地址空间，40 位表示物理地址。其中，0x0000000000000000～0x00007fffffffffff 表示用户空间， 0xFFFF800000 000000～0xFFFFFFFFFFFFFFFF 表示内核空间，共提供 256TB(2^{48}) 的寻址空间。

用户空间由低地址到高地址仍然是只读段、数据段、堆、文件映射区域和栈。

5.2 内存管理函数 malloc()和 free()

void *malloc(long NumBytes)：该函数分配了 NumBytes 个字节，并返回了指向这块内存的指针。如果分配失败，则返回一个空指针（NULL）。关于分配失败的原因，应该有多种，比如说空间不足就是其中一种。

void free(void *FirstByte)：该函数是将之前用 malloc 函数分配的空间还给程序或者是操作系统，也就是释放了这块内存，让它重新得到自由。但是执行 free(FirstByte)后 FirstByte 指针并不为 NULL，因此建议 free(FirstByte)后将 FirstByte 赋值 NULL，请看一下如下测试代码：

```
#include <iostream>
#include <cstring>
using namespace std;
int main(int argc,char* grgv[]){
    char *str=(char *)malloc(100);
    strcpy(str,"Hello");
    free(str);   //<==>delete str;
    cout<<str<<endl;
    if(str!=NULL)
    {
        strcpy(str,"world");
        cout<<str<<endl;
    }
    return 1;
}
```

程序运行结果如图 5-1 所示。

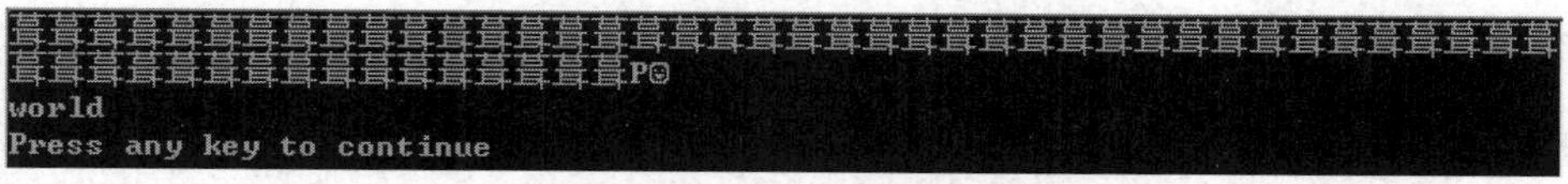

```
world
Press any key to continue
```

图 5-1　运行结果

5.3 文件指针和流

与 Windows 不同，Linux 操作系统都是基于文件概念的，文件是以字符序列构成的信息载体。根据这一点，可以把 I/O 设备当作文件来处理。因此，与磁盘上的普通文件进行交互所用的是同一系统，可以直接用于 I/O 设备。这样大大简化了系统对不同设备的处理，提高了效率。

Linux 中的文件主要分为 4 种：普通文件、目录文件、链接文件和设备文件。

那么内核如何区分和引用特定的文件呢？这里用到了一个重要的概念——文件描述符。

在 Linux 中，所有对设备和文件的操作都是使用文件描述符来进行的。文件描述符是一个非负的整数，它是一个索引值，并指向在内核中每个进程打开文件的记录表。当打开一个现存文件或创建一个新文件时，内核就向进程返回一个文件描述符；当需要读写文件时，也需要把文件描述符作为参数传递给相应的函数。也可以这样理解，只有当对文件进行操作时，该文件才会有文件描述符，进程没有用到的文件统统不给文件描述符。

通常，一个进程启动时，都会打开 3 个文件：标准输入、标准输出和标准错误。这 3 个文件分别对应文件描述符为 0、1 和 2（也就是宏替换 STDIN_FILENO、STDOUT_FILENO、STDERR_FILENO）。

基于文件描述符的 I/O 操作虽然不能直接移植到 Linux 以外的系统上（如 Windows），但它往往是实现某些 I/O 操作的唯一途径，如 Linux 中底层文件操作函数、多路 I/O、TCP/IP 套接字编程接口等，同时，它们也很好地兼容 POSIX 标准，因此，可以很方便地移植到任何 POSIX 平台上。基于文件描述符的 I/O 操作是 Linux 中最常用的操作之一。

5.4 标准输入、标准输出和标准错误

什么是文件描述符？文件描述符是一个简单的非负整数，用以标明每一个被进程所打开的文件和 Socket。

最前面的 3 个文件描述符（0，1，2）分别与标准输入（stdin）、标准输出（stdout）和标准错误（stderr）对应。

UNIX/Linux/BSD 都有 3 个特别文件，分别是：

（1）标准输入，即 stdin，在/dev/stdin 中，一般指键盘输入，Shell 里代号为 0。

（2）标准输出，即 stdout，在 /dev/stdout 中，一般指终端（terminal），就是显示器，Shell 里代号为 1。

（3）标准错误，即 stderr，在 /dev/stderr 中，也指终端（terminal），不同的是，错误信息送到这里，Shell 里代号为 2。

```
ls /dev/stdin
/dev/stdin@
ls -l /dev/std*
lrwxrwxrwx 1 User Users 15 Mar  1  2008 /dev/stderr -> /proc/self/fd/2
lrwxrwxrwx 1 User Users 15 Mar  1  2008 /dev/stdin -> /proc/self/fd/0
lrwxrwxrwx 1 User Users 15 Mar  1  2008 /dev/stdout -> /proc/self/fd/1
```

将标准输出导向到文件 ls 1> log1.txt，缩写就是 ls > log1.txt。

```
User@User-PC ~
ls 1> log1.txt

User@User-PC ~
cat log1.txt
Mail/
News/
a.txt
...
trash
```

标准错误的演示：

```
User@User-PC ~
ls llll 1> log2.txt
ls: 无法存取 llll: No such file or directory
```

再次执行，但这次执行没有这个文件 llll，出现错误信息：

```
User@User-PC ~
$ cat log2.txt

User@User-PC ~
file log2.txt
log2.txt: empty
```

输出没有导向到文件，文件是空文件：

```
User@User-PC ~
ls llll 2> log2.txt

User@User-PC ~
$ cat log2.txt
ls: 无法存取 llll: No such file or directory

User@User-PC ~
```

再次执行刚才的命令，只是将 1> log2.txt 改为 2> log2.txt，这次就成功地把错误信息导向至文件了。

命令 2>&1 > file

```
User@User-PC ~
$ echo 123 | if grep -E '[0-9]+' 2>&1 > /dev/null ; then echo "This is number.";
fi
This is number.
```

grep 标准输出和标准错误都导向到系统“黑洞”，不会在屏幕上显示什么，最后再解释一下：

>：默认为标准输出重定向，与 1>相同。

2>&1：意思是把标准错误输出重定向到标准输出。

&>file：意思是把标准输出和标准错误输出都重定向到文件 file 中。

（1）&>file 或 n>&m 均是一个独立的重定向符号，不要分开来理解。

（2）明确文件和文件描述符的区别。

（3）&>file 表示重定向标准输出和标准错误到文件。

例如，rm -f $(find / -name core) &> /dev/null，/dev/null 是一个文件，这个文件比较特殊，所有传给它的信息都被丢弃掉。

（4）n>&m 表示使文件描述符 n 成为输出文件描述符 m 的副本。这样做的好处是，有的时候你查找文件时很容易产生无用的信息，如:2> /dev/null 的作用就是不显示标准错误输出；另外当你运行某些命令时，出错信息也许很重要，便于你检查是哪儿出了问题，如:2>&1。

注意，为了方便理解，必须设置一个环境使得执行 grep da *命令会有正常输出和错误输出，然后分别使用下面的命令生成三个文件：

```
grep da * > greplog1
grep da * > greplog2 1>&2
grep da * > greplog3 2>&1  //grep da * 2> greplog4 1>&2 结果一样
#查看 greplog1 会发现里面只有正常输出内容
#查看 greplog2 会发现里面什么都没有
#查看 greplog3 会发现里面既有正常输出内容又有错误输出内容
```

5.5 文件操作

Linux 的文件操作系统调用（在 Windows 编程领域，习惯称操作系统提供的接口为 API）涉及创建、打开、读写和关闭文件。

```
int creat(const char *filename, mode_t mode);
```

参数 mode 指定新建文件的存取权限，它同 umask 一起决定文件的最终权限（mode&umask），其中 umask 代表文件在创建时需要去掉的一些存取权限。umask 可通过系统调用 umask()来改变，如下所示：

```
int umask(int newmask);
```

该调用将 umask 设置为 newmask，然后返回旧的 umask，它只影响读、写和执行权限。

1. 打开函数

open()函数有两个形式，其中 pathname 是我们要打开的文件名（包含路径名称，默认在当前路径下面），flags 可以是如表 5-1 所示的一个值或者几个值的组合。

```
int open(const char *pathname, int flags);
```

```
int open(const char *pathname, int flags, mode_t mode);
```

表 5-1　文件打开标志

标　志	含　义
O_RDONLY	以只读的方式打开文件
O_WRONLY	以只写的方式打开文件
O_RDWR	以读写的方式打开文件
O_APPEND	以追加的方式打开文件
O_CREAT	创建一个文件
O_EXEC	如果使用了 O_CREAT 而且文件已经存在，就会发生一个错误
O_NONBLOCK	以非阻塞的方式打开一个文件
O_TRUNC	如果文件已经存在，则删除文件的内容

如果使用了 O_CREAT 标志，则使用的函数是 int open(const char *pathname, int flags, mode_t mode)，这个时候还要指定 mode 标志，用来表示文件的访问权限。mode 可以是如表 5-2 所示值的组合。

表 5-2　文件访问权限

标　志	含　义
S_IRUSR	用户可以读
S_IWUSR	用户可以写
S_IXUSR	用户可以执行
S_IRWXU	用户可以读、写、执行
S_IRGRP	组可以读
S_IWGRP	组可以写
S_IXGRP	组可以执行
S_IRWXG	组可以读、写、执行
S_IROTH	其他人可以读
S_IWOTH	其他人可以写
S_IXOTH	其他人可以执行
S_IRWXO	其他人可以读、写、执行
S_ISUID	设置用户的执行 ID
S_ISGID	设置组的执行 ID

除了可以通过上述宏进行“或”逻辑产生标志以外，我们还可以自己用数字来表示，Linux 总共可以用 5 个数字来表示文件的各种权限：第一位表示设置用户 ID，第二位表示设置组 ID，第三位表示用户自己的权限位，第四位表示组的权限，第五位表示其他人的权限。每个数字可以取 1（执行权限）、2（写权限）、4（读权限）、0（无）或者这些值的和。

例如，如果要创建一个用户可读、可写、可执行，但是组没有权限，其他人可以读、执行的文件，并设置用户 ID 位，那么，应该使用的模式是 1（设置用户 ID）、0（不设置组 ID）、7（1+2+4，读、写、执行）、0（没有权限）、5（1+4，读、执行），即 10705，如下所示：

```
open("test", O_CREAT, 10705)
```

上述语句等价于：

```
open("test", O_CREAT, S_IRWXU | S_IROTH | S_IXOTH | S_ISUID);
```

如果文件打开成功，open()函数会返回一个文件描述符，以后对该文件的所有操作就可以通过对这个文件描述符进行操作来实现。

2. 读写函数

只有在文件打开后，我们才可以对文件进行读写，Linux 系统中提供文件读写的函数是 read()、write()函数，如下所示：

```
int read(int fd,const void *buf, size_t length);
int write(int fd,const void *buf, size_t length);
```

其中参数 buf 为指向缓冲区的指针，length 为缓冲区的大小（以字节为单位）。函数 read()实现从文件描述符 fd 所指定的文件中读取 length 个字节到 buf 所指向的缓冲区中，返回值为实际读取的字节数。函数 write()实现把 length 个字节从 buf 指向的缓冲区中写到文件描述符 fd 所指向的文件中，返回值为实际写入的字节数。

以 O_CREAT 为标志的 open()函数实际上实现了文件创建的功能，因此，下面的函数等同于 create()函数：

```
int open(pathname, O_CREAT | O_WRONLY | O_TRUNC, mode);
```

3. 定位函数

对于随机文件，我们可以随机地指定位置进行读写，使用如下函数进行定位：

```
int lseek(int fd, offset_t offset, int whence);
```

lseek()将文件读写指针相对 whence 移动 offset 个字节。操作成功时，返回文件指针相对于文件头的位置。参数 whence 可以使用如下值。

- SEEK_SET：相对文件开头。
- SEEK_CUT：相对文件读写指针的当前位置。
- SEEK_END：相对文件末尾。

offset 可取负值，例如，下述调用可将文件指针相对当前位置向前移动 5 个字节。

```
lseek(fd, -5, SEEK_CUR);
```

由于 lseek()函数的返回值为文件指针相对于文件头的位置，因此下列调用的返回值就是文件的长度：

```
lseek(fd, 0, SEEK_END);
```

4. 关闭函数

当操作完成以后，就要关闭文件了，只要调用 close()函数就可以，其中 fd 是要关闭的文件描述符。

```
int close(int fd);
```

任务 4　Linux 文件操作用户空间编程

一、任务描述

编写一个程序，在当前目录下创建用户可读写文件“hello.txt”，在其中写入“Hello World”，关闭该文件。再次打开该文件，读取其中的内容并输出到屏幕上。

二、任务实施

本次任务运用了 Linux 文件操作的方法来编写程序。通过 open()函数打开文件，write()函数写入字符串，read()函数读取文件内容。

第 1 步：新建工程

在龙芯教育派上新建空白文件 main.c，写入代码。

第 2 步：编写程序

```
#include <sys/types.h>
#include <sys/stat.h>
#include <fcntl.h>
#include <stdio.h>
#include <stdlib.h>
#include <unistd.h>
#include <string.h>
#define LENGTH 100
 void main(void){
    int fd, len;
    char str[LENGTH];
    /*创建并打开文件 */
    fd = open("hello.txt", O_CREAT | O_RDWR, S_IRUSR | S_IWUSR);
    if (fd){
       write(fd, "Hello World", strlen("Hello World")); /*写入字符串 */
       close(fd);
    }
    fd = open("hello.txt", O_RDWR);
    len = read(fd, str, LENGTH); /* 读取文件内容 */
    str[len] = '\0';
    printf("%s\n", str);
    close(fd);
}
```

第 3 步：编译程序

```
gcc -o main main.c
```

第 4 步：运行程序

执行结果为输出“Hello World”，如图 5-2 所示。

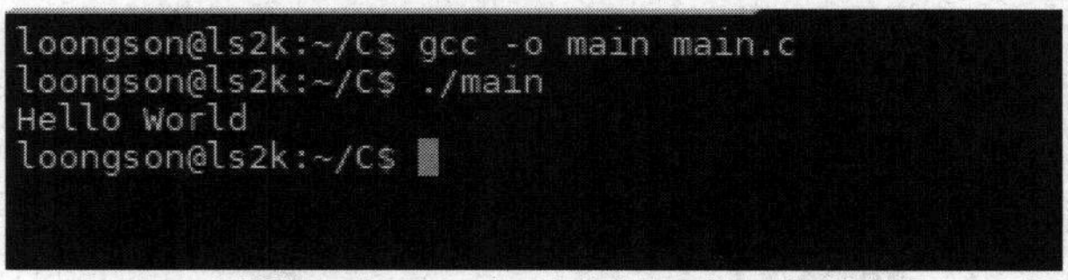

```
loongson@ls2k:~/C$ gcc -o main main.c
loongson@ls2k:~/C$ ./main
Hello World
loongson@ls2k:~/C$ 
```

图 5-2　程序运行

第 6 章　Linux 多进程/线程应用开发

6.1　进程基本概念

程序（Procedure）：是执行一系列有逻辑、有顺序结构的指令，帮我们达成某个结果。

进程（Process）：是程序在一个数据集合上的一次执行过程，在早期的 UNIX、Linux 2.4 及更早的版本中，它是系统进行资源分配和调度的独立基本单位。

线程（Thread）：是操作系统能够进行运算调度的最小单位，它被包含在进程之中，是进程中的实际运作单位。一条线程指的是进程中一个单一顺序的控制流，一个进程中可以并发多条线程，每条线程并行执行不同的任务。因为线程中几乎不包含系统资源，所以执行更快、更有效率。

随着程序越做越大，又会继续细分，从而引入了线程的概念，Linux 2.6 及更新的版本中，进程本身不是基本运行单位，而是线程的容器。

简而言之，程序是为了完成某种任务而设计的软件，而进程就是运行中的程序，一个程序至少有一个进程，一个进程至少有一条线程（有时也称一个线程，本书不作统一）。线程的划分尺度小于进程，使得多线程程序的并发性高。另外，进程在执行过程中拥有独立的内存单元，而多条线程共享内存，从而极大地提高了程序的运行效率。

6.2　进程环境和属性

进程是 Linux 下资源管理的基本单元，每个进程都有自己独立的运行空间。每个进程都有一个独立的进程控制块（PCB）来管理每个进程资源。进程的资源分为两大部分： 内核空间进程资源和用户空间进程资源。其中内核空间进程资源是指 PCB 相关信息，即进程 PID、PPID、UID 等，包括进程控制块本身、打开的文件表项等，简而言之，就是内核通过 PCB 可以访问到的资源。用户空间进程资源是指进程的代码段、数据段、堆、栈，以及可共享访问的库的内存空间。这些资源在进程退出时主动释放。

进程是一个程序一次执行的过程，它和程序的本质区别是，程序是静止的，是一些保存在磁盘上的有序集合，没有任何执行的概念；而进程是一个动态的概念，是指程序执行的过程，包括动态创建、调度和消亡的整个过程，是程序执行和资源管理的最小单位。因此，对系统而言，当用户在系统中输入命令执行一个程序时，它将启动一个进程。

进程是用一系列数组来表示进程号的，称为 PID，可唯一地标识一个进程。父进程号就是 PPID，它们都是非零的正整数。

在 Linux 中获得当前进程 PID 和 PPID 的系统调度函数为 getpid 和 getppid，如以下例子。

```
------------------------------/getpid.c/----------------------------------------
    #include <sys/types.h>
    #include <unistd.h>
    #include <stdio.h>
    int main(void){
        printf("进程的 PID: %d\n",getpid());
        printf("进程的 PPID: %d\n",getppid());
        return 0;
    }
```

编译运行：

```
gcc -o getpid getpid.c
./getpid
```

程序运行如图 6-1 所示。

```
loongson@ls2k:~/C$ gcc -o getpid getpid.c
loongson@ls2k:~/C$ ./getpid
进程的PID: 1104
进程的PPID: 870
loongson@ls2k:~/C$
```

图 6-1　程序运行

用户级进程在 Linux 2.6 中有如下几种状态：就绪/运行状态、可中断等待、不可中断等待、僵死状态、停止状态。

TASK_RUNNING：正在运行或处于就绪状态，就绪状态意味着进程申请到除了 CPU 以外的其他所有资源。

TASK_INTERRUPTIBLE：处在等待队伍中，等待唤醒，可被中断唤醒。

TASK_UNINTERRUPTIBLE：处在等待队伍中，等待唤醒，但是不可以被中断唤醒。

TASK_ZOMBIE：进程资源用户空间被释放，但内核中 PCB 并没有被释放，等待父进程回收。

TASK_STOPPED：进程被外部程序暂停，当再次允许时继续执行。

内核级进程状态有两种：TASK_TRACED、TASK_DEAD。

Linux 中所有的进程都在上述状态中不停地切换，由调度算法决定，进程处于何种状态。

6.3　创建进程

Linux 中一个进程就是一个 PCB，即一个 task_struct，那么创建进程也就是创建 PCB，即是创建 task_struct。

Linux 中说到进程创建， 就不得不提到 fork()函数。fork()在 Linux 下是非常重要的一个函数。fork()函数从已存在进程中创建一个新进程。新进程为子进程，而原进程为父进程，fork()在函数内部会调用 clone 这个系统调用接口。

函数原型：pid_t fork()。

头文件：unistd.h。

返回值：返回值类型为 pid_t，实际等同于 int。

- 子进程在执行 fork()时返回 0。
- 父进程在执行 fork()时，fork()会创建子进程，返回子进程的 PID（PID 是一个大于 0 的整数）。
- 父进程在用 fork()创建子进程失败时返回 -1。

因为 fork()运行有多种结果，所以往往将 fork（之后要根据 fork）的返回值进行分流（例如用 if 写多个分支），例子如下：

```
#include<stdio.h>
#include<unistd.h>
int main(){
    pid_t pid = fork();
    if(pid == -1)
    {
        perror("fork error");
    }
    else if(pid == 0)
    {
        printf("子进程执行\n 子进程 PID:%d\n",getpid());
    }
    else
    {
        printf("父进程执行\n 父进程 PID:%d\n",getpid());
    }
    return 0;
}
```

编译运行如图 6-2 所示。

```
loongson@ls2k:~/C$ gcc -o testfork testfork.c
loongson@ls2k:~/C$ ./testfork
父进程执行
子进程执行
子进程PID:1508
父进程PID:1507
loongson@ls2k:~/C$
```

图 6-2 编译运行

可以看到，父进程执行到一半就开始执行子进程了。并不是父进程创建了子进程，父进程就一定会先执行完才执行子进程的，也可能是父进程执行到一半，甚至刚调用 fork()创建完子进程后，就立即转而执行子进程。这取决于 Linux 系统的调度。

进程调用 fork()，内核会进行以下操作：

- 分配新的内存块和内核数据结构给子进程。
- 将父进程部分数据结构内容复制至子进程（此时已经创建了子进程的 PCB 即 Linux 下的 task_struct）。
- 添加子进程到系统进程列表当中（即添加子进程 PCB）。

- fork()返回后，调度器开始调度。

6.4　退出进程

6.4.1　常见的退出方法

正常退出的方法有：

- main 函数返回（return）。
- 调用 exit(int status)函数。
- 使用 _exit(int status)系统调用接口。

可以使用 ench $? 来查看进程退出码。

异常退出的方法有：

- 向进程发送信号导致进程异常退出（如按快捷键 Ctrl+C）。
- 代码错误导致进程运行时奔溃异常退出。

6.4.2　信号处理程序

信号处理程序是进程在接收到信号后，系统对信号的响应。根据具体信号的含义，相应的默认信号处理程序会采取不同的信号处理方式：

- 终止进程运行，并且产生 core dump（核心转储文件，记录一些错误信息，方便用户查看）。
- 终止进程运行。
- 忽略信号，进程继续执行。
- 暂停进程运行。
- 如果进程已被暂停，重新调度进程继续执行。

前两种方式会导致进程异常退出。实际上，大多数默认信号处理程序都会终止进程的运行。

在进程接收到信号后，如果进程已经绑定自定义的信号处理程序，进程会在用户端执行自定义的信号处理程序。如果没有绑定，内核会执行默认信号处理程序终止进程运行，导致进程异常退出。

例如，kill()函数，在 Shell 中执行 kill 指令，在终端用键盘发送信号，如 Ctrl+C，则会发送信号来终止进程。

6.4.3　退出函数说明

1. _exit()系统调用

```
void_exit (int status)
```

头文件：unistd.h。

参数：status 定义了进程的终止状态，父进程通过 wait()来获取该值（wait()函数，用于进程等待）。

说明：虽然 status 是 int 的，但仅有低 8 位可以被父进程所用。

功能：直接使进程停止运行，清除其使用的内存空间，并销毁其在内核中的各种数据结构。

2. exit()函数

```
void exit (int status)
```

头文件：stdlib.h。

参数 status 与_exit()中的同理。

exit()底层封装了 _exit()系统调用，在底层调用_exit()之前，还做了下面的工作：

- 执行用户通过 atexit 或 on_exit 定义的清理函数。
- 关闭所有打开的流，所有的缓存数据均被写入（即刷新缓冲区）。
- 调用_exit()。

3. _exit()和 exit()的区别

它们最大的区别是 exit()函数在调用_exit()进行系统调用之前要检查文件的打开情况，把文件缓冲区中的内容写回文件（即刷新缓冲区），然后将控制权交给内核。_exit() 则在执行后立即返回给内核，而 exit()要先执行一些清除操作。

调用_exit()函数时，会关闭进程所有的文件描述符、清理内存及其他一些内核清理函数，但不会刷新缓冲区，exit()函数是在_exit()函数之上的一个封装，其会调用_exit()，并在调用之前先刷新缓冲区。

由于 Linux 的标准函数库，其内存都有一片缓冲区，每次读文件时，会连续地读出若干条记录，这样在下次读文件时就可以直接从内存的缓冲区读取。同样地，每次写文件时也仅仅写入内存的缓冲区，等满足了一定的条件（如达到了一定数量或遇到特定字符等），再将缓冲区中的内容一次性写入文件。这种技术大大增加了文件读写的速度，但也给编程带来了一点儿麻烦。比如有一些数据，认为已经写入了文件，实际上因为没有满足特定的条件，它们还只是保存在缓冲区内，这时用_exit()函数直接将进程关闭，缓冲区的数据就会丢失。因此，要想保证数据的完整性，就一定要使用 exit()函数。

4. return

return 是一种更常见的退出进程方法。执行 return n 等同于执行 exit(n)，因为 main 中执行 return n 时，系统会将 main 的返回值当作 exit()。

6.5 常用的进程间通信方式

6.5.1 管道

管道是 Linux 系统中最古老的进程间通信方式，其作用是把一个程序的输出直接连接到另一个程序的输入。例如，在 Shell 中输入命令 ls | more，这条命令的作用是列出当前目录下的所有文件和子目录，如果内容超过一页，则自动进行分页。符号“|”就是 Shell 为 ls 和 more 命

令建立的一条管道，它将 ls 的输出直接送进了 more 的输入。管道可分为无名管道和有名管道。

1. 无名管道

无名管道具有如下特点:

（1）它只能用于具有亲缘关系的进程之间通信，如父子进程或者兄弟进程之间。

（2）它是一个半双工的通信模式，具有固定的读端口和写端口。

管道也可以看成是一种特殊的文件，对于它的读写也可以使用普通的读和写函数。但它不是普通的文件，并不属于其他任何文件系统，并且只存在于内存中。在 Linux 的文件属性中带有 p(管道)的文件就是管道文件。一个进程向管道中写的内容被管道另一端的进程读出。写入的内容每次都添加在管道缓冲区的末尾，并且每次都从缓冲区的头部读出数据。

实例源码：pipe.c，通过函数创建无名管道，如果创建成功，则打开两个文件描述符，分别是 fd[0]和 fd[1]，其中 fd[0]固定用于管道读端，fd[1]固定用于管道写端。

要关闭无名管道，只需要将这两个文件描述符关闭即可，就像关闭普通文件描述符那样，通过 close()关闭函数分别关闭各个文件描述符。

```
--------------------------------------/pipe.c/--------------------------------
    #include<stdio.h>
    #include<stdlib.h>
    #include<unistd.h>
    int main(){
        int pipe_fd[2];
        if(pipe(pipe_fd)<0)
        {   printf("Pipe creat error\n");
        }
        else
        {   printf("Pipe creat success\n");
        }
        close(pipe_fd[0]);
        close(pipe_fd[1]);
    }
--------------------------------------/pipe.c/--------------------------------
```

编译运行如图 6-3 所示。

```
loongson@ls2k:~/C$ gcc -o pipe pipe.c
loongson@ls2k:~/C$ ./pipe
Pipe creat success
loongson@ls2k:~/C$
```

图 6-3　编译运行

实例源码：pipe_rw.c，用于无名管道读写。首先创建无名管道，然后使用 fork()函数创建子进程，通过关闭父进程的读描述符和子进程的写描述符，建立起它们之间的管道通信，最终达到父进程写数据、子进程读数据的效果。

```
--------------------------------/pipe_rw.c/--------------------------------------
    #include<sys/types.h>
    #include<sys/stat.h>
    #include<fcntl.h>
```

```
#include<stdio.h>
#include<stdlib.h>
#include<unistd.h>
#include<string.h>
int main(){
    int pipe_fd[2];
    pid_t pid;
    char buf_r[100];
    char *p_wbuf;
    int r_num;
    memset(buf_r,0,sizeof(buf_r));
    if(pipe(pipe_fd)<0)
    {   printf("Creat pipe error\n");
        return 1;
    }
    if((pid=fork())==0)
    {   close(pipe_fd[1]);
        sleep(1);
        if((r_num=read(pipe_fd[0],buf_r,100))>0)
        {  printf("%d numbers read from pipe is %s\n",r_num,buf_r);
        }
        close(pipe_fd[0]);
        exit(0);
    }
    else
    {   close(pipe_fd[0]);
        if(write(pipe_fd[1],"hello",5)!=1)
        {   printf("Pipe write1 success\n");
        }
        if(write(pipe_fd[1]," pipe",5)!=1)
        {   printf("Pipe write2 success\n");
        }
        close(pipe_fd[1]);
        sleep(1);
        exit(0);
    }
    return 0;
}
-----------------------------------/pipe_rw.c/-----------------------------------
```

编译运行如图 6-4 所示。

```
loongson@ls2k:~/C$ gcc -o pipe_rw pipe_rw.c
loongson@ls2k:~/C$ ./pipe_rw
Pipe write1 success
Pipe write2 success
10 numbers read from pipe is hellopipe
loongson@ls2k:~/C$
```

图 6-4　编译运行

2. 有名管道

有名管道可以使互不相关的两个进程实现彼此通信。有名管道又名 FIFO（First In First

Out），即先进先出，对有名管道的读总是从开始处读数据的，对它的写则把数据添加到末尾，它不支持 lseek 等文件定位操作。

有名管道的创建使用 mkfifo()函数，在创建管道成功之后，就可以使用 open()、read()、write()等函数，需要注意的是，对于普通文件进行读写时，不会出现阻塞问题，而读写有名管道就有阻塞的可能。如果想要让读写非阻塞，那么应在 open 函数中设定 O_NONBLOOK。

下面的例程分别实现了读进程、写进程，并且让两个进程之间进行通信。

实例源码：fifo_read.c，用于读取管道中的数据。

```
-------------------------------------/fifo_read.c/----------------------------
#include<sys/types.h>
#include<sys/stat.h>
#include<fcntl.h>
#include<errno.h>
#include<stdio.h>
#include<stdlib.h>
#include<unistd.h>
#include<string.h>
#define FIFO "/tmp/myfifo"
int main(int argc , char **argv){
    char buf_r[100];
    int fd,nread;
    if(mkfifo(FIFO,O_CREAT|O_EXCL)<0&(errno!=EEXIST))
    {
        printf("Can not creat fifo\n");
    }
    else
    {
        printf("\nCreat fifo success\nPreparing for readin bytes..\n");
    }
    memset(buf_r,0,sizeof(buf_r));
    fd = open(FIFO,O_RDONLY|O_NONBLOCK,0);//非阻塞
    if(fd==-1)
    {   perror("open:");
        exit(1);
    }
    while(1)
    {   memset(buf_r,0,sizeof(buf_r));
        if(nread = read(fd,buf_r,100)==-1)
        {  if(errno==EAGAIN)
           {  printf("No data yet\n");
           }
        }
        else
        {   printf("Read %s from FIFO\n",buf_r);
            sleep(1);
        }
    }
    pause();
    unlink(FIFO);
}
-----------------------------------/fifo_read.c/------------------------------
```

实例源码：fifo_write.c，用于写入管道中的数据。

```
------------------------------/fifo_write.c/--------------------------------
   #include<sys/types.h>
   #include<sys/stat.h>
   #include<fcntl.h>
   #include<errno.h>
   #include<stdio.h>
   #include<stdlib.h>
   #include<unistd.h>
   #include<string.h>
   #define FIFO "/tmp/myfifo"
   int main(int argc , char **argv){
      char buf_w[100];
      int fd,nwrite;
      fd = open(FIFO,O_WRONLY|O_NONBLOCK,0);//非阻塞
      if(fd==-1)
      {  if(errno==ENXIO)
         {  printf("Open error:no reading process\n");
         }
      }
      if(argc == 1 )
      {  printf("Plese send something\n");
      }
      strcpy(buf_w,argv[1]);
      if((nwrite = write(fd,buf_w,100))==-1)
      {   if(errno==EAGAIN)
         {   printf("The FIFO has not been read yet.Please try latter\n");
         }
      }
      else
      {     printf("write %s to the FIFO\n",buf_w);
      }
   }
---------------------------------/fifo_write.c/-----------------------------
```

为了能够较好地观察到实验结果，需要将读进程在后台运行。首先启动读管道，由于这是非阻塞的，并且启动读进程时还没有启动写进程，所以没有数据读取。一旦写进程运行，并将数据写入管道中，读进程立马将数据从管道中读取出来。执行效果如 6-5 所示。

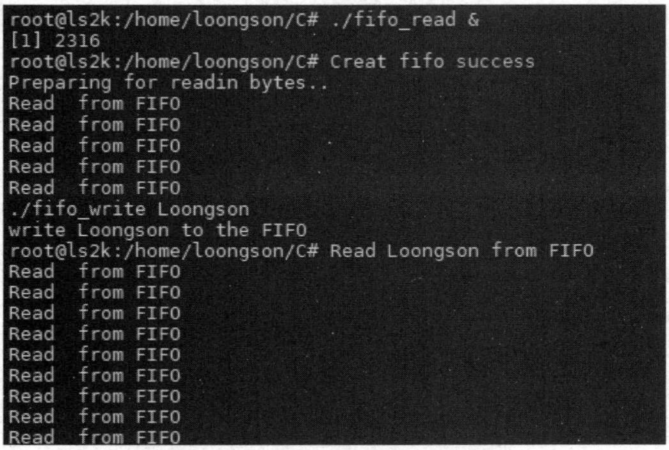

```
root@ls2k:/home/loongson/C# ./fifo_read &
[1] 2316
root@ls2k:/home/loongson/C# Creat fifo success
Preparing for readin bytes..
Read  from FIFO
Read  from FIFO
Read  from FIFO
Read  from FIFO
Read  from FIFO
./fifo_write Loongson
write Loongson to the FIFO
root@ls2k:/home/loongson/C# Read Loongson from FIFO
Read  from FIFO
Read  from FIFO
Read  from FIFO
Read  from FIFO
Read  from FIFO
Read  from FIFO
Read  from FIFO
Read  from FIFO
Read  from FIFO
```

图 6-5　有名管道通信执行效果

6.5.2　消息队列

消息队列就是一个消息的列表。用户可以从消息队列中添加消息、读取消息等。消息队列具有一定的 FIFO 特性，但它可以实现消息的随机查询，比 FIFO 具有更大的优势。同时，这些消息又是存在于内核中的，由“队列 ID”来标识。消息队列的实现包括创建或打开消息队列、添加消息队列、读取消息队列和控制消息队列这 4 种操作，如表 6-1 所示。

表 6-1　消息队列

名　称	作　用
msgget	创建或打开消息队列，消息队列的数据会受系统的限制
msgsnd	添加消息，将消息添加到已打开的消息队列的末尾
msgrcv	读取消息队列，可以指定读取某一条消息
msgctl	控制消息队列

实例源码：msg.c，使用消息队列进行进程间通信，包括消息队列的创建、消息的发送/读取和消息的撤销等操作。其中使用了 ftok()函数，该函数是系统 IPC 键值的格式转换函数，它根据 pathname 指定的文件（或目录）名称，以及 proj_id 参数指定的数字，为 IPC 对象生成一个唯一的键值。

```
----------------------------------------/msg.c/-----------------------------------
#include<sys/types.h>
#include<sys/ipc.h>
#include<sys/msg.h>
#include<stdio.h>
#include<stdlib.h>
#include<unistd.h>
#include<string.h>
#define BUFSIZE 512
struct message{
    long msg_type;
    char msg_text[BUFSIZE];
};
int main()
{
    int qid,len;
    key_t key;
    struct message msg;
    if((key=ftok(".",'a'))==1)
    {
        perror("ftok:");
        exit(1);
    }
    if((qid=msgget(key,IPC_CREAT|066))==-1)
    {
        perror("megget:");
```

```
        exit(1);
    }
    printf("Open queue %d\n",qid);
    puts("Please enter the message to the queue:");
    if((fgets((&msg)->msg_text,BUFSIZE,stdin))==NULL)
    {   puts("no message:");
        exit(1);
    }
    msg.msg_type=getpid();
    len=strlen(msg.msg_text);
    if((msgsnd(qid,&msg,len,0))<0)
    {   perror("msgsnd:");
        exit(1);
    }
    if(msgrcv(qid,&msg,BUFSIZE,0,0)<0)
    {   perror("msgrcv");
        exit(1);
    }
    printf("Message is %s\n",(&msg)->msg_text);
    if((msgctl(qid,IPC_RMID,NULL))<0)
    {   perror("msgctl");
        exit(1);
    }
    exit(0);
}
-----------------------------------------/msg.c/-----------------------------------
```

编译运行如图 6-6 所示。

```
root@ls2k:/home/loongson/C# gcc -o msg msg.c
root@ls2k:/home/loongson/C# ./msg
Open queue 0
Please enter the message to the queue:
hello loongson
Message is hello loongson

root@ls2k:/home/loongson/C#
```

图 6-6　编译运行

6.5.3　共享内存

内核专门留出了一块内存，即共享内存，可以由需要访问的进程将其映射到自己的私有地址空间，不同进程可以及时看到某进程对共享内存的数据进行更新。采用内存共享通信机制的好处是效率非常高，因为进程可以直接读写内存，不再需要复制数据。由于多个进程都可以对共享内存进行读写数据，因此要引进某种同步机制，如互斥锁和信号量等。

共享内存分为两个步骤，第一步是创建共享内存，可以使用函数 shmget()，从内存中获得一段共享内存区域。第二步是映射共享内存，把这段刚创建的共享内存映射到具体的进程空间，可以使用函数 shmat()。完成这两步后，就可以使用不带缓存的 I/O 读写命令对其进行操作。如果要撤销映射，可以使用函数 shmdt()实现。

实例源码：shmadd.c，首先创建一个共享内存区，大小为 2KB，然后将其映射到本进程中，最后解除映射。注意，本实例中使用了 ipcs 命令，其作用是报告进程间通信机制状态，一般用于查看共享内存、消息队列等各种进程间通信机制的情况，这里巧妙地利用 system()函数调用 Shell 命令 ipcs，打印出使用共享内存进行进程间通信的信息。

```
--------------------------------------/shmadd.c/--------------------------------
    #include<sys/ipc.h>
    #include<sys/shm.h>
    #include<stdio.h>
    #include<stdlib.h>
    #define BUFSIZE 2048
    int main()
    {   int shmid;
        char *shmadd;
        if((shmid=shmget(IPC_PRIVATE,BUFSIZE,0666))<0)
        {   perror("shmget:");
            exit(1);
        }
        else
        {   printf("Create share memory success,the shmid is:%d\n",shmid);
        }
        system("ipcs -m");//打印出使用共享内存进行进程间通信的信息
        if((shmadd=shmat(shmid,0,0))<(char *)0)
        {   perror("shmat:");
            exit(1);
        }
        else
        {   printf("Mat memory success,the share address is matted to %x\n",shmadd);
        }
        system("ipcs -m");
        if((shmdt(shmadd))<0)
        {   perror("shmdt:");exit(1);
        }
        else
        {   printf("Delete memory success\n");
        }
        system("ipcs -m");
        exit(0);
    }
--------------------------------------/shmadd.c/--------------------------------
```

编译运行如图 6-7 所示。

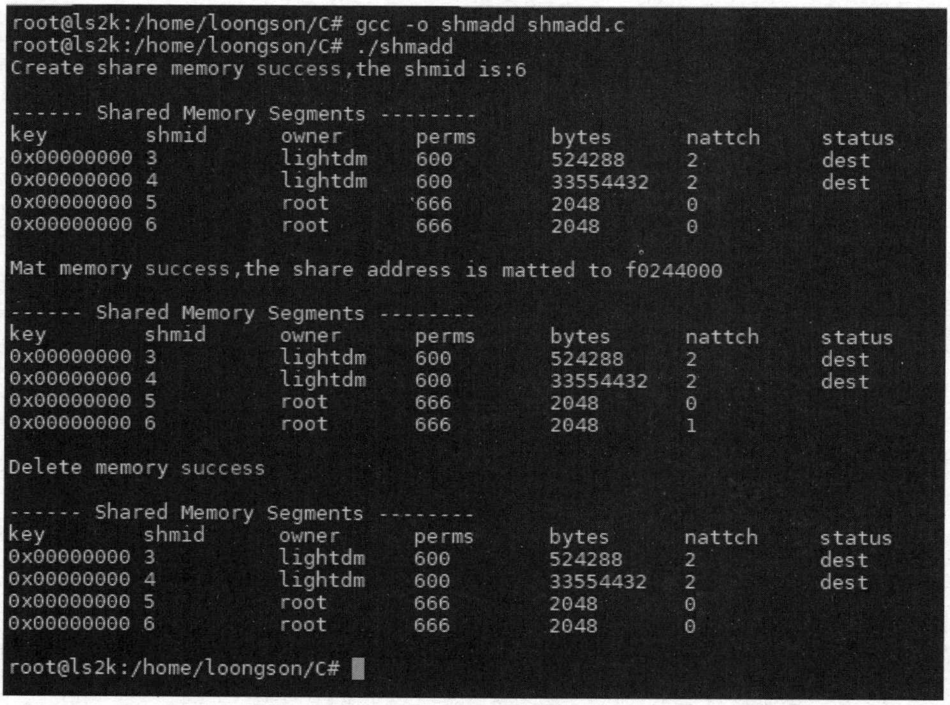

```
root@ls2k:/home/loongson/C# gcc -o shmadd shmadd.c
root@ls2k:/home/loongson/C# ./shmadd
Create share memory success,the shmid is:6

------ Shared Memory Segments --------
key        shmid      owner      perms      bytes      nattch     status
0x00000000 3          lightdm    600        524288     2          dest
0x00000000 4          lightdm    600        33554432   2          dest
0x00000000 5          root       666        2048       0
0x00000000 6          root       666        2048       0

Mat memory success,the share address is matted to f0244000

------ Shared Memory Segments --------
key        shmid      owner      perms      bytes      nattch     status
0x00000000 3          lightdm    600        524288     2          dest
0x00000000 4          lightdm    600        33554432   2          dest
0x00000000 5          root       666        2048       0
0x00000000 6          root       666        2048       1

Delete memory success

------ Shared Memory Segments --------
key        shmid      owner      perms      bytes      nattch     status
0x00000000 3          lightdm    600        524288     2          dest
0x00000000 4          lightdm    600        33554432   2          dest
0x00000000 5          root       666        2048       0
0x00000000 6          root       666        2048       0

root@ls2k:/home/loongson/C#
```

图 6-7　编译运行

任务 5　多进程应用编程

一、任务描述

创建 3 个进程，其中一个为父进程，其余两个是该父进程创建的子进程，其中一个子进程运行“ls -l”指令，另一个子进程在暂停 5s 后异常退出。父进程先用阻塞方式等待第一个进程的结束，然后用非阻塞方式等待另一个子进程的退出，待收集到第 2 个子进程结束的消息后，父进程就返回。

二、任务分析

程序流程如图 6-8 所示。使用 fork()函数创建子进程，分别执行两个子进程。

三、任务实施

第 1 步：新建工程

在龙芯教育派上新建文件，文件名设为 multi_process.c。

第 2 步：编写程序

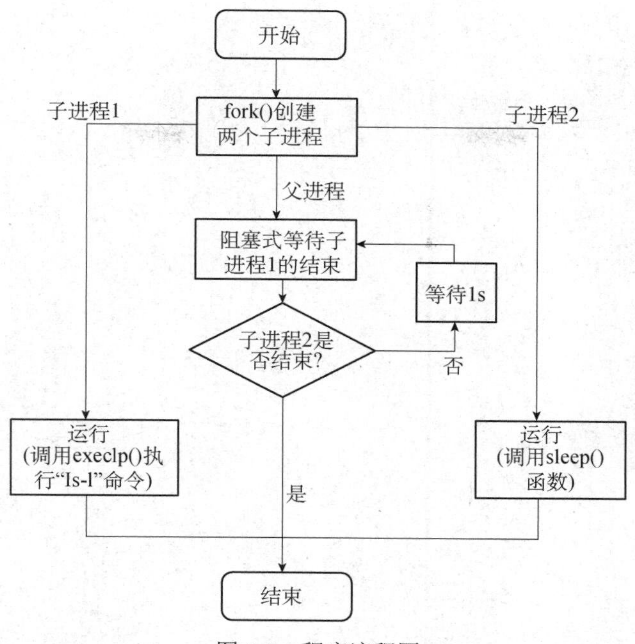

图 6-8 程序流程图

```
----------------------------------/multi_process.c/-----------------------------
   #include<stdio.h>
   #include<stdlib.h>
   #include<sys/types.h>
   #include<unistd.h>
   #include<sys/wait.h>
   int main()
   {
      pid_t child1,child2,child;
      /*先创建子进程 1*/
      child1=fork();
      /*子进程 1 的出错处理*/
      if(child1==-1)
      {   printf("child1 .fork,error\n");
          exit(1);        /*异常退出*/
      }
      /*在子进程 1 中调用 execlp()函数*/
      else if(child1==0)
      {   printf("Iam child1 and I execute 'ls -l'\n");
          if(execlp( "ls","ls","-l",NULL)<0)
          {  printf("child1 execlp error\n");
          }
      }
      /*在父进程中再创建子进程 2,然后等待两个子进程的返回*/
      else
      {   child2=fork();
          /*子进程 2 的出错处理*/
          if(child2==-1)
```

```
        {   printf("child2 fork error\n");
            exit(1);
        }
        /*在子进程 2 中使其暂停 5s*/
        else if(child2==0)
        {   printf("I am child2.I will sleep for 5 seconds! \n");
            sleep(5);
            printf( "I am child2.I have awaked and I will exit! \n");
            exit(0);
        }
        printf("I am father progress\n");
        child=waitpid(child1,NULL,0);
        /*阻塞式等待*/
        if(child==child1)
        {   printf("I an father progress.I get child1 exit code:%d\n", child);
        }
        else
        {   printf( "Error occured ! \n");
        }

        do
        {   child=waitpid(child2,NULL ,WNOHANG);
            /*非阻赛式等待*/
            if(child==0)
            {   printf("I an father progress.The child2 progress has not exited!
\n");
                sleep(1);
            }
        }while(child==0);
        if(child==child2)
        {  printf("I an father progress.I get child2 exit code:%d \n" ,child);
        }
        else
        {  printf( "Erroe occured ! \n");
        }
    }
    exit(0);
}
---------------------------------/multi_process.c/---------------------------
```

第 3 步：程序编译

```
gcc -o multi_process multi_process.c
```

第 4 步：程序运行

```
./multi_process
```

运行后可看到对应线程的执行情况，如图 6-9 所示。

```
root@ls2k:/home/loongson/C# gcc -o multi_process multi_process.c
root@ls2k:/home/loongson/C# ./multi_process
I am father progress
Iam child1 and I execute 'ls -l'
I am child2.I will sleep for 5 seconds!
总用量 192
drwxr-xr-x 4 loongson loongson  4096 8月  26 10:07 123
-rwxr-xr-x 1 loongson loongson  9592 8月  31 10:21 fifo_read
-rw-r--r-- 1 loongson loongson  1028 8月  31 10:27 fifo_read.c
-rwxr-xr-x 1 loongson loongson  9016 8月  31 10:23 fifo_write
-rw-r--r-- 1 loongson loongson   832 8月  31 10:42 fifo_write.c
-rwxr-xr-x 1 loongson loongson  8312 8月  30 15:05 getpid
-rw-r--r-- 1 loongson loongson   194 8月  30 15:05 getpid.c
-rwxr-xr-x 1 root     root     10728 8月  25 18:28 gpio39
-rw-r--r-- 1 loongson loongson   418 8月  25 18:26 gpio39.c
-rw-r--r-- 1 loongson loongson  1894 8月  25 18:07 gpio.c
-rw-r--r-- 1 loongson loongson   400 8月  25 18:07 gpio.h
-rw------- 1 loongson loongson    11 8月  25 15:01 hello.txt
-rwxr-xr-x 1 loongson loongson  8656 8月  25 15:01 main
-rw-r--r-- 1 loongson loongson   596 8月  25 15:00 main.c
-rwxr-xr-x 1 root     root     10080 8月  31 14:19 msg
-rw-r--r-- 1 loongson loongson  1132 8月  31 11:57 msg.c
-rwxr-xr-x 1 root     root      9808 8月  31 16:07 multi_process
-rw-r--r-- 1 loongson loongson  2017 8月  31 16:07 multi_process.c
-rwxr-xr-x 1 loongson loongson  8352 8月  30 18:03 pipe
-rw-r--r-- 1 loongson loongson   289 8月  30 18:03 pipe.c
-rwxr-xr-x 1 loongson loongson  9608 8月  30 18:27 pipe_rw
-rw-r--r-- 1 loongson loongson  1022 8月  30 18:28 pipe_rw.c
-rwxr-xr-x 1 root     root      9432 8月  31 15:31 shmadd
-rw-r--r-- 1 loongson loongson   863 8月  31 15:31 shmadd.c
-rwxr-xr-x 1 loongson loongson  8552 8月  30 15:31 testfork
-rw-r--r-- 1 loongson loongson   350 8月  30 15:30 testfork.c
I an father progress.I get child1 exit code:6538
I an father progress.The child2 progress has not exited!
I an father progress.The child2 progress has not exited!
I an father progress.The child2 progress has not exited!
I an father progress.The child2 progress has not exited!
I an father progress.The child2 progress has not exited!
I am child2.I have awaked and I will exit!
I an father progress.I get child2 exit code:6539
root@ls2k:/home/loongson/C#
```

图 6-9　程序运行结果

6.6　多线程操作

线程是操作系统能够进行运算调度的最小单位。它被包含在进程之中，是进程中的实际运作单位。一条线程指的是进程中一个单一顺序的控制流，一个进程中可以并发多个线程，每条线程并行执行不同的任务。比如，如果一条线程完成一个任务要 100 毫秒，那么用 10 条线程完成该任务只需 10 毫秒。

线程是进程的子集，一个进程可以有很多线程，每条线程并行执行不同的任务。不同的进程使用不同的内存空间，而所有的线程共享一片相同的内存空间。每条线程都拥有单独的栈内存用来存储本地数据。

6.6.1　pthread 线程操作库

POSIX 标准定义了一套与线程操作相关的函数，用于让程序员更加方便地管理线程，函数名都以前缀 pthread_ 开始，使用时要包含 <pthread.h>，而且在链接的时候要手动链接 pthread 这个库，如 gcc main.c -o main -lpthread。常用函数主要包括 prthread_create、 pthread_self 等，如表 6-2～表 6-8 所示。

表 6-2 pthread_create 函数

函数原型	int pthread_create(pthread_t *thread, const pthread_attr_t *attr, void *(*start_routine)(void *), void *arg)
功能说明	创建一条线程
参数说明	thread：线程句柄，需要先定义一个 pthread_t 类型变量 thread，将该变量的地址 &thread 传递到该参数中去。传递进去的 thread 会得到系统为我们创建好的线程句柄
	attr：线程属性，通过该参数可以设置创建的线程属性，如果要使用默认属性则直接传递 NULL 即可
	start_routine：线程函数，它是一个函数指针类型，返回类型为 void *，参数为一个 void * 类型变量，创建好这样类型的一个函数，将函数名传递进去即可
	arg：线程参数，代表需要在主线程中传递给子线程的参数，给 arg 赋值后可以在线程函数的参数中取到
返回值	在成功的情况下返回 0，失败的情况下返回错误码。Linux 环境下所有线程函数调用失败时均返回错误码，除了部分返回值为 void 的函数

表 6-3 pthread_self 函数

函数原型	pthread_t pthread_self(void);
功能说明	获取线程 ID
参数说明	无参数
返回值	如果在主线程中调用该函数会返回主线程的线程 ID，如果在子线程中调用该函数会返回子线程的线程 ID，该函数没有失败的情况
额外说明	线程 ID 是进程内部识别标志，两个进程间线程 ID 允许相同

表 6-4 pthread_equal 函数

函数原型	int pthread_equal(pthread_t t1, pthread_t t2);
功能说明	比较两个线程 ID 是否相等，在 Linux 系统中 pthread_t 都设计为 unsigned long 类型，所以可以直接用 == 判别是否相等，但是如果某些系统设计为结构体类型，那么就可以通过 pthread_equal 函数判别是否相等了
参数说明	要比较的两个线程 ID
返回值	若相等返回非 0 数值，否则返回 0

表 6-5 pthread_exit 函数

函数原型	void pthread_exit(void *retval);
功能说明	将单条线程退出
参数说明	retval 为该线程的返回状态，如果主线程调用 pthread_join 可以获取到该返回状态
返回值	若相等返回非 0 数值，否则返回 0
额外说明	如果在主线程中调用了 pthread_exit(NULL)，则主线程退出，如果子线程存在会继续执行

表 6-6 pthread_join 函数

函数原型	int pthread_join(pthread_t thread,void **retval);
功能说明	阻塞等待线程退出，获取线程退出状态，相当于进程中的 waitpid 函数，如果线程退出，pthread_join 立刻返回
参数说明	thread：代表要等待线程的线程 ID
	retval：获取该线程的退出状态
返回值	在成功的情况下返回 0，失败则返回错误码

表 6-7　pthread_detach 函数

函数原型	int pthread_detach(pthread_t thread);
功能说明	将线程 ID 为 thread 的线程分离出去，所谓分离出去就是指主线程不需要再通过 pthread_join 等方式等待该线程的结束并回收其线程控制块（TCB）的资源，被分离的线程结束后由操作系统负责其资源的回收
参数说明	thread 为要分离的线程的线程 ID
返回值	在成功的情况下返回 0，在失败的情况下返回错误码

表 6-8　pthread_cancel 函数

函数原型	int pthread_cancel(pthread_t thread);
功能说明	杀死线程
参数说明	thread 为要杀死的线程的线程 ID
返回值	在成功的情况下返回 0，在失败的情况下返回错误码

6.6.2　线程基本操作

创建线程，可以使用 pthread_create 函数；退出线程，一般使用 pthread_exit 函数。而退出进程则使用 exit 函数。如果使用 exit 函数使进程结束，那么此时进程中的所有线程都会因进程的结束而结束。pthread_join 函数用于将当前线程挂起，等待线程的结束，它是一个线程阻塞函数，调用它的函数将一直到被等待的线程结束。

实例源码：thread.c，创建两条线程，第一条线程是在程序运行到中途时调用 pthread_exit 主动退出，然后睡眠 2s。第二条线程正常运行后退出。在主进程中收集这两条线程的退出信息，并释放资源。从这个实例可以看出，这两线程是并发运行的。

```
-------------------------------------/thread.c/----------------------------------
#include <pthread.h>
#include <stdio.h>
#include <unistd.h>
#include <stdlib.h>
/*线程 1*/
void thread1(void){
   int i = 0;
   while(i++<3)
   {  printf("This is pthread1.\n");
      if(i == 2)
         pthread_exit(0);
      sleep(2);
   }
}
/*线程 2*/
void thread2(void){
   int i = 0;
   while(i++<3)
   {  printf("This is pthread2.\n");
   }
   pthread_exit(0);
}int main(){
   pthread_t id1,id2;
```

```
    int ret;
    /*分别创建线程 1、2*/
    ret = pthread_create(&id1,NULL,(void *)thread1,NULL);
    if(ret != 0)
    {   printf("Create pthread1 error\n");
        exit(1);
    }
    ret =pthread_create(&id2,NULL,(void *)thread2,NULL);
    if(ret!= 0)
    {   printf("Create pthread2 errorn\n");
        exit(1);
    }
}
-------------------------------------/thread.c/--------------------------------
```

编译时报错，如图 6-10 所示。

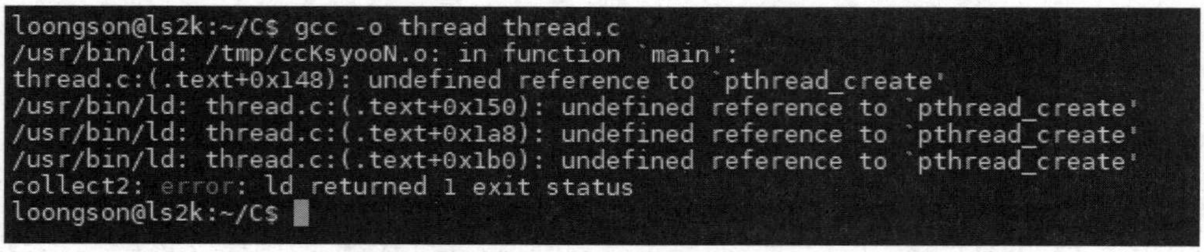

```
loongson@ls2k:~/C$ gcc -o thread thread.c
/usr/bin/ld: /tmp/ccKsyooN.o: in function `main':
thread.c:(.text+0x148): undefined reference to `pthread_create'
/usr/bin/ld: thread.c:(.text+0x150): undefined reference to `pthread_create'
/usr/bin/ld: thread.c:(.text+0x1a8): undefined reference to `pthread_create'
/usr/bin/ld: thread.c:(.text+0x1b0): undefined reference to `pthread_create'
collect2: error: ld returned 1 exit status
loongson@ls2k:~/C$
```

图 6-10　编译时报错

错误报告显示没有声明以上函数，这是因为 Linux 系统中本身并不包含线程库。解决方法是在编译的后面添加上线程库的参数项-pthread，如图 6-11 所示。

```
loongson@ls2k:~/C$ gcc -o thread thread.c -pthread
loongson@ls2k:~/C$ ./thread
This is pthread1.
This is pthread2.
This is pthread2.
This is pthread2.
This is pthread1.
loongson@ls2k:~/C$
```

图 6-11　编译成功后运行

6.6.3　线程的属性

在上一节的实例中，pthread_create 函数的第 2 个参数就是线程的属性，被设置为 NULL 表示采用默认的属性。线程的多数属性都是可以修改的，主要包括绑定属性、分离属性、堆栈地址、堆栈大小和优先级。其中系统默认的属性为非绑定、非分离、1MB 大小的堆栈、与父进程具有同样级别的优先级。关于属性的相关概念，可以查阅相关资料。

下面重点讲解如何对这些属性进行设置。这些设置有固定的步骤。通常，首先调用 pthreadattr_init 函数进行初始化，然后调用相应的属性，设置函数。如果要设置绑定属性，则使用 pthread_attr_setscope，如果要设置分离属性则使用 pthread_attr_setdetachstate，如果要设置线程优先级，则使用 pthread _attr_getscheparam 和 pthread attr_setchedparam。完成这些属性的设置后，就可以调用 pthread_create 函数来创建线程。

实例源码：pthread.c，创建两条线程，第一条线程的属性设置为绑定、分离属性；第二条线程设置为默认的属性，即非绑定、非分离属性。

```
-----------------------------------------/pthread.c/----------------------------------
    #include <pthread.h>
    #include <stdio.h>
    #include <unistd.h>
    #include <stdlib.h>
    /*线程 1*/
    void thread1(void){
        int i= 0;
        while(i++<6)
        {   printf("This is pthread1\n");
            if(i== 2)
                pthread_exit(0);
            sleep(2);
        }
    }/*产线程 2*/void thread2(void){
        int i = 0;
        while(i++<3)
        {   printf("This is pthread2\n");
        }
        sleep(1);
        pthread_exit(0);
    }
    int main(){
        pthread_t id1,id2;int ret;
        pthread_attr_t attr;/*初始化线程*/
        pthread_attr_init(&attr);/*设置线程绑定属性*/
        pthread_attr_setscope(&attr,PTHREAD_SCOPE_SYSTEM);/*设置线程分离属性*/
        pthread_attr_setdetachstate(&attr,PTHREAD_CREATE_DETACHED);/*分别创建线程
1、2*/
        ret = pthread_create(&id1,&attr,(void *)thread1,NULL);
        if(ret != 0)
        {   printf("Create pthread1 error\n");
            exit(1);
        }
        ret = pthread_create(&id2,NULL,(void *)thread2,NULL);
        if(ret != 0)
        {   printf("Create pthread2 error\n");
            exit(1);
        }
        /*等待线程结束*/
        pthread_join(id1,NULL);
        pthread_join(id2,NULL);
        return 0;
    }
-----------------------------------------/pthread.c/----------------------------------
```

运行结果如图 6-12 所示。

```
loongson@ls2k:~/C$ gcc -o pthread pthread.c -pthread
loongson@ls2k:~/C$ ./pthread
This is pthread1
This is pthread2
This is pthread2
This is pthread2
```

图 6-12　运行结果

6.6.4　线程的锁

一提到线程，一般首先想到的是多线程。由于线程共享进程的资源和地址空间，因此在对这些资源进行操作时，必须考虑资源访问的唯一性。简单地说，就是对资源的访问每次只能有一条线程，这时就需要引入同步与互斥机制。在 POSIX 中，线程同步的方法主要有互斥锁（mutex）和信号量。

1. 互斥锁

互斥锁的操作主要包括以下几个步骤。

（1）互斥锁初始化:pthread_mutex_init。

（2）互斥锁上锁:pthread_mutex_lock。

（3）互斥锁判断上锁: pthread_mutex_trylock。

（4）互斥锁解锁: pthread_mutex_unlock。

（5）消除互斥锁:pthread_mutex_destroy。

其中，互斥锁可以分为快速互斥锁、递归互斥锁和检错互斥锁。这 3 种互斥锁的区别主要在于其他未占有互斥锁的现场在希望得到互斥锁时，是否需要阻塞等待；快速互斥锁是指调用线程会阻塞，直到拥有互斥锁的线程解锁为止；递归互斥锁能够成功返回并且增加调用线程在互斥上加锁的次数。而检错互斥锁则为快速互斥锁的非阻塞版本，它会立刻返回一个错误信息。

实例源码: mutex.c，使用快速互斥锁来实现对计数变量 lock_var 的加 1、打印操作，从而进一步认识互斥锁，并理解上锁、解锁的实质。

```
----------------------------------------/mutex.c/----------------------------------
    #include <pthread.h>
    #include <stdio.h>
    #include <unistd.h>
    #include <stdlib.h>
    #include <errno.h>
    /*创建快速互斥锁*/
    pthread_mutex_t mutex = PTHREAD_MUTEX_INITIALIZER;
    /*待观察计数变量*/
    int lock_var;
    /*线程 1*/
    void thread1(void){
        while(lock_var<10)
        {   if(pthread_mutex_lock(&mutex)!=0)
            {  perror("pthread_mutex_lock");
            }
            else
            {   printf("pthread1:pthread1 lock the variable\n");
                for(int i=0;i<2;i++)
```

```
            {   sleep(1);
                lock_var++;
            }
        }
        /*互斥锁解锁*/
        if(pthread_mutex_unlock(&mutex)!=0)
        {  perror("pthread_mutex_unlock");
        }
        else
        {   printf("pthread1:pthread1 unlock the variable\n");
            sleep(1);
        }
    }
}
/*线程 2*/
void thread2(void){
    int ret;
    while(lock_var<10)
    {   /*判断是否已经上锁*/
        ret = pthread_mutex_trylock(&mutex);
        if(ret==EBUSY)
        {   /*忙*/
            printf("pthread2:the variable is lock by pthread1\n");
        }
        else
        {   /*不忙*/
            if(ret!=0)
            {   perror("pthread_mutex_trylock");
                exit(1);
            }
            else
            {  printf("pthread2:pthread2 got lock.The variable is %d\n",lock_
var);
            }
            /*互斥锁解锁*/
            if(pthread_mutex_unlock(&mutex)!=0)
            {  perror("pthread_mutex_unlock");
            }
            else
            {  printf("pthread2:pthread2 unlock the variable\n");
            }
        }
        sleep(1);
    }
}
int main(){
    pthread_t id1,id2;
    int ret;
    /*快速互斥锁的初始化*/
    pthread_mutex_init(&mutex,NULL);
    /*分别创建线程 1、2*/
    ret = pthread_create(&id1,NULL,(void *)thread1,NULL);
    if(ret != 0)
```

```
    {   printf("Create pthread1 error\n");
        exit(1);
    }
    ret = pthread_create(&id2,NULL,(void *)thread2,NULL);
    if(ret!= 0)
    {   printf("Create pthread2 error\n");
        exit(1);
    }
    /*等待线程结束*/
    pthread_join(id1,NULL);
    pthread_join(id2,NULL);
    return 0;
}
----------------------------------------/mutex.c/----------------------------------
```

运行结果如图 6-13 所示。

```
loongson@ls2k:~/C$ ./mutex
pthread1:pthread1 lock the variable
pthread2:the variable is lock by pthread1
pthread2:the variable is lock by pthread1
pthread1:pthread1 unlock the variable
pthread2:pthread2 got lock.The variable is 2
pthread2:pthread2 unlock the variable
pthread1:pthread1 lock the variable
pthread2:the variable is lock by pthread1
pthread2:the variable is lock by pthread1
pthread1:pthread1 unlock the variable
pthread2:pthread2 got lock.The variable is 4
pthread2:pthread2 unlock the variable
pthread1:pthread1 lock the variable
pthread2:the variable is lock by pthread1
pthread2:the variable is lock by pthread1
pthread1:pthread1 unlock the variable
pthread2:pthread2 got lock.The variable is 6
pthread2:pthread2 unlock the variable
pthread1:pthread1 lock the variable
pthread2:the variable is lock by pthread1
pthread2:the variable is lock by pthread1
pthread1:pthread1 unlock the variable
pthread2:pthread2 got lock.The variable is 8
pthread2:pthread2 unlock the variable
pthread1:pthread1 lock the variable
pthread2:the variable is lock by pthread1
pthread2:the variable is lock by pthread1
pthread1:pthread1 unlock the variable
loongson@ls2k:~/C$
```

图 6-13　运行结果

从结果可以看出，快速互斥锁如上面所述，如果已经有线程上锁了，就会一直等待该线程解锁，才能对互斥锁进行上锁操作。

2. 信号量

信号量其实就是一个非负的整数计数器，是操作系统中所用的 PV 原语，主要应用于进程或线程间的同步与互斥。其工作原理也很简单，PV 原语就是对整数计数器信号量 sem 进行操作，一次 P 操作使 sem 的值减 1，而一次 V 操作使 sem 的值加 1。当信号量 sem 的值大于等于 0 时，该线程具有访问公共资源的权限；相反，当信号量 sem 的值小于 0 时，该线程就阻塞，直到信号量 sem 的值大于等于 0 为止。

信号量的操作函数及其作用如表 6-9 所示。

表 6-9　信号量的操作函数及其作用

名　称	作　用
sem init	用于创建一个信号量，并初始化其值
sem wait	相当于 P 操作，将信号量的值减 1，会阻塞进程
sem trywait	相当于 P 操作，将信号量的值减 1，立刻返回，不会阻塞
sem post	相当于 V 操作，将信号量的值加 1，同时发出信号，唤醒等待进程
sem getvalue	获得信号量当前值
sem destroy	删除信号量

实例源码：sem.c，将上节互斥锁的实例简单地变换一下，使用信号量的机制来对 lock_var 进行操作，使信号量的值为 1，其实相当于互斥锁。

```
----------------------------------------/sem.c/----------------------------------
#include <pthread.h>
#include <stdio.h>
#include <unistd.h>
#include <stdlib.h>
#include <errno.h>
#include <semaphore.h>
/*定义一个信号量*/
sem_t sem;
/*待观察计数变量*/
int lock_var;
/*线程 1*/
void thread1(void){
    int i= 0;
    while(lock_var<10)
    {   /*P 操作，使得 sem 减 1*/
        sem_wait(&sem);
        for(i=0;i<2;i++)
        {   sleep(1);
            lock_var++;
            printf("lock_var = %d\n",lock_var);
        }
        printf("pthread1:lock_var = %d\n",lock_var);
        /*V 操作,使得 sem 加 1*/
        sem_post(&sem);
        sleep(1);
    }
}
/*线程 2*/
void thread2(void){
    int ret;
    while(lock_var<10)
    {   /*P 操作,使得 sem 减 1*/
        sem_wait(&sem);
        printf("pthread2:pthread2 got lock;lock_var = %d\n",lock_var);
        /*V 操作,使得 sem 加 1*/
```

```
        sem_post(&sem);
        sleep(3);
    }
}
int main(){
    pthread_t id1,id2;
    int ret;
    /*初始化信号量为1*/
    ret = sem_init(&sem,0,1);
    if(ret != 0)
    {   printf("sem_init error\n");
        exit(1);
    }
    /*分别创建线程1、2*/
    ret = pthread_create(&id1,NULL,(void *)thread1,NULL);
    if(ret != 0)
    {   printf("Create pthread1 error\n");
        exit(1);
    }
    ret = pthread_create(&id2,NULL,(void *)thread2,NULL);
    if(ret!= 0)
    {   printf("Create pthread2 error\n");
        exit(1);
    }
    /*等待线程结束*/
    pthread_join(id1,NULL);
    pthread_join(id2,NULL);
    return 0;
}
---------------------------------------/sem.c/---------------------------------
```

程序运行如图 6-14 所示。

```
loongson@ls2k:~/C$ ./sem
lock_var = 1
lock_var = 2
pthread1:lock_var = 2
pthread2:pthread2 got lock;lock_var = 2
lock_var = 3
lock_var = 4
pthread1:lock_var = 4
pthread2:pthread2 got lock;lock_var = 4
lock_var = 5
lock_var = 6
pthread1:lock_var = 6
pthread2:pthread2 got lock;lock_var = 6
lock_var = 7
lock_var = 8
pthread1:lock_var = 8
pthread2:pthread2 got lock;lock_var = 8
lock_var = 9
lock_var = 10
pthread1:lock_var = 10
pthread2:pthread2 got lock;lock_var = 10
loongson@ls2k:~/C$
```

图 6-14　程序运行

任务 6　多线程应用编程

一、任务描述

通过创建两条线程来实现对一个数进行轮流递加。

二、任务实施

不同线程对公有变量进行操作时，如果不加上互斥锁，就有可能因为同时操作而产生错误，故此加入互斥锁，并且要保证每条线程执行后就轮到另一条线程去递加，所以要用阻塞式的锁。

第 1 步：新建工程

在龙芯教育派上新建文件，文件名设为 thread_example.c

第 2 步：编写代码

```
-----------------------------------/thread_example.c/---------------------------
#include <pthread.h>
#include <stdio.h>
#include <unistd.h>
#include <stdlib.h>
#include <errno.h>
/*创建快速互斥锁*/
pthread_mutex_t mutex = PTHREAD_MUTEX_INITIALIZER;
/*计数变量*/
int calc;
/*线程 1*/
void thread1(void){
    printf("thread2:start\n");
    while(calc<10)
    {   if(pthread_mutex_lock(&mutex)!=0)
        {   perror("pthread_mutex_lock");
        }
        else
        {   printf("thread1:calc=%d\n",calc);
            calc++;
        }
        /*互斥锁解锁*/
        if(pthread_mutex_unlock(&mutex)!=0)
        {   perror("pthread_mutex_unlock");
        }
        else
        {  sleep(1);
        }
    }
    printf("thread1:end\n");
}
/*线程 2*/
void thread2(void){
    printf("thread2:start\n");
```

```
    while(calc<10)
    {   if(pthread_mutex_lock(&mutex)!=0)
        {  perror("pthread_mutex_lock");
        }
        else
        {   printf("thread2:calc=%d\n",calc);
            calc++;
        }
        /*互斥锁解锁*/
        if(pthread_mutex_unlock(&mutex)!=0)
        {  perror("pthread_mutex_unlock");
        }
        else
        {  sleep(1);
        }
    }
    printf("thread2:end\n");
}
int main(){
    pthread_t id1,id2;
    int ret;
    /*快速互斥锁的初始化*/
    pthread_mutex_init(&mutex,NULL);
    /*分别创建线程 1、2*/
    ret = pthread_create(&id1,NULL,(void *)thread1,NULL);
    if(ret != 0)
    {   printf("Create pthread1 error\n");
        exit(1);
    }
    ret = pthread_create(&id2,NULL,(void *)thread2,NULL);
    if(ret!= 0)
    {   printf("Create pthread2 error\n");
        exit(1);
    }
    /*等待线程结束*/
    pthread_join(id1,NULL);
    pthread_join(id2,NULL);
    return 0;
}
-----------------------------------/thread_example.c/---------------------------
```

第 3 步：编译程序

```
gcc -o thread_example thread_example.c
```

第 4 步：运行程序

```
./thread_example
```

运行后可看到对应线程的执行情况如图 6-15 所示。

```
loongson@ls2k:~/C$ ./thread_example
thread2:start
thread2:start
thread1:calc=0
thread2:calc=1
thread1:calc=2
thread2:calc=3
thread1:calc=4
thread2:calc=5
thread1:calc=6
thread2:calc=7
thread1:calc=8
thread2:calc=9
thread1:end
thread2:end
loongson@ls2k:~/C$
```

图 6-15 程序运行结果

第 7 章 Linux 网络通信应用

7.1 网络编程的基础概念

计算机网络学习的核心内容就是网络协议。网络协议是为计算机网络中进行数据交换而建立的规则、标准或者说是约定的集合。因为不同用户的数据终端可能采取的字符集是不同的，两者需要进行通信，必须要在一定的标准上进行。

计算机网络协议同我们的语言一样，多种多样。ARPA 公司于 1977 年到 1979 年间推出了一种名为 ARPANET 的网络协议且受到了广泛的热捧，其中最主要的原因就是它推出了人尽皆知的 TCP/IP 标准网络协议。目前 TCP/IP 协议已经成为 Internet 事实上的国际标准。

7.1.1 网络层次划分

为了使不同计算机厂家生产的计算机能够相互通信，以便在更大的范围内建立计算机网络，国际标准化组织（ISO）于 1978 年提出了“开放系统互联参考模型”，即著名的 OSI/RM（Open System Interconnection/Reference Model）。它将计算机网络体系结构的通信协议划分为 7 层，自下而上依次为物理层（Physics Layer）、数据链路层（Data Link Layer）、网络层（Network Layer）、传输层（Transport Layer）、会话层（Session Layer）、表示层（Presentation Layer）、应用层（Application Layer）。其中第四层完成数据传送服务，上面三层面向用户。

除标准的 OSI 7 层模型外，常见的网络层次划分还有 TCP/IP 4 层协议及 TCP/IP 5 层协议，它们之间的对应关系如图 7-1 所示。

7.1.2 OSI 7 层模型

TCP/IP 协议毫无疑问是互联网的基础协议，没有它就根本不可能上网，任何和互联网有关的操作都离不开 TCP/IP 协议。不管是 OSI 7 层模型还是 TCP/IP 的 4 层、5 层模型，每一层中都有自己的专属协议，完成自己相应的工作及与上下层级之间进行沟通，如图 7-2 所示。

- OSI 7层模型
- TCP/IP 4层模型
- TCP/IP 5层模型

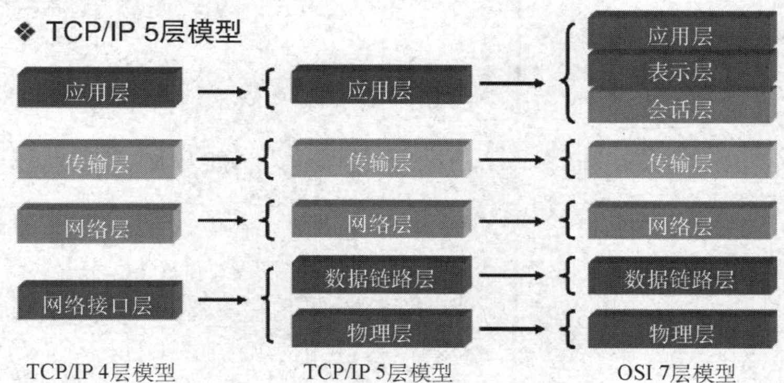

图 7-1 通信协议模型

ISO/OSI	TCP/IP	
应用层	应用层	传递对象：报文
表示层		
会话层		SMTP、FTP、TELNET、DNS、TFTP、RPC、其他
运输层	传输层	传输协议分组 TCP UDP
网络层	网际网层 (IP层)	IP数据报 IP(ICMP等) ARP RARP
数据链路层	网络接口	帧 网络接口协议(链路控制和媒体访问)
物理层	硬件 (物理网络)	以太网、令牌环、X.25网、FDDI、其他网络

图 7-2 OSI 7 层模型

7.2 TCP/IP

TCP/IP（Transmission Control Protocol/ Internet Protocol）叫作传输控制/互联网协议，又叫作网络通信协议。实际上，它包含了上百个功能的协议，如 ICMP（互联网控制投文协议）、FTP（文件传输协议）、UDP（用户数据报协议）、ARP（地址解析协议）等。TCP 负责发现传输的问题，一旦有问题就会发出重传的信号，直到所有数据安全、正确地传输到目的地；而 IP 就是给互联网上的每一台计算机规定一个地址。

7.2.1 IP 地址、端口与域名

IP 地址的作用是标识计算机的网卡地址，每一台计算机都有唯一的 IP 地址。在程序中是通过 IP 地址来访问一台计算机的。IP 地址具有统一的格式，其长度是 32 位的二进制数值，4 个字节，为了便于记忆，通常化为十进制的整数来表示，如 192.168.1.100。在 Linux 终端输入命令 ifconfig，可查看本机的 IP 地址和 MAC（介质访问控制）地址，如图 7-3 所示。

```
loongson@ls2k:~$ ifconfig
enp0s3f0: flags=4163<UP,BROADCAST,RUNNING,MULTICAST>  mtu 1500
        inet 192.168.124.37  netmask 255.255.255.0  broadcast 192.168.124.255
        inet6 fe80::65d4:c188:dd8f:d6f4  prefixlen 64  scopeid 0x20<link>
        ether 00:01:20:21:22:38  txqueuelen 1000  (Ethernet)
        RX packets 8303  bytes 862170 (841.9 KiB)
        RX errors 0  dropped 0  overruns 0  frame 0
        TX packets 348  bytes 41788 (40.8 KiB)
        TX errors 0  dropped 0 overruns 0  carrier 0  collisions 0
        device interrupt 12

lo: flags=73<UP,LOOPBACK,RUNNING>  mtu 65536
        inet 127.0.0.1  netmask 255.0.0.0
        inet6 ::1  prefixlen 128  scopeid 0x10<host>
        loop  txqueuelen 1000  (Local Loopback)
        RX packets 94  bytes 7521 (7.3 KiB)
        RX errors 0  dropped 0  overruns 0  frame 0
        TX packets 94  bytes 7521 (7.3 KiB)
        TX errors 0  dropped 0 overruns 0  carrier 0  collisions 0

loongson@ls2k:~$ 
```

图 7-3　查看 IP 地址

端口是指为了标识同一台计算机中不同程序访问网络而设置的编号。每个程序在访问网络时都会分配一个标识符，程序在访问网络或接受访问时，会用这个标识符表示这一网络数据属于这个程序。端口号其实是一个 16 位的无符号整数（Unsigned Short），其范围为 0～65535。不同编号范围的端口号有不同的作用。低于 256 的端口是系统保留的，主要用于系统进程通信，如 WWW 服务使用的是 80 号端口，FTP 服务使用的是 21 号端口。不在这一范围内的端口号是自由端口号，在编程时可以调用这些端口号。

域名是用来代替 IP 地址来标识计算机的一种直观名称，如百度 IP 地址是 180.97.33.108，没有任何逻辑含义，不便于记忆。一般选择 www.baidu.com 这个域名来代替 IP 地址。可以使用命令 ping www.baidu.com 来查看该域名对应的 IP 地址。

7.2.2　套接字（Socket）

套接字（Socket）也叫套接口，在网络中用来描述计算机中不同程序与其他计算机程序的通信方式。人们常说的套接字其实是一种特殊的 I/O 接口，也是一种文件描述符。

套接字分为以下 3 种类型。

1. 流式套接字（SoCK_STREAM）

流式套接字提供可靠的、面向连接的通信流。它使用 TCP 协议，从而保证了数据传输的正确性和顺序性。

2. 数据报套接字（SoCK_DGRAM）

数据报套接字定义了一种无连接的服务，数据通过相互独立的报文进行传输，是无序的，并且不保证是可靠、无差错的。它使用 UDP 协议。

3. 原始套接字

原始套接字允许对底层协议（如 IP 或 ICMP）进行直接访问，其功能强大但使用较为不便，主要用于一些协议的开发。

套接字由 3 个参数构成：IP 地址、端口号和传输层协议，以区分不同应用程序进程间的网络通信与连接。套接字也有一个类似于打开文件的函数调用，该函数返回一个整型的套接字描述符，随后建立的连接、数据传输等操作都是通过描述符来实现的。

```
/* 创建套接字 socket() */
#include <sys/types.h>
#include <sys/socket.h>
int socket(int domain, int type, int protocol);

/* 套接字地址，每个套接字域都有其自己的地址格式 sockaddr */
/* AF_UNIX 域地址格式 */
struct sockaddr_un {
    sa_family_t sun_family;
    char    sun_path[];
};
/* AF_INET 域地址格式 */
struct sockaddr_in {
    short int sin_family;
    unsigned short int sin_port;
    struct in_addr sin_addr;
};
/* in_addr 结构体 */
struct in_addr {
    unsigned long int s_addr;
};

/* 命名套接字 bind() */
/* AF_UNIX 域套接字会关联到一个文件系统的路径名 */
/* AF_INET 套接字会关联到一个 IP 端口号 */
/* bind 系统调用把参数 address 中的地址分配给与文件描述符 socket 关联的未命名套接字 */
#include <sys/socket.h>
int bind(int socket, const struct sockaddr *address, size_t address_len);

/* 创建套接字队列，创建一个队列来保存未处理的请求 */
#include <sys/socket.h>
int listen(int socket, int backlog);

/* 接收连接 */
#include <sys/socket.h>
int accept(int socket, struct sockaddr *address, size_t *address_len);

/* 请求连接 */
#include <sys/socket.h>
int connect(int socket, const struct sockaddr *address, size_t address_len);

/* 关闭套接字 */
int close(int fd);
```

TCP 是互联网中的传输层协议，其使用三次握手协议建立连接。当主动方发出 SYN 连接请求后，等待对方回答 SYN+ACK，并最终对对方的 SYN 执行 ACK 确认。这种建立连接的方法可以防止产生错误的连接，TCP 使用的流量控制协议是可变大小的滑动窗口协议。

TCP 三次握手的过程如下：①客户端发送 SYN（SEQ=x）报文给服务器端，进入 SYN_SEND 状态；②服务器端收到 SYN 报文，回应一个 SYN（SEQ=y）ACK(ACK=x+1）报文，进入 SYN_RECV 状态；③客户端收到服务器端的 SYN 报文，回应一个 AC（(ACK=y+1）报文，进入 Established 状态。三次握手完成，TCP 客户端和服务器端成功地建立了连接，即可开始传输数据。

7.2.3 TCP/IP 通信简单实现

通常应用程序通过打开一个 Socket 来使用 TCP 服务。可以说，通过 IP 源/目的可以唯一地区分网络中两个设备的关联，通过 Socket 的源/目的可以唯一地区分网络中两个应用程序的关联。

TCP 编程实例分为服务器端（Server）和客户端（Client）两种，其中服务器端首先建立起 Socket，接着绑定本地端口，建立与客户端的联系，并接收客户端发送的消息。而客户端则在建立 Socket 之后，调用 connect()函数来与服务器端建立连接，连接后，调用 send()函数发送数据到服务器端。

服务器源码 serve_tcp.c：

```
------------------------------/serve_tcp.c/--------------------------------------
    #include<stdio.h>
    #include<sys/socket.h>
    #include<netinet/in.h>
    #include<stdlib.h>
    #include<arpa/inet.h>
    #include<unistd.h>
    #include<string.h>
    int main(){
        //创建套接字
        int serv_sock = socket(AF_INET, SOCK_STREAM, IPPROTO_TCP);
        //初始化 socket 元素
        struct sockaddr_in serv_addr;
        memset(&serv_addr, 0, sizeof(serv_addr));
        serv_addr.sin_family = AF_INET;
        serv_addr.sin_addr.s_addr = inet_addr("127.0.0.1");
        //serv_addr.sin_addr.s_addr = inet_addr("192.168.124.37");
        serv_addr.sin_port = htons(1234);
        //绑定文件描述符和服务器的 IP 和端口号
        bind(serv_sock, (struct sockaddr*)&serv_addr, sizeof(serv_addr));
        printf("serve start:127.0.0.1\n");
        //进入监听状态，等待用户发起请求
        listen(serv_sock, 20);
        //接收客户端请求
        //定义客户端的套接字，这里返回一个新的套接字，后面通信时，就用这个 clnt_sock 进行通信
        struct sockaddr_in clnt_addr;
        socklen_t clnt_addr_size = sizeof(clnt_addr);
        int   clnt_sock   =   accept(serv_sock,   (struct   sockaddr*)&clnt_addr,
&clnt_addr_size);
        //接收客户端数据，并响应
        char str[256];
```

```
    read(clnt_sock, str, sizeof(str));
    printf("client send: %s\n",str);
    strcat(str, "+ACK");
    write(clnt_sock, str, sizeof(str));
    //关闭套接字
    close(clnt_sock);
    close(serv_sock);
    return 0;
}
-------------------------------------/serve_tcp.c/--------------------------------
```

客户端源码 client_tcp.c：

```
-------------------------------------/client_tcp.c/-------------------------------
#include<stdio.h>
#include<string.h>
#include<stdlib.h>
#include<unistd.h>
#include<arpa/inet.h>
#include<sys/socket.h>
int main(){
    //创建套接字
    int sock = socket(AF_INET, SOCK_STREAM, 0);
    //服务器的 IP 为本地，端口号 1234
    struct sockaddr_in serv_addr;
    memset(&serv_addr, 0, sizeof(serv_addr));
    serv_addr.sin_family = AF_INET;
    serv_addr.sin_addr.s_addr = inet_addr("127.0.0.1");
    serv_addr.sin_port = htons(1234);
    //向服务器发送连接请求
    connect(sock, (struct sockaddr*)&serv_addr, sizeof(serv_addr));
    //发送并接收数据
    char buffer[40];
    printf("Please write:");
    scanf("%s", buffer);
    write(sock, buffer, sizeof(buffer));
    read(sock, buffer, sizeof(buffer) - 1);
    printf("Serve send: %s\n", buffer);
    //断开连接
    close(sock);
    return 0;
}
-------------------------------------/client_tcp.c/-------------------------------
```

测试时在龙芯教育派上打开两个终端窗口分别运行服务器端与客户端程序。先运行服务器端程序，开始监听，如图 7-4 所示，再打开客户端，输入要发送的数据，如图 7-5 所示，发送后等待服务器返回，服务器接收到数据后输出，给客户端返回一个结果，然后关闭。客户端接收到服务返回后关闭。

```
loongson@ls2k:~/C/tcpip$ ./serve_tcp
serve start:127.0.0.1
client send: hello
loongson@ls2k:~/C/tcpip$
```

图 7-4　服务器端

```
loongson@ls2k:~/C/tcpip$ ./client_tcp
Please write:hello
Serve send: hello+ACK
loongson@ls2k:~/C/tcpip$
```

图 7-5　客户端

也可以在龙芯教育派上打开服务器，如图 7-6 所示，上位机通过 TCP 调试助手的客户端来连接。此时客户端的 IP 地址要设置成龙芯教育派的 IP 地址（127.0.0.1 表示本机地址），如图 7-7 所示。

```
root@ls2k:/home/loongson/C/tcpip# ./serve_tcp
serve start!
client send: hello
root@ls2k:/home/loongson/C/tcpip#
```

图 7-6　龙芯教育派上的服务器

图 7-7　上位机调试助手客户端

7.3　多连接环境 Socket 编程

在上一节中，使用了 TCP/IP 进行通信，但是这个通信是单次的，且只能建立一个通道，正常的通信基本都是一对多的，下面就来介绍如何实现多连接的通信。

7.3.1　使用 select()处理多连接

select()在 Socket 编程中还是比较重要的，可是对于初学 Socket 的人来说都不太爱用 select()写程序，他们只是习惯写诸如 conncet()、accept()、recv()或 recvfrom 这样的阻塞程序（所谓阻塞方式，顾名思义，就是进程或是线程执行到这些函数时必须等待某个事件发生，如果事件没有发生，进程或线程就被阻塞，函数不能立即返回）。可是使用 select()就可以完成非阻塞方式工作的程序（所谓非阻塞方式，就是进程或线程执行此函数时不必非要等待事件的发生，一旦执行肯定返回，以返回值的不同来反映函数的执行情况。若事件发生则与阻塞方式相同，若事件没有发生则返回一个代码来告知事件未发生，而进程或线程继续执行，所以其效率较高），它能够监视我们需要监视的文件描述符的变化情况——读写或是异常。

函数原型为：

```
    int select(int maxfdp, fd_set* readfds, fd_set* writefds, fd_set* errorfds,
struct timeval* timeout);
```

先说明两个结构体。

struct fd_set 可以理解为一个集合，这个集合中存放的是文件描述符（File Descriptor），即文件句柄，它可以是我们所说的普通意义的文件，当然 UNIX 下任何设备、管道、FIFO 等都是文件形式，且全部包括在内，所以，毫无疑问，一个 Socket 就是一个文件，Socket 句柄就是一个文件描述符。fd_set 集合可以通过一些宏由人为来操作，比如清空集合 FD_ZERO(fd_set*)，将一个给定的文件描述符加入集合之中 FD_SET(int, fd_set*)，将一个给定的文件描述符从集合中删除 FD_CLR(int,fd_set*)，检查集合中指定的文件描述符是否可以读写 FD_ISSET(int, fd_set*)。

struct timeval 是一个常用的结构，用来代表时间值，它有两个成员，一个是秒数，另一个毫秒数。

select()的其他参数介绍如下：

int maxfdp 是一个整数值，是指集合中所有文件描述符的范围，即所有文件描述符的最大值加 1，不能错！在 Windows 中这个参数值即使设置不正确也无所谓。

fd_set* readfds 是指向 fd_set 结构的指针，这个集合中应该包括文件描述符，我们是要监视这些文件描述符的读变化的，即我们关心是否可以从这些文件中读取数据，如果这个集合中有一个文件可读，select()就会返回一个大于 0 的值，表示有文件可读，如果没有可读的文件，则根据 timeout 参数再判断是否超时，若超出 timeout 的时间，select()返回 0，若发生错误则返回负值。可以传入 NULL 值，表示不关心任何文件的读变化。

fd_set* writefds 是指向 fd_set 结构的指针，这个集合中应该包括文件描述符，我们是要监视这些文件描述符的写变化的，即我们关心是否可以向这些文件中写入数据，如果这个集合中有一个文件可写，select()就会返回一个大于 0 的值，表示有文件可写，如果没有可写的文件，则根据 timeout 参数再判断是否超时，若超出 timeout 的时间，select()返回 0，若发生错误则返回负值。可以传入 NULL 值，表示不关心任何文件的写变化。

fe_set* errorfds 同上面两个参数的意图，用来监视文件错误异常。

struct timeval* timeout 是 select()的超时时间，这个参数至关重要，它可以使 select 处于以下三种状态。

第一：若将 NULL 以形参传入，即不传入时间结构，就是将 select()置于阻塞状态，一定要等到监视文件描述符集合中某个文件描述符发生变化为止。

第二：若将时间值设为 0 秒 0 毫秒，select()就变成一个纯粹的非阻塞函数，不管文件描述符是否有变化，都立刻返回继续执行，文件无变化返回 0，有变化则返回一个正值。

第三：如 timeout 的值大于 0，这就是等待的超时时间，即 select()在 timeout 时间内阻塞，超时时间之内有事件到来就返回，否则在超时时间后不管怎样一定返回，返回值同上述。

select()函数返回值有负值、正值和 0。

- 负值：表示发生错误。
- 正值：某些文件可读写或出错。
- 0：等待超时，没有可读写或错误的文件。

【实例 7-1】使用 select()函数处理多连接的服务端 tcp_serve_select.c。

```
-----------------------------/tcp_serve_select.c/------------------------------
    #include <sys/types.h>
    #include <sys/socket.h>
    #include <stdio.h>
    #include <sys/un.h>
    #include <unistd.h>
    #include <stdlib.h>
    #include <assert.h>
    #include <string.h>
    #include <pthread.h>
    #include <sys/time.h>
    // 最大客户端连接数目#define MAX_CLIENT_NUM 500
    void main(){
        int server_sock_fd, client_sock_fd;
        int server_len, client_len;
        struct sockaddr_un server_address;
        struct sockaddr_un client_address;
        char ch;
        int res;
        // 查看 man 手册 'man select'
        // 该变量用于 select 函数调用的第一个参数，含义如下：
        // nfds is the highest-numbered file descriptor in any of the three sets,
plus 1.
        int max_fd_plus_one;
        // 简单用于保存客户端连接的 Socket 描述符
        int fd_clients[MAX_CLIENT_NUM];
        // init，使用 -1 初始化数组中的每一个元素
        for(int i = 0;i < MAX_CLIENT_NUM;i++){
            fd_clients[i] = -1;
        }
        // 统计客户端数目，只增不减，必须注意数组下标越界！
        int fd_clients_count = 0;
        fd_set readfds;
        FD_ZERO(&readfds);
        unlink("server_socket");
        assert((server_sock_fd = socket(AF_UNIX, SOCK_STREAM, 0)) != -1);
        max_fd_plus_one = server_sock_fd + 1; // 初始化
        FD_SET(server_sock_fd, &readfds); // 监听服务器套接字
        server_address.sun_family = AF_UNIX;
        strcpy(server_address.sun_path, "server_socket");
        server_len = sizeof(server_address);
        assert(bind(server_sock_fd,     (struct     sockaddr     *)&server_address,
server_len) == 0);
```

```
        assert(listen(server_sock_fd, 5) == 0);
        fprintf(stdout, "server waiting for client...\n");
        while(1){
            switch(res = select(max_fd_plus_one, &readfds, NULL, NULL, NULL)){
                case 0:
                    continue;
                case -1:
                    // error
                    fprintf(stdout, "error: select failed.\n");
                    exit(EXIT_FAILURE);
                default:
                    if(FD_ISSET(server_sock_fd, &readfds)){
                        // server fd
                        // 无阻塞调用 accept 函数，获取客户端连接
                        client_len = sizeof(client_address);
                        assert((client_sock_fd  =  accept(server_sock_fd,  (struct
sockaddr *)&client_address, &client_len)) != -1);
                        // 更新
                        max_fd_plus_one  =  (client_sock_fd  >  max_fd_plus_one  ?
client_sock_fd + 1 : max_fd_plus_one);
                        // 添加客户端 socket 描述符到 fd_clients 数组
                        fd_clients[fd_clients_count++] = client_sock_fd;
                    }else{
                        // retry add server fd
                        // 将服务器端连接描述符再次添加到 readfds 中，供 select 函数监听可读
操作
                        FD_SET(server_sock_fd, &readfds);
                    }
                    // handle client
                    for(int i = 0;i < fd_clients_count;i++){
                        int c_fd = fd_clients[i];
                        if (c_fd != -1 && FD_ISSET(c_fd, &readfds)){
                            assert(read(c_fd, &ch, 1) == 1);
                            fprintf(stdout,      "server      received:      %c,
max_client_fd:%d\n", ch,
    max_fd_plus_one - 1);
                            ch++;
                            assert(write(c_fd, &ch, 1) == 1);
                            // 移除已经处理完毕的描述符
                            FD_CLR(c_fd, &readfds);
                            // remove c_fd from fd_clients
                            // 客户端请求处理完毕后，将其从 fd_clients 中移除
                            for(int k = 0;k < fd_clients_count;k++){
                                if(fd_clients[k] == c_fd){
                                    fd_clients[k] = -1;
                                    break;
                                }
                            }
                            close(c_fd);
                        }
                    }
                    // 将客户端连接描述符再次添加到 readfds 中，供 select()函数监听可读操作
                    // 一定要避免添加无效的描述符
```

```
                // 准备继续下一次监听
                for(int j = 0;j < fd_clients_count;j++){
                    if(fd_clients[j]   !=   -1   &&   !FD_ISSET(fd_clients[j],
&readfds)){
                        FD_SET(fd_clients[j], &readfds);
                    }
                }
            }
        }
    }
-----------------------------------/tcp_serve_select.c/------------------------
```

实例：客户端 tcp_client_select.c，通过脚本一次性运行多个客户端连接服务器。

```
-----------------------------------/tcp_client_select.c/-----------------------
    #include <sys/types.h>
    #include <sys/socket.h>
    #include <stdio.h>
    #include <sys/un.h>
    #include <unistd.h>
    #include <stdlib.h>
    #include <string.h>
    #include <assert.h>
    void main(){
        int sockfd;
        int len;
        struct sockaddr_un address;
        int res;
        char ch = 'A';
        assert((sockfd = socket(AF_UNIX, SOCK_STREAM, 0)) != -1);
        address.sun_family = AF_UNIX;
        strcpy(address.sun_path, "server_socket");
        len = sizeof(address);
        assert((res = connect(sockfd, (struct sockaddr *)&address, len)) == 0);
        sleep(1); // 先睡眠 1 秒
        assert(write(sockfd, &ch, 1) == 1);
        assert(read(sockfd, &ch, 1) == 1);
        fprintf(stdout, "client received: %c\n", ch);
    }
-----------------------------------/tcp_client_select.c/-----------------------
```

开启客户端脚本：make_client.sh

```
    #!/bin/bash
    for i in 1 2 3 4 5 6 7 8 9 10 11 12 13 14 15 16 17 18 19 20
    do
        ./tcp_client_select &
    done
    exit 0
```

运行时首先开启服务器，然后运行客户端脚本，程序结果如图 7-8 和图 7-9 所示。

```
loongson@ls2k:~/C/tcpip$ ./tcp_sever_select
server waiting for client...
server received: A, max_client_fd:23
server received: A, max_client_fd:23
server received: A, max_client_fd:23
server received: A, max_client_fd:23
server received: A, max_client_fd:23
server received: A, max_client_fd:23
server received: A, max_client_fd:23
server received: A, max_client_fd:23
server received: A, max_client_fd:23
server received: A, max_client_fd:23
server received: A, max_client_fd:23
server received: A, max_client_fd:23
server received: A, max_client_fd:23
server received: A, max_client_fd:23
server received: A, max_client_fd:23
server received: A, max_client_fd:23
server received: A, max_client_fd:23
server received: A, max_client_fd:23
server received: A, max_client_fd:23
server received: A, max_client_fd:23
```

图 7-8　服务器

```
loongson@ls2k:~/C/tcpip$ sh make_client.sh
loongson@ls2k:~/C/tcpip$ client received: B
client received: B
client received: B
client received: B
client received: B
client received: B
client received: B
client received: B
client received: B
client received: B
client received: B
client received: B
client received: B
client received: B
client received: B
client received: B
client received: B
client received: B
client received: B
client received: B
```

图 7-9　客户端

7.3.2　使用 poll()函数处理多连接

使用 select()函数可以处理 Socket 多连接的问题，使用 poll()函数也可以实现同样的功能，且调用方式更加简单，其原型是：

```
struct pollfd {
 int fd;       //文件描述符
 short events;   //要求查询的事件掩码
 short revents;  //返回的事件掩码
};int poll(struct pollfd *ufds, unsigned int nfds, int timeout);
```

poll()函数使用 pollfd 类型的结构来监控一组文件句柄，ufds 表示要监控的文件句柄集合，nfds 表示监控的文件句柄数量，timeout 表示等待的毫秒数，这段时间内无论 I/O 是否准备好，poll()都会返回。timeout 为负数表示无线等待，timeout 为 0 表示调用后立即返回。执行结果为：返回值为 0 表示超时前没有任何事件发生；−1 表示失败；成功则返回结构体中 revents 不为 0 的文件描述符个数。pollfd 结构监控的事件类型如下：

```
#define POLLIN 0x0001
#define POLLPRI 0x0002
#define POLLOUT 0x0004
#define POLLERR 0x0008
#define POLLHUP 0x0010
#define POLLNVAL 0x0020
#define POLLRDNORM 0x0040
#define POLLRDBAND 0x0080
#define POLLWRNORM 0x0100
#define POLLWRBAND 0x0200
#define POLLMSG 0x0400
#define POLLREMOVE 0x1000
```

如上是 events 事件掩码的值域，POLLIN|POLLPRI 类似于 select()的读事件，POLLOUT|POLLWRBAND 类似于 select()的写事件。当 events 属性为 POLLIN|POLLOUT 时，表示监控是否可读或可写。当 poll()返回时，即可通过检查 revents 变量对应的标志位与 events 是否相同，比如 revents 中 POLLIN 事件标志位被设置，则表示文件描述符可以被读取。代码段示例：

```
int sockfd;  //套接字句柄
struct pollfd pollfds;int timeout;
timeout = 5000;
pollfds.fd = sockfd;    //设置监控 sockfd
pollfds.events = POLLIN|POLLPRI; //设置监控的事件
for(;;)
{       switch(poll(&pollfds,1,timeout))
{  //开始监控
case -1:          //函数调用出错
printf("poll error \r\n");
break;
case 0:
printf("time out \r\n");
break;
default:          //得到数据返回
       printf("sockfd have some event \r\n");
       printf("event value is 0x%x",pollfds.revents);
break;
   }
}
```

实例：

```
------------------------------/tcp_serve_poll.c/------------------------------
/* 实现功能：通过 poll 处理多个 Socket
 * 监听一个端口,监听到有链接时,添加到 poll
 */
```

```
#include <stdio.h>
#include <stdlib.h>
#include <string.h>
#include <sys/socket.h>
#include <poll.h>
#include <sys/time.h>
#include <netinet/in.h>
#include <arpa/inet.h>
typedef struct _CLIENT{
    int fd;
    struct sockaddr_in addr;
    /* client's address information */
} CLIENT;
//端口号
#define MYPORT 1234
//处理的最多连接数
#define BACKLOG 5
//当前的连接数
int currentClient = 0;
//数据接收 buf
#define REVLEN 10
char recvBuf[REVLEN];
//最大客户端数量
#define CLIENT_MAX 1024
int main(){
    int i, ret, sinSize;
    int recvLen = 0;
    fd_set readfds, writefds;
    int sockListen, sockSvr, sockMax;
    int timeout;
    struct sockaddr_in server_addr;
    struct sockaddr_in client_addr;
    struct pollfd clientfd[CLIENT_MAX];
    struct _CLIENT cnt_addr[CLIENT_MAX];
    socklen_t clnt_addr_size = sizeof(client_addr);
    //socket
    if((sockListen=socket(AF_INET, SOCK_STREAM, 0)) < 0)
    {
        printf("socket error\n");
        return -1;
    }
    bzero(&server_addr, sizeof(server_addr));
    server_addr.sin_family  =  AF_INET;
    server_addr.sin_port = htons(MYPORT);
    server_addr.sin_addr.s_addr  =  htonl(INADDR_ANY);//指定所有 IP
    //server_addr.sin_addr.s_addr = inet_addr("127.0.0.1");//指定 ip
    //bind
    if(bind(sockListen, (struct sockaddr*)&server_addr, sizeof(server_addr)) <
0)
    {   printf("bind error\n");
        return -1;
    }
    //listen
```

```
    if(listen(sockListen, 5) < 0)
    {   printf("listen error\n");
        return -1;
    }
    //clientfd 初始化
    clientfd[0].fd = sockListen;
    clientfd[0].events = POLLIN; //POLLRDNORM;
    sockMax = 0;
    for(i=1; i<CLIENT_MAX; i++)
    {   clientfd[i].fd = -1;
    }
    //select
    while(1)
    {   timeout=3000;
        //select
        ret = poll(clientfd, sockMax+1, timeout);
        if(ret < 0)
        { printf("poll error\n");
           break;
        }
        else if(ret == 0)
        {   printf("timeout ...\n");
            continue;
        }
        if (clientfd[0].revents & POLLIN)//POLLRDNORM
        {           sockSvr          =          accept(sockListen,(struct
sockaddr*)&client_addr,&clnt_addr_size);
    //(struct sockaddr*)&client_addr
            if(sockSvr == -1)
            { printf("accpet error\n");
            }
            else
            {   currentClient++;
                printf("has a clinet connet ip %s:%d!\n",
            inet_ntoa(client_addr.sin_addr),
            client_addr.sin_port);
            }
            for(i=0; i<CLIENT_MAX; i++)
            {   if(clientfd[i].fd<0)
                {   clientfd[i].fd = sockSvr;
                    cnt_addr[i].addr = client_addr;
                    break;
                }
            }
            if(i==CLIENT_MAX)
            {   printf("too many connects\n");
                return -1;
            }
            clientfd[i].events = POLLIN;//POLLRDNORM;
            if(i>sockMax)
                sockMax = i;
        }
        //读取数据
```

```
        for(i=1; i<=sockMax; i++)
        {  if(clientfd[i].fd < 0)
                continue;
            if (clientfd[i].revents & (POLLIN | POLLERR))//POLLRDNORM
            {   if(recvLen != REVLEN)
                {   while(1)
                    {   //recv 数据
                        ret = recv(clientfd[i].fd,
                (char *)recvBuf+recvLen,
                REVLEN-recvLen, 0);
                        if(ret == 0)
                        {   clientfd[i].fd = -1;
                            recvLen = 0;
                            break;
                        }
                        else if(ret < 0)
                        {   clientfd[i].fd = -1;
                            recvLen = 0;
                            break;
                        }
                        //数据接收正常
                        recvLen = recvLen+ret;
                        if(recvLen<REVLEN)
                        {   continue;
                        }
                        else
                        {   //数据接收完毕
                            printf("form:%s:%d  buf = %s\n",
    inet_ntoa(cnt_addr[i].addr.sin_addr),
                cnt_addr[i].addr.sin_port,
                recvBuf);
                            //close(client[i].fd);
                            //client[i].fd = -1;
                            recvLen = 0;
                            break;
                        }
                    }
                }
            }
        }
    }
    return 0;
}
------------------------------/tcp_serve_poll.c/------------------------------
```

在龙芯教育派上开启服务器 tcp_serve_poll，然后在上位机上运行两个调试助手，用客户端连接，然后发送数据，可以看到服务器对能够区分不同端口号的客户端，实现一对多的功能，如图 7-10 和图 7-11 所示。

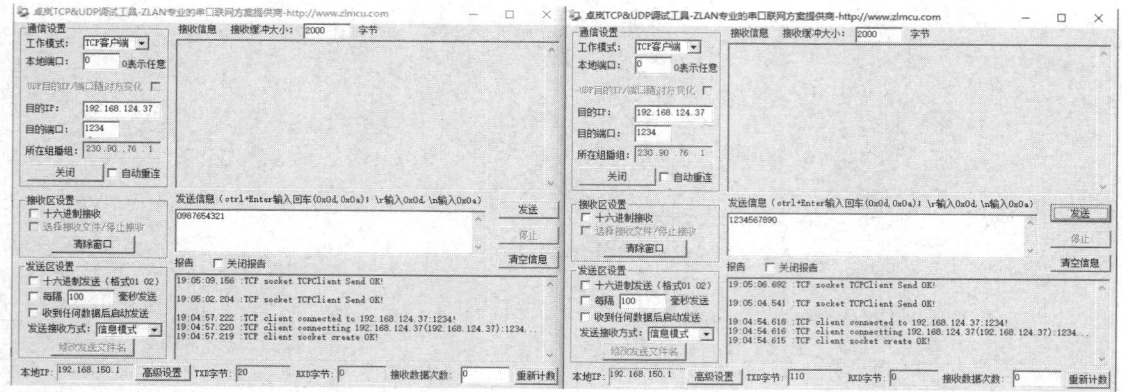

图 7-10　多客户端连接

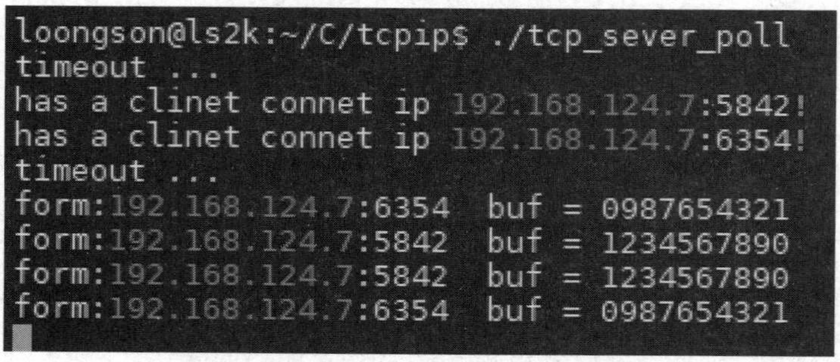

```
loongson@ls2k:~/C/tcpip$ ./tcp_sever_poll
timeout ...
has a clinet connet ip 192.168.124.7:5842!
has a clinet connet ip 192.168.124.7:6354!
timeout ...
form:192.168.124.7:6354  buf = 0987654321
form:192.168.124.7:5842  buf = 1234567890
form:192.168.124.7:5842  buf = 1234567890
form:192.168.124.7:6354  buf = 0987654321
```

图 7-11　poll()处理多连接

任务 7　Linux 网络编程

一、任务描述

使用多线程的方式编写服务器，能对多个客户端的请求做出反应，并且能对所有已连接的客户端进行广播。

二、任务分析

因为要对客户端进行广播，所以服务器函数也要在子进程里运行，不然会阻塞输入。服务器监听时，一旦有客户端连接进来，就开启一条线程来建立与客户端的通信，然后添加到一个公共变量结构体里，供广播时使用。当客户端断开连接时，也要对应删除结构体里的变量。

三、任务实施

第 1 步：新建工程

在龙芯教育派上新建文件，文件名设为 TCP_serve.c。

第 2 步：编写程序

```
--------------------------------/TCP_serve.c/-----------------------------------
    #include <sys/types.h>
    #include <sys/socket.h>
    #include <netinet/in.h>
    #include <arpa/inet.h>
    #include <stdio.h>
    #include <stdlib.h>
    #include <string.h>
    #include <unistd.h>
    #include <signal.h>
    #include <sys/wait.h>
    #include <errno.h>
    #include <pthread.h>
    #define ADRR_IP INADDR_ANY//#define ADRR_IP 127.0.0.1
    #define ADRR_PORT 1234
    #define CLIENT_MAX 32
    typedef struct SockInfo{
       int fd;
       struct sockaddr_in addr;
       pthread_t id;
    }SockInfo;
    SockInfo info[CLIENT_MAX];
    void* worker(void* arg){
        SockInfo* info1 = (SockInfo*)arg;
        char buf[1024];
    char ip[64];
    const  char  *adrr_ip  =  inet_ntop(AF_INET,  &info1->addr.sin_addr.s_addr,
ip,sizeof(ip));
    int adrr_port = info1->addr.sin_port;
    printf("Client IP: %s:%d is connect!\n",adrr_ip,adrr_port);
    while(1)
        {
            int len = read(info1->fd, buf, sizeof(buf));
            if(len == -1)
               {  printf("Client IP: %s:%d is Unconnect!\n",adrr_ip,adrr_port);
               for(int i = 0;i < CLIENT_MAX;i++)
                      {   if(info[i].addr.sin_addr.s_addr==
                      info1->addr.sin_zaddr.s_addr);
                      {   if(info[i].addr.sin_port == info1->addr.
                      sin_port)
                      {   info[i].fd = -1;
                      }
                      }
             perror("read error:");
             pthread_exit(NULL);
     }
    else if(len == 0)
    { //printf("Client IP: %s:%d is read error !\n",&adrr_ip,&adrr_port);
    for(int i = 0;i < CLIENT_MAX;i++)
    {  if(info[i].addr.sin_addr.s_addr == info1->addr.sin_addr.s_addr);
    {   if(info[i].addr.sin_port == info1->addr.sin_port)
    {  info[i].fd = -1;
    }
```

```
}
}
close(info1->fd);
break;
}
else
{  printf("%s:%d recv buf:%s\n",inet_ntop(AF_INET,
 &info1->addr.sin_addr.s_addr, ip,sizeof(ip)),info1->addr.sin_port,buf);
}
}
   return NULL;
}
void serve_start(){
int Socket_fd = socket(AF_INET, SOCK_STREAM, 0);   // create socket
if(Socket_fd==-1)
{   perror("create socket error");
    exit(EXIT_FAILURE);
}
struct sockaddr_in serv;
memset(&serv, 0 ,sizeof(serv));
serv.sin_family = AF_INET;                            // IPv4
serv.sin_port = htons(ADRR_PORT);                      // port
serv.sin_addr.s_addr = ADRR_IP;                       // IP
if(-1==bind(Socket_fd, (struct sockaddr*)&serv, sizeof(serv)))
{   perror("bind error");
    close(Socket_fd);
    exit(EXIT_FAILURE);
}
        if(-1==listen(Socket_fd,36))
             {   perror("listen error");
             close(Socket_fd);
             exit(EXIT_FAILURE);
             }
printf("ADRR_IP:%s\nPort:%d\nServe Start......\n",inet_ntoa(serv.sin_addr),
ADRR_PORT);
int i=0;
for(i=0;i<sizeof(info)/sizeof(int);i++)
   info[i].fd=-1;
   socklen_t cli_len = sizeof(struct sockaddr_in);
while(1)
    {   for(i=0;i<CLIENT_MAX;i++)
    {   if(info[i].fd == -1)
    break;
    }
if(i==CLIENT_MAX)
      {   printf("Over CLIENT_MAX!....");
      sleep(1);
      continue;
      }
// parent pthread
```

```
    info[i].fd = accept(Socket_fd,(struct sockaddr*)&info[i].addr, &cli_len);
    // child pthread
    pthread_create(&info[i].id, NULL, worker, &info[i]);
    pthread_detach(info[i].id);
    }
    close(Socket_fd);
    // only quit child pthread
    pthread_exit(NULL);
    }
    void senddata(char* str){
    int i = 0;
        for(i = 0;i<CLIENT_MAX;i++)
        {   if(info[i].fd!=-1)
            {   write(info[i].fd, str, sizeof(str));
                printf("send data to %s:%d\n",inet_ntoa(info[i].addr.sin_addr),
                                         info[i].addr.sin_port);
            }
        }
    }
    int main(int argc, char* argv[]){
        pthread_t serve;
        int ret = pthread_create(&serve,NULL,(void *)serve_start,NULL);
        if(ret!= 0)
        {   printf("Create serve error\n");
            exit(1);
        }
    while(1)
    {   char str[20];
            scanf("%s",&str);
            if(strcmp(str,"stop")==0)
            { break;
            }
            senddata(str);
            }
            /*等待线程结束*/
            //pthread_join(serve_start,NULL);
            return 0;
    }
---------------------------------------/TCP_serve.c/----------------------------
```

第 3 步：编译程序

```
gcc -o TCP_serve TCP_serve.c -pthread
```

第 4 步：运行程序

```
./TCP_serve
```

先打开服务器，然后让上位机连接多个客户端，可以看到每次客户端连接或者断开都会有相应的输出，发送数据时也能区分不同的端口号。当服务器广播时，遍历所有已连接的客户端，发送数据，如图 7-12 所示。

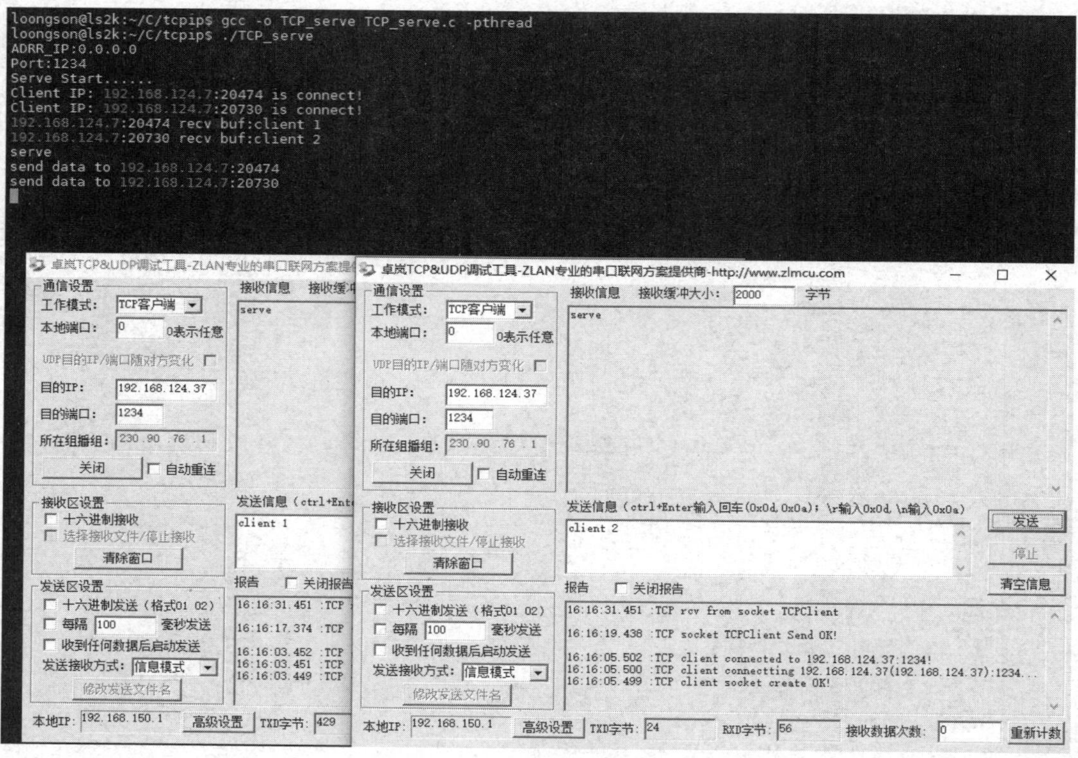

图 7-12 程序运行

第三篇　Linux 驱动开发

第 8 章　Linux 驱动开发基础

8.1　设备驱动介绍

如图 8-1 所示为 Linux 系统中虚拟文件系统、磁盘文件（存放于 Ramdisk、Flash、ROM、SD 卡、U 盘等文件系统中的文件也属于磁盘文件）及一般的设备文件与设备驱动程序之间的关系。

应用程序和 VFS 之间的接口是系统调用的，而 VFS 与磁盘文件系统及普通设备之间的接口是 file_operations 结构体成员函数，这个结构体包含对文件进行打开、关闭、读写、控制的一系列成员函数。

由于字符设备的上层没有磁盘文件系统，所以字符设备的 file_operations 成员函数就直接由设备驱动提供了，file_operations 正是字符设备驱动的核心。

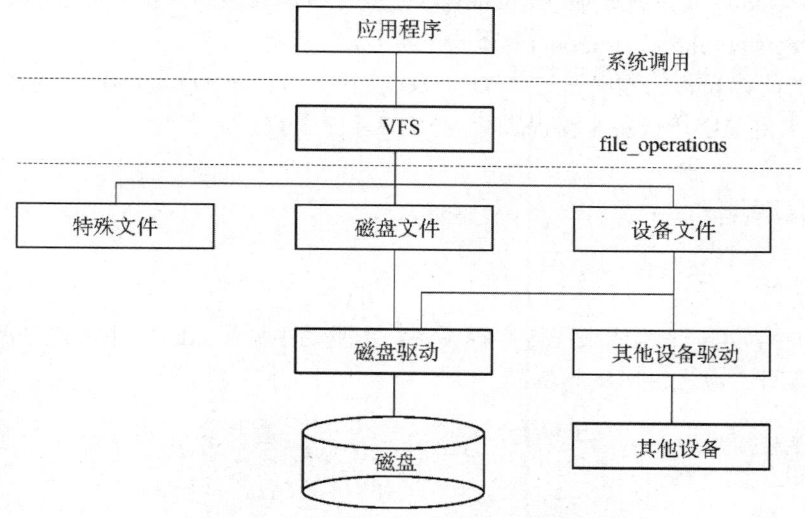

图 8-1　文件系统与设备驱动

而对于块存储设备而言，ext2、fat、jffs2 等文件系统中会实现针对 VFS 的 file_operations 成员函数，设备驱动层将看不到 file_operations 的存在。磁盘文件系统和设备驱动会将对磁盘上文件的访问最终转换成对磁盘上柱面和扇区的访问。

在设备驱动程序的设计中，一般而言，会关心 file 和 inode 这两个结构体。

8.2 Linux 设备驱动分类

Linux 系统的设备分为字符设备（Char Device）、块设备（Block Device）和网络设备（Network Device）三种。

字符设备是指存取时没有缓存的设备。块设备的读写都由缓存来支持，并且块设备必须能够随机存取（Random Access），字符设备则没有这个要求。典型的字符设备包括鼠标、键盘、串行口等。块设备主要包括硬盘软盘设备、CD-ROM 等。一个文件系统要安装进入操作系统必须在块设备上。

网络设备在 Linux 中做专门的处理。Linux 的网络系统主要是基于 BSD UNIX 的 Socket 机制的。在系统和驱动程序之间定义有专门的数据结构（sk_buff）进行数据的传递。系统支持对发送数据和接收数据的缓存，提供流量控制机制，提供对多协议的支持。

8.3 字符设备驱动

在 Linux 内核中使用 cdev 结构体来描述字符设备，通过其成员 dev_t 来定义设备号（分为主、次设备号）以确定字符设备的唯一性。通过其成员 file_operations 来定义字符设备驱动提供给 VFS 的接口函数，如常见的 open()、read()、write()等。

在 Linux 字符设备驱动中，模块加载函数通过 register_chrdev_region() 或 alloc_chrdev_region()来静态或者动态获取设备号，通过 cdev_init()建立 cdev 与 file_operations 之间的连接，通过 cdev_add()向系统添加一个 cdev 以完成注册。模块卸载函数通过 cdev_del()来注销 cdev，通过 unregister_chrdev_region()来释放设备号。

用户空间访问该设备的程序通过 Linux 系统调用，如 open()、read()、write()，“调用” file_operations 来定义字符设备驱动提供给 VFS 的接口函数。

8.3.1 驱动初始化

1. 分配 cdev

在内核中使用 cdev 结构体来描述字符设备，在驱动中分配 cdev，主要是分配一个 cdev 结构体与申请设备号，以按键驱动为例：

```
struct cdev btn_cdev;/*申请设备号*/
if(major){
    //静态
    dev_id = MKDEV(major, 0);
    register_chrdev_region(dev_id, 1, "button");
}
else{
    //动态
    alloc_chardev_region(&dev_id, 0, 1, "button");
    major = MAJOR(dev_id);
```

```
    }
```

从上面的代码可以看出，申请设备号有动静之分，其实设备号还有主次之分。在 Linux 中主设备号用来标识与设备文件相连的驱动程序，此编号被驱动程序用来辨别操作的是哪个设备。cdev 结构体的 dev_t 成员定义了设备号，为 32 位的，其中高 12 位为主设备号，低 20 位为次设备号。

设备号的获得与生成：

```
获得主设备号：MAJOR(dev_t dev);
获得次设备号：MINOR(dev_t dev);
生成设备号：MKDEV(int major,int minor);
```

设备号申请的动静之分：

```
静态：/*功能：申请使用从 from 开始的 count 个设备号(主设备号不变，次设备号增加）*/
int register_chrdev_region(dev_t from, unsigned count, const char *name);

动态：/*功能：请求内核动态分配 count 个设备号，且次设备号从 baseminor 开始。*/
int alloc_chrdev_region(dev_t *dev, unsigned baseminor, unsigned count,const
char *name);
```

静态申请相对较简单，但是一旦驱动被广泛使用，这个随机选定的主设备号可能会导致设备号冲突，而使驱动程序无法注册。动态申请简单，易于驱动推广，但是无法在安装驱动前创建设备文件（因为安装前还没有分配到主设备号）。

2. 初始化 cdev

```
void cdev_init(struct cdev *, struct file_operations *);
```

cdev_init()函数用于初始化 cdev 的成员，并建立 cdev 和 file_operations 之间的连接。

3. 注册 cdev

```
int cdev_add(struct cdev *, dev_t, unsigned);
```

cdev_add()函数向系统添加一个 cdev，完成字符设备的注册。

4. 硬件初始化

硬件初始化主要是对硬件资源的申请与配置，下面以初始化控制 LED 灯为例，其硬件初始化代码为：

```
static int __init led_init(void)
{   int ret;
    dev_t dev = 0;
    dev = MKDEV(LED_MAJOR, LED_MINOR);
    ret = register_chrdev_region(dev, 1, "led");
    if(ret)
    {    printk("register_fail\n");
}
else{
          printk("register_succeed\n");
        }
        led_devices = kmalloc(sizeof(struct led_dev), GFP_KERNEL);
```

```
        if(led_devices == NULL)
        {   printk("malloc_fail\n");
        }
        else{
                printk("malloc_succeed\n");
            }
        memset(led_devices, 0, sizeof(struct led_dev));
        cdev_init(&led_devices->cdev, &led_fops);
        led_devices->cdev.owner = THIS_MODULE;
        led_devices->cdev.ops = &led_fops;
        ret = cdev_add(&led_devices->cdev, dev, 1);
        if(ret)
        {  printk("add_fail\n");
        }
        else
        {  printk("add_succeed\n");
        }
        led_class = class_create(THIS_MODULE, "led_class");
        device_create(led_class, NULL, dev, NULL, "led");
        return ret;
}
```

8.3.2 实现设备操作

用户空间的程序以访问文件的形式访问字符设备，通常进行 open、read、write、close 等系统调用。而这些系统调用的最终落实则依靠的是 file_operations 结构体中的成员函数，它们是字符设备驱动与内核的接口。以控制 LED 灯为例：

```
static struct file_operations led_fops =
{
   .owner = THIS_MODULE,
   .open = my_start,
   .read = left,
};
```

上面代码中的 my_start、left 是要在驱动中自己实现的。file_operations 结构体成员函数有很多个，常见的有 open()函数、read()函数、write()函数、close()函数。

8.3.3 驱动注销

1. 删除 cdev

在字符设备驱动模块卸载函数中通过 cdev_del()函数向系统删除一个 cdev，完成字符设备的注销。

```
/*原型：*/
void cdev_del(struct cdev *);
/*例：*/
cdev_del(&btn_cdev);
```

2. 释放设备号

在调用 cdev_del()函数从系统注销字符设备之后，unregister_chrdev_region()应该被调用以释放原先申请的设备号。

```
/*原型：*/
void unregister_chrdev_region(dev_t from, unsigned count);
/*例：*/
unregister_chrdev_region(MKDEV(major, 0), 1);
```

8.3.4　字符设备驱动程序基础

1. 结构体

在 Linux 内核中，使用 cdev 结构体来描述一个字符设备，cdev 结构体的定义如下：

```
struct cdev {
    struct kobject kobj;
    struct module *owner; /*通常为 THIS_MODULE*/
    struct file_operations *ops; /*在 cdev_init()这个函数里面与 cdev 结构联系起来*/
    struct list_head list;
    dev_t dev; /*设备号*/
    unsigned int count;
};
```

MAJOR(dev_t dev)cdev 结构体的 dev_t 成员定义了设备号，为 32 位，其中 12 位表示主设备号，20 位表示次设备号，我们只需使用两个简单的宏就可以从 dev_t 中获取主设备号和次设备号。

2. cdev 结构的 file_operations 结构体

这个结构体是字符设备当中最重要的结构体之一，file_operations 结构体中的成员函数指针是字符设备驱动程序设计的主体内容，这些函数实际上在应用程序进行 Linux 的 open()、read()、write()、close()、seek()、ioctl()等系统调用时最终被调用。

```
struct file_operations {
    /*拥有该结构的模块计数，一般为 THIS_MODULE*/
    struct module *owner;
    /*用于修改文件当前的读写位置*/
    loff_t (*llseek) (struct file *, loff_t, int);
    /*从设备中同步读取数据*/
    ssize_t (*read) (struct file *, char __user *, size_t, loff_t *);
    /*向设备中写数据*/
    ssize_t (*write) (struct file *, const char __user *, size_t, loff_t *);
    ssize_t (*aio_read) (struct kiocb *, const struct iovec *, unsigned long,
loff_t);
    ssize_t (*aio_write) (struct kiocb *, const struct iovec *, unsigned long,
loff_t);
    int (*readdir) (struct file *, void *, filldir_t);
    /*轮询函数，判断目前是否可以进行非阻塞的读取或写入*/
    unsigned int (*poll) (struct file *, struct poll_table_struct *);
    /*执行设备的 I/O 命令*/
```

```
        int (*ioctl) (struct inode *, struct file *, unsigned int, unsigned long);
        long (*unlocked_ioctl) (struct file *, unsigned int, unsigned long);
        long (*compat_ioctl) (struct file *, unsigned int, unsigned long);
        /*用于请求将设备内存映射到进程地址空间*/
        int (*mmap) (struct file *, struct vm_area_struct *);
        /*打开设备文件*/
        int (*open) (struct inode *, struct file *);
        int (*flush) (struct file *, fl_owner_t id);
        /*关闭设备文件*/
        int (*release) (struct inode *, struct file *);
        int (*fsync) (struct file *, struct dentry *, int datasync);
        int (*aio_fsync) (struct kiocb *, int datasync);
        int (*fasync) (int, struct file *, int);
        int (*lock) (struct file *, int, struct file_lock *);
        ssize_t (*sendpage) (struct file *, struct page *, int, size_t, loff_t *,
int);
        unsigned long (*get_unmapped_area)(struct file *, unsigned long, unsigned
long, unsigned long, unsigned long);
        int (*check_flags)(int);
        int (*flock) (struct file *, int, struct file_lock *);
        ssize_t (*splice_write)(struct pipe_inode_info *, struct file *, loff_t *,
size_t, unsigned int);
        ssize_t (*splice_read)(struct file *, loff_t *, struct pipe_inode_info *,
size_t, unsigned int);
        int (*setlease)(struct file *, long, struct file_lock **);
    }
```

3. file 结构

file 结构代表一个打开的文件，它的特点是一个文件可以对应多个 file 结构。它由内核调用 open()时创建，并传递给在该文件上操作的所有函数，直到最后调用 close()函数，在文件的所有实例都被关闭之后，内核才释放这个数据结构。

在内核源代码中，指向 struct file 的指针通常称为 filp，file 结构有以下几个重要的成员：在内部内核用 inode 结构表示文件，它是实实在在的表示物理硬件上的某一个文件，且一个文件仅有一个 inode 与之对应，同样它有两个比较重要的成员：

```
    struct file{
        mode_t fmode; /*文件模式，如 FMODE_READ，FMODE_WRITE*/
        ...
        loff_t f_pos; /*loff_t 是一个 64 位的数，需要时，须强制转换为 32 位*/
        unsigned int f_flags; /*文件标志，如：O_NONBLOCK*/
        struct file_operations *f_op;
        void *private_data; /*非常重要，用于存放转换后的设备描述结构指针*/
        ...
    };
```

4. inode 结构

```
    struct inode{
        dev_t i_rdev; /*设备编号*/
        struct cdev *i_cdev; /*cdev 是表示字符设备的内核的内部结构*/
    };
```

使用下面两个宏可以从 inode 中获取主次设备号：

```
/*驱动工程师一般不关心这两个宏*/
unsigned int imajor(struct inode *inode);
unsigned int iminor(struct inode *inode);
```

5. 字符设备驱动模块加载与卸载函数

在字符设备驱动模块加载函数中应该实现设备号的申请和 cdev 结构的注册，而在卸载函数中应该实现设备号的释放与 cdev 结构的注销。

我们一般习惯将 cdev 内嵌到另外一个设备相关的结构体里面，该设备包含所涉及的 cdev、私有数据及信号量等信息。常见的设备结构体、模块加载函数、模块卸载函数形式如下：

```
/*设备结构体*/
struct xxx_dev{
    struct cdev cdev;
    char *data;
    struct semaphore sem;
    ...
};

/*模块加载函数*/
static int __init xxx_init(void)
{
    ...
    //初始化 cdev 结构;
    //申请设备号;
    //注册设备号;
    //申请分配设备结构体的内存;
}

/*模块卸载函数*/
static void __exit xxx_exit(void)
{
    ...
    //释放原先申请的设备号;
    //释放原先申请的内存;
    //注销 cdev 设备;
}
```

6. 字符设备驱动的 file_operations 结构体成员函数

```
/*读设备*/
ssize_t xxx_read(struct file *filp, char __user *buf, size_t count, loff_t *f_pos)
{
    /*使用 filp->private_data 获取设备结构体指针; */
    /*分析和获取有效的长度; */
    /*内核空间到用户空间的数据传递*/
    copy_to_user(void __user *to, const void *from, unsigned long count);
}

/*写设备*/
```

```
    ssize_t xxx_write(struct file *filp, const char __user *buf, size_t count, loff_t
*f_pos)
    {
        /*使用 filp->private_data 获取设备结构体指针；*/
        /*分析和获取有效的长度；*/
        /*用户空间到内核空间的数据传递*/
        copy_from_user(void *to, const void __user *from, unsigned long count);
    }

    /*ioctl 函数*/
    static int xxx_ioctl(struct inode *inode,struct file *filp,unsigned int
cmd,unsigned long arg)
    {
      switch(cmd){
        case xxx_CMD1:
          break;
        case xxx_CMD2:
          break;
        default:
          return -ENOTTY; /*不能支持的命令*/
      }
      return 0;
    }
```

7. 字符设备驱动文件操作结构体模板

```
    struct file_operations xxx_fops = {
        .owner = THIS_MODULE,
        .open = xxx_open,
        .read = xxx_read,
        .write = xxx_write,
        .close = xxx_release,
        .ioctl = xxx_ioctl,
        .lseek = xxx_llseek,
    };
```

8.4 Linux 内核模块介绍

计算机的硬件含有外围设备、处理器、内存、硬盘和其他的电子设备，但是没有软件来操作和控制，计算机是不能工作的。

完成控制工作的软件就称为操作系统，在 Linux 的术语中被称为“内核”。Linux 内核包含五大子模块。

1. 内存管理

内存管理主要完成的工作是如何合理、有效地管理整个系统的物理内存，同时快速响应内核各个子系统对内存分配的请求。Linux 内存管理支持虚拟内存，而多余的部分内存就是通过磁盘申请得到的，平时系统只把当前运行的程序块保留在内存中，其他程序块则保留在磁盘中。

在内存紧缺时，内存管理负责在磁盘和内存间交换程序块。

2. 进程管理

进程管理主要控制系统进程对 CPU 的访问。当需要某个进程运行时，由进程调度器根据基于优先级的调度算法启动新的进程。Linux 支持多任务运行，那么如何在一个单 CPU 上支持多任务呢？这个工作就是由进程调度管理来实现的。在系统运行时，每个进程都会分得一定的时间片，然后进程调度器根据时间片的不同，选择每个进程一次运行。例如，当某个进程的时间片用完后，调度器会选择一个新的进程继续运行。由于切换的时间和频率都非常快，由此用户感觉是多个程序在同时运行，实际上 CPU 在同一时间内只有一个进程在运行。

3. 进程间通信

进程间通信主要用于控制不同进程之间用户空间的同步、数据共享和交换。由于不同的用户进程拥有不同的进程空间，因此进程间的通信要借助于内核的中转来实现。一般情况下，当一个进程等待硬件操作完成时，会被挂起。当硬件操作完成时，进程被恢复执行，而协调这个过程的就是进程间的通信机制。

4. 虚拟文件系统

Linux 内核中的虚拟文件系统用一个通用的文件模型表示了各种不同的文件系统，这个文件模型屏蔽了很多具体文件系统的差异，使 Linux 内核支持很多不同的文件系统，这个文件系统可以分为逻辑文件系统和设备驱动程序。逻辑文件系统指 Linux 所支持的文件系统，如 ext2、ext3 和 fat 等；设备驱动程序指为每一种硬件控制器所编写的设备驱动程序模块。

5. 网络接口

网络接口提供了对各种网络标准的实现和各种网络硬件的支持。网络接口一般分为网络协议和网络驱动程序。网络协议部分负责实现每一种可能的网络传输协议。网络驱动程序则主要负责与硬件设备进行通信，每一种可能的网络硬件设备都有相应的设备驱动程序。

第 9 章 GPIO 驱动应用开发

9.1 Linux GPIO 驱动

1. GPIO 控制地址

GPIO 相关配置寄存器如表 9-1 所示。

表 9-1 GPIO 相关配置寄存器

地 址	名 称	描 述
0x1fe10500	GPIO0_OEN	GPIO 的低 64 位输出使能
0x1fe10508	GPIO1_OEN	保留
0x1fe10510	GPIO0_O	GPIO 的低 64 位输出值
0x1fe10518	GPIO1_O	保留
0x1fe10520	GPIO0_I	GPIO 的低 64 位输入值
0x1fe10528	GPIO1_I	保留
0x1fe10530	GPIO0_INT	GPIO 的低 64 位中断
0x1fe10538	GPIO1_INT	保留

2. GPIO 驱动程序

使用 mmap()函数配合/dev/mem 设备可以把物理地址映射到虚拟地址中。mmap()是一种内存映射的方法，这一功能可以用在文件的处理上，即将一个文件或者其他对象映射到进程的地址空间，实现文件磁盘地址和进程虚拟地址空间中一段虚拟地址的一一对应关系。

```
---------------------------------/gpio.h/----------------------------------------
#define MAP_SIZE  0x10000
#define REG_BASE  0x1fe10000
#define GPIO_EN  0x500
#define GPIO_OUT  0x510
#define GPIO_IN  0x520
#define I2C0  0x1fe1f000
#define I2C1  0x1fe1f800
extern unsigned char *map_base;
//init
int gpio_init(void);
```

```
    int gpio_enable(int gpio_num,int val);
    int gpio_close(void);
    int gpio_write(int gpio, int val);
    int gpio_read(int gpio_num);
----------------------------------/gpio.h/----------------------------------------
----------------------------------/gpio.c/----------------------------------------
    #include <stdio.h>
    #include <stdlib.h>
    #include <time.h>
    #include <unistd.h>
    #include <fcntl.h>
    #include <unistd.h>
    #include <sys/mman.h>
    #include "gpio.h"
    unsigned char *map_base=NULL;int dev_fd;int gpio_init(void){
       dev_fd = open("/dev/mem", O_RDWR | O_SYNC);
       if (dev_fd < 0)
       {   printf("\nopen(/dev/mem) failed.\n");
           return -1;
       }
    map_base=(unsigned char *)mmap(0,MAP_SIZE,PROT_READ|PROT_WRITE,
    MAP_SHARED,dev_fd,REG_BASE);
       return 0;
    }
    int gpio_enable(int gpio_num,int val){  int offset,gpio_move;
          if(gpio_num > 31)
          {   offset = 4;
              gpio_move = gpio_num- 32;
          }
          else
          {   offset = 0;
              gpio_move = gpio_num;
          }
          if(val==0)
          {   //GPIO 使能 in
              *(volatile  unsigned  int  *)(map_base  +  GPIO_EN   +offset)  |=
(1<<gpio_move);
              //printf("Enable GPIO%d in\n",gpio_num);
          }
          else
          {   //GPIO 使能 out
              *(volatile  unsigned  int  *)(map_base  +  GPIO_EN   +offset)  &=
~(1<<gpio_move);
       //printf("Enable GPIO%d out\n",gpio_num);
    }
            return 0;
    }
    int gpio_close(void){
        if (dev_fd < 0)
        {   printf("\nopen(/dev/mem) failed.\n");
            return -1;
            }
            munmap(map_base,MAP_SIZE);//解除映射关系
```

```
            if(dev_fd)
            {
            close(dev_fd);
            }
            return 0;
    }
    int gpio_write(int gpio_num, int val){
            int offset, gpio_move;
            if(gpio_num > 31)
            {   offset = 4;
                gpio_move = gpio_num- 32;
            }
            else
        {   offset = 0;
                gpio_move = gpio_num;
            }
        if(val == 1)
        {//输出高
                *(volatile  unsigned  int  *)(map_base  +  GPIO_OUT  +offset)  |=
(1<<gpio_move);
        }
        else
        {//输出低
                 *(volatile  unsigned  int  *)(map_base  +  GPIO_OUT  +offset)  &=
~(1<<gpio_move);
        }
    }
    int gpio_read(int gpio_num){
        int offset, gpio_move;
        if(gpio_num > 31)
        {   offset = 4;
            gpio_move = gpio_num - 32;
        }
        else
        {   voffset = 0;
            gpio_move = gpio_num;
        }//读取
    return (*(volatile unsigned int *)(map_base + GPIO_IN +offset) >> gpio_move)
& 0x01;
    }
--------------------------------/gpio.c/--------------------------------------
```

代码中，mmap 参数 0，代表让系统分配地址（映射的地址）。MAP_SIZE 为映射区域大小，设置大小 0x10000，REG_BASE 为基地址 0x1fe10000，通过 mmap()函数映射虚拟地址 map_base。

map_base + GPIO_EN = 0x1fe10500 即 GPIO 的低 64 位输出使能地址，通过偏移来使能指定的 GPIO 口为输入或输出。

map_base + GPIO_OUT = 0x1fe10510 即 GPIO 输出初始地址，通过偏移地址来改变指定的 GPIO 输出值。

map_base + GPIO_IN = 0x1fe10520 即 GPIO 输入地址，通过偏移来读取指定的 GPIO 输

入值。

9.2 Linux GPIO 中断控制

龙芯 2K1000 中断使能控制寄存器地址为 0x1fe10530，如表 9-2 所示。

表 9-2　GPIO 中断使能

位域	名称	访问	初值	描　述
63:0	GPIO0_INTEN	R/W	0	中断使能位,每一位对应一个 GPIO 引脚

龙芯 2K1000 有 60 个 GPIO 引脚，GPIO 引脚与中断引脚的对应关系，如表 9-3 所示。

表 9-3　GPIO 引脚与中断引脚的对应关系

GPIO 引脚	中断引脚	中断号	说　明
GPIO0	gpio_int0	68	专用 GPIO 引脚，与中断引脚一一对应
GPIO1	gpio_int1	69	
GPIO2	gpio_int2	70	
GPIO3	gpio_int3	71	
GPIO[31:04]	gpio_int_lo	66	GPIO4～GPIO31 复用中断引脚 GPIO_int_lo
GPIO[63:32]	gpio_int_hi	67	GPIO32～GPIO63 复用中断引脚 GPIO_int_hi

共享中断的 GPIO 只支持电平触发模式。当 GPIO 的一个共享中断号里有两个以上 GPIO 时，只支持高电平触发模式，如表 9-4 所示。

表 9-4　GPIO 电平触发模式

寄存器	地址	描　述
Intpol_1	0x1fe11470	中断极性控制（1 代表低电平，0 代表高电平）
Intedge_1	0x1fe11474	触发方式寄存器（1 代表脉冲触发，0 代表电平触发）
Intenset_1	0x1fe11468	设置中断使能寄存器
GPIO0_INTEN	0x1fe10530	63:0 中断使能位，每一位对应一个 GPIO 引脚

第 26、27 位分别对应 GPIO_int_lo、GPIO_int_hi。

第 28～31 位分别对应 GPIO_int0、GPIO_int1、GPIO_int2、GPIO_int3。

GPIO 中断软件配置操作，以设置 GPIO0 中断为例。

（1）第一种模式：下降沿触发中断。

① GPIO0 设置为输入模式。

② 配置 GPIO0 触发类型为下降沿触发。

- 寄存器 Intpol_1 第 28 位置 1。
- 寄存器 Intedge_1 第 28 位置 1。

③ 使能 GPIO0 中断。寄存器 GPIO0_INTEN 第 0 位置 1

（2）第二种模式：上升沿触发中断。

① GPIO0 设置为输入模式。

② 配置 GPIO0 触发类型为上升沿触发。

- 寄存器 Intpol_1 第 28 位置 0。
- 寄存器 Intedge_1 第 28 位置 1。

③ 使能 GPIO0 中断。寄存器 GPIO0_INTEN 第 0 位置 1。

（3）第三种模式：低电平触发中断。

① GPIO0 设置为输入模式。

② 配置 GPIO0 触发类型为低电平触发。

- 寄存器 Intpol_1 第 28 位置 1。
- 寄存器 Intedge_1 第 28 位置 0。

③ 使能 GPIO0 中断。寄存器 GPIO0_INTEN 第 0 位置 1。

（4）第四种模式：高电平触发中断。

① GPIO0 设置为输入模式。

② 配置 GPIO0 触发类型为高电平触发。

- 寄存器 Intpol_1 第 28 位置 0。
- 寄存器 Intedge_1 第 28 位置 0。

③ 使能 GPIO0 中断。寄存器 GPIO0_INTEN 第 0 位置 1。

9.3 GPIO 引脚复用配置

GPIO 与其他功能的复用关系，如表 9-5 所示。

表 9-5 GPIO 引脚复用

GPIO 编号	复用信号	备 注
63	NAND_D7	默认为 GPIO 功能，使用 NAND 时需要设置 nand_sel 为 1
62	NAND_D6	
61	NAND_D5	
60	NAND_D4	
59	NAND_D3	
58	NAND_D2	
57	NAND_D1	
56	NAND_D0	
55	NAND_RDYn3	
54	NAND_RDYn2	
53	NAND_RDYn1	
52	NAND_RDYn0	
51	NAND_RDn	
50	NAND_WRn	
49	NAND_ALE	
48	NAND_CLE	
47	NAND_CEn3	

续表

GPIO 编号	复用信号	备　注
46	NAND_CEn2	默认为 GPIO 功能，使用 NAND 时需要设置 nand_sel 为 1
45	NAND_CEn1	
44	NAND_CEn0	
43	—	保留
42	—	保留
41	SDIO_CLK	默认为 GPIO 功能，使用 SDIO 时需要设置 sdio_sel[1]为 1
40	SDIO_CMD	
39	SDIO_DATA3	
38	SDIO_DATA2	
37	SDIO_DATA1	
36	SDIO_DATA0	
35	CAN1_TX	默认为 GPIO 功能，使用 CAN 时需要设置 can_sel[1]为 1
34	CAN1_RX	
33	CAN0_TX	默认为 GPIO 功能，使用 CAN 时需要设置 can_sel[0]为 1
32	CAN0_RX	
31	—	保留
30	HDA_SDI2	默认为 GPIO 功能，使用 HDA 时需要设置 hda_sel 为 1
29	HDA_SDI1	
28	HDA_SDI0	
27	HDA_SDO	
26	HDA_RESETn	
25	HDA_SYNC	
24	HDA_BITCLK	
23	PWM3	默认为 GPIO 功能，使用 PWM 时需要设置 pwm_sel[3]为 1
22	PWM2	默认为 GPIO 功能，使用 PWM 时需要设置 pwm_sel[2]为 1
21	PWM1	默认为 GPIO 功能，使用 PWM 时需要设置 pwm_sel[1]为 1
20	PWM0	默认为 GPIO 功能，使用 PWM 时需要设置 pwm_sel[0]为 1
19	I2C1_SDA	默认为 GPIO 功能，使用 I2C 时需要设置 i2c_sel[1]为 1
18	I2C1_SCL	
17	I2C0_SDA	默认为 GPIO 功能，使用 I2C 时需要设置 i2c_sel[0]为 1
16	I2C0_SCL	
15	—	保留
14	SATA_LEDn	默认为 GPIO 功能，使用 SATA 时需要设置 sata_sel 为 1
13	GMAC1_TCTL	默认为 GPIO 功能，使用 GMAC1 时需要设置 gmac1_sel 为 1
12	GMAC1_TXD3	
11	GMAC1_TXD2	
10	GMAC1_TXD1	
9	GMAC1_TXD0	

续表

GPIO 编号	复用信号	备 注
8	GMAC1_RCTL	默认为 GPIO 功能，使用 GMAC1 时需要设置 gmac1_sel 为 1
7	GMAC1_RXD3	
6	GMAC1_RXD2	
5	GMAC1_RXD1	
4	GMAC1_RXD0	
3	无复用	专用 GPIO 引脚
2	无复用	
1	无复用	
0	无复用	

具体复用配置地址可以查看 loongson2k 芯片用户手册。

任务 8　GPIO 控制实验

一、任务描述

编写程序，使用 GPIO 驱动程序控制 GPIO，控制龙芯教育派上的蜂鸣器。GPIO39 为龙芯教育派上蜂鸣器的控制端口，通过设置其高低电平即可控制蜂鸣器发出声响。

二、任务实施

第 1 步：新建工程

在龙芯教育派上新建文件，文件名设为 gpio39.c，将 gpio.h 和 gpio.c 放在同一文件夹内，在主程序内引用。

第 2 步：编写代码

```
-----------------------------------/gpio39.c/-----------------------------------
    #include <stdio.h>
    #include <stdlib.h>
    #include <unistd.h>
    #include <time.h>
    #include "gpio.h"
    void main(void){
        // 初始化 gpio
        gpio_init();
        // 使能为输出模式
        gpio_enable(39,1);
        // 循环
        for(int i=0;i<5000;i++)
        {
            // 输出高
            gpio_write(39,1);
```

```
        usleep(370);
        // 输出低
        gpio_write(39,0);
        usleep(370);
    }
}
-------------------------------/main.c/-------------------------------
```

第 3 步：编译程序

```
gcc -o gpio39 gpio39.c gpio.c
```

第 4 步：运行程序

执行后生成 main.o 文件，运行该文件，如图 9-1 所示。

```
./gpio39
```

```
root@ls2k:/home/loongson/C# gcc -o gpio39 gpio39.c gpio.c
root@ls2k:/home/loongson/C# ./gpio39
```

图 9-1　运行截图

程序运行后可听到蜂鸣器声响，通过设置不同的休眠时间可以调节蜂鸣器的频率。

9.4　Python GPIO 外设控制

1. loongpio 库

loongpio 库是专为基于龙芯教育派教学定制的可以快速上手的软件库。loongpio 库将自动安装于配置好的龙芯教育派中，使用官方库中的镜像进行安装或升级即可正确配置。如果想在旧版本的龙芯教育派中使用 loongpio 库，可以通过下列方法进行安装：

```
pip3 install git+https://github.com/Loongbian/loongpio.git
```

安装后软件将会自动配置。

2. 引用 loongpio 库

在引用 loongpio 库的对应模块后，系统将会自动配置好对应引脚的输入/输出模式，并进行该模块对应的一系列准备工作。而在程序结束后，loongpio 库将自动处理模块的销毁、释放等工作。

举例来说，如果使用 loongpio 按钮模块 Button，需要这样引用：

```
from loongpio import Button
```

在引用完成后，在代码中可以这样调用：

```
btn = Button(GPIO13)
```

或者可以直接引用 loongpio 库：

```
import loongpio
```

然后进行如下调用：

```
btn = loongpio.Button(13)
```

3. GPIO 引脚命名

在引用 loongpio 库中的 GPIO 引脚时，推荐使用 GPIO 序号来代表具体引脚，这有别于引脚的物理序号。具体的引脚序号如图 9-2 所示。

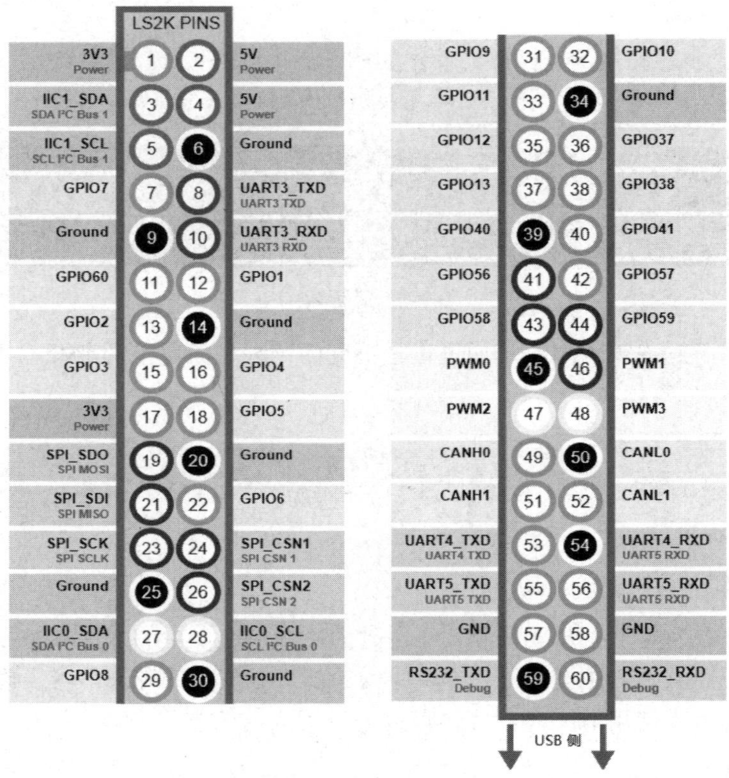

图 9-2　GPIO 引脚序号

同一个引脚可以使用不同的别名进行引用，例如，“GPIO13”引脚接上了 LED 模块，它的引脚名是“GPIO13”，物理引脚序号是 37，在调用时我们使用以下方法来定义都是等效的：

```
>>> led = LED(GPIO13)
>>> led = LED(LS2K_GPIO13)
>>> led = LED(13)
>>> led = LED(PIN37)
```

任务 9　Python 控制 GPIO

一、任务描述

编写 Python 程序，通过 loongpio 库来控制 GPIO，达到控制 LED 灯的效果。

二、任务分析

以 GPIO11 为例，将其与一个 LED 灯相连，将 GPIO11 引脚电平设置为高，即可点亮 LED 灯。loongpio 库集成了龙芯 2K1000 的 I/O 控制，只需要简单的设置就能控制其电平变化。

三、任务实施

第 1 步：硬件连接

将 LED 灯的正极接 GPIO11，对应的引脚号为 33，LED 灯负极接 GND。

第 2 步：新建工程

在龙芯教育派上新建文件，文件名设为 led.py.。

第 3 步：编写程序

```
----------------------------------/led.py/----------------------------------------
#从 loongpio 库引入 LED 函数
from loongpio import LED
#初始化 LED11
led1 = LED(11)
#将其设置成高电平
led1.on()
----------------------------------/led.py/----------------------------------------
```

第 4 步：运行程序

命令行运行：

```
python3 led.py
```

Python 程序不需要编译，可直接运行，执行可看到 LED 灯亮。

第 10 章 PWM 驱动应用开发

10.1 PWM 工作原理

2K1000 芯片实现了 4 路脉冲宽度调节/计数控制器，以下简称 PWM。每一路 PWM 工作和控制方式完全相同。每一路 PWM 均有一路脉冲宽度输出信号和一路待测脉冲输入信号。系统时钟高达 125MHz，计数寄存器和参考寄存器均为 32 位数据宽度。

脉冲宽度调制（Pulse Width Modulation，PWM）是一种利用微处理器的数字输出来对模拟电路进行控制的技术，其本质是一种对模拟信号电平进行数字编码的方法，通过调整高低电平在一个周期信号里的比例时间来控制控制马达、LED、振动器等器件或设备。

10.2 sysfs 方式控制 PWM

Linux 系统下的 PWM 也可以通过 sysfs 方式进行控制，其方法与 GPIO 类似。PWM 的接口位于/sys/class/pwm/下，可以看到 4 个 PWM 接口文件 pwmchip0、pwmchip1、pwmchip2、pwmchip3。通过接口文件可以简单、快捷地控制 PWM。在命令行中输入以下指令来控制 PWM 输出，如果将 pwm0 接入一个 LED 灯，通过设置不同的占空比，就能观察到亮度变化。

```
cd /sys/class/pwm/
cd pwmchip0/
echo 0 > export
cd pwm0/
echo 10000 > period
echo 5000 > duty_cycle
echo 1 > enable
```

其中，export 功能与 GPIO 中的 export 功能一致，都是用来将接口暴露到用户空间中的，写 0 表示导出到用户空间，对 unexport 写 0 则表示不导出到用户空间；period 用于设置 PWM 的周期，单位是 ns（纳秒），上面就是将周期设置为 10000ns；duty_cycle 用于设置 PWM 的高占空比（占空比是指在一个脉冲循环内器件通电时间相对于总时间所占的比例，占空比=duty_cycle/period），上面写入 5000 就是将占空比设置为 50%；enable 使能 PWM 开始工作，写入 1

表示使能工作，写入 0 表示禁止。

任务 10　PWM-LED 呼吸灯

一、任务描述

使用 PWM 接口控制 LED 灯亮灭实现呼吸灯。

二、任务分析

1. 硬件电路分析

龙芯 2K1000 教育派引出 4 路 PWM，本次任务使用 PWM0，将其与 LED 灯连接。

2. 软件设计

首先要将 PWM0 接口导出到用户空间，其次使能 PWM0 使其生效，通过控制 period、duty_cycle 的比例来设置占空比，不同的占空比会影响 LED 灯的亮度，通过循环增加或减少 duty_cycle 的值来达到呼吸灯的效果。同时，注意周期 period 的值不能设置得太大，否则 LED 灯会闪烁，代码文件如表 10-1 所示。

表 10-1　代码文件

.h 文件	.c 文件	描述
PWM.h	PWM.c	PWM 控制函数
	PWM_LED.c	主函数

三、任务实施

第 1 步：硬件连接

将 PWM0 的接口接入 LED 灯的正极，负极接地。

第 2 步：新建工程

在 PC 上打开 Visual Studio Code，依次单击“文件”→“新建文件”→“选择语言”→“C 语言”。

第 3 步：编写程序

```
----------------------------------/PWM.h/-----------------------------------------
    #ifndef _PWM_H #define _PWM_H //打开 PWM 接口
    int pwm_export(unsigned int pwm); //关闭 PWM 接口
    int pwm_unexport(unsigned int pwm); //使能 PWM
    int pwm_enable(unsigned int pwm); //禁止使能 PWM
    int pwm_disable(unsigned int pwm); //设置占空比
    int pwm_config(unsigned int pwm, unsigned int period, unsigned int duty_cycle);
//设置极性
    int pwm_polarity(int pwm, int polarity);
```

```
    #endif // _PWM_H
------------------------------------/PWM.h/-----------------------------------------
------------------------------------/PWM.c/-----------------------------------------
    #include <stdio.h>
    #include <stdlib.h>
    #include <time.h>
    #include <unistd.h>
    #include <fcntl.h>
    #include <unistd.h>
    #include <sys/mman.h>
    //打开 PWM 接口
    int pwm_export(unsigned int pwm)
    {int fd;
    if (pwm == 0)
         {     fd = open("/sys/class/pwm/pwmchip0/export", O_WRONLY);
         }
    else if (pwm == 1)
         {     fd = open("/sys/class/pwm/pwmchip1/export", O_WRONLY);
         }
    else if (pwm == 2)
         {     fd = open("/sys/class/pwm/pwmchip2/export", O_WRONLY);
         }
    else if (pwm == 3)
         {     fd = open("/sys/class/pwm/pwmchip3/export", O_WRONLY);
         }
    if (fd < 0)
         {    printf("\nFailed expport PWM%c\n", pwm);
         return -1;
         }
    write(fd, "0", 2);
    close(fd);
    return 0;
    }
    //关闭 PWM 接口
    int pwm_unexport(unsigned int pwm)
    {int fd;
    if (pwm == 0)
          {     fd = open("/sys/class/pwm/pwmchip0/unexport", O_WRONLY);
          }
    else if (pwm == 1)
          {     fd = open("/sys/class/pwm/pwmchip1/unexport", O_WRONLY);
          }
    else if (pwm == 2)
          {     fd = open("/sys/class/pwm/pwmchip2/unexport", O_WRONLY);
          }
    else if (pwm == 3)
          {     fd = open("/sys/class/pwm/pwmchip3/unexport", O_WRONLY);
          }
    if (fd < 0)
          {    printf("\nFailed unexpport PWM%d\n", pwm);
          return -1;
          }
    write(fd, "0", 2);
```

```
close(fd);
return 0;
}
//使能 PWM
int pwm_enable(unsigned int pwm)
{int fd;
if (pwm == 0)
    {    fd = open("/sys/class/pwm/pwmchip0/pwm0/enable", O_WRONLY);
    }
else if (pwm == 1)
    {    fd = open("/sys/class/pwm/pwmchip1/pwm0/enable", O_WRONLY);
    }
else if (pwm == 2)
    {    fd = open("/sys/class/pwm/pwmchip2/pwm0/enable", O_WRONLY);
    }
else if (pwm == 3)
    {    fd = open("/sys/class/pwm/pwmchip3/pwm0/enable", O_WRONLY);
    }
if (fd < 0)
    {      printf("\nFailed enable PWM%d\n", pwm);
    return -1;
    }
write(fd, "1", 2);
close(fd);
return 0;
}
//禁止使能 PWM
int pwm_disable(unsigned int pwm)
{int fd;
if (pwm == 0)
    {   fd = open("/sys/class/pwm/pwmchip0/pwm0/enable", O_WRONLY);
    }
else if (pwm == 1)
    {   fd = open("/sys/class/pwm/pwmchip1/pwm0/enable", O_WRONLY);
    }
else if (pwm == 2)
    {   fd = open("/sys/class/pwm/pwmchip2/pwm0/enable", O_WRONLY);
    }
else if (pwm == 3)
    {    fd = open("/sys/class/pwm/pwmchip3/pwm0/enable", O_WRONLY);
    }
if (fd < 0)
    {    printf("\nFailed disable PWM%d\n", pwm);
    return -1;
    }
write(fd, "0", 2);
close(fd);
return 0;
}
//设置占空比
int pwm_config(unsigned int pwm, unsigned int period, unsigned int duty_cyc
le)
{int fd, len_p, len_d;
```

```
    char buf_p[10];
    char buf_d[10];
    len_p = snprintf(buf_p, sizeof(buf_p), "%d", period);
    len_d = snprintf(buf_d, sizeof(buf_d), "%d", duty_cycle);
    if (pwm == 0)
        {     fd = open("/sys/class/pwm/pwmchip0/pwm0/period", O_WRONLY);
        }
    else if (pwm == 1)
        {     fd = open("/sys/class/pwm/pwmchip1/pwm0/period", O_WRONLY);
        }
    else if (pwm == 2)
        {     fd = open("/sys/class/pwm/pwmchip2/pwm0/period", O_WRONLY);
        }
    else if (pwm == 3)
        {     fd = open("/sys/class/pwm/pwmchip3/pwm0/period", O_WRONLY);
        }
    if (fd < 0)
        {    printf("\nFailed set PWM period%d\n", pwm);
             return -1;
        }
    write(fd, buf_p, len_p);
    close(fd);
    if (pwm == 0)
        {     fd = open("/sys/class/pwm/pwmchip0/pwm0/duty_cycle", O_WRONLY);
        }
    else if (pwm == 1)
        {     fd = open("/sys/class/pwm/pwmchip1/pwm0/duty_cycle", O_WRONLY);
        }
    else if (pwm == 2)
        {     fd = open("/sys/class/pwm/pwmchip2/pwm0/duty_cycle", O_WRONLY);
        }
    else if (pwm == 3)
        {   fd = open("/sys/class/pwm/pwmchip3/pwm0/duty_cycle", O_WRONLY);
        }
    if (fd < 0)
        {    printf("\nFailed set PWM duty_cycle%d\n", pwm);
             return -1;
        }
    write(fd, buf_d, len_d);
    close(fd);
    return 0;
    }
    //设置极性
    int pwm_polarity(int pwm, int polarity)
    {int fd;
    if (pwm == 0)
        {    fd = open("/sys/class/pwm/pwmchip0/pwm0/polarity", O_WRONLY);
        }
    else if (pwm == 1)
        {     fd = open("/sys/class/pwm/pwmchip1/pwm0/polarity", O_WRONLY);
        }
    else if (pwm == 2)
        {    fd = open("/sys/class/pwm/pwmchip2/pwm0/polarity", O_WRONLY);
```

```
    }
else if (pwm == 3)
    {    fd = open("/sys/class/pwm/pwmchip3/pwm0/polarity", O_WRONLY);
    }
if (fd < 0)
    {     printf("\nFailed set PWM polarity%d\n", pwm);
          return -1;
    }
if (polarity == 1)
    {    write(fd, "normal", 6);
    }
else if (polarity == 0)
    {    write(fd, "inversed", 8);
    }
close(fd);
return 0;
}
------------------------------------/PWM.c/------------------------------------

-----------------------------------/PWM_LED.c/---------------------------------
#include <stdio.h>
#include <stdlib.h>
#include <time.h>
#include <unistd.h>
#include <fcntl.h>
#include "PWM.h"
int main()
{int pwm = 0;
//PWM0
int period = 10000;
//周期 ns
int duty_cycle = 0;
//高占空比时间 ns
int calc = 500;
//打开 PWM 接口
pwm_export(pwm);
printf("pwm_export:%d\n", pwm);
 //使能 PWM     pwm_enable(pwm);
printf("pwm_enable:%d\n", pwm);
while (1)
    {   //设置占空比
    pwm_config(pwm, period, duty_cycle);
    duty_cycle += calc;
    if (duty_cycle == period)
    {    calc = calc * -1;
    }
    else if (duty_cycle == 0)
    {     calc = calc * -1;
    }
    usleep(50000);
    }
    }
-----------------------------------/PWM_LED.c/---------------------------------
```

第 4 步：程序编译及调试

在龙芯教育派上新建文件夹 PWM_LED，将所有代码文件通过远程连接或者 U 盘复制到文件夹内，打开命令行终端，使用 cd 命令切换到文件夹内，执行编译命令：

```
gcc -o PWM_LED PWM_LED.c PWM.c
```

编译完成，运行程序：

```
./PWM_LED
```

即可观察到呼吸灯亮灭效果。

第 11 章　UART 总线与设备驱动

11.1　UART 工作原理

发送数据过程：空闲状态时，线路处于高电平；当收到发送指令后，拉低线路的一个数据位的时间 T，接着数据按低位到高位依次发送，数据发送完毕后，接着发送奇偶校验位和停止位，至此一帧数据发送完成。

数据接收过程：空闲状态时，线路处于高电平；当检测到线路的下降沿（高电平变为低电平）时说明线路有数据传输，按照约定的波特率从低位到高位接收数据，数据接收完毕后，接着接收并比较奇偶校验位是否正确，如果正确则通知后续设备接收数据或存入缓冲。

由于 UART 是异步传输的，没有传输同步时钟，为了保证数据的正确性，UART 采用 16 倍数据波特率的时钟进行采样。每个数据有 16 个时钟采样，取中间的采样值，以保证采样不会滑码或误吗。一般 UART 一帧的数据位数为 8，这样即使每个数据有一个时钟的误差，接收端也能正确地采样到数据。

UART 的接收数据的时序为：当检测到数据的下降沿时，表明线路上有数据进行传输，这时计数器 CNT 开始计数，当计数器为 24（=16+8）时，采样的值为第 0 位数据；当计数器的值为 40 时，采样的值为第一位数据，依次类推，进行后面 6 个数据的采样。如果需要进行奇偶校验，则当计数器的值为 152 时，采样的值即为奇偶位；当计数器的值为 168 时，采样的值为“1”表示停止位，数据接收完成。

11.2　UART 驱动

11.2.1　stty 命令

stty（set tty，设置 tty）命令用于检查和修改当前注册的终端的通信参数。UNIX 系统为键盘的输入和终端的输出提供了重要的控制手段，可以通过 stty 命令对特定终端或通信线路设置选项。

```
stty -F /dev/ttyS0 -a　查看串口参数
```

```
stty -F /dev/ttyS0 ispeed 115200 ospeed 115200 cs8 设置串口参数
cat /dev/ttyS0        打印串口数据
echo "hello word" >  /dev/ttyS0        向串口发送数据
```

以龙芯 2K 上的 UART0 为例，该接口对应 ttyS0。将 USB 转串口工具的 RXD 接 UART0_TXD，TXD 接 UART0_RXD。使用上位机上的串口调试助手发送和接收数据。排针上的 UART 接口如图 11-1 所示。stty 命令测试效果如图 11-2 所示。

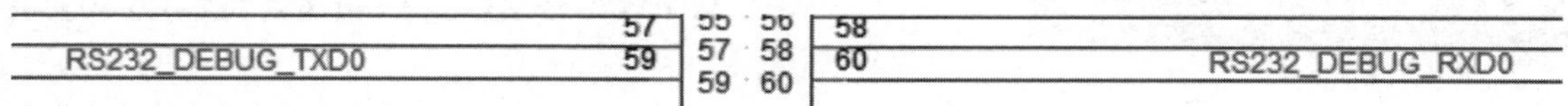

图 11-1　排针上的 UART 接口

图 11-2　stty 命令测试效果

11.2.2　程序驱动

Linux 下万物皆为文件，设备也不例外。操作设备一般按照如下过程：

- 打开设备，获取文件描述符。
- 使用特定的控制函数（如 ioctl）进行设置。
- 使用 read、write 或者 ioctl 进行读写数据或者发送控制命令。
- 关闭文件描述符。

具体到串口程序，流程如下。

1. 打开设备文件并初始化波特率、数据位数、校验、停止位等

```
int open_and_init(const char *path) {
    struct termios cfg;
    speed_t speed;
    int fd;
    memset(&cfg, 0, sizeof(struct termios));
    fd = open(path, O_RDWR);
    if (fd < 0)  return -1;
    speed = B115200;
    cfmakeraw(&cfg);
    cfsetispeed(&cfg, speed);
    cfsetospeed(&cfg, speed);

    if (tcsetattr(fd, TCSANOW, &cfg)) {
        printf("tcsetattr fail\n");
        close(fd);
    }
    return fd;
}
```

由于大部分嵌入式系统串口应用中串口都只是用来进行简单通信的，不涉及流控等设置，我们这里使用 cfmakeraw 将串口设置为 raw 模式（无流控、无回显、无校验，数据位为 8，1 个停止位），相当于如下设置：

```
termios_p->c_iflag &= ~(IGNBRK | BRKINT | PARMRK | ISTRIP
                | INLCR | IGNCR | ICRNL | IXON);
termios_p->c_oflag &= ~OPOST;
termios_p->c_lflag &= ~(ECHO | ECHONL | ICANON | ISIG | IEXTEN);
termios_p->c_cflag &= ~(CSIZE | PARENB);
termios_p->c_cflag |= CS8;
```

2. 读取串口

```
void *read_and_echo_port(void *port) {
    int fd = (int) port;
    char buf[1] = {0};
    while (1) {
        ssize_t ret = read(fd, buf, 1);
        if (ret < 0) {
            break;
        } else {
            write(STDOUT_FILENO, buf, 1);
        }
    }
    return NULL;
}
```

3. 写入串口

```
void read_stdin_and_write(int fd) {
    char buf[1024] = {0};
```

```
    while (1) {
        ssize_t ret = _read_line(STDIN_FILENO, buf, sizeof(buf));
        if (ret < 0) {
            printf("read stdin fail (%d)\n", ret);
            return;
        }
        ssize_t write_ret = write(fd, buf, ret);
        if (write_ret < 0) {
            printf("write port fail: (%d)\n", write_ret);
            return;
        }
  else {
            printf("=> %s", buf);
        }
    }
  }
```

11.3 串口库 pyserial

pyserial 模块封装了 Python 对串口的访问，为多平台的使用提供了统一的接口，安装命令如下：

```
pip3 install pyserial
```

简单串口程序实现：

```
import serial #导入模块
try:
  #端口，Linux 上的/dev/ttyS0 等或 Windows 上的 COM3 等
  portx="/dev/ttyS0"
  #波特率，标准值之一：50,75,110,134,150,200,300,600,1200,1800,2400,4800,9600,
19200,38400,57600,115200
  bps=115200
  #超时设置,None：永远等待操作，0 为立即返回请求结果，其他值为等待超时时间(单位为秒)
  timex=5
  # 打开串口，并得到串口对象
  ser=serial.Serial(portx,bps,timeout=timex)

  # 写数据
  result=ser.write("你好".encode("gbk"))
  print("写总字节数:",result)

  ser.close()#关闭串口

except Exception as e:
    print("---异常---: ",e)
```

任务 11　龙芯 2K 串口数据传输

一、任务描述

编写程序，实现数据传输，将接收到的数据保存到 log 文件里。

二、任务分析

1. 硬件电路分析

采用的串口接口为 UART0，在龙芯 2K1000 教育派上对应引脚号为 59、60，RS-232 的接口如图 11-3 所示。

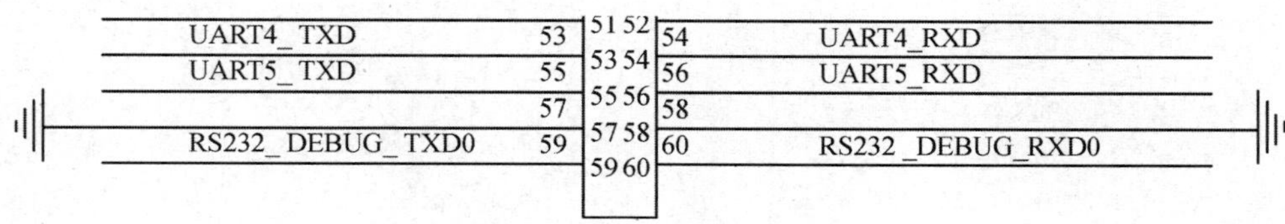

图 11-3　RS-232 的接口

2. 软件设计

使用串口前要先打开串口，对应的操作就是使用 open()函数打开对应的字符文件，然后设置波特率、停止位、奇偶检验等参数。

三、任务实施

第 1 步：硬件连接

将 TXD、RXD 与另一 RS-232 的 RXD、TXD 相连（交叉相接），如果是同一设备自发自收，则只需将 TXD、RXD 相接即可。

第 2 步：新建工程

在龙芯教育派上新建文件，文件名设为 uart_text.c。

第 3 步：编写程序

```
----------------------------------/uart_text.c/----------------------------------
    #include <stdio.h>
    #include <stdlib.h>
    #include <string.h>
    #include <pthread.h>
    #include <fcntl.h>
    #include <errno.h>
    #include <stdio.h>
    #include <stdlib.h>
```

```
    #include <string.h>
    #include <fcntl.h>
    #include <sys/types.h>
    #include <sys/stat.h>
    #include <unistd.h>
    #include <termios.h>
    #include <errno.h>
    typedef  unsigned int uint32_t ; static speed_t speed_arr[] = {B230400, B115200,
B57600, B38400, B19200, B9600, B4800, B2400, B1200, B600, B300};
    static int      name_arr[] = { 230400,  115200,  57600,  38400,  19200,  9600,
4800,  2400,  1200, 600,  300};
    static int uart_fd;
    /**
     *@brief  设置串口通信速率
     *@param  fd     类型 int  打开串口的文件句柄
     *@param  speed  类型 int  串口速度
     *@return  void
     */static void set_speed(int fd, int speed){
       uint32_t  i;
       struct termios opt;
       tcgetattr(fd, &opt);
       tcflush(fd, TCIOFLUSH);
    cfmakeraw(&opt);
    #if 1
       for(i= 0; i < sizeof(speed_arr)/sizeof(speed_t); i++) {
           if  (speed == name_arr[i]) {
               printf("serial speed=%d ", speed);
               cfsetispeed(&opt, speed_arr[i]);
               cfsetospeed(&opt, speed_arr[i]);
           }
    }
    #else
       cfsetispeed(&opt, B115200);
       cfsetospeed(&opt, B115200);#endif
       if (tcsetattr(fd, TCSANOW, &opt) == -1) {
               printf("tcsetattr(): %s", strerror(errno));
               return;
       }
       tcflush(fd,TCIOFLUSH);
    }
    /**
     *@brief   设置串口数据位，停止位和校验位
     *@param  fd      类型  int  打开的串口文件句柄
     *@param  databits 类型  int 数据位   取值 为 7 或者 8
     *@param  stopbits 类型  int 停止位   取值为 1 或者 2
     *@param  parity  类型  int  校验类型 取值为N,E,O,,S
     */static int set_parity(int fd, int speed, int databits,char *parity,int
stopbits){
       set_speed(fd,speed);
```

```
    struct termios options;
    if  ( tcgetattr( fd,&options)  !=  0) {
        perror("SetupSerial 1");
        return -1;
    }
    options.c_cflag &= ~CSIZE;
    switch (databits) /*设置数据位数*/
    {   case 7:
            options.c_cflag |= CS7;
            break;
        case 8:
            options.c_cflag |= CS8;
            break;
        default:
            fprintf(stderr,"Unsupported data size\n");
            return -1;
    }
    printf("databits=%d ",databits);
    switch (parity[0])
    {   case 'n':
        case 'N':
            options.c_cflag &= ~PARENB;   /* Clear parity enable */
            options.c_iflag &= ~INPCK;     /* Enable parity checking */
            break;
        case 'o':
        case 'O':
            options.c_cflag |= (PARODD | PARENB); /* 设置为奇校验*/
            options.c_iflag |= INPCK;             /* Disnable parity checking */
            break;
        case 'e':
        case 'E':
            options.c_cflag |= PARENB;     /* Enable parity */
            options.c_cflag &= ~PARODD;   /* 转换为偶校验*/
            options.c_iflag |= INPCK;       /* Disnable parity checking */
            break;
        case 'S':
        case 's':  /*as no parity*/
            options.c_cflag &= ~PARENB;
            options.c_cflag &= ~CSTOPB;
            break;
        default:
            fprintf(stderr,"Unsupported parity\n");
            return -1;
    }
    printf("parity=%c ",parity[0]);
    /* 设置停止位*/
    switch (stopbits)
    {   case 1:
            options.c_cflag &= ~CSTOPB;
```

```
            break;
        case 2:
            options.c_cflag |= CSTOPB;
            break;
        default:
            fprintf(stderr,"Unsupported stop bits\n");
            return -1;
    }
    printf("stopbits=%d\n",stopbits);
    /* Set input parity option */
    if (parity[0] != 'n')
        options.c_iflag |= INPCK;
    tcflush(fd,TCIFLUSH);
    //options.c_cc[VTIME] = 150; /* 设置超时 15 seconds*/
    //options.c_cc[VMIN] = 0; /* Update the options and do it NOW */
    if (tcsetattr(fd,TCSANOW,&options) != 0)
    {   perror("SetupSerial 3");
        return -1;
    }
    return 0;
}
static void uart_init(char * pserial_dev, int speed, int databits, char *parity,
int stopbits){
    int ret = 0;
    printf("dev name is: %s \r\n", pserial_dev);
    uart_fd = open(pserial_dev, O_RDWR | O_NOCTTY);
    if (uart_fd < 0) {
        printf("open(): %s\r\n", strerror(errno));
        exit(1);
    }
    //set_parity(uart_fd, speed, 8, 'O', 1);
    ret = set_parity(uart_fd, speed, databits, parity, stopbits);
    if(ret) {
        printf("\noperating error!\r\n");
        close(uart_fd);
        exit(1);
    }
}
static int test_send(char * file_name){
    char buf[1024];
    int  fd, ret, tmp;
    fd = open(file_name, O_RDONLY);
    if(fd < 0) {
        printf("open %s faild!\n",file_name);
        return -1;
    }
    while(1) {
        ret = 0;
        tmp = 0;
```

```
        ret = read(fd, buf, sizeof(buf));
        if(ret <= 0)
        {   //printf("read error!\n");
            break;
        }else
        {   //printf("%s",buf);
        }
        do {
            tmp += write(uart_fd, buf+tmp, ret-tmp);
        } while(tmp != ret);
    }
    close(fd);
    return 0;
}
static int test_receive(char * file_name){
    char buf[1024];
    int  fd, ret, tmp;
    fd = open(file_name,O_WRONLY|O_TRUNC|O_CREAT,0666);
    if(fd < 0) {
        printf("open %s faild!\n",file_name);
        return -1;
    }
    while(1) {
        ret = 0;
        tmp = 0;
        ret = read(uart_fd, buf, sizeof(buf));
        if(ret <= 0) {
            printf("read error!\n");
            break;
        }
        do {
            tmp += write(fd, buf+tmp, ret-tmp);
        } while(tmp != ret);
    }
    close(fd);
    return 0;
}
void print_info(void){
    int i;
    printf("\n./test_uart /dev/ttyX speed databits parity stopbits file-name 
transport\n\n");
    printf("  /dev/ttyX /dev/ttySn or /dev/ttyUSBn\n");
    printf("  speed      ");
    for(i=0;name_arr[i];i++) {
        printf("%d ",name_arr[i]);
    }
    printf("\n");
    printf("  databits  8  7\n");
    printf("  parity    n  o  e\n");
    printf("  stopbits  1  2\n");
    printf("  file-name ./1.log\n");
    printf("  transport send  receive\n");
    printf("\n   E.g# ./test_uart /dev/ttyS1 115200 8 n 1 1.log receive\n\n");
```

```
}
int main(int argc,char *argv[]){
    char * parity;
    int speed, databits, stopbits;
    if(argc != 8) {
        print_info();
        exit(1);
    }
    parity = argv[4];
    speed    = atoi(argv[2]);
    databits = atoi(argv[3]);
    stopbits = atoi(argv[5]);
    uart_init(argv[1],speed,databits,parity,stopbits);
    if(!strcmp(argv[7],"send")) {
        test_send(argv[6]);
    } else if(!strcmp(argv[7],"receive")) {
        test_receive(argv[6]);
    }else{
        print_info();
    }
    close(uart_fd);
    return 0;
}
--------------------------------/uart_text.c/------------------------------------
```

第 4 步：编译程序

```
gcc -o uart_text uart_text.c
```

第 5 步：运行

将串口 ttyS0 接收到的数据保存在 1.log 文件中，如图 11-4 所示。

```
./uart_text /dev/ttyS0 115200 8 n 1 1.log receive
```

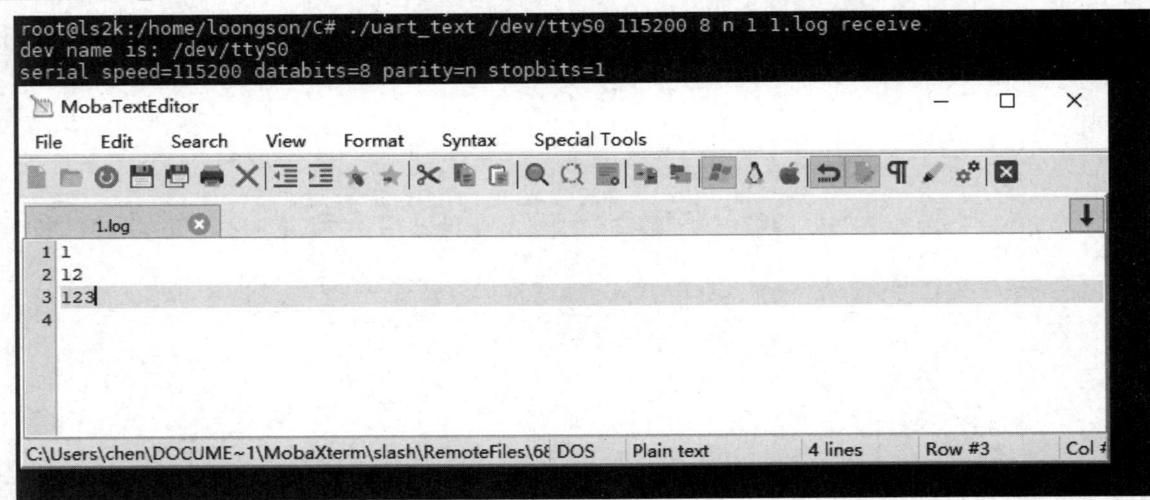

图 11-4　接收到的数据

将文件 1.log 内容发送到串口 ttyS0 上，如图 11-5 所示。

```
./uart_text /dev/ttyS0 115200 8 n 1 1.log send
```

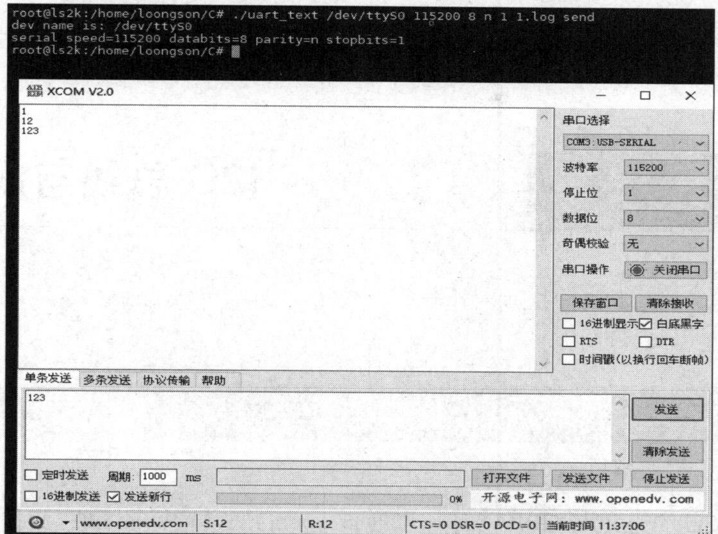

图 11-5　发送数据

第 12 章 I2C 总线与设备驱动

12.1 配置 I2C 设备驱动

龙芯派控制 I2C 的方式与 GPIO 类似，也通过 open()来设置操控 I2C，文件路径为/dev/i2c-0，使用 I2C 设备只需要简单地打开文件即可，十分方便。龙芯教育派共有两个 I2C 供用户外界使用，即 i2c-0，i2c-1，对应引脚如图 12-1 所示。

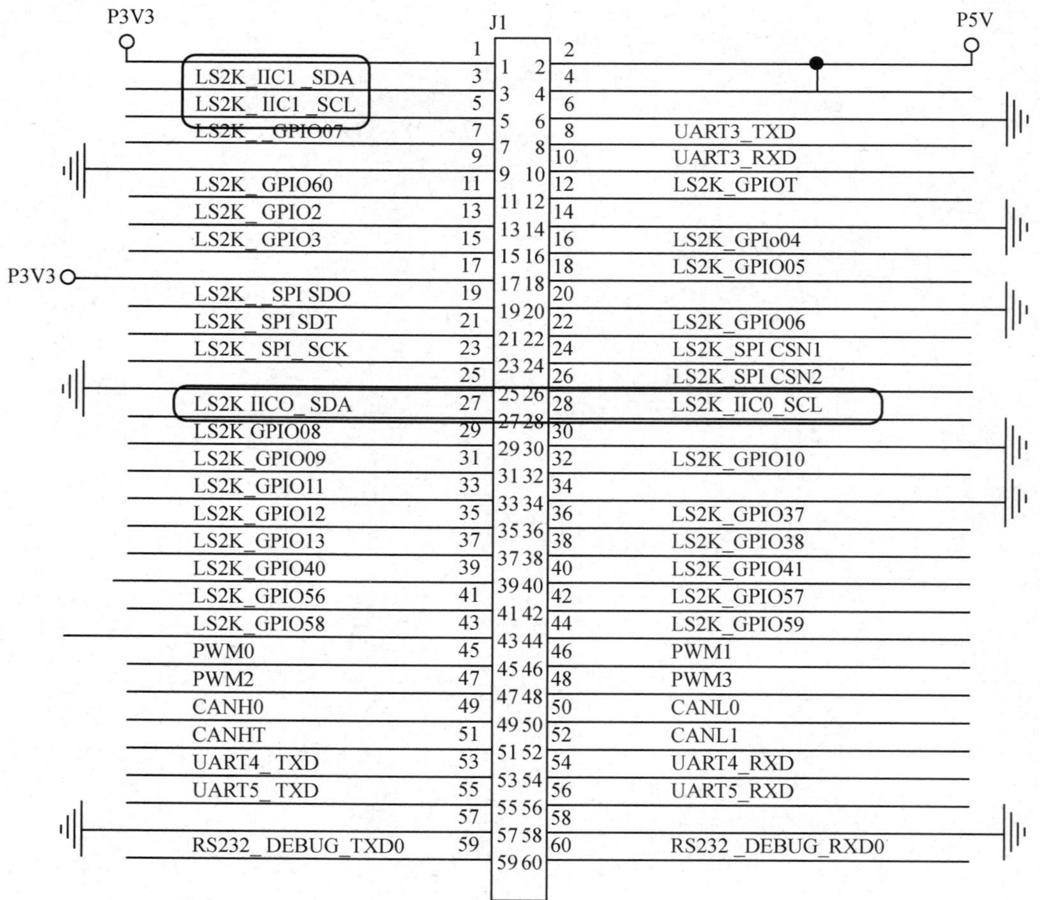

图 12-1 龙芯派 I2C 接口

12.1.1　打开 I2C 接口

下面以打开 I2C0 接口为例，使用“file = open("/dev/i2c-0", O_RDWR);”获取 I2C0 的文件接口，将其封装成函数，详细代码如下：

```
int open_i2c_dev(int i2cbus, char *filename, size_t size, int quiet)
{int file, len;
len = snprintf(filename, size, "/dev/i2c/%d", i2cbus);
if(len >= (int)size)
      {     fprintf(stderr, "%s: path truncated\n", filename);
            return -EOVERFLOW;
      }
file = open(filename, O_RDWR);
if(file < 0 && (errno == ENOENT || errno == ENOTDIR))
    {     len = snprintf(filename, size, "/dev/i2c-%d", i2cbus);
          if (len >= (int)size)
          {     fprintf(stderr, "%s: path truncated\n", filename);
                return -EOVERFLOW;
          }
          file = open(filename, O_RDWR);
    }
    if(file < 0 && !quiet)
          {   if (errno == ENOENT)
          {     fprintf(stderr, "Error: Could not open file "
          "`/dev/i2c-%d' or `/dev/i2c/%d': %s\n",i2cbus, i2cbus, strerror(EN
OENT));
    }
    else
          {     fprintf(stderr, "Error: Could not open file "
          "`%s': %s\n", filename, strerror(errno));
          if (errno == EACCES)
               fprintf(stderr, "Run as root?\n");
          }
    }
return file;
}
```

其中 i2cbus 为 I2C 接口编号（0、1），filename 为存储文件名的数组，size 为数组的大小，quiet 用于指示是否输出报错信息。

12.1.2　设置器件地址

在进行 I2C 通信时，主机发送启动信号后，再发送寻址信号。器件的地址有 7 位和 10 位两种，以 7 位地址寻址为例，寻址信号由一个字节构成，高 7 位为地址位，最低位为方向位，用来表示主机与从器件的数据传输方向，方向位 0 表明主机接下来对从器件进行写操作，方向位为 1 表明主机接下来对从器件进行读操作。

以传感器模块的温湿度传感器 hdc2080 为例，查看 hdc2080 器件手册，可以看到其从机地址视 ADDR 接线分为以下三种情况。

- 未连接的从属地址：100 0000，即 0x40。

- GND 从机地址：100 0000，即 0x40。
- VDD 从机地址：100 0001，即 0x41。

知道了从器件地址后，接了下来就是通过 ioctl 函数设置器件地址，将其封装成函数，详细代码如下：

```
int set_slave_addr(int file, int address, int force){
/* With force, let the user read from/write to the registers
even when a driver is also running */
if (ioctl(file, force ? I2C_SLAVE_FORCE : I2C_SLAVE, address) < 0)
{     fprintf(stderr,"Error: Could not set address to 0x%02x: %s\n",
address, strerror(errno));
return -errno;
}
return 0;
}
```

其中 file 为打开的 I2C 接口（由 open_i2c_dev 函数返回），address 为从器件地址，force 用于指示是否允许用户在驱动程序正在运行的情况下读取/写入寄存器。

12.1.3 数据的读写

在设置好从器件地址后，就可读取从器件寄存器内的数值来获取数据了，一般都要先发送一个启动、配置指令来启动从器件开始工作或者测量。

1. I2C 写流程

（1）Master 发出 START 信号——开始信号。

（2）Master 发出 I2C addr（7bit）和 W 操作 0（ 1bit）信号，等待 ACK。

（3）Slave 发送 ACK。

（4）Master 发送 reg addr（8bit），等待 ACK。

（5）Slave 发送 ACK。

（6）Master 发送 reg data（8bit），等待 ACK。

（7）Slave 发送 ACK。

（8）Master 发出 STOP 信号——结束信号。

2. I2C 读流程

（1）Master 发出 START 信号——开始信号。

（2）Master 发出 I2C addr（7bit）和 W 操作 0（ 1bit）信号，等待 ACK。

（3）Slave 发送 ACK。

（4）Master 发送 reg addr（8bit），等待 ACK。

（5）Slave 发送 ACK。

（6）Master 发出 STOP 信号——结束信号。

（7）I2C 初始化状态。

（8）Master 发出 START 信号——开始信号。

（9）Master 发出 I2C addr（7bit）和 R 操作 1（ 1bit）信号，等待 ACK。

（10）Slave 发送 ACK。

（11）Slave 发送 reg data（8bit），等待 ACK。

（12）Master 发送 ACK。

以传感器模块的温湿度传感器 hdc2080 为例，温湿度寄存器描述如表 12-1 所示。读取温湿度数据的寄存器地址为 0x00～0x03，要获取寄存器内的数值就需要对这 4 个地址分别进行读取，并且这 4 个寄存器内的初值为 0，要实时获取真实的温湿度数据就要先对从器件进行配置。

表 12-1　温湿度寄存器描述

地址	寄存器名称	复位值	描述
0x00	TEMPERATURE LOW	0x00	Temperture[7:0] 温度寄存器低 8 位
0x01	TEMPERATURE HIGH	0x00	Temperture[15:8] 温度寄存器高 8 位
0x02	HUMIDITY LOW	0x00	Humidity[7:0] 湿度寄存器低 8 位
0x03	HUMIDITY HIGH	0x00	Humidity[15:8] 湿度寄存器高 8 位

12.1.4　I2C tools

1. 下载安装

I2C 接口常用测试工具为 i2c-tools，工具源码为：

```
http://sources.buildroot.net/i2c-tools/
```

编译：make EXTRA=tools BUILD_STATIC_LIB=1 BUILD_DYNAMIC_LIB=0。

编译完成后在 tools 下生成 i2cdetect、i2cdetect、i2cdump、i2cset、i2cget。

2. i2c-tools 命令简介

（1）i2cdetect 检测有几组 I2C 总线，如图 12-2 所示。

```
./i2cdetect -l
```

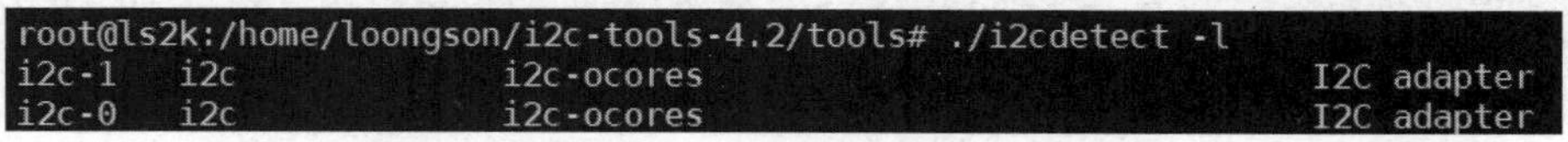

```
root@ls2k:/home/loongson/i2c-tools-4.2/tools# ./i2cdetect -l
i2c-1   i2c             i2c-ocores                          I2C adapter
i2c-0   i2c             i2c-ocores                          I2C adapter
```

图 12-2　查看 I2C 总线

（2）i2cdetect 检测挂载在 I2C 总线上的器件，如图 12-3 所示。

```
./i2cdetect-r -y 1
```

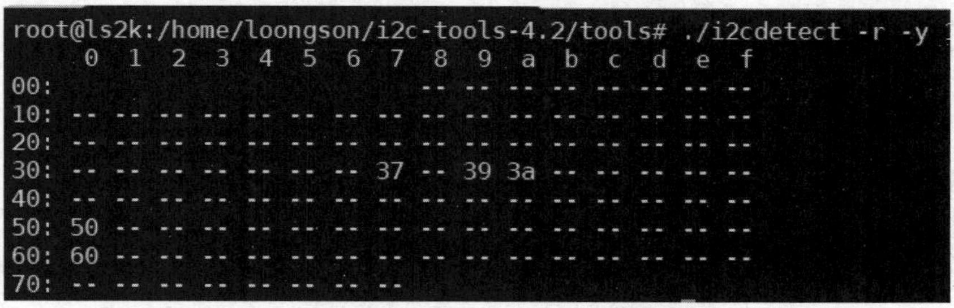

```
root@ls2k:/home/loongson/i2c-tools-4.2/tools# ./i2cdetect -r -y 1
     0  1  2  3  4  5  6  7  8  9  a  b  c  d  e  f
00:                         -- -- -- -- -- -- -- --
10: -- -- -- -- -- -- -- -- -- -- -- -- -- -- -- --
20: -- -- -- -- -- -- -- -- -- -- -- -- -- -- -- --
30: -- -- -- -- -- -- -- 37 -- 39 3a -- -- -- -- --
40: -- -- -- -- -- -- -- -- -- -- -- -- -- -- -- --
50: 50 -- -- -- -- -- -- -- -- -- -- -- -- -- -- --
60: 60 -- -- -- -- -- -- -- -- -- -- -- -- -- -- --
70: -- -- -- -- -- -- -- --
```

图 12-3　检测挂在上的 I2C 总线器件

（3）i2cdump 查看器件所有寄存器的值，如图 12-4 所示（查看 I2C-1 总线上 0x50 设备的所有寄存器值）。

```
./i2cdump -f -y 1 0x50
```

```
root@ls2k:/home/loongson/i2c-tools-4.2/tools# ./i2cdump -f -y 1 0x50
No size specified (using byte-data access)
     0  1  2  3  4  5  6  7  8  9  a  b  c  d  e  f    0123456789abcdef
00: 00 ff ff ff ff ff ff 00 41 0c 56 c1 9f 47 00 00    ........A?V??G..
10: 02 1f 01 03 80 3c 22 78 2a be 95 ae 50 45 a7 26    ?????<"x*???PE?&
20: 0f 50 54 bf ef 00 d1 c0 b3 00 95 00 81 80 81 40    ?PT??.???.?.???@
30: 81 c0 01 01 01 01 02 3a 80 18 71 38 2d 40 58 2c    ???????:??q8-@X,
40: 45 00 56 50 21 00 00 1e 00 00 00 fc 00 50 48 4c    E.VP!..?...?.PHL
50: 20 32 37 33 56 37 0a 20 20 20 00 00 00 fd 00 30     273V7?   ...?.0
60: 4b 1e 55 12 00 0a 20 20 20 20 20 20 00 00 00 ff    K?U?.?      ....
70: 00 55 4b 30 32 31 30 32 30 31 38 33 33 35 01 b8    .UK02102018335??
80: 02 03 1e f1 4b 10 1f 05 14 04 13 03 12 02 11 01    ????K???????????
90: 23 09 07 07 83 01 00 00 65 03 0c 00 10 00 8c 0a    #?????..e??.?.??
a0: d0 8a 20 e0 2d 10 10 3e 96 00 56 50 21 00 00 18    ?? ?-??>?.VP!..?
b0: 01 1d 00 72 51 d0 1e 20 6e 28 55 00 56 50 21 00    ??.rQ?? n(U.VP!.
c0: 00 1e 8c 0a d0 8a 20 e0 2d 10 10 3e 96 00 56 50    .????? ?-??>?.VP
d0: 21 00 00 18 8c 0a d0 90 20 40 31 20 0c 40 55 00    !..????? @1 ?@U.
e0: 56 50 21 00 00 18 2a 44 80 a0 70 38 27 40 30 20    VP!..?*D??p8'@0 
f0: 35 00 56 50 21 00 00 1a 00 00 00 00 00 00 00 0e    5.VP!..?.......?
```

图 12-4　I2C-1 总线上 0x50 设备的所有寄存器值

（4）i2cset 设置单个寄存器值（往 I2C-1 总线上 0x50 设备 0x01 寄存器写 0xaa）。

```
./i2cset -f -y 0 0x50 0x01 0xaa
```

（5）i2cget 读取单个寄存器值（读取 I2C-1 总线上 0x50 设备 0x01 寄存器的值）。

```
./i2cget -f -y 1 0x50 0x01
```

任务 12　IIC 总线传感器数据获取

一、任务描述

使用 I2C 接口读取传感器模块上的光照强度的数值。

二、任务分析

1. 硬件电路分析

I2C 主要使用接口 I2C_SDA1\I2C_SCL1，将其与龙芯教育派的 LS2K_IIC0_SDA 和 LS2K_IIC0_SCL 相连接，传感器模块接口如图 12-5 所示。

TSL2561 是光照数字转换器，将光强度转换为数字信号输出，能够直接使用 I2C（TSL2561）接口。每个设备在一个 CMOS 集成电路上结合了一个宽带光电二极管（可见+红外）和一个红外响应光电二极管，能够在有效的 20 位动态范围（16 位分辨率）提供近光响应。两个集成 ADC 将光电二极管电流转换为数字输出，表示在每个通道上测量的光照度，如图 12-6 所示。

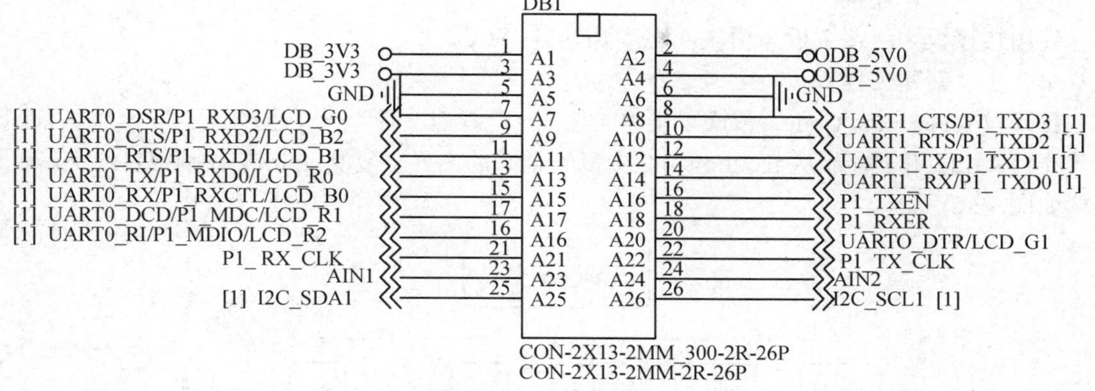

图 12-5　传感器模块接口

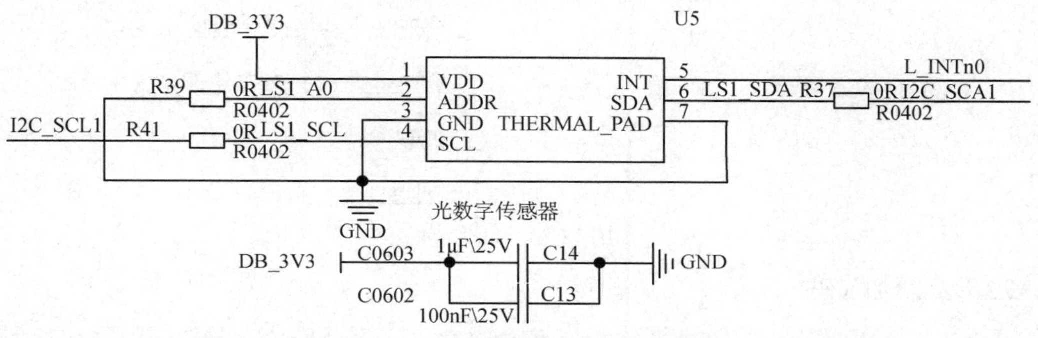

图 12-6　传感器模块上的 TSL2561

2. 软件设计

使用 I2C 需要设置驱动及器件地址。将 i2c-tools-4.2\include\i2c\ 中的 smbus.h，i2c-tools-4.2\lib 中的 smbus.c，i2c-tools-4.2\tools 中的 i2cbusses.h、i2cbusses.c 这几个文件复制到自己的工程文件中备用，如图 12-7 所示。

Experimental_project › 3.Sensor_module › c › i2c　　搜索"i2c"

名称	修改日期	类型	大小
i2cbusses.c	2020/9/22 8:02	C 文件	11 KB
i2cbusses.h	2020/9/22 8:02	H 文件	2 KB
smbus.c	2020/9/22 8:02	C 文件	6 KB
smbus.h	2020/9/22 8:02	H 文件	3 KB

图 12-7　I2C 驱动文件

根据从器件手册的内容可知，当 ADDR 接 GND 时，从器件地址为 0101001，即 0X29。使用时要先发送启动命令，设置增益时间，才能读取到正确的数据，此部分相应命令请自行查看 TSL2561 器件手册。

三、任务实施

第 1 步：硬件连接

使用转接板来连接主板与模块，连接 SDA 与 SCL。

第 2 步：新建工程

打开 Visual Studio Code，依次单击“文件”→“新建文件”→“选择语言”→“C 语言”。新建文件夹 i2c 用于存放从 i2c-tools-4.2 中复制过来的文件，复制 gpio 文件到根目录下。目录结构如图 12-8 所示。

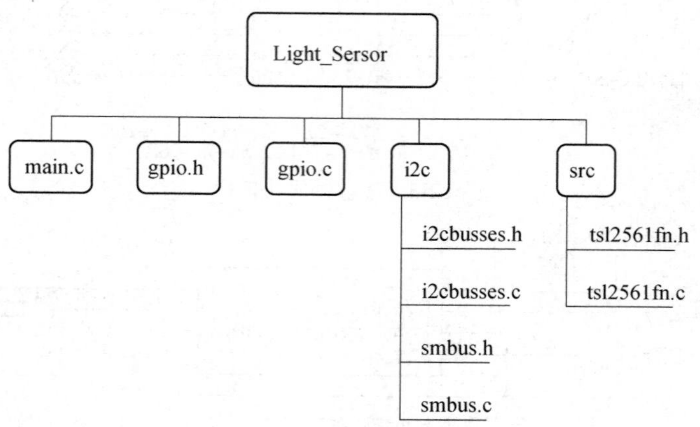

图 12-8　目录结构

第 3 步：增加代码

```
--------------------------------/tsl2561fn.h/----------------------------------------
    #ifndef _TSL2561FN_H#define _TSL2561FN_H
    #define TSL2561FN_ADDRESS 0X29         //从器件地址
    #define TSL2561FN_Write   0           //写命令
    #define TSL2561FN_Read    1           //读命令
    #define ID_ADDRESS        0x8a        //从器件编号 ID 寄存器地址
    #define CONTROL           0x80       //控制寄存器地址
    #define TIMING            0x81       //定时寄存器地址
    #define DATA0LOW          0x8c       //通道 0 低字节地址
    #define DATA0HIGH         0x8d       //通道 0 高字节地址
    #define DATA1LOW          0x8e       //通道 1 低字节地址
    #define DATA1HIGH         0x8f       //通道 1 高字节地址
    #define TSL_Start         0x03        //设置 TSL2561 为开启状态
    #define TIM16X_402MS      0x12       //积分时间 402 毫秒,增益 16 倍//I2C
    #define I2C 0  //LED9
    #define LED9_IO 1
    void TSL2561FN_init(void);
    float TSL2561FN_GET(void);
    void LED9_INIT(void);
    void LED9_ON(void);
    void LED9_OFF(void);
    #endif // _TSL2561FN_H
--------------------------------/tsl2561fn.h/----------------------------------------
```

```
------------------------------/tsl2561fn.c/------------------------------
#include <stdio.h>
#include <stdlib.h>
#include <stdint.h>
#include <math.h>
#include "../i2c/smbus.h"
#include "../i2c/i2cbusses.h"
#include "../gpio.h"
#include "tsl2561fn.h"
int file;
void TSL2561FN_init(void)
{   char filename[20];
    int id,ret;
    //打开 I2C
    file = open_i2c_dev(I2C, filename, sizeof(filename), 0);
    delay_us(10);
    //设置从器件地址
    set_slave_addr(file, TSL2561FN_ADDRESS, 1);
    delay_us(10);
    //设置 TSL2561 开启状态
    ret = i2c_smbus_write_byte_data(file,CONTROL,TSL_Start);
    delay_us(10);
    //设置积分时间和增益倍数
    ret = i2c_smbus_write_byte_data(file,TIMING,TIM16X_402MS);
    delay_us(10);
    //读取设备 ID
      id = i2c_smbus_read_byte_data(file, ID_ADDRESS);
    if(id == 0x40)
        printf("光照传感器初始化成功! \n");
else
        printf("光照传感器初始化失败! \n");
}
float TSL2561FN_GET(void)
{   unsigned char  Data0Low, Data0High, Data1Low, Data1High;
    float Channel0, Channel1;
    float data = 0; //光强
    float res = 0;
    Data0Low = i2c_smbus_read_byte_data(file,DATA0LOW);
    Data0High = i2c_smbus_read_byte_data(file,DATA0HIGH);
    Channel0 = 256*Data0High + Data0Low;  //通道 0
    //printf("Data0Low = %#x, Data0High = %#x\r\n", Data0Low, Data0High);
    Data1Low = i2c_smbus_read_byte_data(file,DATA1LOW);
    Data1High = i2c_smbus_read_byte_data(file,DATA1HIGH);
    Channel1 = 256*Data1High + Data1Low;  //通道 1
    //printf("Data1Low = %#x, Data1High = %#x\r\n", Data1Low, Data1High);
    res = Channel1/Channel0;
    if((res > 0) && (res <= 0.50))
       data = 0.0304*Channel0-0.062*Channel0*pow(res,1.4);
    else if(res <= 0.61)
       data = 0.0224*Channel0-0.031*Channel1;
    else if(res <= 0.80)
       data = 0.0128*Channel0-0.0153*Channel1;
    else if(res <= 1.30)
```

```
        data = 0.00146*Channel0-0.00112*Channel1;
    else
        data = 0;
    return data;
}
-------------------------------/tsl2561fn.c/-------------------------------

-------------------------------/main.c/-------------------------------
#include <stdio.h>
#include <stdlib.h>
#include <stdint.h>
#include <unistd.h>
#include <stdbool.h>
#include <string.h>
#include "src/tsl2561fn.h"
int main()
{   float data;
    TSL2561FN_init();
    sleep(1);
    while (1)
    {   sleep(1);
        data = TSL2561FN_GET();
        printf("\033c\n");
        printf("光照强度:%f\n",data);
    }
}
-------------------------------/main.c/-------------------------------
```

第 4 步：编写 makefile 文件

在根目录中新建 makefile 文件。

```
main:*.c src/*.c i2c/*.c
    gcc -o main *.c src/*.c i2c/*.c -lm
```

命令行运行 make 编译。

第 5 步：运行程序

```
./main
```

程序运行结果如图 12-9 所示。

图 12-9　运行结果

第 13 章 CAN 总线与设备驱动

13.1 CAN 总线概述

CAN 是 Controller Area Network 的缩写，是 ISO 国际标准化的串行通信协议。在汽车产业中，出于对安全性、舒适性、方便性、低公害、低成本的要求，各种各样的电子控制系统被开发了出来。由于这些系统之间通信所用的数据类型及对可靠性的要求不尽相同，由多条总线构成的情况很多，线束的数量也随之增加。为适应“减少线束的数量”“通过多个 LAN 进行大量数据的高速通信”的需要，1986 年德国 BOSCH 公司开发出面向汽车的 CAN 通信协议。此后 CAN 通过 ISO11898 及 ISO11519 进行了标准化，在欧洲已是汽车网络的标准协议。

CAN 的高性能和可靠性已被认同，并被广泛地应用于工业自动化、船舶、医疗设备、工业设备等方面。现场总线是当今自动化领域技术发展的热点之一，被誉为自动化领域的计算机局域网。它的出现为分布式控制系统实现各节点之间实时、可靠的数据通信提供了强有力的技术支持。

CAN 总线是德国 BOSCH 公司从 20 世纪 80 年代初为解决现代汽车中众多的控制与测试仪器之间的数据交换而开发的一种串行数据通信协议。它的通信介质可以是双绞线、同轴电缆或光导纤维，通信速率最高可达 1Mbps。CAN 总线通信接口中集成了 CAN 协议的物理层和数据链路层功能，可完成对通信数据的成帧处理，包括位填充、数据块编码、循环冗余检验、优先级判别等项工作。

CAN 协议的一个最大特点是废除了传统的站地址编码，而代之以对通信数据块进行编码。采用这种方法的优点可使网络内的节点个数在理论上不受限制，数据块的标识符可由 11 位或 29 位二进制数组成，因此可以定义两个或两个以上不同的数据块，这种按数据块编码的方式，还可使不同的节点同时接收到相同的数据，这一点在分布式控制系统中非常有用。数据段长度最多为 8 字节，可满足通常工业领域中控制命令、工作状态及测试数据的一般要求。同时，8 字节不会占用总线时间过长，从而保证了通信的实时性。CAN 协议采用 CRC 检验并可提供相应的错误处理功能，保证了数据通信的可靠性。CAN 卓越的特性、极高的可靠性和独特的设计，特别适合工业过程监控设备的互连，因此，越来越受到工业界的重视，并已公认为最有前途的现场总线之一。

CAN 总线采用了多主竞争式总线结构，具有多主站运行和分散仲裁的串行总线及广播通信的特点。CAN 总线上任意节点可在任意时刻主动地向网络上其他节点发送信息而不分主次，因此可在各节点之间实现自由通信。CAN 总线协议已被国际标准化组织认证，技术比较成熟，控制的芯片已经商品化，性价比高，特别适用于分布式测控系统之间的数据通信。CAN 总线插卡可以任意插在 PC AT XT 兼容机上，方便地构成分布式监控系统。其结构简单，只有两根线与外部相连，并且内部集成了错误探测和管理模块。

13.2 CAN 总线工作原理

13.2.1 CAN 总线结构及帧格式

CAN 总线网络拓扑结构如图 13-1 所示，所有 CAN 总线设备（节点）都挂在 CAN_H 和 CAN_L，各个节点通过这两条线实现信号的串行差分传输。为了避免信号的反射和干扰，还需要在 CAN_H 和 CAN_L 之间接上 120Ω 的终端电阻。

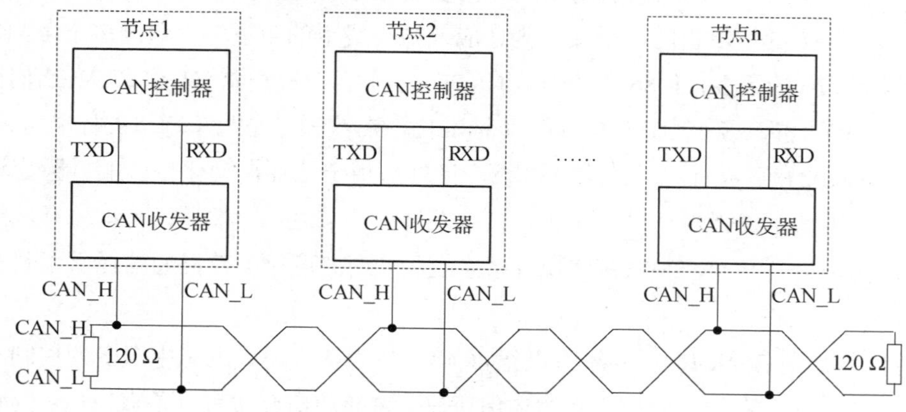

图 13-1 CAN 总线网络拓扑结构

1. CAN 总线电平

CAN 收发器的作用是将微处理器引脚的逻辑电平转化为 CAN 总线上的 CAN_L 和 CAN_H 电平，CAN 收发器一般采用专用芯片，高速 CAN 和低速 CAN 的收发器芯片不相同。CAN 控制器根据 CAN_L 和 CAN_H 上的电位差来判断总线电平。总线电平分为“显性电平”和“隐性电平”。高速 CAN 电平与逻辑电平之间转换关系，如图 13-2 所示。

- 显性电平对应逻辑 0，CAN_H 和 CAN_L 之差为 2V 左右。
- 隐性电平对应逻辑 1，CAN_H 和 CAN_L 之差为 0V。
- CAN 总线电平变化：当没有数据发送时，两条线的电平一样都为 2.5V，称为静电平，也就是隐性电平。当有信号发送时，CAN_H 的电平升高 1V，即 3.5V，CAN_L 的电平降低 1V，即 1.5V。

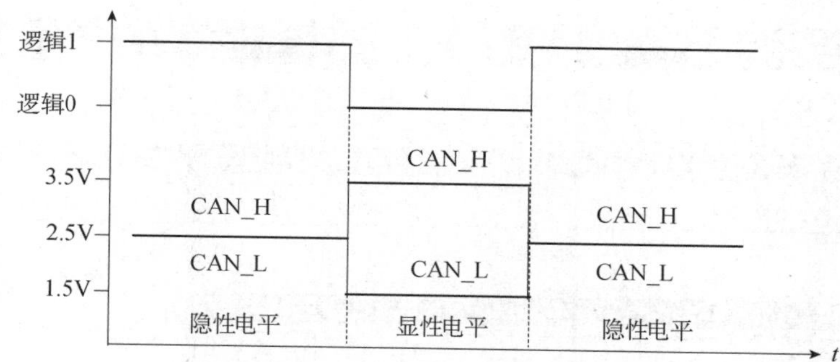

图 13-2 高速 CAN 电平与逻辑电平之间转换关系

- CAN 信号传输：发送数据时，CAN 控制器将 CPU 传来的信号转换为逻辑电平（即逻辑 0—显性电平或者逻辑 1—隐性电平），CAN 发射器接收逻辑电平之后，再将其转换为差分电平输出到 CAN 总线上；接收数据时，CAN 接收器将 CAN_H 和 CAN_L 线上传来的差分电平转换为逻辑电平输出到 CAN 控制器，CAN 控制器再把该逻辑电平转化为相应的信号发送到 CPU 上。

2. CAN 总线数据传输帧

CAN 总线数据按 CAN 帧来传输，CAN 的通信帧分成 5 种，分别为数据帧、遥控帧、错误帧、过载帧和间隔帧，如表 13-1 所示。

表 13-1 CAN 的通信帧

帧类型	帧用途
数据帧	用于发送单元向接收单元传送数据的帧
遥控帧	用于接收单元向具有相同 ID 的发送单元请求数据的帧
错误帧	用于当检测出错误时向其他单元通知错误的帧
过载帧	用于接收单元通知其尚未做好接收准备的帧
间隔帧	用于将数据帧及遥控帧与前面的帧分离开来的帧

其中，数据帧和遥控帧有标准格式（2.0A）和扩展格式（2.0B）两种格式。遥控帧也称为远程帧，数据接收器节点通过发送远程帧，启动其他节点向各节点发送数据。远程帧和数据帧非常类似，只是远程帧没有数据域。

这里重点讲解一下数据帧，数据帧由 7 个段组成，即帧起始、仲裁段、控制段、数据段、CRC 段、ACK 段和帧结束。标准格式有 11 位的标识符（ID），扩展格式有 29 位的 ID，其他段标准格式和扩展格式都是相同的，如图 13-3 所示。

- 11 位基本 ID（标准 ID）：禁止高 7 位都为隐性，即不能 ID=1111111XXXX。
- RTR：用于标识数据帧（显性电平）还是远程帧（隐性电平）。
- SRR：代替远程请求帧，为隐性位。
- IDE：标准还是扩展格式，为显性位时，则是标准格式；为隐性位时，则是拓展格式。
- r0/r1：保留位。

（1）帧起始

表示数据帧开始的段，由一个显性电平（低电平）组成，发送节点发送帧起始，其他节点同步于帧起始。

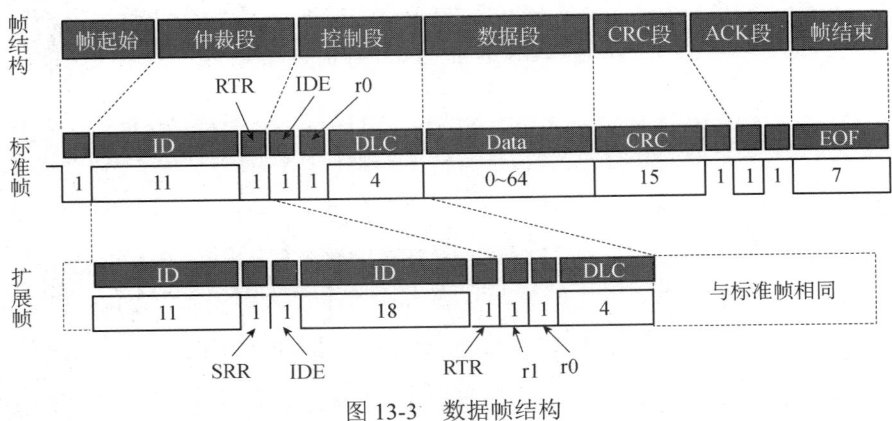

图 13-3 数据帧结构

（2）仲裁段

表示该帧优先级的段，只要总线空闲，总线上任何节点都可以发送报文，如果有两个或两个以上的节点开始传送报文，那么就会存在总线访问冲突的可能。但是 CAN 使用标识符的逐位仲裁方法可以解决这个问题。CAN 总线控制器在发送数据的同时监控总线电平，如果电平不同，则停止发送并做其他处理。如果该位位于仲裁段，则退出总线竞争；如果位于其他段，则产生错误事件。

假设节点 A、B 和 C 都发送相同格式、相同类型的帧，若采用标准格式数据帧传输数据，它们竞争总线的过程，如图 13-4 所示。

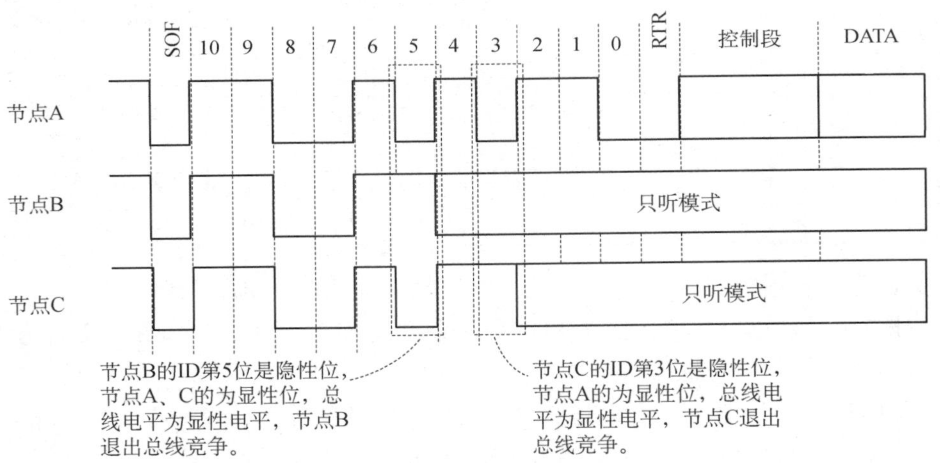

图 13-4 CAN 竞争总线过程

竞争规律如下：

- 总线空闲时，最先发送的单元获得发送优先权，一旦发送，其他单元无法抢占。
- 如果有多个单元同时发送，则连续输出显性电平多的单元，具有较高优先级。从 ID 开始比较，如果 ID 相同，还可能会比较 RTR 和 SRR 等位。
- 帧 ID 越小，优先级越高。由于数据帧的 RTR 位为显性电平，远程帧为隐性电平，所以帧格式和帧 ID 相同的情况下，数据帧优先于远程帧；由于标准帧的 IDE 位为显性电平，扩展帧的 IDE 位为隐性电平，对于前 11 位 ID 相同的标准帧和扩展帧，标准帧优先级比扩展帧高，如图 13-5 所示。

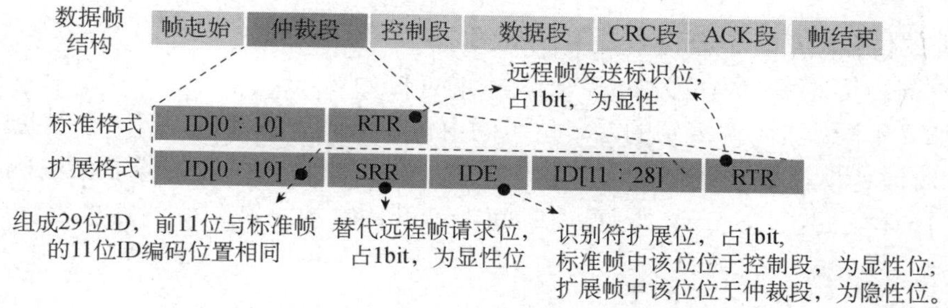

图 13-5 仲裁段标准格式与扩展格式区别

（3）控制段

表示数据的字节数及保留位的段，其中用 4 位二进制位来表示发送数据的字节数，例如，发送 8 个字节，则控制段二进制值为 1000。

（4）数据段

用 0～64 位二进制位来表示传输数据的内容，一帧可发送 0～8 个字节的数据，高位先传输，如图 13-6 所示。

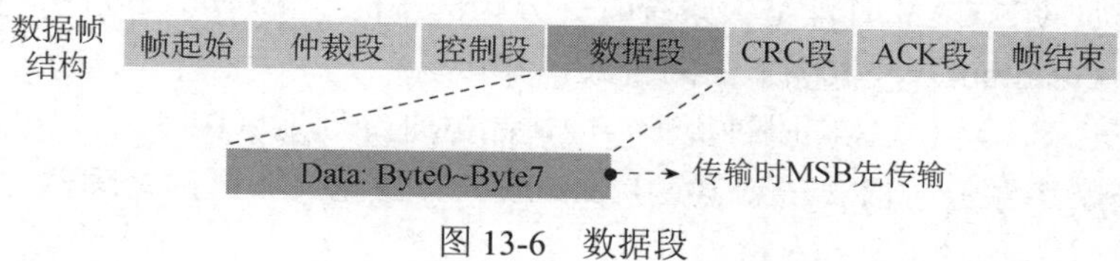

图 13-6 数据段

（5）CRC 段

用 15 位二进制位来表示 CRC 校验数据，CAN 检查帧的传输错误。

（6）ACK 段

表示确认正常接收的段。

（7）帧结束

表示数据帧结束的段，由 7 个隐性位（高电平）组成，如图 13-7 所示。

对于编程者，只要关心 ID、控制段和数据段，其他段都是由硬件自动完成的。

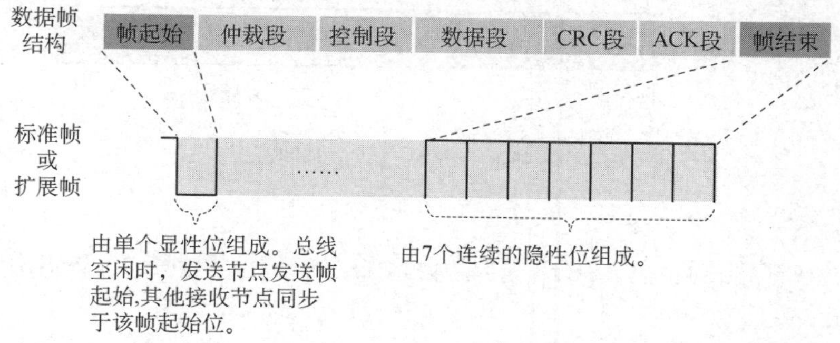

图 13-7 帧结束段

13.2.2 CAN 总线位速率

位速率又称比特率（Bit Rate）、信息传输率，表示的是单位时间内，总线上传输的信息量，即每秒能够传输的二进制位的数量，单位是 bps（Bit Per Second）。位速率和波特率都被用来表示数据的传输速度，但是两者是有区别的。

- 单位不同：位速率的单位为 bps，波特率的单位为 baud。
- 表示意义不同：波特率表示的是单位时间内传输的码元的数量，当一个码元用一个二进制位表示，此时波特率在数值上和比特率是一样的。例如，串口通信的波特 115200baud（波特），一个码元由 10 位二进制位表示，则单位时间内可以传输的二进制位的数量为 115200×10=1152000bps。

1. 位时间

位时间：表示的是一个二进制位在总线上传输时所需要的时间，其公式为：

$$位时间=\frac{1}{位速率}$$

CAN 总线系统中的两个时钟为晶振时钟周期和 CAN 时钟周期

- 晶振时钟周期：是由单片机振荡器的晶振频率决定的，指的是振荡器每振荡一次所消耗的时间长度，也是整个系统中最小的时间单位。
- CAN 时钟周期：CAN 时钟是由系统时钟分频而来的一个时间长度值，实际上就是一个时间量 T_q（Time Quantum），按照下面的公式计算：

$$CAN时钟周期 = 2\times 晶振时钟周期\times BRP$$

其中 BRP 叫作波特率预分频值（Baudrate Prescaler）。注意：不同的处理器 CAN 时钟周期计算公式有所差别。

假设 BRP 为 1，则 CAN 总线位时间如 13-8 所示。

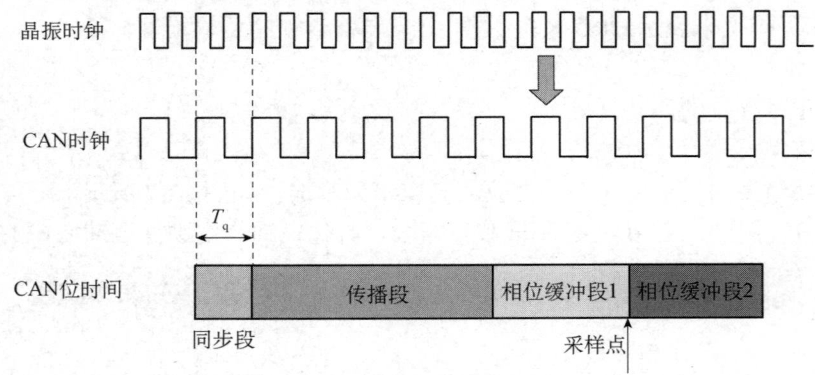

图 13-8　CAN 总线位时间

2. 位时序

CAN 总线位时序由同步段（SS）、传播段（PTS）、相位缓冲段 1（PBS1）和相位缓冲段 2（PBS2）组成。

（1）同步段（Synchronization Segment）

- 长度固定，1 个时间量子 T_q。
- 一个位的传输从同步段开始。
- 同步段用于同步总线上的各个节点，一个位的跳边沿在此时间段内。

（2）传播段（Propagation Segment）

- 传播段用于补偿报文在总线和节点上传输时所产生的时间延迟。

- 传播段时长 ≥ 2 × 报文在总线和节点上传输时产生的时间延迟。
- 传播段时长可编程（1～8 个时间量子 T_q）。

（3）相位缓冲段 1（Phase Buffer Segment1）

- 用于补偿节点间的晶振误差。
- 允许通过重同步对该段加长。
- 在这个时间段的末端进行总线状态的采样。
- 长度可编程（1～8 个时间量子 T_q）。

（4）相位缓冲段 2（Phase Buffer Segment2）

- 用于补偿节点间的晶振误差。
- 允许通过重同步对该段缩短。
- 长度可编程（1～8 个时间量子 T_q）。

13.3　龙芯 2K1000 处理器 CAN 总线驱动配置

13.3.1　龙芯 2K1000 处理器 CAN 总线复用配置

在使用龙芯 2K CAN 总线时，要先确定 CAN0 和 CAN1 的 GPIO 复用关系，默认的是 GPIO 功能，如图 13-9 所示。

17:16	can_sel	RW	0×0	CAN引脚复用控制:当专用通信接口为0 0：引脚为GPIO 1：引脚为CAN 否则，引脚为专用通信接口

图 13-9　寄存器复用配置

查看复用关系（16&17 位要为 1）：

```
devmem 0x1fe10420
```

配置 GPIO 复用为 CAN，可在程序中加入以下代码：

```
//下列函数位于第 9 章 GPIO 驱动章节中的 gpio.c 中
gpio_init();
//设置 CAN 复用为 CAN 模式
gpio_model_set(16,1);
gpio_model_set(17,1);
```

13.3.2　CAN 接口测试

使用 can-utils 工具测试 CAN 接口，首先下载 can-utils 源码（http://sources.buildroot.net/can-utils/），这里选择下载 can-utils-2021.08.0.tar.gz，如图 13-10 所示。

Index of /can-utils/

Name ↓	Last Modified:	Size:	Type:
../		-	Directory
.lock	2020-Jun-25 21:44:52	0.0K	application/octet-stream
can-utils-2018.02.0.tar.gz	2019-Jun-19 20:48:28	98.0K	application/x-gtar-compressed
can-utils-2020.02.0.tar.gz	2020-Feb-04 14:52:41	118.9K	application/x-gtar-compressed
can-utils-2020.02.04.tar.gz	2020-Apr-12 22:57:53	119.0K	application/x-gtar-compressed
can-utils-2020.11.0.tar.gz	2020-Dec-14 23:14:47	127.2K	application/x-gtar-compressed
can-utils-2020.12.0.tar.gz	2021-Apr-21 23:17:15	128.9K	application/x-gtar-compressed
can-utils-2021.06.0.tar.gz	2021-Jul-15 21:51:56	144.0K	application/x-gtar-compressed
can-utils-2021.08.0.tar.gz	2021-Sep-05 15:40:26	144.6K	application/x-gtar-compressed
can-utils-c3305fdd515464153d20199db232b6124bc962c0.tar.gz	2016-Dec-20 19:07:08	79.0K	application/x-gtar-compressed
can-utils-v2018.02.0.tar.gz	2018-May-06 12:14:34	98.0K	application/x-gtar-compressed

图 13-10　下载测试工具

下载后执行 make && make install 编译安装，工具命令如下。

```
1.sudo modprobe vcan
加载虚拟 CAN 模块：
2.sudo ip link add dev vcan0 type vcan
添加 vcan0 网卡：
3.ifconfig -a
可以查到当前 CAN 网络 CAN0 CAN1，包括收发包数量、是否有错误等：
4.ip link set can0 up type can bitrate 800000
//ip link set can0 type can --help
设置 CAN0 的波特率为 800Kbps,CAN 网络波特率最大值为 1Mbps：
5.ip link set can0 up type can bitrate 800000 loopback on
设置回环模式，自发自收，用于测试硬件是否正常，loopback 不一定支持
6. ip link set can0 down
关闭 CAN0 网络：
7.cansend can0 0x11 0x22 0x33 0x44 0x55 0x66 0x77 0x88
发送默认 ID 为 0x1 的 CAN 标准帧，数据为 0x11 22 33 44 55 66 77 88 每次最大 8 个 byte
8.cansend can0 -i 0x800 0x11 0x22 0x33 0x44 0x55 0x66 0x77 0x88 -e
-e 表示扩展帧，CAN_ID 最大 29bit，标准帧 CAN_ID 最大 11bit
-i 表示 CAN_ID
9. cansend can0 -i 0x02 0x11 0x12 --loop=20
-loop 表示发送 20 个包
10.candump can0
接收 CAN0 数据
```

测试步骤如下：

（1）用两根线将 CAN0_H 接 CAN1_H，CAN0_L 接 CAN1_L，如图 13-11 所示。

PWM2	47			48	PWM3
CANH0	49	47	48	50	CANL0
CANH1	51	49	50	52	CANL1
UART4_TXD	53	51	52	54	UART4_RXD
		53	54		

图 13-11　CAN 接口

（2）关闭 CAN。

```
ifconfig can0 down
ifconfig can1 down
```

（3）设置参数。

```
/sbin/ip link set can0 type can bitrate 100000
```

```
/sbin/ip link set can1 type can bitrate 100000
```

（4）启动 CAN。

```
ifconfig can0 up
ifconfig can1 up
```

（5）发送和接收。

```
candump can0  &
cansend  can1 123#11223344556677
```

测试结果如图 13-12 所示，CAN0 接收到了 CAN1 发来的数据。

```
root@ls2k:/home/loongson# candump can0  &
[6] 5989
root@ls2k:/home/loongson# cansend  can1 123#11223344556677
  can0  123   [7]  11 22 33 44 55 66 77
root@ls2k:/home/loongson# 
```

图 13-12　CAN 接口测试结果

任务 13　使用龙芯 2K1000 处理器传输 CAN 总线数据

一、任务描述

编写程序，使用 CAN 进行设备间的通信。

二、任务分析

龙芯 2K 引出了两个 CAN 接口，用 CAN0 做接收端，CAN1 做发送端，也可以与另外的设备进行 CAN 通信。在使用 CAN 总线通信之前，要先将 GPIO 复用成 CAN，查询龙芯 2K1000 的用户手册得知要将 16 &17 位置为 1（基地址：0x1fe10420）。

三、任务实施

第 1 步：硬件连接

将 CAN0_H 与 CAN1_H 相连、CAN0_L 与 CAN1_L 相连。

第 2 步：新建工程

打开 Visual Studio Code，依次单击“文件”→“新建文件”→“选择语言”→“C 语言”。新建文件 can_recv.c、can_send.c，并复制 GPIO 文件到该目录下。

第 3 步：增加代码

```
-------------------------------/can_recv.c/-------------------------------------
#include <stdio.h>
#include <stdlib.h>
```

```
#include <string.h>
#include <unistd.h>
#include <net/if.h>
#include <sys/ioctl.h>
#include <sys/socket.h>
#include <linux/can.h>
#include <linux/can/raw.h>
#include "gpio.h"
int CanInit(unsigned int id, unsigned int baud){
    int s;
    int ret;
    char dev[8] = {0};
    char cmd[128] = {0};
    struct sockaddr_can addr = {0};
    struct ifreq ifr = {0};
    sprintf(dev, "can%d", id);
    printf("can dev : %s \n", dev);
    //关闭 CAN 设备
    sprintf(cmd, "ifconfig %s down", dev);
    printf(cmd);printf("\n");
    if(system(cmd) < 0)
    {
        printf("can device shut down failed  \n");
        return -1;
    }
    //设置 CAN 设备波特率
    bzero(cmd, sizeof(cmd));
    sprintf(cmd, "ip link set %s type can bitrate %d ", dev, baud);
    printf(cmd);printf("\n");
    if(system(cmd) < 0)
    {   printf("set can device baud rate failed  \n");
        return -1;
    }
    //打开 CAN 设备
    bzero(cmd, sizeof(cmd));
    sprintf(cmd, "ifconfig %s up", dev);
    printf(cmd);printf("\n");
    if(system(cmd) < 0)
    {   printf("can device open failed  \n");
        return -1;
    }
    //创建套接字
    s = socket(PF_CAN, SOCK_RAW, CAN_RAW);
    if(s < 0){
        perror("can socket");
        return -1;
    }
    strcpy(ifr.ifr_name, "can0" );
    //指定 CAN0 设备
    ret = ioctl(s, SIOCGIFINDEX, &ifr);
    if(ret < 0){
        perror("can ioctl");
        return -1;
```

```
    }
    addr.can_family = AF_CAN;
    addr.can_ifindex = ifr.ifr_ifindex;
    //将套接字与 CAN0 绑定
    ret = bind(s, (struct sockaddr *)&addr, sizeof(addr));
    if(ret < 0){
        perror("can bind");
        return -1;
    }
    return s;
}
int main(){
    gpio_init();
    //设置 CAN 复用为 CAN 模式
    gpio_model_set(16,1);
    gpio_model_set(17,1);
    int s, nbytes;
    struct can_frame frame;
    struct can_filter rfilter[1];
    s = CanInit(0, 100000);
    //定义接收规则，只接收表示符等于 0x11 的报文
    rfilter[0].can_id = 0x11;
    rfilter[0].can_mask = CAN_SFF_MASK;
    //设置过滤规则
    setsockopt(s, SOL_CAN_RAW, CAN_RAW_FILTER, &rfilter, sizeof(rfilter));
    while(1)
    {   nbytes = read(s, &frame, sizeof(frame)); //接收报文
        //显示报文
        if(nbytes > 0)
        {   printf("\nID=0x%x, DLC=%d\ndata=", frame.can_id, frame.can_dlc);
            for(int i = 0; i<frame.can_dlc; i++)
            {   printf("%x",frame.data[i]);
            }
            printf("\n");
        }
    }
    close(s);
    return 0;
}
--------------------------------/can_send.c/----------------------------------
#include <stdio.h>
#include <stdlib.h>
#include <string.h>
#include <unistd.h>
#include <net/if.h>
#include <sys/ioctl.h>
#include <sys/socket.h>
#include <linux/can.h>
#include <linux/can/raw.h>
int CanInit(unsigned int id, unsigned int baud){
    int s;
    int ret;
    char dev[8] = {0};
```

```
    char cmd[128] = {0};
    struct sockaddr_can addr = {0};
    struct ifreq ifr = {0};
    sprintf(dev, "can%d", id);
    printf("can dev : %s \n", dev);
    //关闭 CAN 设备
    sprintf(cmd, "ifconfig %s down", dev);
    printf(cmd);printf("\n");
    if(system(cmd) < 0)
    {   printf("can device shut down failed  \n");
        return -1;
    }
    //设置 CAN 设备波特率
    bzero(cmd, sizeof(cmd));
    sprintf(cmd, "/sbin/ip link set %s type can bitrate %d ", dev, baud);
    printf(cmd);printf("\n");
    if(system(cmd) < 0)
    {   printf("set can device baud rate failed  \n");
        return -1;
    }
    //打开 CAN 设备
    bzero(cmd, sizeof(cmd));
    sprintf(cmd, "ifconfig %s up", dev);
    printf(cmd);printf("\n");
    if(system(cmd) < 0)
    {   printf("can device open failed  \n");
        return -1;
    }
    //创建套接字
    s = socket(PF_CAN, SOCK_RAW, CAN_RAW);
    if(s < 0){
        perror("can socket");
        return -1;
    }
    strcpy(ifr.ifr_name, "can1" );
    //指定 CAN0 设备
    ret = ioctl(s, SIOCGIFINDEX, &ifr);
    if(ret < 0){
        perror("can ioctl");
        return -1;
    }
    addr.can_family = AF_CAN;
    addr.can_ifindex = ifr.ifr_ifindex;
    //将套接字与 CAN0 绑定
    ret = bind(s, (struct sockaddr *)&addr, sizeof(addr));
    if(ret < 0){
        perror("can bind");
        return -1;
    }
    return s;
}
int main(){
    int s, nbytes, n;
```

```
    long bitrate;
    struct sockaddr_can addr;
    struct ifreq ifr;
    struct can_frame frame;
    gpio_init();
    //设置 CAN 复用为 CAN 模式
    gpio_model_set(16,1);
    gpio_model_set(17,1);
    bitrate=100000;
    s = CanInit(1, bitrate);
    if(s < 0){
        printf("CanInit failed \n");
        sleep(1);
        close(s);
        return -1;
    }
    printf("CanInit success\n");
    frame.can_id = 0x11|CAN_EFF_FLAG;
    frame.can_dlc = 8;
    frame.data[0] = 0x11;
    frame.data[1] = 0x22;
    frame.data[2] = 0x33;
    frame.data[3] = 0xaa;
    frame.data[4] = 0xbb;
    frame.data[5] = 0xcc;
    frame.data[6] = 0xdd;
    frame.data[7] = 0xee;
    //禁用过滤规则，本进程不接收报文，只负责发送
    setsockopt(s, SOL_CAN_RAW, CAN_RAW_FILTER, NULL, 0);
    while(1)
    {   nbytes = write(s, &frame, sizeof(frame)); //发送 frame
        if(nbytes != sizeof(frame))
        {  printf("Send Error frame\n!");//          break; //发送错误，退出
        }
        else
        {  printf("Send msg success!\n");
        }
        usleep(10000);
    }
    close(s);
    return 0;
}
-------------------------------/can_send.c/----------------------------------
```

第 4 步：编译程序

```
#编译接收端
gcc -o can_recv can_recv.c gpio.c
#编译发送端
gcc -o can_send can_send.c gpio.c
```

第 5 步：程序运行

在龙芯 2K 开发板上打开两个终端窗口，分别运行接收端、发送端，结果如图 13-13 所示。

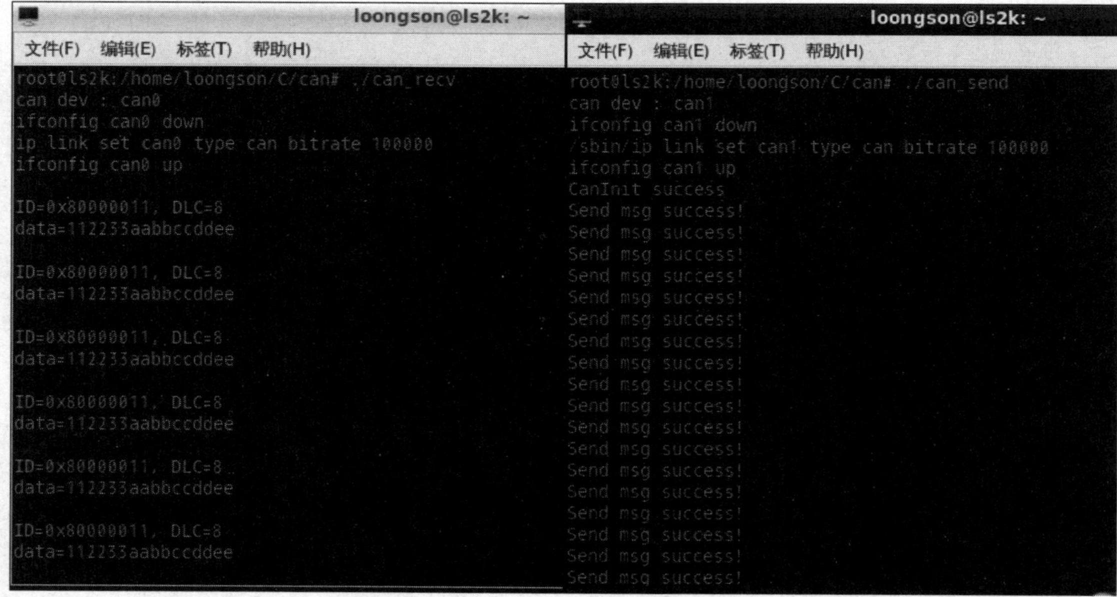

图 13-13　CAN 总线通信

第四篇　龙芯处理器综合实战

第 14 章　Qt 应用开发

14.1　Qt 简介

14.1.1　GUI 编程学什么

图形用户界面（Graphical User Interface，GUI，又称图形用户接口）是指采用图形方式显示的计算机操作用户界面。

图形用户界面是一种人与计算机通信的界面显示格式，允许用户使用鼠标等输入设备操纵屏幕上的图标或菜单选项，以选择命令、调用文件、启动程序或执行其他一些日常任务。与通过键盘输入文本或字符命令来完成例行任务的字符界面相比，图形用户界面有许多优点。图形用户界面由窗口、下拉菜单、对话框及其相应的控制机制构成，在各种新式应用程序中都是标准化的，即相同的操作总以同样的方式来完成，在图形用户界面，用户看到和操作的都是图形对象，应用的是计算机图形学的技术。

14.1.2　PyQt 是什么

PyQt5 是一套 Python 绑定 Digia Qt5 应用的框架。它可用于 Python 2 和 3。本书使用 Python 3。Qt 库是最强大的 GUI 库之一。PyQt5 的官方网站为 http://www.riverbankcomputing.co.uk/news。

PyQt5 作为 Python 的一个模块，它有 620 多个类、6000 个函数和方法。它是一个跨平台的工具包，可以运行在所有主要的操作系统，包括 UNIX、Windows、mac OS。PyQt5 是双重许可的，开发者可以在 GPL 和商业许可之间进行选择。PyQt5 的类别分为几个模块，如表 14-1 所示。

表 14-1　PyQt5 的模块

模　块	说　明
QtCore	包含了核心的非 GUI 功能。此模块用于处理时间、文件和目录、各种数据类型、流、URL、MIME 类型、线程或进程
QtGui	包含类窗口系统集成、事件处理、二维图形、基本成像、字体和文本
QtWidgets	包含为创造经典桌面风格的用户界面提供了一套 UI 元素的类
QtMultimedia	包含的类用来处理多媒体内容，包含的 API 用来访问相机和收音机的功能

续表

模　块	说　明
QtBluetooth	包含了查找和连接蓝牙的类
QtNetwork	包含了网络编程的类，这些工具能让 TCP/IP 和 UDP 开发变得更加方便和可靠
QtPositioning	包含了定位的类，可以使用卫星、WiFi 甚至文本
Enginio	包含了通过客户端进入和管理 Qt Cloud 的类
QtWebSockets	包含了 WebSocket 协议的类
QtWebKit	包含了一个基 WebKit2 的 Web 浏览器
QtWebKitWidgets	包含了基于 QtWidgets 的 WebKit1 的类
QtXml	包含了处理 xml 的类，提供了 SAX 和 DOM API 的工具
QtSvg	提供了显示 SVG 内容的类，Scalable Vector Graphics（SVG）是一种基于可扩展标记语言（XML），用于描述二维矢量图形的格式
QtSql	提供了处理数据库的工具
QtTest	提供了测试 PyQt5 应用的工具

14.2 开发环境的安装

1. 安装环境依赖

```
sudo apt-get install qt-sdk
sudo apt-get install qttools5-dev-tools
```

2. 安装 sip-4.19.8

sip 是 Python 调用 C/C++库的必备模块，类似于 swig，sip 作为 PyQt 的依赖工具，安装 PyQt 之前必须先安装对应版本的 sip，同时，PyQt 编译时使用的 sip 版本必须与 Python 默认调用的 sip 保持一致，否则 Python 中无法调用 PyQt。在终端中输入“sip-V”命令可以查看已安装的 sip 版本，若为其他版本，可查看/usr/lib/python2.7/dist-packages/目录下是否存在 sip 相关文件，将其删除。执行删除命令:

```
#若存在 sip 相关目录，还需执行第 1 条删除命令，否则只执行第 2 条命令
sudo rm -rf /usr/lib/python2.7/dist-packages/sip 目录名
sudo rm /usr/lib/python2.7/dist-packages/sip*
```

解压 sip-4.19.8.tar.gz，并且进入该目录下：

```
tar -xzvf sip-4.19.8.tar.gz
cd sip-4.19.8
python3 configure.py
make
sudo make install
```

安装完成后，可分别在终端和 Python 中查验 sip 版本是否一致。

```
#终端查看 sip 版本
sip -V
#查看 Python 调用的 sip 版本（通过上述编译安装操作得到的）
```

```
Python3
import sip
print(SIP_VERSION_STR)
```

如不一致，需要重新执行上述删除、编译安装过程，版本不一致意味着后面编译 PyQt 所使用的 sip 和 Python 2.7 调用的 sip 不一致，导致在 Python 2.7 中调用 PyQt 的相关模块出现如下类似错误：

```
the sip module implements API v11.0 but the PyQt5.QtCore module requires API v11.1
```

3. PyQt5 编译安装

```
unzip PyQt-PyQt5_gpl-5.11.3.zip
cd PyQt-PyQt5_gpl-5.11.3
python3 configure.py
make -j4sudo make install
```

14.3　第一个 Qt 桌面应用

PyQt5 是一种高级的语言，只要几行代码就能显示一个小窗口，底层已经实现了窗口的基本功能。

```
--------------------------------------------------------------------------------
import sys
# 基本控件位于 pyqt5.qtwidgets 模块中。
from PyQt5.QtWidgets import QApplication, QWidget
if __name__ == '__main__':
    # 每一个 PyQt5 应用程序必须创建一个应用程序对象。sys.argv 参数是一个列表，从命令行输入参数。
    app = QApplication(sys.argv)
    # QWidget 部件是 PyQt5 所有用户界面对象的基类。QWidget 提供默认构造函数。默认构造函数没有父类。
    w = QWidget()
    # resize()方法调整窗口的大小。这里是 250px 宽 150px 高
    w.resize(250, 150)
    # move()方法移动窗口在屏幕上的位置到 x = 300, y = 300 坐标。
    w.move(300, 300)
    # 设置窗口的标题
    w.setWindowTitle('Simple')
    # 显示在屏幕上
    w.show()
    # 系统 exit()方法确保应用程序干净的退出
    # exec_()方法有下画线。
    sys.exit(app.exec_())
```

程序运行如图 14-1 所示。

图 14-1　运行程序

14.4　Qt Designer 的使用

Qt Designer 是 PyQt 程序 UI 界面的实现工具，Qt Designer 工具使用简单，可以通过拖曳和单击完成复杂界面设计，并且设计完成的以.ui 为后缀的程序文件可以转换成以.py 为后缀的文件，供 Python 程序调用。

1. 安装和配置

本节介绍如何在 PyCharm 中安装扩展工具 Qt Designer 和 pyuci（.ui 转换成.py）。

2. pip 安装 Qt Designe

在线安装：

```
pip3 install PyQt5
pip3 install PyQt5-tools
pip3 install paramiko
pip3 install pyinstaller
```

使用清华源镜像安装（比直接在线安装快）：

```
pip3 install -i https://pypi.tuna.tsinghua.edu.cn/simple PyQt5
pip3 install -i https://pypi.tuna.tsinghua.edu.cn/simple PyQt5-tools
pip3 install -i https://pypi.tuna.tsinghua.edu.cn/simple paramiko
pip3 install -i https://pypi.tuna.tsinghua.edu.cn/simple pyinstaller
```

3. PyCharm 配置

安装好 PyQt5 和 pyqt5-tool 后，还需要对 PyCharm 进行配置，添加扩展工具（External Tools）

依次单击“File”→“Settings”→“Tools”→“External Tools”，添加如下几个扩展工具，如图 14-2 所示。

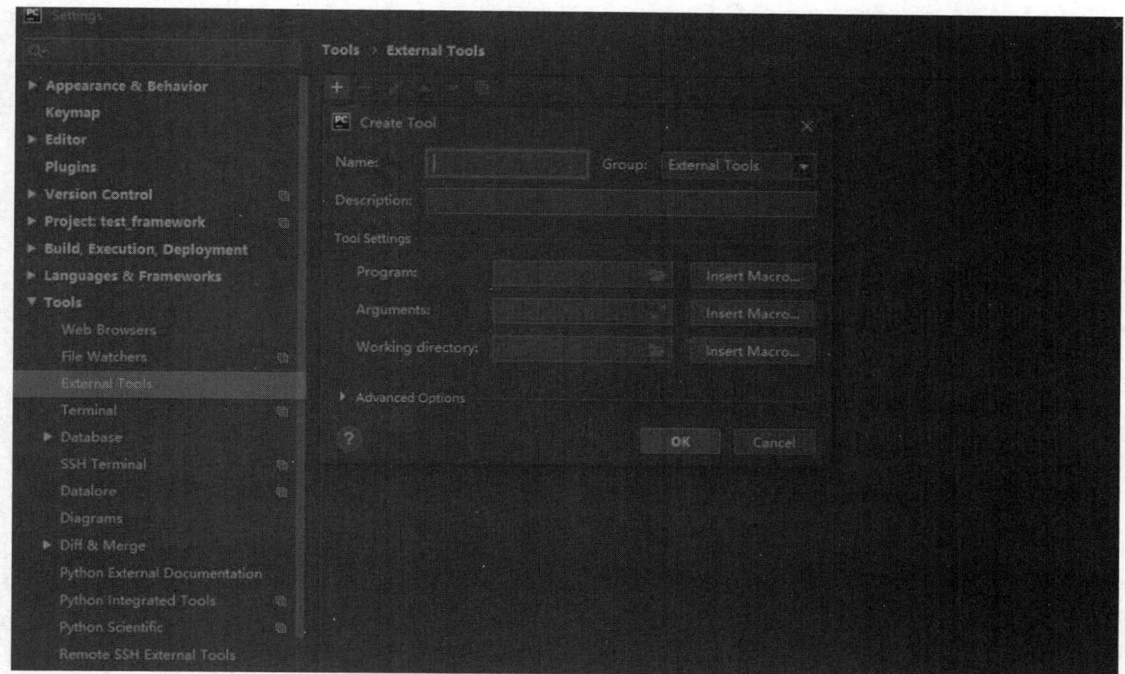

图 14-2　外部工具配置

（1）Qt Designed

用途：设计 UI 界面。

备注：不同版本的 Designer 位置可能不同，比如最新版的 Qt-5.15，它位于：你的 Python 路径\Lib\site-packages\qt5_applications\Qt\bin。

下面以安装在 Anaconda3 中的 Python 为例。

```
name:Qt Designer
tool settings:
#designer.exe 文件目录 Program:C:\ProgramData\Anaconda3\envs\python38\Lib\site-packages\qt5_applications\Qt\bin\designer.exe
woreking directory :$FileDir$
```

（2）PyUIC

用途：将 Qt Designed 设计的以.ui 为后缀的文件转换成以.py 为后缀的文件。

```
name:pyuic
tool settings:
Program:C:\ProgramData\Anaconda3\envs\python38\python.exe   #python.exe 文件目录
Arguments: -m PyQt5.uic.pyuic $FileName$ -o $FileNameWithoutExtension$.py
working directory: $FileDir$
```

（3）PyInstall

用途：打包以.py 为后缀的文件为 exe 可执行文件 Qt Designed。

```
name: PyInstall
tool settings:
```

```
    Program:C:\ProgramData\Anaconda3\envs\python38\Scripts\pyinstaller.exe
#pyinstaller.exe 文件目录
    Arguments: -F -w  $FileNameWithoutExtension$.py
    working directory:$FileDir$
```

（4）pyrcc

用途：将 ico 图片放在 qrc 文件中，再将 qrc 文件转换成 py 文件，用于小工具的图标。

qrc 文件格式大致如下：

```
<RCC>
    <qresource prefix="/">
        <file>python.ico</file>
        <file>1.jpg</file>
</qresource>
</RCC>

name: pyrcc
tool setting:
program:           C:\ProgramData\Anaconda3\envs\python38\Scripts\pyrcc5.exe
#pyrcc5.exe 文件目录
Arguments: $FileName$ -o $FileNameWithoutExtension$.py
working directory: $FileDir$
```

配置完后，进入 External Tools 进行检查确认，如图 14-3 所示。

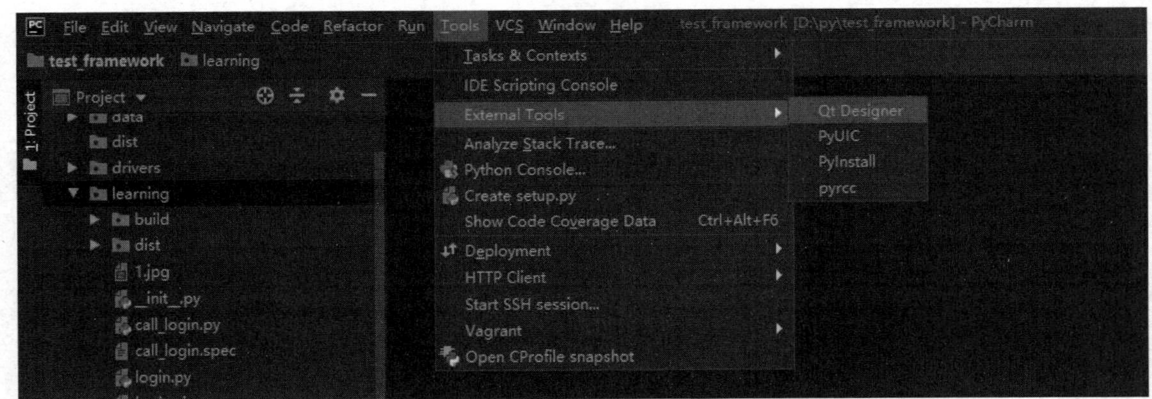

图 14-3　配置完后的检查确认

14.5　控件快速入门

打开 Qt Designer，主界面如图 14-4 所示。

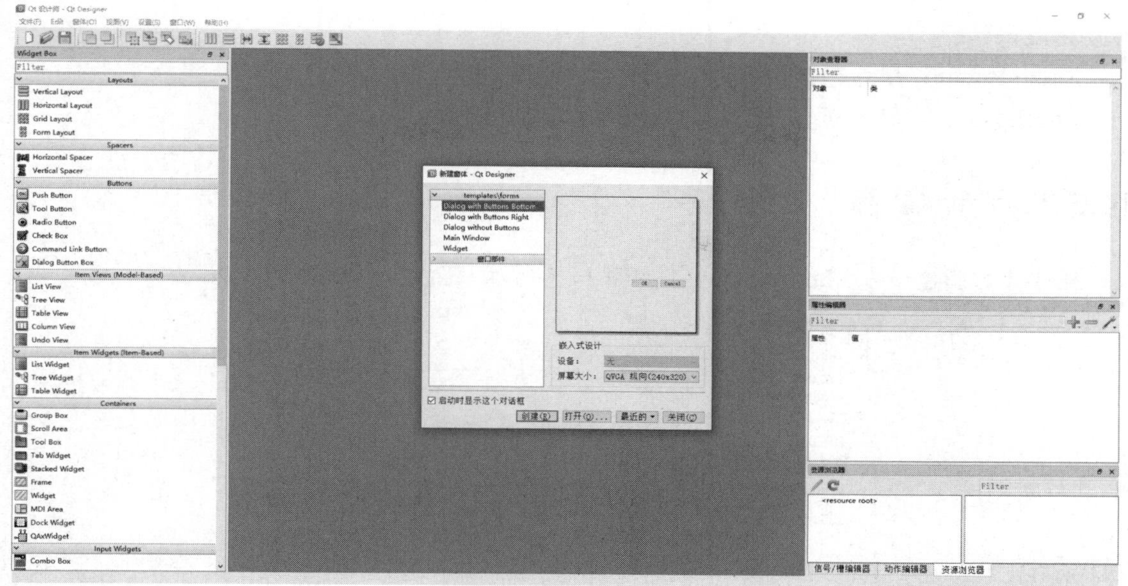

图 14-4　Qt Designed

主界面布局如表 14-2 所示。

表 14-2　主界面布局

区　域	说　明
工具箱区域	提供 GUI 界面开发各种基本控件，如单选框、文本框等。可以将它们拖动到新创建的主程序界面
主界面区域	用户放置各种从工具箱拖过来的各种控件。模板选项中最常用的就是 Widget（通用窗口）和 MainWindow（主窗口）。二者的区别主要是 Widget 窗口不包含菜单栏、工具栏等
对象查看器区域	查看主窗口放置的对象列表
属性编辑器区域	提供对窗口、控件、布局的属性编辑功能。比如修改控件的显示文本、对象名、大小等
信号/槽编辑器区域	编辑控件的信号和槽函数，也可以添加自定义的信号和槽函数

14.5.1　Qt Designer 基本控件介绍

（1）显示控件

Label：文本标签，显示文本，可以用来标记控件。

Text Browser：显示文本控件，用于显示后台命令执行结果。

（2）输入控件，提供与用户输入交互

Line Edit：单行文本框，输入单行字符串。控件对象常用函数为 Text()，返回文本框内容，用于获取输入；setText() 用于设置文本框显示。

Text Edit：多行文本框，输入多行字符串。控件对象常用函数同 Line Edit 控件。

Combo Box：下拉框列表，用于输入指定枚举值。

（3）控件按钮，供用户选择与执行

Push Button：命令按钮。常见的确认、取消、关闭等按钮采用的就是这个控件。其中的 clicked 信号一定要记住。clicked 信号就是指鼠标左键按下然后释放时会发送信号，从而触发相应操作。

Radio Button：单选框按钮。

Check Box：多选框按钮。

14.5.2 设计 Qt 简单应用程序

第 1 步：新建一个 Main Window。如图 14-5 所示，新建一个窗体。

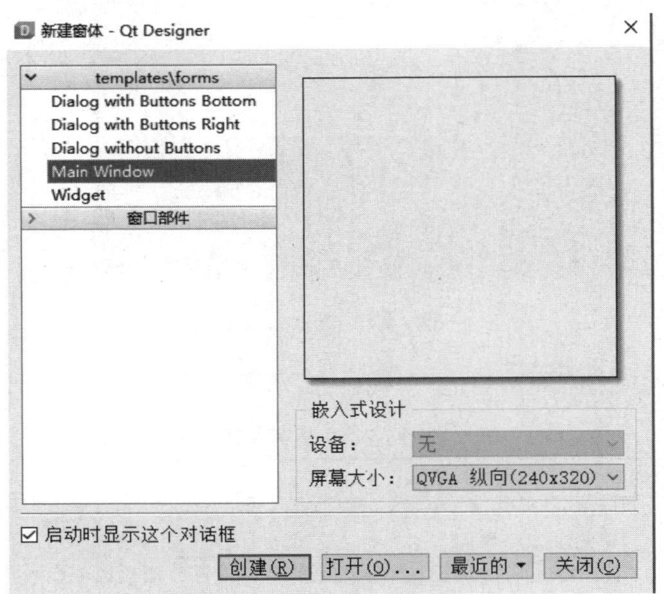

图 14-5 新建窗口

第 2 步：在上面放置 1 个 TextLabel 控件和 2 个 PushButton 控件，如图 14-6 所示。

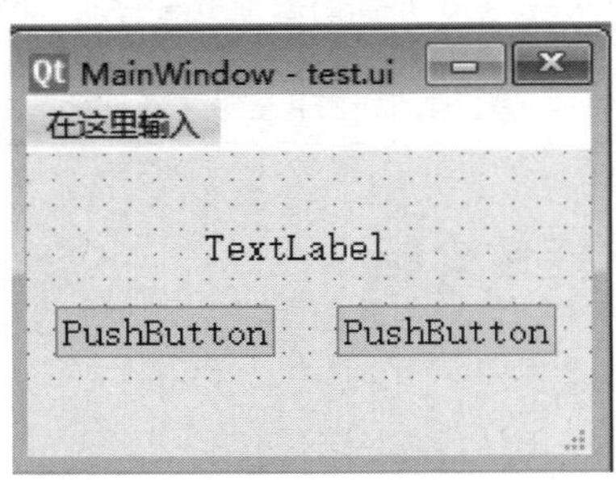

图 14-6 放置控件

第 3 步：单击第一个按键，在属性编译器上设置以下两个属性（见图 14-7）。

（1）将 objectName 属性修改为 add_Button （程序调用名）。

（2）将 text 属性修改为 增加（显示的文字）。

第 4 步：单击第二个按键，在属性编译器上设置以下两个属性：

（1）将 objectName 属性修改为 dec_Button （程序调用名）。

（2）将 text 属性修改为 减少（显示的文字）。

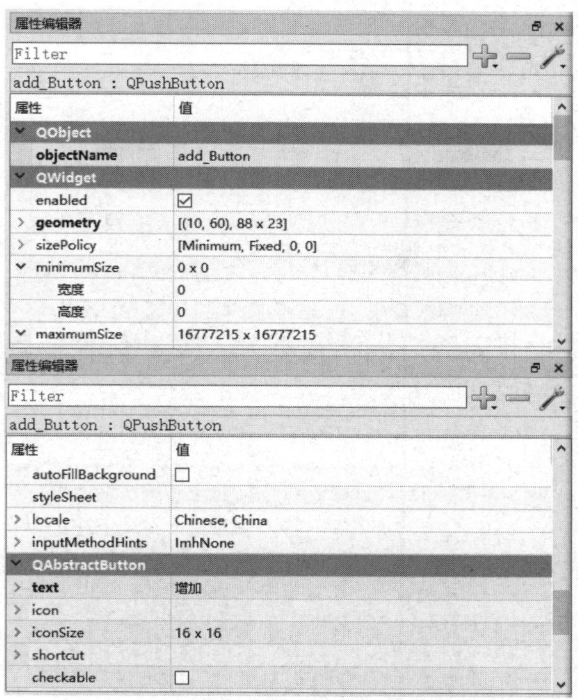

图 14-7　修改控件属性

第 5 步：设置后保存为 test.ui 文件。

第 6 步：在 PyCharm 上右击保存的 test.ui 文件，使用扩展工具 PyUIC 生成.py 文件，即选择“Extornal Tools”→“pyuic”，如图 14-8 所示。

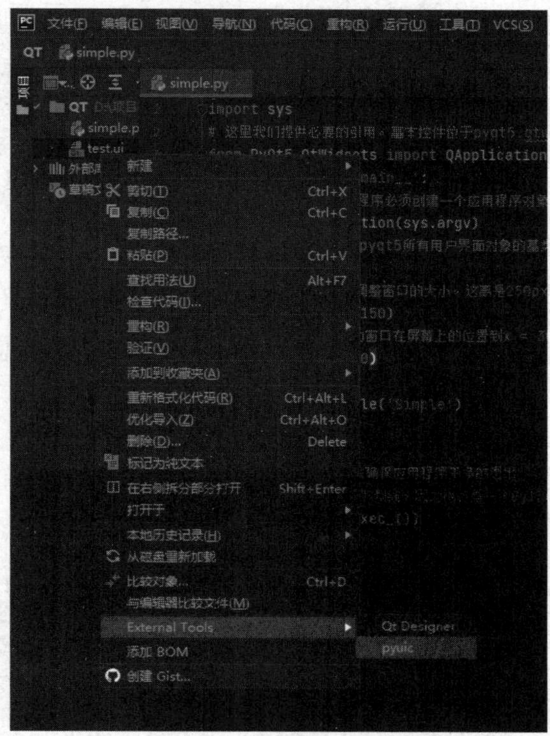

图 14-8　生成.py 文件

生成的 test.py 代码如下：

```
#test.py
from PyQt5 import QtCore, QtGui, QtWidgets
class Ui_MainWindow(object):
    def setupUi(self, MainWindow):
        MainWindow.setObjectName("MainWindow")
        MainWindow.resize(221, 145)
        self.centralwidget = QtWidgets.QWidget(MainWindow)
        self.centralwidget.setObjectName("centralwidget")
        self.add_Button = QtWidgets.QPushButton(self.centralwidget)
        self.add_Button.setGeometry(QtCore.QRect(10, 60, 88, 23))
        self.add_Button.setObjectName("add_Button")
        self.label = QtWidgets.QLabel(self.centralwidget)
        self.label.setGeometry(QtCore.QRect(70, 30, 72, 15))
        self.label.setObjectName("label")
        self.dec_Button = QtWidgets.QPushButton(self.centralwidget)
        self.dec_Button.setGeometry(QtCore.QRect(120, 60, 88, 23))
        self.dec_Button.setObjectName("dec_Button")
        MainWindow.setCentralWidget(self.centralwidget)
        self.menubar = QtWidgets.QMenuBar(MainWindow)
        self.menubar.setGeometry(QtCore.QRect(0, 0, 221, 23))
        self.menubar.setObjectName("menubar")
        MainWindow.setMenuBar(self.menubar)
        self.statusbar = QtWidgets.QStatusBar(MainWindow)
        self.statusbar.setObjectName("statusbar")
        MainWindow.setStatusBar(self.statusbar)
        self.retranslateUi(MainWindow)
        QtCore.QMetaObject.connectSlotsByName(MainWindow)
    def retranslateUi(self, MainWindow):
        _translate = QtCore.QCoreApplication.translate
        MainWindow.setWindowTitle(_translate("MainWindow", "MainWindow"))
        self.add_Button.setText(_translate("MainWindow", "增加"))
        self.label.setText(_translate("MainWindow", "TextLabel"))
        self.dec_Button.setText(_translate("MainWindow", "减少"))
```

第 7 步：界面与业务逻辑分离实现。

为了使后续维护方便，这里采用界面与业务逻辑相分离来实现，也就是通过创建主程序调用界面文件方式实现。这有两个好处：第 1 就是实现逻辑清晰；第 2 就是后续如果界面需要变更，只需要重新处理界面文件即可。新建 main.py 文件程序，调用 test.py 文件显示界面。运行截图如图 14-9 所示。

```
#main.py
import sys
# PyQt5 中使用的基本控件都在 PyQt5.QtWidgets 模块中
from PyQt5.QtWidgets
import QApplication, QMainWindow
# 导入 designer 工具生成的 login 模块
from test import Ui_MainWindow
```

```
class MyMainForm(QMainWindow, Ui_MainWindow):
    def __init__(self, parent=None):
        super(MyMainForm, self).__init__(parent)
        self.setupUi(self)
if __name__ == "__main__":
    # 固定的，PyQt5 程序都需要 QApplication 对象。sys.argv 是命令行参数列表，确保程序可以双击运行
    app = QApplication(sys.argv)
    # 初始化
    myWin = MyMainForm()
    # 将窗口控件显示在屏幕上
    myWin.show()
    # 程序运行，sys.exit 方法确保程序完整退出
sys.exit(app.exec_())
```

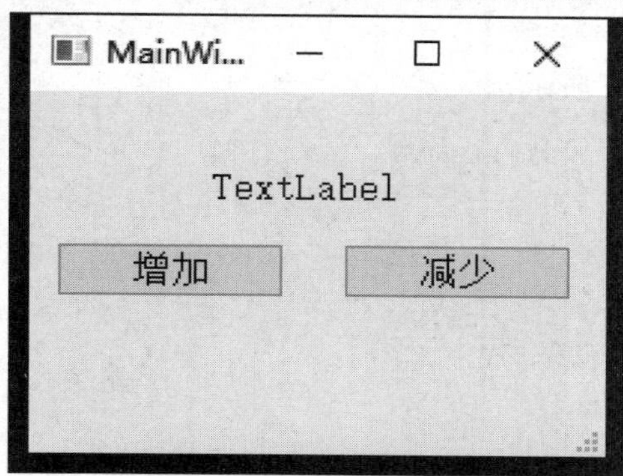

图 14-9　运行截图

此时界面已经运行成功，但是还没有逻辑代码，单击按键也不会有反应，添加逻辑代码，使每单击一次按键，Label 里面的数值就+1 或者−1。

```
#main.py
import sys
# PyQt5 中使用的基本控件都在 PyQt5.QtWidgets 模块中
from PyQt5.QtWidgets import QApplication, QMainWindow
# 导入 designer 工具生成的 login 模块
from test import Ui_MainWindow
class MyMainForm(QMainWindow, Ui_MainWindow):
    def __init__(self, parent=None):
        super(MyMainForm, self).__init__(parent)
        self.setupUi(self)
        # 初始化计数
        self.count = 0
        # 添加增加按钮的槽
        self.add_Button.clicked.connect(self.add_button)
        # 添加减少按钮的槽
        self.dec_Button.clicked.connect(self.dec_button)
    # label 显示函数
    def label_show(self, num):
        self.label.setText((str(num)))
    # 增加按键的逻辑功能
    def add_button(self):
```

```
            self.count += 1
            self.label_show(self.count)
        # 增加按键的逻辑功能
        def dec_button(self):
            self.count -= 1
            self.label_show(self.count)
    if __name__ == "__main__":
        # 固定的 PyQt5 程序都需要 QApplication 对象。sys.argv 是命令行参数列表，确保程序可以
双击运行
        app = QApplication(sys.argv)
        # 初始化
        myWin = MyMainForm()
        # 将窗口控件显示在屏幕上
        myWin.show()
        # 程序运行，sys.exit 方法确保程序完整退出。
        sys.exit(app.exec_())
```

程序运行界面如图 14-10 所示。

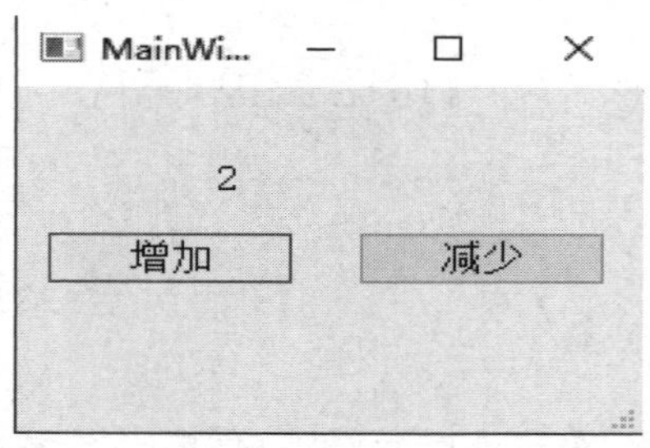

图 14-10　程序运行界面

第 8 步：单击相应按键即可控制显示的数字。

因为 Python 和 Qt 都是支持跨平台的，所以可以直接将 main.py、test.py 文件上传到龙芯教育派上，通过命令行运行“python3 main.py”。效果如图 14-11 所示。

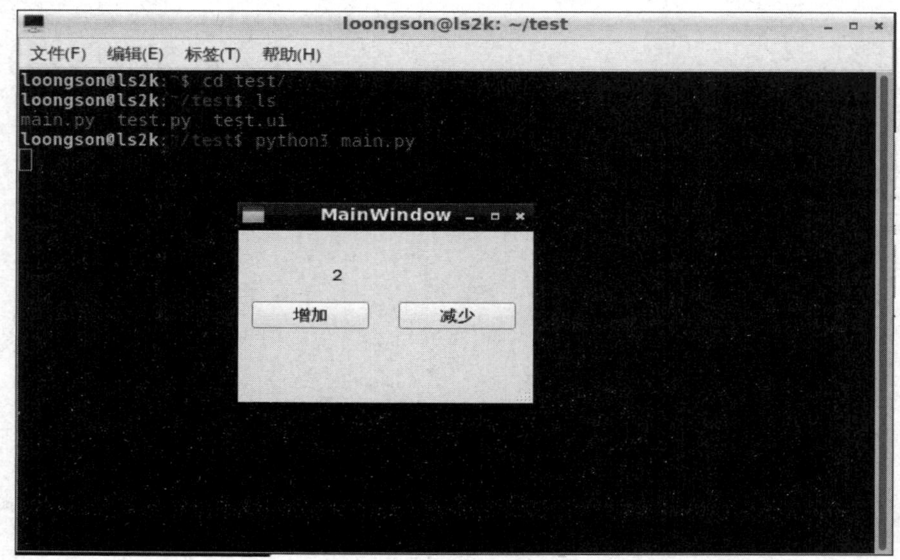

图 14-11　龙芯教育派上运行 Qt 程序效果

14.6　Qt 核心 API 的使用

1. 创建主窗口

使用以下代码创建 PyQt5 窗口。

```
#使用代码创建 PyQt5 窗口
import sys
from PyQt5.QtWidgets import QApplication, QWidget
from PyQt5.QtGui import QIcon
class App(QWidget):
    def __init__(self):
        super().__init__()
        self.title = 'PyQt5'
        self.left = 10
        self.top = 10
        self.width = 640
        self.height = 480
        self.initUI()

    def initUI(self):
        self.setWindowTitle(self.title)
        self.setGeometry(self.left, self.top, self.width, self.height)
        self.show()
if __name__ == '__main__':
    app = QApplication(sys.argv)
    ex = App()
    sys.exit(app.exec_())
```

使用 setGeometry(left,top,width,height) 方法设置窗口大小。

使用 setWindowTitle（标题）设置窗口标题。

使用 show() 来显示窗口，如图 14-12 所示。

图 14-12　运行界面

2. 主窗口居中显示

下面的脚本显示了如何在屏幕中心显示窗口。QtGui、QDesktopWidget 类提供了用户的桌面信息，包括屏幕大小。

```
#主窗口居中显示
import sys
from PyQt5.QtWidgets import QWidget, QDesktopWidget, QApplication
class Example(QWidget):
    def __init__(self):
        super().__init__()
        self.initUI()
    def initUI(self):
        self.resize(250, 150)
        self.center()
        self.setWindowTitle('Center')
        self.show()
    # 控制窗口显示在屏幕中心的方法
    def center(self):
        # 获得窗口
        qr = self.frameGeometry()
        # 获得屏幕中心点
        cp = QDesktopWidget().availableGeometry().center()
        # 显示到屏幕中心
        qr.moveCenter(cp)
        self.move(qr.topLeft())
if __name__ == '__main__':
    app = QApplication(sys.argv)
    ex = Example()
    sys.exit(app.exec_())
```

界面居中显示如图 14-13 所示。

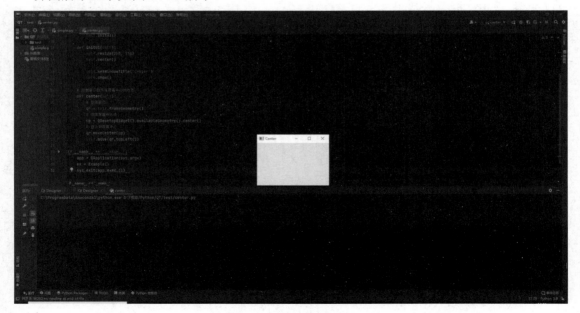

图 14-13 界面居中显示

3. 退出应用程序

关闭一个窗口可以单击标题栏上的×按钮。在下面的例子中将展示我们如何通过编程来关闭窗口，程序运行效果如图 14-14 所示。

```
#退出应用程序
import sys
from PyQt5.QtWidgets import QWidget, QPushButton, QApplication
from PyQt5.QtCore import QCoreApplication
class Example(QWidget):
    def __init__(self):
        super().__init__()
        self.initUI()
    def initUI(self):
        qbtn = QPushButton('Quit', self)
        qbtn.clicked.connect(QCoreApplication.instance().quit)
        qbtn.resize(qbtn.sizeHint())
        qbtn.move(50, 50)
        self.setGeometry(300, 300, 250, 150)
        self.setWindowTitle('Quit button')
        self.show()
if __name__ == '__main__':
    app = QApplication(sys.argv)
    ex = Example()
    sys.exit(app.exec_())
```

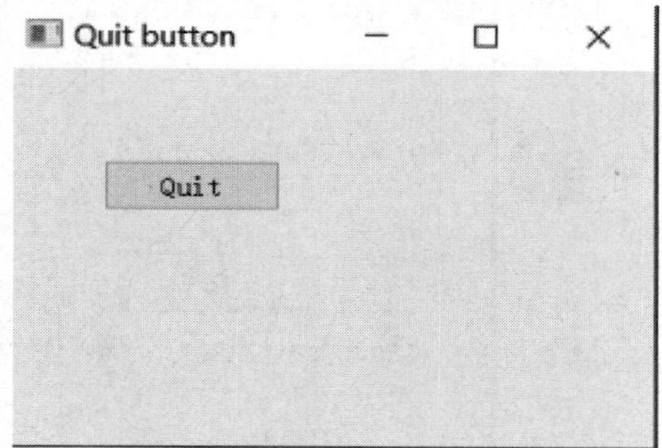

图 14-14　单击按键退出效果

3. 消息框

默认情况下，如果我们单击×按钮窗口就关闭了。有时我们想修改这个默认的行为，例如我们在编辑器中修改了一个文件，当关闭它的时候，我们希望显示一个消息框确认。

```
#消息框
import sys
from PyQt5.QtWidgets import QWidget, QMessageBox, QApplication
class Example(QWidget):
    def __init__(self):
        super().__init__()
        self.initUI()
    def initUI(self):
        self.setGeometry(300, 300, 250, 150)
        self.setWindowTitle('Message box')
        self.show()
    #关闭窗口时,触发 QCloseEvent。重写 closeEvent()事件处理程序。
```

```
    def closeEvent(self, event):
        reply = QMessageBox.question(self, 'Message',
            "Are you sure to quit?", QMessageBox.Yes |
            QMessageBox.No, QMessageBox.No)
        #单击 Yes 按钮,关闭小部件并终止应用程序，否则忽略关闭事件。
        if reply == QMessageBox.Yes:
            event.accept()
        else:
            event.ignore()
        if __name__ == '__main__':
    app = QApplication(sys.argv)
    ex = Example()
    sys.exit(app.exec_())
```

界面显示一个消息框、两个按钮：“Yes”和“No”。第一个参数出现在 titlebar 中的字符串。第二个参数为消息框中显示的文本。第三个参数用于指定按钮的组合出现在对话框中。最后一个参数是默认按钮，这个是默认的按钮焦点，如图 14-15 所示。

```
reply = QMessageBox.question(self, 'Message',
    "Are you sure to quit?", QMessageBox.Yes |
    QMessageBox.No, QMessageBox.No)
```

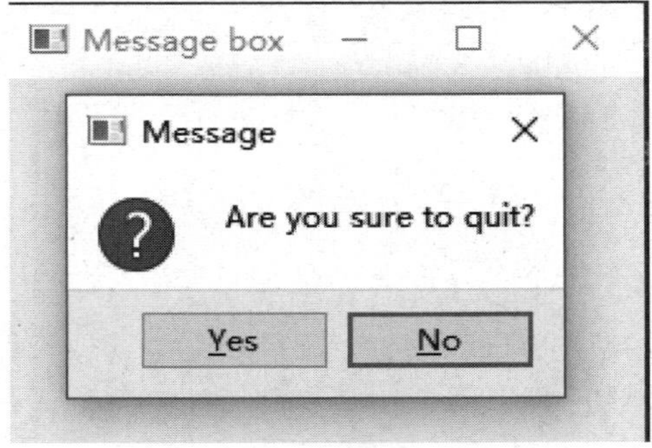

图 14-15　关闭事件提示框

4. 屏幕坐标系

不管是从显示屏屏幕还是从程序窗口来看，左上角都为原点(0, 0)，向右为 x 轴正向，向下为 y 轴正向。针对窗口中控件的坐标系，如图 14-16 所示。显示坐标代码如图 14-17 所示。

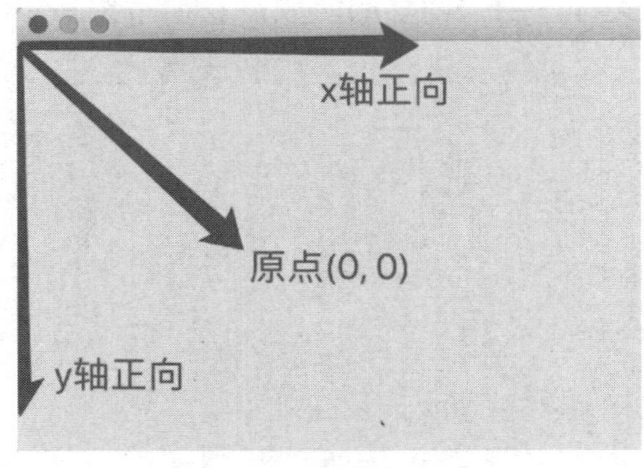

图 14-16　控件坐标系

```
-----------------------------#显示坐标系--------------------------------------
    import sys
    from PyQt5.QtWidgets import QApplication, QPushButton, QWidget
    def onClick_Button():
        print("1")
        # 250 （窗口横坐标）
        print("widget.x() = %d" % widget.x())
        # 200  （窗口纵坐标）
        print("widget.y() = %d" % widget.y())
        # 300（工作区宽度）
        print("widget.width() = %d" % widget.width())
        # 240 （工作区高度）
        print("widget.height() = %d" % widget.height())
        print("2")
        # 250 （工作区横坐标）
        print("widget.geometry().x() = %d" % widget.geometry().x())
        # 222  （工作区纵坐标）
        print("widget.geometry().y() = %d" % widget.geometry().y())
        # 300（工作区宽度）
        print("widget.geometry().width() = %d" % widget.geometry().width())
        # 240 （工作区高度）
        print("widget.geometry().height() = %d" % widget.geometry().height())
        print("3")
        # 250 （窗口横坐标）
        print("widget.frameGeometry().x() = %d" % widget.frameGeometry().x())
        # 200  （窗口纵坐标）
        print("widget.frameGeometry().y() = %d" % widget.frameGeometry().y())
        # 300（窗口宽度）
        print("widget.frameGeometry().width()  =  %d"  %  widget.frameGeometry().
width())
        # 262（窗口高度）
        print("widget.frameGeometry().height()  =  %d"  %  widget.frameGeometry().
height())
    app = QApplication(sys.argv)
    widget = QWidget()
    btn = QPushButton(widget)
    btn.setText("按钮")
    btn.clicked.connect(onClick_Button)
    btn.move(24, 52)# 设置工作区的尺寸
    widget.resize(300, 240)
    widget.move(250, 200)
    widget.setWindowTitle('屏幕坐标系')
    widget.show()
    sys.exit(app.exec_())
------------------------------------------------------------------------------
```

5. 设置窗口和应用程序图标

应用程序图标是一个小的图像，通常在标题栏的左上角显示。在下面的例子中我们将介绍如何做 PyQt5 图标，同时我们也将介绍一些新方法。添加图标，如图 14-18 所示。

```
---------------------------------#设置图标-------------------------------------
    import sys
```

```
from PyQt5.QtWidgets import QApplication, QWidget
from PyQt5.QtGui import QIcon
class Example(QWidget):
    def __init__(self):
        super().__init__()
        self.initUI()  # 界面绘制交给 InitUi 方法
    def initUI(self):
        # 设置窗口的位置和大小
        self.setGeometry(300, 300, 300, 220)
        # 设置窗口的标题
        self.setWindowTitle('Icon')
        # 设置窗口的图标，引用当前目录下的 web.png 图片
        self.setWindowIcon(QIcon('data/icon.jpg'))
        # 显示窗口
        self.show()
if __name__ == '__main__':
    # 创建应用程序和对象
    app = QApplication(sys.argv)
    ex = Example()
    sys.exit(app.exec_())
```

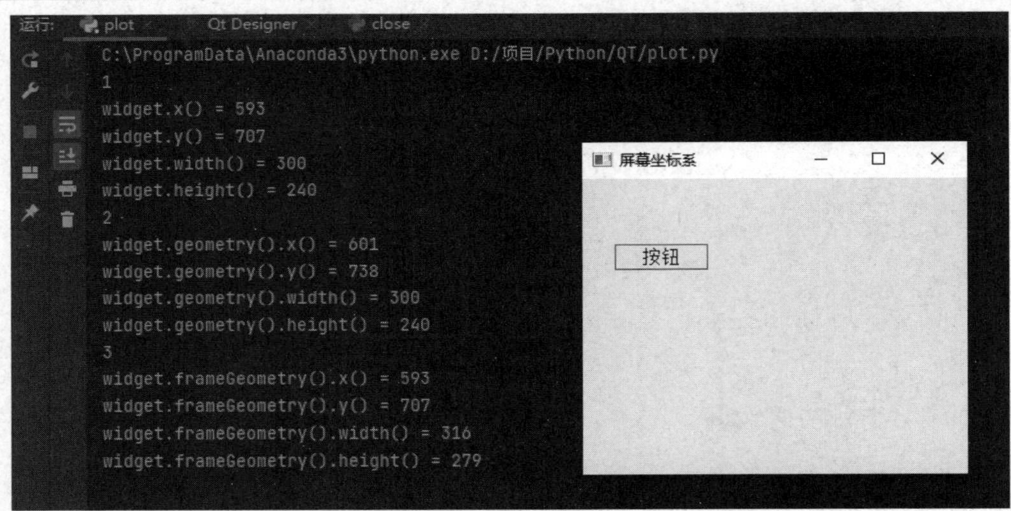

图 14-17　显示坐标代码

图 14-18　添加图标

6. 控件添加提示信息

在下面的例子中我们显示一个提示语，在将光标移动到按键上时，显示提示语，如图 14-19 所示。

```
#设置提示语
import sys
from PyQt5.QtWidgets import (QWidget, QToolTip, QPushButton, QApplication)
from PyQt5.QtGui import QFont
 class Example(QWidget):
    def __init__(self):
        super().__init__()
        self.initUI()
    def initUI(self):
        #这种静态的方法设置一个用于显示工具提示的字体。我们使用 10px 滑体字体。
        QToolTip.setFont(QFont('SansSerif', 10))
        #创建一个提示，我们称为 settooltip()方法。我们可以使用丰富的文本格式
        self.setToolTip('This is a <b>QWidget</b> widget')
        #创建一个 PushButton 并为它设置一个 tooltip
        btn = QPushButton('Button', self)
        btn.setToolTip('This is a <b>QPushButton</b> widget')
        #btn.sizeHint()显示默认尺寸
        btn.resize(btn.sizeHint())
        #移动窗口的位置
        btn.move(50, 50)
        self.setGeometry(300, 300, 300, 200)
        self.setWindowTitle('Tooltips')
        self.show()
if __name__ == '__main__':
    app = QApplication(sys.argv)
    ex = Example()
sys.exit(app.exec_())
```

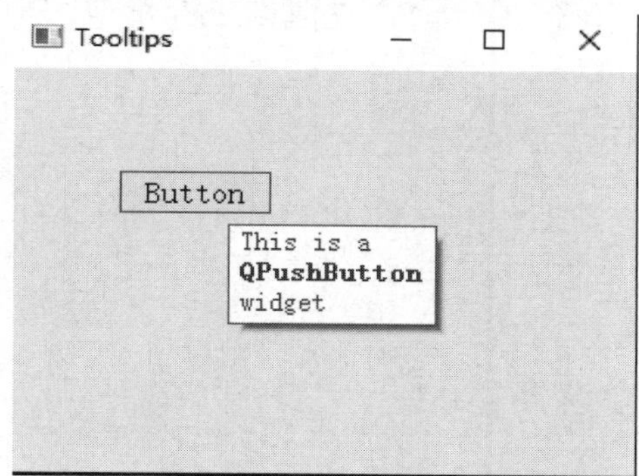

图 14-19　提示语

7. 信号与槽的设置

（1）信号槽机制简介

与控制台或终端应用程序不同，图形应用程序（GUI）是事件驱动的。用户操作（如单击按钮或选择列表中的项目）称为事件。

如果发生事件，每个 PyQt5 小控件都可以发出信号。信号不执行任何操作，即由信号槽（有时简称为槽）完成。信号槽是 Qt 的核心机制，也是 PyQt 编程中对象进行通信的机制。在 Qt 中，QObject 对象和 PyQt 中所有继承自 QWidget 的控件都支持信号槽机制。当信号发射时，连接的槽函数会自动执行。在 PyQt5 中，信号与槽函数通过 object.signal.connect()方法进行连接。

信号槽的特点如下：

① 一个信号可以连接多个信号槽。

② 一个信号可以连接另一个信号。

③ 信号参数可以是任意 Python 类型的。

④ 一个信号槽可以监听多个信号。

⑤ 信号与信号槽的连接方式可以是同步连接，也可以是异步连接。

⑥ 信号与信号槽的连接可以跨线程。

⑦ 信号可以断开。

在编写一个类时，要首先定义类的信号与信号槽，然后在类中信号与信号槽进行连接，实现对象之间的数据传输。当事件或状态发生变化时，会发出信号，进而触发执行事件或信号关联的槽函数。

（2）定义信号

PyQt 的内置信号是自动定义的，使用 PyQt5.QtCore.pyqtSignal 函数可以为 QObject 对象创建一个信号，使用 pyqtSignal 函数可以把信号定义为类的属性。

```
class pyqtSignal:
    def __init__(self, *types, name: str = ...) -> None: ...
```

types 参数表示定义信号时参数的类型，name 参数表示信号的名称，默认使用类的属性名称。

使用 pyqtSignal()函数可以创建一个或多个重载的未绑定的信号作为类的属性，信号只能在 QObject 的子类中定义。信号必须在类创建时定义，不能在类创建后作为类的属性动态添加进来。使用 pyqtSignal()函数定义信号时，信号可以传递多个参数，并指定信号传递参数的类型，参数类型是标准的 Python 数据类型，包括字符串、日期、布尔类型、数字、列表、字典、元组。

```
--------------------------------#信号定义示例--------------------------------------
from PyQt5.QtCore import pyqtSignal, QObject
class StandardItem(QObject):
    # 定义信号，信号有两个参数，两个参数的类型分别为str,str，信号名称为_Signal
    _Signal= pyqtSignal(str, str, name="_Signal")
    # 更新信息，发送信号
    def update(self):
        self._Signal.emit("str1:123", "str2:456")
---------------------------------------------------------------------------------
```

（3）操作信号

使用 connect()函数可以将信号绑定到槽函数上，使用 disconnect()函数可以解除信号与槽函数的绑定，使用 emit()函数可以发射信号。

```
QObject.signal.connect(self, slot, type=None, no_receiver_check=False)
```

建立信号到槽函数的连接，type 为连接类型，代码为：

```
QObject.signal.disconnect(self, slot=None)
```

断开信号到槽的连接，代码为：

```
emit(self, *args)
```

发送信号，args 为可变参数，信号定义示例如下：

```
----------------------------------#信号定义示例----------------------------------
    import sys
    from PyQt5.QtCore import pyqtSignal, QObject, QCoreApplication
    class StandardItem(QObject):
        # 定义信号，信号有两个参数，两个参数的类型分别为 str,str，信号名称为 dataChanged
        _Signal = pyqtSignal(str, str, name="_Signal")
        # 更新信息，发送信号
        def update(self):
            self._Signal.emit("str1:123", "str2:456")
        # 定义槽函数
        def Send_data(self, str1, str2):
            print(str1)
            print(str2)
    if __name__ == "__main__":
        app = QCoreApplication(sys.argv)
        item = StandardItem()
        item._Signal.connect(item.Send_data)
        item.update()
        sys.exit(app.exec_())
--------------------------------------------------------------------------------
```

14.7 Qt 中常用控件 API 的使用

1. QLabel 控件（显示控件）

QLabel 控件是一个显示控件，能用作占位符、显示文本、显示图片、放置 gif 动画、超链接、提示标记等，其常用方法和常用信号分别如表 14-3 和表 14-4 所示。

表 14-3 QLabel 类中的常用方法

方 法	描 述
setAlignment()	固定值方式对齐文本
serIndent()	设置文本缩进值
setPixmap()	设置 QLabel 为一个 Pixmap 图片
text()	获得 QLabel 的文本内容
setText()	设置 QLabel 的文本内容
selectedText()	返回所选择的字符
setBuddy()	设置 QLabel 的助记符及 buddy（伙伴）及使用 Qlabel 的快捷键，会在快捷键后将焦点设置到其 buddy 上，这里用到了 QLabel 的交互控件功能 ，此外，buddy 可以是任何一个 Widget 控件，使用 setBuddy(QWidget*)设置，其 QLabel 必须是文本内容，并且使用“&”符号来设置助记符
setWordWrap()	设置是否允许换行

表 14-4　QLabel 类中的常用信号

方法	描述
linkActiveted	当单击标签中的超链接，希望在新窗口中打开这个超链接时，setOpenExternalLinks 特性必须设置为 True，即 setOpenExternalLinks(True)
linkHovered	当鼠标指针滑过标签中嵌入的超链接时，需要用槽函数与这个信号进行绑定

在窗口上放置两个 QLabel 控件 ，一个用于显示文字，另一个用于显示照片，如图 14-20 所示。

```
#设置提示语
import sys
from PyQt5.QtGui import QPixmap
from PyQt5.QtWidgets import QMainWindow, QApplication, QLabel
class QLabelDemo(QMainWindow):
    def __init__(self):
        super().__init__()
        self.initUI()
    def initUI(self):
        self.label = QLabel(self)
        self.label.setText("我是静态文本框 QLabel")
        self.label.setGeometry(200, 10, 260, 20)  # 设置控件大小
        self.setWindowTitle('演示 QLabel')  # 设置窗口标题
        self.Image = QLabel(self)
        self.Image.setPixmap(QPixmap('lena.jpeg'))
        self.Image.setGeometry(0, 50, 512, 512)  # 设置控件大小
        self.setWindowTitle('演示 QLabel')  # 设置窗口标题
        self.resize(512, 512)  # 设置窗口大小
        self.show()
if __name__ == '__main__':
    app = QApplication(sys.argv)
    ex = QLabelDemo()
    sys.exit(app.exec_())
```

图 14-20　程序运行界面

2. QPushButton 控件（按钮控件）

QPushButton 控件是一个按钮控件，不过这个按钮控件支持两种状态，一种是 Normal 状态，另一种是 Checked 状态。Normal 状态就是正常的未按下的状态，而 Checked 状态就是按钮被按下的状态，按下后按钮颜色变为蓝色，表示已经被选中，如表 14-5 所示。

表 14-5 QPushButton 类中的常用方法

方 法	描 述
setCheckable()	设置按钮是否已经被选中，如果设置为 True，则表示按钮将保持已单击和释放状态
toggle()	在按钮状态之间进行切换
setIcon()	设置按钮上的图标
setEnabled()	设置按钮是否可以使用，当设置为 False 时，按钮变成不可用状态，单击它不会发射信号
isChecked()	返回按钮的状态，返回值为 True 或者 False
setDefault()	设置按钮的默认状态
setText()	设置按钮的显示文本
text()	返回按钮的显示文本

在窗口上放置 3 个 QPushButton 控件和一个 QFrame 控件，其中 3 个 QPushButton 控件分别表示红、蓝、绿三种状态。当单击某一个或某几个按钮时，就会分别设置 RGB 的每个颜色分量，并将设置后的颜色设为 QFrame 控件的背景色。

```
------------------------# QPushButton 按钮实例-----------------------------------
import sys
import PyQt5.QtWidgets
import PyQt5.QtGui
class PushButton(PyQt5.QtWidgets.QWidget):
    def __init__(self):
        super().__init__()
        self.initUI()
    def initUI(self):
        # 创建 QColor 对象，初始化颜色为黑色。RGB 格式
        self.color = PyQt5.QtGui.QColor(0, 0, 0)
        # 创建表示红色的 QPushButton 按钮
        redButton = PyQt5.QtWidgets.QPushButton('红色', self)
        # 必须用 setCheckable(True)才能让按钮可以设置两种状态。
        redButton.setCheckable(True)
        redButton.move(10, 10)
        # 将 setColor 方法与按钮的单击事件关联，表示 setColor 参数类型是一个布尔类型
        # 这个布尔类型的参数值表示按钮按下和抬起两种状态。
        redButton.clicked[bool].connect(self.setColor)
        # 创建表示绿色的 QPushButton 按钮
        greenButton = PyQt5.QtWidgets.QPushButton('绿色', self)
        greenButton.setCheckable(True)
        greenButton.move(10, 60)
        greenButton.clicked[bool].connect(self.setColor)
        # 创建表示蓝色的 QPushButton 按钮
        blueButton = PyQt5.QtWidgets.QPushButton('蓝色', self)
        blueButton.setCheckable(True)
        blueButton.move(10, 110)
        blueButton.clicked[bool].connect(self.setColor)
```

```
        # 创建用于显示当前颜色的 QFrame 对象。
        self.square = PyQt5.QtWidgets.QFrame(self)
        self.square.setGeometry(150, 20, 100, 100)
        # 设置 QFrame 的背景色。
        self.square.setStyleSheet("QWidget  {  background-color:  %s  }"  %
self.color.name())
        self.setGeometry(300, 200, 280, 170)
        self.setWindowTitle('按钮控件')
        self.show()
    # 按钮的单击事件方法，3 个按钮共享着一个方法。
    def setColor(self, pressed):
        # 获取单击的那一个按钮
        source = self.sender()
        # pressed 就是前面 clicked[bool]中指定的布尔类型参数值。
        if pressed:
            val = 255
        else:
            val = 0
        # 遍历是哪个按钮操作
        if source.text() == '红色':
            self.color.setRed(val)
        elif source.text() == '绿色':
            self.color.setGreen(val)
        else:
            self.color.setBlue(val)
        self.square.setStyleSheet("QFrame   {background-color:   %s}"   %
self.color.name())
if __name__ == '__main__':
    app = PyQt5.QtWidgets.QApplication(sys.argv)
    ex = PushButton()
    sys.exit(app.exec_())
```

3. QLineEdit 控件

QLineEdit 是一个单行文本编辑控件。使用者可以通过操作函数，输入和编辑单行文本，比如撤销、恢复、剪切、粘贴及拖放等，其常用方法如表 14-6 所示。

表 14-6 QLineEdit 类中的常用方法

方 法	描 述
setFont()	设置字体
setPlaceholderText()	设置文本框显示文字
setMaxLength()	设置文本框所允许输入的最大字符数
setReadOnly()	设置文本为只读
text()	返回文本框的内容
setDragEnable()	设置文本框是否接受拖动
selectAll()	全选
setFocus()	得到焦点

续表

方　法	描　述
setAlignment()	按固定值方式对齐文本
setEchoMode()	设置文本框的显示格式
setValidator()	设置文本框的验证器（验证规则），将限制任意可能输入的文本
setInputMask()	设置掩码

（1）设置显示模式

QLineEdit 有以下 4 种回显模式（EchoMode）：

- Normal（正常显示）。
- NoEcho（不显示文本）。
- Password（密码模式）。
- PasswordEchoOnEdit（输入时正常显示，完成后变成密码模式）。

不同的文本输入模式如图 14-21 所示。

```
# QLineEdit 实例
import sys
from PyQt5.QtWidgets import *
class QLineEditEchoMode(QWidget):
    def __init__(self):
        super().__init__()
        self.initUI()
    def initUI(self):
        self.setWindowTitle("文本输入框的回显模式")
        formLayout = QFormLayout()
        normalLineEdit = QLineEdit()
        noEchoLineEdit = QLineEdit()
        passwordLineEdit = QLineEdit()
        passwordEchoNoEditLineEdit = QLineEdit()
        formLayout.addRow("normal", normalLineEdit)
        formLayout.addRow("NoEcho", noEchoLineEdit)
        formLayout.addRow("Password", passwordLineEdit)
        formLayout.addRow("PasswordEchoOnEdit", passwordEchoNoEditLineEdit)
        # placeholdertext 设置提示
        normalLineEdit.setPlaceholderText("Normal")
        noEchoLineEdit.setPlaceholderText("NoEcho")
        passwordLineEdit.setPlaceholderText("Password")
        passwordEchoNoEditLineEdit.setPlaceholderText("PasswordEchoOnEdit")
        # 设置显示模式
        normalLineEdit.setEchoMode(QLineEdit.Normal)
        noEchoLineEdit.setEchoMode(QLineEdit.NoEcho)
        passwordLineEdit.setEchoMode(QLineEdit.Password)
        passwordEchoNoEditLineEdit.setEchoMode(QLineEdit.PasswordEchoOnEdit)
        self.setLayout(formLayout)
if __name__ == '__main__':
    app = QApplication(sys.argv)
    main = QLineEditEchoMode()
    main.show()
    sys.exit(app.exec_())
```

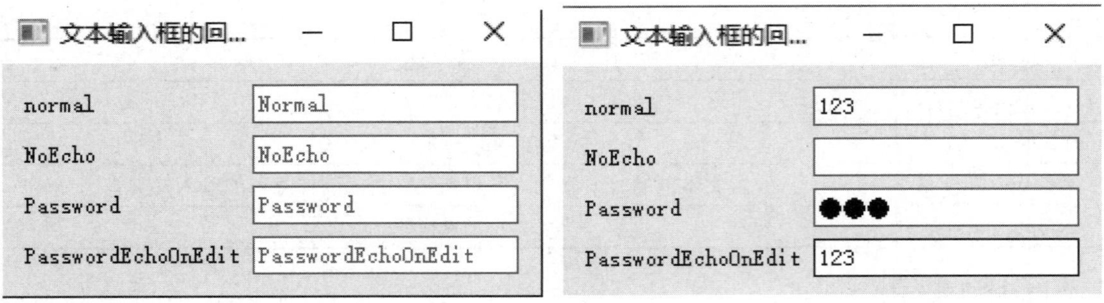

文本输入框的回...	
normal	Normal
NoEcho	NoEcho
Password	Password
PasswordEchoOnEdit	PasswordEchoOnEdit

文本输入框的回...	
normal	123
NoEcho	
Password	●●●
PasswordEchoOnEdit	123

图 14-21　不同的文本输入模式

（2）设置输入校检

QValidator 常用来设置输入框的合法性，当其合法时，才能成功输入并显示到输入框。

QValidator 就是一个抽象类，其子类 QIntValidator、QDoubleValidator 分别用来设置合法 int 和合法 Double，还有一个子类 QRegExpValidator 结合正则表达式，用来判断合法性。

以下代码是限制 IP 和 Port 的输入及一个限制输入浮点数的例子：

```
-------------------------------------------------------------------------------
    # QLineEdit 实例
    from PyQt5.QtCore import QRegExp
    from PyQt5.QtGui import QRegExpValidator, QIntValidator, QdoubleValidator
    import sys
    from PyQt5.QtWidgets import *
    class QLineEditValidator(QWidget):
        def __init__(self):
            super().__init__()
            self.initUI()
        def initUI(self):
            self.setWindowTitle("文本输入框的校验器")
            # 实例化表单布局
            formLayout = QFormLayout()
            # 创建三个文本输入框
            ipLineEdit = QLineEdit()
            portLineEdit = QLineEdit()
            doubleLineEdit = QLineEdit()
            # 实例化整型校验器，并设置范围 0～65536
            portValidator = QIntValidator(0, 65536)
            # 设置 正则表达式，显示输入 0.0.0.0～255.255.255.255
            regExp                                                            =
QRegExp('^((2[0-4]\d|25[0-5]|\d?\d|1\d{2})\.){3}(2[0-4]\d|25[0-5]|[01]?\d\d?)$'
)
            # 实例化自定义校验器
            ipValidator = QRegExpValidator(regExp)
            # 实例化浮点校验器，并设置范围-360～360，精度为小数点两位
            doubleValidator = QDoubleValidator(-360, 360, 2)
            # 为文本输入框设置对应的校验器
            ipLineEdit.setValidator(ipValidator)
            portLineEdit.setValidator(portValidator)
            doubleLineEdit.setValidator(doubleValidator)
            # 文本输入框添加到表单布局上
            formLayout.addRow("IP", ipLineEdit)
```

```
        formLayout.addRow("Port", portLineEdit)
        formLayout.addRow("Double", doubleLineEdit)
        self.setLayout(formLayout)
if __name__ == '__main__':
    app = QApplication(sys.argv)
    main = QLineEditValidator()
    main.show()
    sys.exit(app.exec_())
```

限制文本框的输入格式运行结果如图 14-22 所示。

文本输入框的校验器	
IP	192.168.1.1
Port	8888
Double	8888.88

图 14-22　限制文本框的输入格式运行结果

4. QCheckBox 控件

QCheckBox 控件是复选框控件，用于进行二值选择，也可以将多个 QCheckBox 控件放在一起使用，用于对多个设置项进行多选操作。QCheckBox 控件默认的是未选中状态，调用 QCheckBox 对象的 toggle 方法可以让 QCheckBox 控件处于选中状态。常用的事件为 stateChecked，当 QCheckBox 控件选中状态发生变化时就会触发该事件。QcheckBox 类中常用方法如表 14-7 所示。

表 14-7　QCheckBox 类中常用方法

方　法	描　述
setChecked()	设置复选框的状态，设置为 True 表示选中，False 表示取消选中的复选框
setText()	设置复选框的显示文本
text()	返回复选框的显示文本
isChecked()	检查复选框是否被选中
setTriState()	设置复选框为一个三态复选框
setCheckState()	三态复选框的状态设置，具体设置可以见表 14-8

表 14-8　三态复选框的三种状态

名　称	值	描　述
Qt.Checked	0	组件被选中
Qt.PartiallyChecked	1	组件被半选中
Qt.Unchecked	2	组件没有被选中（默认）

```
-----------------------------------# QCheckBox 实例--------------------------
import sys
from PyQt5.QtCore import *
from PyQt5.QtGui import *
from PyQt5. QtWidgets import *
from PyQt5.QtCore import Qt
```

```
    class CheckBoxDemo(QWidget):
        def __init__(self, parent=None):
            super(CheckBoxDemo, self).__init__(parent)
            # 创建一个 GroupBox 组
            groupBox = QGroupBox("Checkboxes")
            groupBox.setFlat(False)
            # 创建复选框 1，并默认选中，当状态改变时信号触发事件
            self.checkBox1 = QCheckBox("&Checkbox1")
            self.checkBox1.setChecked(True)
            self.checkBox1.stateChanged.connect(lambda:
self.btnstate(self.checkBox1))
            # 创建复选框，标记状态改变时信号触发事件
            self.checkBox2 = QCheckBox("Checkbox2")
            self.checkBox2.toggled.connect(lambda: self.btnstate(self.checkBox2))
            # 创建复选框 3，设置为 3 状态，设置默认选中状态为半选状态，当状态改变时信号触发事件
            self.checkBox3 = QCheckBox("tristateBox")
            self.checkBox3.setTristate(True)
            self.checkBox3.setCheckState(Qt.PartiallyChecked)
            self.checkBox3.stateChanged.connect(lambda:
self.btnstate(self.checkBox3))
            # 水平布局
            layout = QHBoxLayout()
            # 控件添加到水平布局中
            layout.addWidget(self.checkBox1)
            layout.addWidget(self.checkBox2)
            layout.addWidget(self.checkBox3)
            # 设置 QGroupBox 组的布局方式
            groupBox.setLayout(layout)
            # 设置主界面布局垂直布局
            mainLayout = QVBoxLayout()
            # QgroupBox 的控件添加到主界面布局中
            mainLayout.addWidget(groupBox)
            # 设置主界面布局
            self.setLayout(mainLayout)
            # 设置主界面标题
            self.setWindowTitle("checkbox demo")
        # 输出三个复选框当前的状态，0 选中，1 半选，2 没选中
        def btnstate(self, btn):
            chk1Status    =    self.checkBox1.text()    +    ",    isChecked="    +
str(self.checkBox1.isChecked()) + ', chekState=' + str(
                self.checkBox1.checkState()) + "\n"
            chk2Status    =    self.checkBox2.text()    +    ",    isChecked="    +
str(self.checkBox2.isChecked()) + ', checkState=' + str(
                self.checkBox2.checkState()) + "\n"
            chk3Status    =    self.checkBox3.text()    +    ",    isChecked="    +
str(self.checkBox3.isChecked()) + ', checkState=' + str(
                self.checkBox3.checkState()) + "\n"
            print(chk1Status + chk2Status + chk3Status)
    if __name__ == '__main__':
        app = QApplication(sys.argv)
        checkboxDemo = CheckBoxDemo()
        checkboxDemo.show()
        sys.exit(app.exec_())
--------------------------------------------------------------------------------
```

QCheckBox 实例如图 14-23 所示。

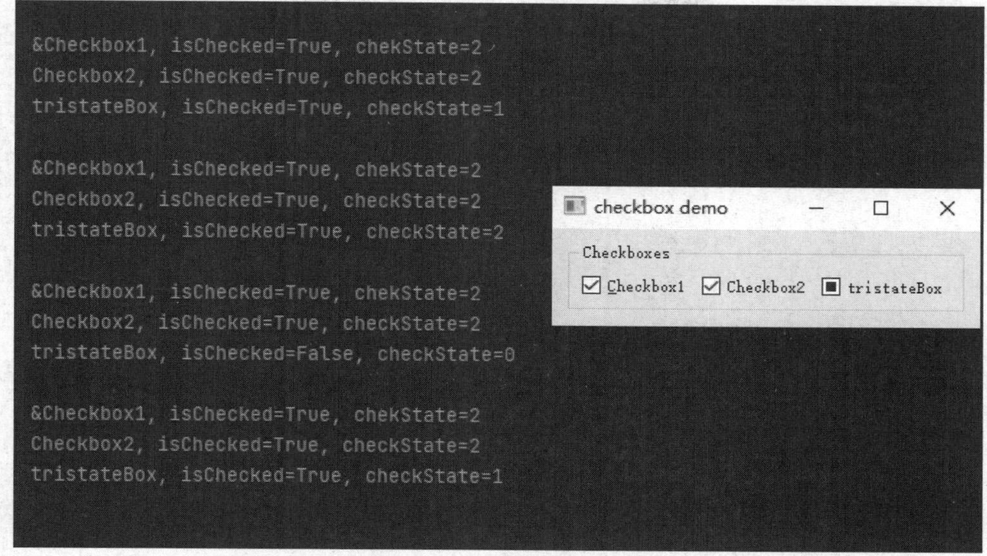

图 14-23　QCheckBox 实例

5. QSlider 控件

QSlider 控件是滑块控件，其很少有自己的函数，大部分功能在 QAbstractSlider 中，其中最有用的函数是 setValue()，用来设置滑块的当前值；triggerAction()用来模拟单击的效果（对快捷键有用），setSingleStep()、setPageStep()用来设置步长，setMinimum()和 setMaximum()用于定义滚动条的范围。Qslider 控件提供了一些方法来控制刻度标记。可以使用 setTickPosition()来表示刻度标记的位置，使用 setTickInterval()来指定刻度的间隔；当前设置的刻度位置和间隔可以分别使用 tickPosition()和 tickInterval()函数来查询。QSlider 继承了一组全面的信号，Qslider 的信号函数如表 14-9 所示。

表 14-9　QSlider 的信号函数

信　号	描　述
valueChanged()	当滑块的值发生了改变，发射此信号。tracking()确定在用户交互时，是否发出此信号
sliderPressed()	当用户按下滑块，发射此信号
sliderMoved()	当用户拖动滑块，发射此信号
sliderReleased()	当用户释放滑块，发射此信号

注意：Qslider 控件只提供整数范围。尽管 QSlider 控件可以处理非常大的数字，但是对于用户来说，难以准确使用很大范围的滑块。

滑块接收 Tab 键的焦点，并同时提供了一个鼠标滚轮和键盘接口。键盘接口介绍如下。

- Left/Right：移动水平滑块一个步长。
- Up/Down：移动垂直滑块一个步长。
- PageUp：上移一页。
- PageDown：下移一页。
- Home：移动至起始位置（最小值）。
- End：移动至结束位置（最大值）。

```
# QCheckBox 实例
# QSlider 控件
import sys
from PyQt5.QtCore import *
from PyQt5.QtGui import *
from PyQt5.QtWidgets import *
from PyQt5.QtCore import Qt
class Slider(QWidget):
    def __init__(self):
        super().__init__()
        self.initUI()
    def initUI(self):
        sld = QSlider(Qt.Horizontal, self)
        sld.setMinimum(10)
        sld.setMaximum(500)
        sld.setGeometry(30, 40, 100, 30)
        sld.valueChanged[int].connect(self.changevalue)
        self.label = QLabel(self)
        self.label.setGeometry(160, 40, 80, 30)
        self.setGeometry(300, 300, 280, 170)
        self.setWindowTitle('QSlider 控件')
        self.show()
    def changevalue(self, value):
        # 在当前位置显示滑块的位置
        self.label.setText(str(value))
if __name__ == '__main__':
    app = QApplication(sys.argv)
    ex = Slider()
sys.exit(app.exec_())
```

QSlider 控件运行结果如图 14-24 所示。

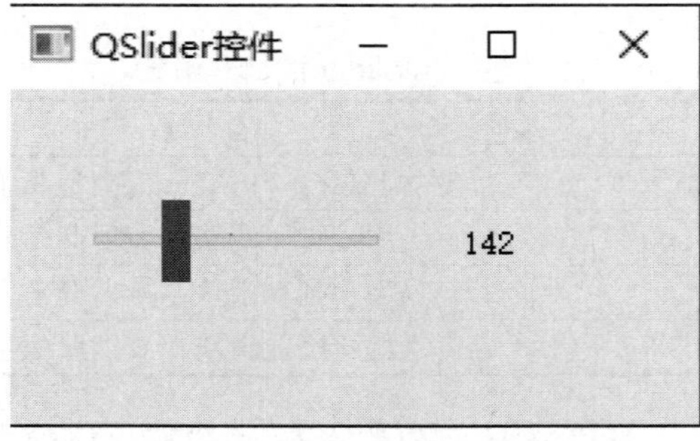

图 14-24　QSlider 控件运行结果

5. QProgressBar 控件

QProgressBar 控件提供了一个水平或垂直进度条。进度条用于给用户一个操作进度指示，并向用户说明应用程序仍在运行。

可以通过 setRange()来设置进度的最小值和最大值（取值范围），也可使用 setMinimum()和 setMaximum()来单独设定；成员函数 setValue()用于设置当前的运行值；调用 reset()函数则会让进度条重新回到开始位置。

当前值设置完成以后，进度条将显示已完成的百分比，计算百分比的公式为：百分比=(value() − minimum()) / (maximum()−minimum())。

如果最小值和最大值都设置为 0，进度条会显示一个繁忙指示，而不会显示当前值。这有时候会很有用，例如，当使用 QNetworkAccessManager 下载数据，无法确定被下载项大小时。

可以通过 setOrientation()指定进度条的方向——水平/垂直。

此外，成员函数 setInvertedAppearance()用于设置进度条的行进方向，如果参数为 True，可将进度方向设置为默认方向的反方向。如果不需要显示进度条上的文本，可以使用 setTextVisible()来将其隐藏。

```
    #QProgressBar 进度条控件
    import sys
    from PyQt5.QtCore import *
    from PyQt5.QtGui import *
    from PyQt5.QtWidgets import *
    from PyQt5.QtCore import Qt
    class ProgressBar(QWidget):
        def __init__(self):
            super().__init__()
            self.initUI()
        def initUI(self):
            self.pbar = QProgressBar(self)  # 使用 QProgressBar 创建进度条
            self.pbar.setGeometry(40, 40, 200, 25)
            self.btn = QPushButton('开始', self)
            self.btn.move(40, 80)
            self.btn.clicked.connect(self.doAction)
            self.timer = QBasicTimer()  # 激活进度条，我们需使用一个计时器对象
            self.value = 0
            self.setGeometry(300, 300, 280, 150)
            self.setWindowTitle('QProgressBar 控件')
            self.show()
        #  每个继承自 QObject 的对象都有一个 timerEvent()事件处理程序。为了让定时器事件作用
到进度条，我们重写了这个事件处理程序
        def timerEvent(self, e):
            if self.value >= 100:
                self.timer.stop()
                self.btn.setText('完成')
                return
            self.value = self.value + 1
            self.pbar.setValue(self.value)
        # 使用 doAction() 方法启动和停止计时器。
        def doAction(self):
            if self.value >= 100:
                self.value = 0
                self.btn.setText('开始')
            if self.timer.isActive():
                self.timer.stop()
                self.btn.setText('开始')
            else:
                self.timer.start(100, self)  # 要启动定时器事件，我们需调用它的 start()
方法。这种方法有两个参数：超时和将接收的事件的对象
```

```
            self.btn.setText('停止')

if __name__ == '__main__':
    app = QApplication(sys.argv)
    ex = ProgressBar()
    sys.exit(app.exec_())
```

QProgressBar 控件运行结果如图 14-25 所示。

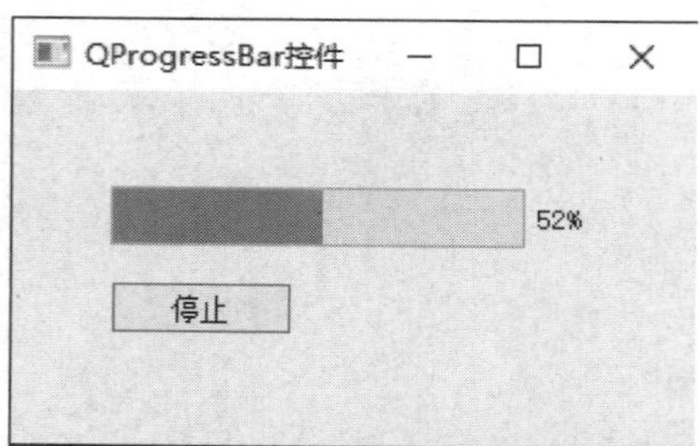

图 14-25　QProgressBar 控件运行结果

6. QComboBox 控件

QComboBox 是下拉列表框组件类，它提供一个下拉列表供用户选择，也可以直接当作一个 QLineEdit 用作输入。QComboBox 除了显示可见下拉列表外，每个项（Item，或称列表项）还可以关联一个 QVariant 类型的变量，用于存储一些不可见数据。

```
# QComboBox 控件
import sys
from PyQt5.QtCore import *
from PyQt5.QtGui import *
from PyQt5.QtWidgets import *
from PyQt5.QtCore import Qt
class ComboBox(QWidget):
    def __init__(self):
        super().__init__()
        self.initUI()
    def initUI(self):
        self.lbl = QLabel('中国', self)
        self.lbl.move(50, 150)
        combo = QComboBox(self)
        # combo.addItems(mylist)
        combo.addItem('中国')
        combo.addItem('美国')
        combo.addItem('法国')
        combo.addItem('德国')
        combo.addItem('俄罗斯')
        combo.addItem('澳大利亚')
        combo.move(50, 50)
        combo.activated[str].connect(self.onActivated)
```

```
        combo1 = QComboBox(self)
        combo1.addItem('Item1')
        combo1.addItem('Item2')
        combo1.addItem('Item3')
        combo1.move(200, 50)
        self.setGeometry(300, 300, 300, 200)
        self.setWindowTitle('QComboBox 控件')
        self.show()
    def onActivated(self, str):
        self.lbl.setText(str)
        self.lbl.adjustSize()
if __name__ == '__main__':
    app = QApplication(sys.argv)
    ex = ComboBox()
   sys.exit(app.exec_())
```

QComboBox 运行结果如图 14-26 所示。

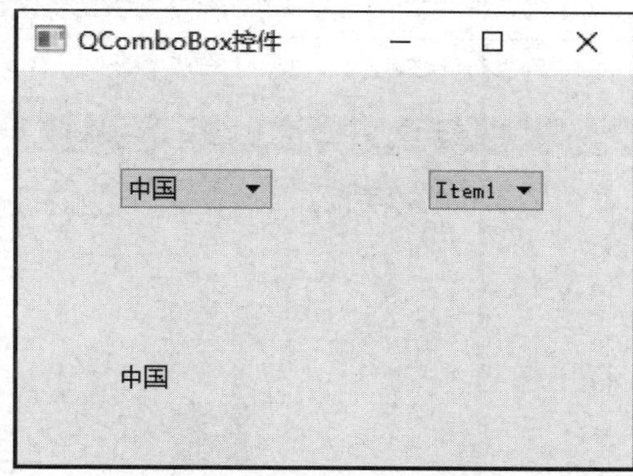

图 14-26 QComboBox 运行结果

7. QCalendarWidget 控件

QCalendarWidget 控件是显示日历的控件，可以按年月显示日历，通过 setGridVisible 方法可以设置是否在日期中显示网格，通过绑定 clicked 事件，可处理单击日历某一天的动作，运行结果如图 14-27 所示。

```
# QCalendarWidget 控件
import sys
from PyQt5.QtCore import *
from PyQt5.QtGui import *
from PyQt5.QtWidgets import *
from PyQt5.QtCore import Qt
class CalendarWidget(QWidget):
    def __init__(self):
        super().__init__()
        self.initUI()
    def initUI(self):
        vbox = QVBoxLayout(self)
```

```
        cal =QCalendarWidget(self)
        cal.setGridVisible(True)
        cal.clicked[QDate].connect(self.showDate)
        vbox.addWidget(cal)
        self.lbl = QLabel(self)
        date = cal.selectedDate()
        self.lbl.setText(date.toString())
        vbox.addWidget(self.lbl)
        self.setLayout(vbox)
        self.setGeometry(300,300,350,300)
        self.setWindowTitle('CalendarWidget 控件')
        self.show()
    def showDate(self,date):
        self.lbl.setText(date.toString())
if __name__ == '__main__':
    app = QApplication(sys.argv)
    ex = CalendarWidget()
sys.exit(app.exec_())
```

图 14-27 QCalendarWidget 运行结果

任务 14 俄罗斯方块游戏设计

一、任务描述

俄罗斯方块游戏是世界上最流行的游戏之一，是由一名叫 Alexey Pajitnov 的俄罗斯程序员在 1985 年制作的，从那时起，这个游戏就风靡了各个游戏平台。俄罗斯方块归类为下落块迷宫游戏。游戏有 7 个基本形状：S、Z、T、L、反向 L、直线、方块，每个模型都由 4 个方块组成，方块最终都会落到屏幕底部。所以玩家通过控制模型的左右位置和旋转，让每个模型都以合适的位置落下，如果有一行全部被方块填充，该行就会消失，并且得分。游戏结束的条件是有模型接触到了屏幕顶部。方块图形如图 14-28 所示。本任务要求采用 Qt5 的游戏组件，设计一款俄罗斯方块计算机游戏。

图 14-28　方块图形

二、任务分析

（1）用 QtCore.QBasicTimer() 创建一个游戏循环。

（2）模型是一直下落的，并且可以旋转方向，到达底部时停止。

（3）模型的运动是以小块为基础单位的，不是按像素。

（4）从数学意义上来说，模型就是一串数字而已。

图 14-29 可以帮助我们更好地理解坐标值的意义。比如元组 (0, -1)、(0, 0)、(-1, 0)、(-1, -1) 代表了一个 Z 形状的模型。这个图表就描绘了这个形状，所以所有图形的元组如下：

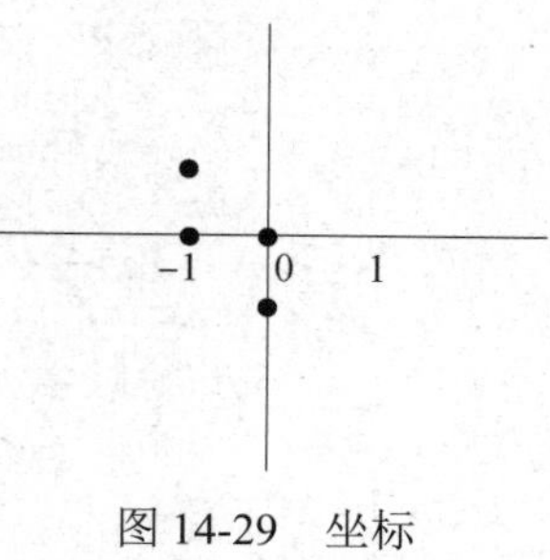

图 14-29　坐标

```
coordsTable = (
    ((0, 0), (0, 0), (0, 0), (0, 0)),   # NoShape
    ((0, -1), (0, 0), (-1, 0), (-1, 1)), # ZShape
    ((0, -1), (0, 0), (1, 0), (1, 1)),   # SShape
    ((0, -1), (0, 0), (0, 1), (0, 2)),   # LineShape
    ((-1, 0), (0, 0), (1, 0), (0, 1)),   # TShape
    ((0, 0), (1, 0), (0, 1), (1, 1)),    # SquareShape
    ((-1, -1), (0, -1), (0, 0), (0, 1)), # LShape
    ((1, -1), (0, -1), (0, 0), (0, 1))   # MirroredLShape
)
```

三、任务实施

第 1 步：代码实现

```
from PyQt5.QtWidgets import QMainWindow, QFrame, QDesktopWidget, QApplication
from PyQt5.QtCore import Qt, QBasicTimer, pyqtSignal
from PyQt5.QtGui import QPainter, QColor
import sys, random
class Tetris(QMainWindow):
    def __init__(self):
        super().__init__()
        self.initUI()
    def initUI(self):
        '''initiates application UI'''
```

```
        # 创建了一个 Board 类的实例，并设置为应用的中心组件。
        self.tboard = Board(self)
        self.setCentralWidget(self.tboard)
        # 创建一个 statusbar 来显示三种信息：消除的行数、游戏暂停状态或者游戏结束状态。
        self.statusbar = self.statusBar()
        self.tboard.msg2Statusbar[str].connect(self.statusbar.showMessage)
        # 初始化
        self.tboard.start()
        self.resize(180, 380)
        self.center()
        self.setWindowTitle('Tetris')
        self.show()
    def center(self):
        '''centers the window on the screen'''
        screen = QDesktopWidget().screenGeometry()
        size = self.geometry()
        self.move((screen.width() - size.width()) / 2,
            (screen.height() - size.height()) / 2)
class Board(QFrame):
    # 定义信号
    msg2Statusbar = pyqtSignal(str)
    # BoardWidth 和 BoardHeight 分别是 board 的宽度和高度。 Speed 为游戏的速度，每 300
    # ms 出现一个新的模型。
    BoardWidth = 10
    BoardHeight = 22
    Speed = 300
    def __init__(self, parent):
        super().__init__(parent)
        self.initBoard()
    # 在 initBoard() 里初始化了一些重要的变量。 self.board 定义了模型的形状和位置，取
    # 值范围是 0-7。
    def initBoard(self):
        '''initiates board'''
        self.timer = QBasicTimer()
        self.isWaitingAfterLine = False
        self.curX = 0
        self.curY = 0
        self.numLinesRemoved = 0
        self.board = []
        self.setFocusPolicy(Qt.StrongFocus)
        self.isStarted = False
        self.isPaused = False
        self.clearBoard()
    def shapeAt(self, x, y):
        '''determines shape at the board position'''
        return self.board[(y * Board.BoardWidth) + x]
    def setShapeAt(self, x, y, shape):
        '''sets a shape at the board'''
        self.board[(y * Board.BoardWidth) + x] = shape
    # board 的大小可以动态改变。所以方格的大小也应该随之变化。 squareWidth() 计算并返
    # 回每个块应该占用多少像素,即 Board.BoardWidth。
    def squareWidth(self):
        '''returns the width of one square'''
```

```
        return self.contentsRect().width() // Board.BoardWidth
    def squareHeight(self):
        '''returns the height of one square'''
        return self.contentsRect().height() // Board.BoardHeight
    def start(self):
        '''starts game'''
        if self.isPaused:
            return
        self.isStarted = True
        self.isWaitingAfterLine = False
        self.numLinesRemoved = 0
        self.clearBoard()
        self.msg2Statusbar.emit(str(self.numLinesRemoved))
        self.newPiece()
        self.timer.start(Board.Speed, self)
    # pause() 方法用来暂停游戏，停止计时并在 statusbar 上显示一条信息
    def pause(self):
        '''pauses game'''
        if not self.isStarted:
            return
        self.isPaused = not self.isPaused
        if self.isPaused:
            self.timer.stop()
            self.msg2Statusbar.emit("paused")
        else:
            self.timer.start(Board.Speed, self)
            self.msg2Statusbar.emit(str(self.numLinesRemoved))
        self.update()
    # 渲染是在paintEvent()方法里发生的 QPainter 负责 PyQt5 里所有低级绘画操作。
    def paintEvent(self, event):
        '''paints all shapes of the game'''
        painter = QPainter(self)
        rect = self.contentsRect()
        boardTop = rect.bottom() - Board.BoardHeight * self.squareHeight()
        # 渲染游戏分为两步。第一步是先画出所有已经落在最下面的图，这些保存在 self.board
        # 里。可以使用 shapeAt() 查看这个变量。
        for i in range(Board.BoardHeight):
            for j in range(Board.BoardWidth):
                shape = self.shapeAt(j, Board.BoardHeight - i - 1)
                if shape != Tetrominoe.NoShape:
                    self.drawSquare(
                        painter,
                        rect.left() + j * self.squareWidth(),
                        boardTop + i * self.squareHeight(), shape)
        # 第二步是画出正在下落的模型。
        if self.curPiece.shape() != Tetrominoe.NoShape:
            for i in range(4):
                x = self.curX + self.curPiece.x(i)
                y = self.curY - self.curPiece.y(i)
                self.drawSquare(
                    painter,
                    rect.left() + x * self.squareWidth(),
                    boardTop + (Board.BoardHeight-y-1) * self.squareHeight(),
```

```
                self.curPiece.shape())
    # keyPressEvent() 方法获得用户按下的按键。如果按下的是右方向键，就尝试把模型向
    # 右移动，到边界则不移动。
    def keyPressEvent(self, event):
        '''processes key press events'''
        if not self.isStarted or self.curPiece.shape() == Tetrominoe.NoShape:
            super(Board, self).keyPressEvent(event)
            return
        key = event.key()
        if key == Qt.Key_P:
            self.pause()
            return
        if self.isPaused:
            return
        elif key == Qt.Key_Left:
            self.tryMove(self.curPiece, self.curX - 1, self.curY)
        elif key == Qt.Key_Right:
            self.tryMove(self.curPiece, self.curX + 1, self.curY)
        elif key == Qt.Key_Down:
            self.tryMove(self.curPiece.rotateRight(), self.curX, self.curY)
        elif key == Qt.Key_Up:
            self.tryMove(self.curPiece.rotateLeft(), self.curX, self.curY)
        elif key == Qt.Key_Space:
            self.dropDown()
        elif key == Qt.Key_D:
            self.oneLineDown()
        else:
            super(Board, self).keyPressEvent(event)
    # 计时器事件里，要么是等一个模型下落完之后创建一个新的模型，要么是让一个模型直接落到底
    def timerEvent(self, event):
        '''handles timer event'''
        if event.timerId() == self.timer.timerId():
            if self.isWaitingAfterLine:
                self.isWaitingAfterLine = False
                self.newPiece()
            else:
                self.oneLineDown()
        else:
            super(Board, self).timerEvent(event)
    # clearBoard( )方法通过 Tetrominoe.NoShape 清空 broad 。
    def clearBoard(self):
        '''clears shapes from the board'''
        for i in range(Board.BoardHeight * Board.BoardWidth):
            self.board.append(Tetrominoe.NoShape)
    def dropDown(self):
        '''drops down a shape'''
        newY = self.curY
        while newY > 0:
            if not self.tryMove(self.curPiece, self.curX, newY - 1):
                break
            newY -= 1
        self.pieceDropped()
    def oneLineDown(self):
```

```
        '''goes one line down with a shape'''
        if not self.tryMove(self.curPiece, self.curX, self.curY - 1):
            self.pieceDropped()
    def pieceDropped(self):
        '''after dropping shape, remove full lines and create new shape'''
        for i in range(4):
            x = self.curX + self.curPiece.x(i)
            y = self.curY - self.curPiece.y(i)
            self.setShapeAt(x, y, self.curPiece.shape())
        self.removeFullLines()
        if not self.isWaitingAfterLine:
            self.newPiece()
    # 如果模型碰到了底部，就调用 removeFullLines() 方法，找到所有能消除的行将其消除。消除的
    # 动作就是把符合条件的行消除掉之后，再把它上面的行下降一行。注意移除满行的动作是倒着
    # 来的，因为我们是按照重力来表现游戏的，如果不这样就有可能出现有些模型浮在空中的现象。
    def removeFullLines(self):
        '''removes all full lines from the board'''
        numFullLines = 0
        rowsToRemove = []
        for i in range(Board.BoardHeight):
            n = 0
            for j in range(Board.BoardWidth):
                if not self.shapeAt(j, i) == Tetrominoe.NoShape:
                    n = n + 1
            if n == 10:
                rowsToRemove.append(i)
        rowsToRemove.reverse()
        for m in rowsToRemove:
            for k in range(m, Board.BoardHeight):
                for l in range(Board.BoardWidth):
                    self.setShapeAt(l, k, self.shapeAt(l, k + 1))
        numFullLines = numFullLines + len(rowsToRemove)
        if numFullLines > 0:
            self.numLinesRemoved = self.numLinesRemoved + numFullLines
            self.msg2Statusbar.emit(str(self.numLinesRemoved))
            self.isWaitingAfterLine = True
            self.curPiece.setShape(Tetrominoe.NoShape)
            self.update()
    # 该方法是用来创建形状随机的模型。如果随机的模型不能正确地出现在预设的位置，游戏结束。
    def newPiece(self):
        '''creates a new shape'''
        self.curPiece = Shape()
        self.curPiece.setRandomShape()
        self.curX = Board.BoardWidth // 2 + 1
        self.curY = Board.BoardHeight - 1 + self.curPiece.minY()
        if not self.tryMove(self.curPiece, self.curX, self.curY):
            self.curPiece.setShape(Tetrominoe.NoShape)
            self.timer.stop()
            self.isStarted = False
            self.msg2Statusbar.emit("Game over")
    # tryMove() 是尝试移动模型的方法。如果模型已经到达 board 的边缘或者遇到了其他模型，就
    # 返回 False，否则就让模型下落。
    def tryMove(self, newPiece, newX, newY):
```

```
        '''tries to move a shape'''
        for i in range(4):
            x = newX + newPiece.x(i)
            y = newY - newPiece.y(i)
            if x<0 or x>=Board.BoardWidth or y<0 or y>=Board.BoardHeight:
                return False
            if self.shapeAt(x, y) != Tetrominoe.NoShape:
                return False

        self.curPiece = newPiece
        self.curX = newX
        self.curY = newY
        self.update()
        return True

    def drawSquare(self, painter, x, y, shape):
        '''draws a square of a shape'''
        colorTable = [0x000000, 0xCC6666, 0x66CC66, 0x6666CC,
                      0xCCCC66, 0xCC66CC, 0x66CCCC, 0xDAAA00]
        color = QColor(colorTable[shape])
        painter.fillRect(x + 1, y + 1, self.squareWidth() - 2,
                         self.squareHeight() - 2, color)
        painter.setPen(color.lighter())
        painter.drawLine(x, y + self.squareHeight() - 1, x, y)
        painter.drawLine(x, y, x + self.squareWidth() - 1, y)
        painter.setPen(color.darker())
        painter.drawLine(x + 1, y + self.squareHeight() - 1,
                         x+self.squareWidth()-1, y+self.squareHeight()-1)
        painter.drawLine(x+self.squareWidth()-1,
                         y+self.squareHeight()-1, x+self.squareWidth()-1,y+1)
class Tetrominoe(object):
    NoShape = 0
    ZShape = 1
    SShape = 2
    LineShape = 3
    TShape = 4
    SquareShape = 5
    LShape = 6
    MirroredLShape = 7
# Tetrominoe 类保存了所有模型的形状。我们还定义了一个 NoShape 的空形状。 Shape 类保存
# 类模型内部的信息
    class Shape(object):
    coordsTable = (
        ((0, 0), (0, 0), (0, 0), (0, 0)),
        ((0, -1), (0, 0), (-1, 0), (-1, 1)),
        ((0, -1), (0, 0), (1, 0), (1, 1)),
        ((0, -1), (0, 0), (0, 1), (0, 2)),
        ((-1, 0), (0, 0), (1, 0), (0, 1)),
        ((0, 0), (1, 0), (0, 1), (1, 1)),
        ((-1, -1), (0, -1), (0, 0), (0, 1)),
        ((1, -1), (0, -1), (0, 0), (0, 1))
    )
    def __init__(self):
```

```
        # coordsTable 元组保存了所有的模型形状的组成、是一个构成模型的坐标模板。
        self.coords = [[0, 0] for i in range(4)]
        self.pieceShape = Tetrominoe.NoShape
        self.setShape(Tetrominoe.NoShape)
    def shape(self):
        '''returns shape'''
        return self.pieceShape
    def setShape(self, shape):
        '''sets a shape'''
        table = Shape.coordsTable[shape]
        for i in range(4):
            for j in range(2):
                self.coords[i][j] = table[i][j]
        self.pieceShape = shape
    def setRandomShape(self):
        '''chooses a random shape'''
        self.setShape(random.randint(1, 7))
    def x(self, index):
        '''returns x coordinate'''
        return self.coords[index][0]
    def y(self, index):
        '''returns y coordinate'''
        return self.coords[index][1]
    def setX(self, index, x):
        '''sets x coordinate'''
        self.coords[index][0] = x
    def setY(self, index, y):
        '''sets y coordinate'''
        self.coords[index][1] = y
    def minX(self):
        '''returns min x value'''
        m = self.coords[0][0]
        for i in range(4):
            m = min(m, self.coords[i][0])
        return m
    def maxX(self):
        '''returns max x value'''
        m = self.coords[0][0]
        for i in range(4):
            m = max(m, self.coords[i][0])
        return m
    def minY(self):
        '''returns min y value'''
        m = self.coords[0][1]
        for i in range(4):
            m = min(m, self.coords[i][1])
        return m
    def maxY(self):
        '''returns max y value'''
        m = self.coords[0][1]
        for i in range(4):
            m = max(m, self.coords[i][1])
```

```
            return m
    # rotateLeft() 方法向右旋转一个模型。正方形的模型就没必要旋转，就直接返回了。其他的
    # 则返回一个新的，能表示这个形状旋转了的坐标。
    def rotateLeft(self):
        '''rotates shape to the left'''
        if self.pieceShape == Tetrominoe.SquareShape:
            return self
        result = Shape()
        result.pieceShape = self.pieceShape
        for i in range(4):
            result.setX(i, self.y(i))
            result.setY(i, -self.x(i))
        return result
    def rotateRight(self):
        '''rotates shape to the right'''
        if self.pieceShape == Tetrominoe.SquareShape:
            return self
        result = Shape()
        result.pieceShape = self.pieceShape
        for i in range(4):
            result.setX(i, -self.y(i))
            result.setY(i, self.x(i))
        return result
if __name__ == '__main__':
    app = QApplication([])
    tetris = Tetris()
    sys.exit(app.exec_())
---------------------------------------------------------------------------------
```

第 2 步：程序运行

程序运行结果如图 14-30 所示。

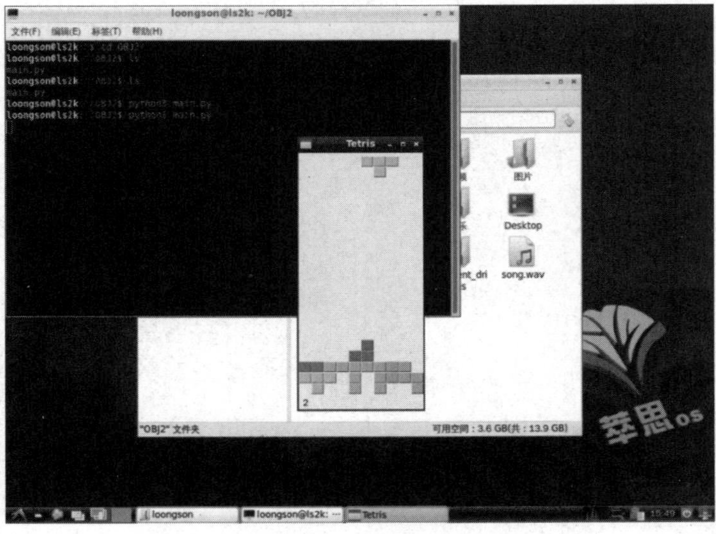

图 14-30　程序运行结果

任务 15　用户管理系统设计

一、任务描述

采用 Qt 设计一个用户登录系统，设置一个管理员 admin，能注册用户和注销，普通用户具有一定的操作权限。用户登录后，能打开、关闭摄像头，非登录用户不能操作，如图 14-31 所示。

图 14-31　程序运行界面

二、任务实施

第 1 步：界面设计

使用 Qt Designer 设计程序界面，新建 Main Window 项目，整体布局如图 14-32 所示。

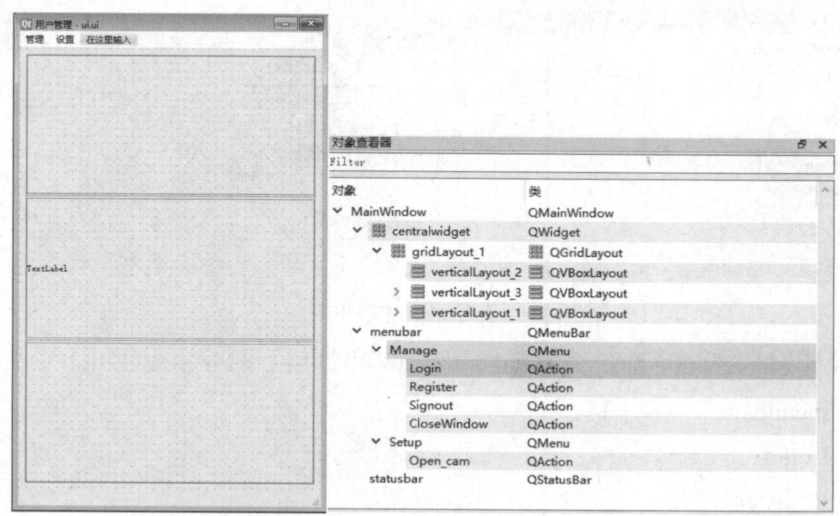

图 14-32　界面布局

详细步骤介绍如下：

（1）新建一个主界面项目后，从工具栏里拖入一个网格布局控件 gridLayout，再往 centralwidget 里拖入 3 个垂直布局控件 verticalLayout，这样做的目的是方便后面放入的控件布局。同时在 centralwidget 的对象属性 styleSheet 中加入参数：border-image:url(./data/background.jpg)设置背景图像，如图 14-33 所示。

图 14-33　设置背景

（2）在最上方的 verticalLayout 中放入一个 lcdNumber 控件用于显示时间，通过对象属性中的 font 调整字体大小，如图 14-34 所示。

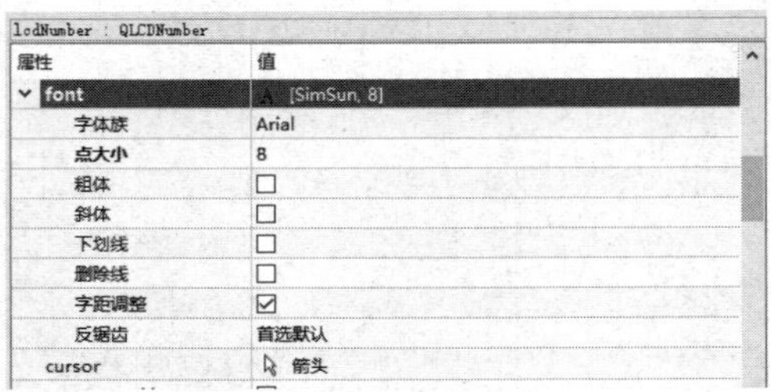

图 14-34　设置字体大小

styleSheet 加入参数“border-image:url();color: yellow;border:none”，其中，border-image:url()将背景设为透明。color: yellow 表示将字体颜色设为黄色。border:none 表示无边框。

（3）在中间的 verticalLayout 中拖入一个 Label 控件用于显示实时摄像头。同样在 styleSheet 中加入参数“border-image:url();”将背景设为透明。

（4）菜单栏添加如图 14-35 所示的几个按钮。

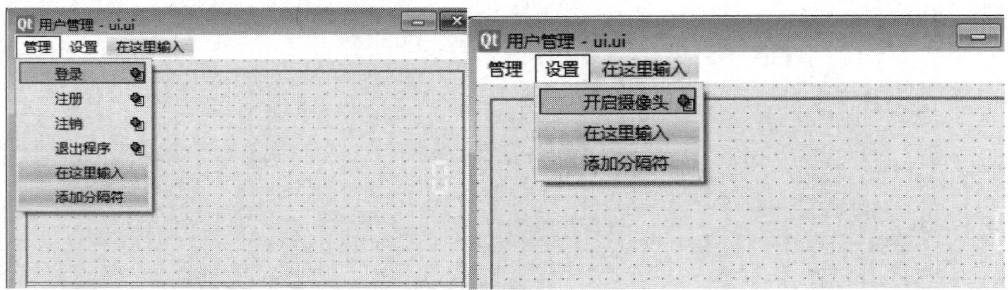

图 14-35　添加的按钮

在对象属性 objectName 中将其重命名，方便程序调用，部分参数如下。

- 管理：menubar。
- 登录：Login。
- 注册：Register。
- 注销：Signout。

- 退出程序：CloseWindow。
- 设置：Setup。
- 开启摄像头：Open_cam。

（5）设计登录框，再新建一个 Main Window 项目，布局如图 14-36 所示，该界面较为简单，只需要两个 QLabel 控件、2 个 QLineEdit、1 个 QDialogButtonBox 组合按键。

图 14-36　设计登录框

（6）通过 PyUIC 工具生成两个界面的 py 文件，将其放入 ui 文件夹下。data 目录放置背景照片和用户配置文件，如图 14-37 所示。

第 2 步：逻辑代码实现

加载界面文件后，编辑逻辑代码，实现界面与逻辑分离，方便更新维护。逻辑代码如下：

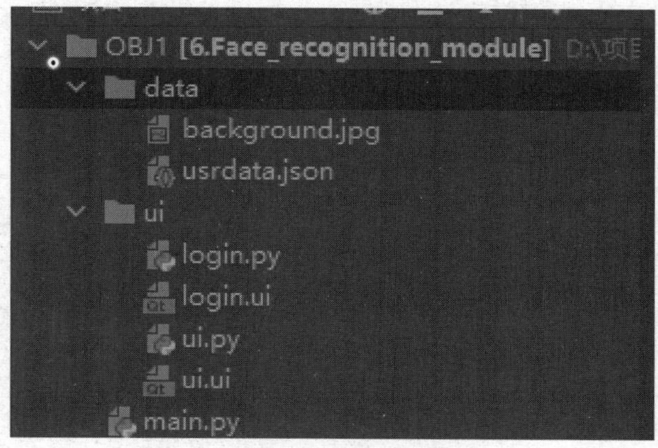

图 14-37　文件目录

```
import datetime
import json
import os
import shutil
import sys
import time
import cv2
from PyQt5.QtWidgets import *
from PyQt5.QtCore import QThread, pyqtSignal, QTimer
from PyQt5.QtGui import QImage, QPixmap
from ui.ui import *
from ui.login import *
```

```
# 初始化全局变量
class GlobalVariable():
    # 参数保存字典
    global_var = {}
    # 线程锁确保多线程读取安全
    # lock = threading.RLock()
    # 初始化参数
    def init(self):
        now_time = datetime.datetime.now()
        self.global_var = {
            'login_Admin': False,
            'login_Usr': False,
            'login_time': now_time,
            'Usr_name': 'unkonw',
            'label_isWrok': False,
        }
    # 设置参数
    def set_var(self, name, value):
        # 加锁
        # self.lock.acquire()
        try:
            self.global_var[name] = value
        finally:
            # 释放
            # self.lock.release()
            pass
    # 获取参数
    def get_var(self, name):
        try:  # 加锁
            # self.lock.acquire()
            return self.global_var[name]
        finally:
            # 释放
            # self.lock.release()
            Pass
global_variable = GlobalVariable()
global_variable.init()
class WorkThread1(QThread):
    signals = pyqtSignal(object)  # 定义信号对象,传递值为 str 类型，使用 int，可以为
int 类
    def __init__(self):  # 向线程中传递参数，以便在 run 方法中使用
        super(WorkThread1, self).__init__()
        self.isWork = True
    def run(self):  # 重写 run 方法
        cam = cv2.VideoCapture(0)
        while cam.isOpened() and self.isWork:
            try:
                ret, img = cam.read()
                if ret:
                    img = cv2.cvtColor(img, cv2.COLOR_BGR2RGB)
                    img  =  QImage(img.data,  img.shape[1],  img.shape[0],
QImage.Format_RGB888)
                    pixmap = QPixmap.fromImage(img)
```

```
                if self.isWork:
                    self.signals.emit(pixmap)  # 发射信号，str 类型数据
                else:
                    cam.release()
            except:
                continue
    def stop(self):
        self.isWork = False# 主界面class MyWindow(QMainWindow, Ui_MainWindow):
    def __init__(self):
        super(MyWindow, self).__init__()
        self.setupUi(self)
        '''菜单栏按键事件'''
        # 登录
        self.Login.triggered.connect(self.open_login_form)
        # 注册
        self.Register.triggered.connect(self.open_register_form)
        # 注销
        self.Signout.triggered.connect(self.open_signout_form)
        # 关闭程序
        self.CloseWindow.triggered.connect(self.closeEvent)
        # 打开摄像头
        self.Open_cam.triggered.connect(lambda:
self.Open_cam_fc_start_thread())
        # 时间日期
        self.timer = QTimer()
        self.timer.start()
        self.timer.timeout.connect(self.clock)
        self.Setup.setEnabled(False)
        self.Register.setEnabled(False)
        self.Signout.setEnabled(False)
    # 登录界面
    def open_login_form(self):
        if self.Login.text() == '登录':
            self.login_form = MyLogin()
            self.login_form.buttonBox.accepted.connect(self.login_fc)
            self.login_form.setWindowModality(QtCore.Qt.ApplicationModal)  #关
闭父界面
            self.login_form.exec_()
        else:
            self.Login.setText('登录')
            global_variable.set_var('login_Admin', False)
            global_variable.set_var('login_Usr', False)
            global_variable.set_var('Usr_name', 0)
            self.Setup.setEnabled(False)
            self.Register.setEnabled(False)
            self.Signout.setEnabled(False)
            self.AutoRun.setEnabled(False)
    def login_fc(self):
        # 账号密码，用户数据库
        account = self.login_form.lineEdit.text()
        password = self.login_form.lineEdit_2.text()
        try:
            with open('data/usrdata.json', 'r') as f:
```

```
                data = json.load(f)
            if data['Usr'][account] == password:
                global_variable.set_var('Usr_name', account)
                self.Login.setText('退出')
                QtWidgets.QMessageBox.about(self, "提示", "用户：{} 登录成功！
".format(account))
                if account == 'admin':
                    # 管理员登录，权限全开，能注册注销用户
                    global_variable.set_var('login_Admin', True)
                    self.Setup.setEnabled(True)
                    self.Register.setEnabled(True)
                    self.Signout.setEnabled(True)
                    self.AutoRun.setEnabled(True)
                else:
                    # 用户登录，部分操作权限
                    global_variable.set_var('login_Usr', True)
                    self.Setup.setEnabled(True)
                    self.AutoRun.setEnabled(True)
                    self.Setup.setEnabled(False)
            else:
                QtWidgets.QMessageBox.critical(self, "提示", "密码错误！")
        except:
            QtWidgets.QMessageBox.critical(self, "提示", "登录失败！")
    # 注册界面
    def open_register_form(self):
        self.register_form = MyRegister()
        self.register_form.buttonBox.accepted.connect(self.register_fc)
        self.register_form.setWindowModality(QtCore.Qt.ApplicationModal)   #关
闭父界面
        self.register_form.exec_()
    def register_fc(self):
        # 账号密码，用户数据库
        account = self.register_form.lineEdit.text()
        password = self.register_form.lineEdit_2.text()
        if len(account) > 0 and len(password) > 0:
            with open('data/usrdata.json', 'r') as f:
                data = json.load(f)
            if account in data['Usr']:
                QtWidgets.QMessageBox.critical(self, "注册失败", "该用户已存在！")
            else:
                data['Usr'][account] = password
                data_json = json.dumps(data)
                with open('data/usrdata.json', 'w') as w:
                    w.write(data_json)
                QtWidgets.QMessageBox.about(self, "注册成功", "用户：{} 已注册！
".format(account))
        else:
            QtWidgets.QMessageBox.critical(self, "注册失败", "账号密码不能为空！")
    # 注销界面
    def open_signout_form(self):
        self.signout_form = MySignOut()
        self.signout_form.buttonBox.accepted.connect(self.signout_fc)
        self.signout_form.setWindowModality(QtCore.Qt.ApplicationModal)   # 可
```

```
以关闭父界面
            self.signout_form.exec_()
        def signout_fc(self):
            # 账号密码，用户数据库
            account = self.signout_form.lineEdit.text()
            if len(account) > 0:
                with open('data/usrdata.json', 'r') as f:
                    data = json.load(f)
                if account in data['Usr']:
                    data['Usr'].pop(account)
                    data_json = json.dumps(data)
                    with open('data/usrdata.json', 'w') as w:
                        w.write(data_json)
                    QtWidgets.QMessageBox.about(self, "注销成功", "用户：{} 已注销！
".format(account))
                    if os.path.exists(os.path.join("dataset", account)):
                        shutil.rmtree(os.path.join("dataset", account))
                    else:
                    QtWidgets.QMessageBox.about(self, "注销识别", "用户：{} 不存在！
".format(account))
                else:
                     QtWidgets.QMessageBox.critical(self, "注销失败", "账号不能为空！")
        # 关闭
        def closeEvent(self, event):
            """Generate 'question' dialog on clicking 'X' button in title bar.
            Reimplement the closeEvent() event handler to include a 'Question'
            dialog with options on how to proceed - Save, Close, Cancel buttons
            """
            reply = QMessageBox.question(
                self, "关闭程序",
                "确定退出程序？.",
                QMessageBox.Ok | QMessageBox.Cancel,
                QMessageBox.Ok)
            if reply == QMessageBox.Ok:
                app.quit()
            else:
                pass
        # 时间日期
        def clock(self):
            t = time.strftime('%Y-%m-%d %H:%M:%S')
            self.lcdNumber.display(t)
        # 打开摄像头
        def Open_cam_fc_start_thread(self):
            if self.Open_cam.text() == '开启摄像头':
                self.label.setText('相机启动中....')
                self.Open_cam.setText('关闭摄像头')
                # 开启 Qt 线程
                self.Open_cam_thread = WorkThread1()  # 类的实例化
                self.Open_cam_thread.start()  # 开启线程
                self.Open_cam_thread.signals.connect(self.SetPixmap)  # 信号连接槽函
数
            else:
                # 停止线程
```

```
                self.Open_cam_thread.stop()
                self.Open_cam.setText('开启摄像头')
                # 关闭摄像头后恢复其他功能键
                self.label.clear()
        # 显示图像
        def SetPixmap(self, Pixmap):
            if Pixmap == '':
                self.label.clear()
            else:
                self.label.setPixmap(Pixmap)
    # 登录界面class MyLogin(QDialog, Ui_Dialog):
        def __init__(self):
            super(MyLogin, self).__init__()
            self.setupUi(self)
            self.setWindowTitle('用户登录')# 注册界面 class MyRegister(QDialog,
Ui_Dialog):
        def __init__(self):
            super(MyRegister, self).__init__()
            self.setupUi(self)
            self.setWindowTitle('用户注册')# 注销界面 class MySignOut(QDialog,
Ui_Dialog):
        def __init__(self):
            super(MySignOut, self).__init__()
            self.setupUi(self)
            self.setWindowTitle('用户注销')
            self.lineEdit_2.setVisible(False)
            with open('data/usrdata.json', 'r') as f:
                data = json.load(f)
            text = ''
            usr_count = 0
            for usr in data['Usr'].keys():
                usr_count += 1
                text += ' {' + usr + '} '
            text = '共有{}个用户'.format(usr_count) + text
            self.label_2.setText('用户列表')
            self.label_2.setStyleSheet('background: yellow')
            self.label_2.setToolTip(text)

    if __name__ == '__main__':
        # QApplication.setAttribute(QtCore.Qt.AA_EnableHighDpiScaling)
        app = QApplication(sys.argv)
        MainWindow = MyWindow()
        # 全屏显示
        # MainWindow.showFullScreen()
        MainWindow.show()
        sys.exit(app.exec())
```

第 3 步：程序运行

程序运行界面如图 14-38 所示。

图 14-38　程序运行界面

任务 16　门禁系统设计

一、任务描述

使用人脸识别模块和道闸模块模拟真实的门禁系统，能搭建更新用户的人脸数据用于识别，识别成功开启门禁。其他功能还有超声波测距、体温测量、语音播报等。

二、任务分析

本次任务涉及的传感器有摄像头、红外温度传感器、超声波传感器、舵机。系统硬件模块组合，如图 14-39 所示。

图 14-39　系统硬件模块组合

1. 摄像头 AX-8562-V1(38X38)

分辨率 200 万，1280×720 (MJPG 30 fps)，视场角 FOV：D54°，像素大小 3μm×3μm，USB 接口免驱动，焦距可调整，工作电压为 5V，使用时直接将其接到板子上即可，通过 OpenCV 来获取图像。

2. 红外温度传感器 MLX90614

MLX90614 集成了由迈来芯开发和生产的两款芯片：

- 红外热电堆传感器 MLX81101。
- 信号处理专用集成芯片 MLX90302，专门用于处理红外传感器输出信号。

器件采用工业标准 TO-39 封装，由于集成了低噪声放大器、17 位模数转换器和强大的数字信号处理芯片 MLX90302，使得高精度和高分辨度的温度计得以实现。计算所得物体温度和环境温度存储在 MLX90302 的 RAM 单元，温度分辨率为 0.01 ℃，并可通过两线 SMBus 兼容协议接口（0.02℃ 分辨率）或是 10 位 PWM（脉宽调制）输出模式输出。MLX90614 出厂校准的温度范围为：环境温度−40～125 ℃，物体温度−70～382.2 ℃。传感器测量的温度为视场里所有物体温度的平均值。MLX90614 室温下的标准精度为±0.5ºC。医疗应用版本的传感器可在人体温度范围内达到±0.1ºC 的精度。MLX90614 接线原理图，如图 14-40 所示。

使用龙芯教育派上的 I2C 接口来获取温度数据，通过其器件手册可知：

- 器件地址：0X5a。
- 环境温度 Ta 地址：0X06。
- 物体温度 To 地址：0X07。

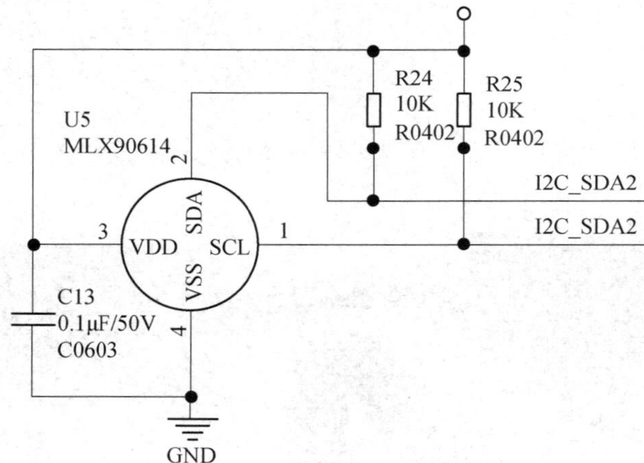

图 14-40　MLX90614 接线原理图

3. 超声波传感器 CS100A

超声波接线原理图如图 14-41 所示。

超声波测距模块测量范围为 2～400cm，测距精度可达 3mm。其基本工作原理如下：

- 采用 I/O 口 TRIG 触发测距，触发脉冲最小为 10μs 的高电平信号。
- 模块自动发送 8 个 40kHz 的方波，自动检测是否有信号返回。

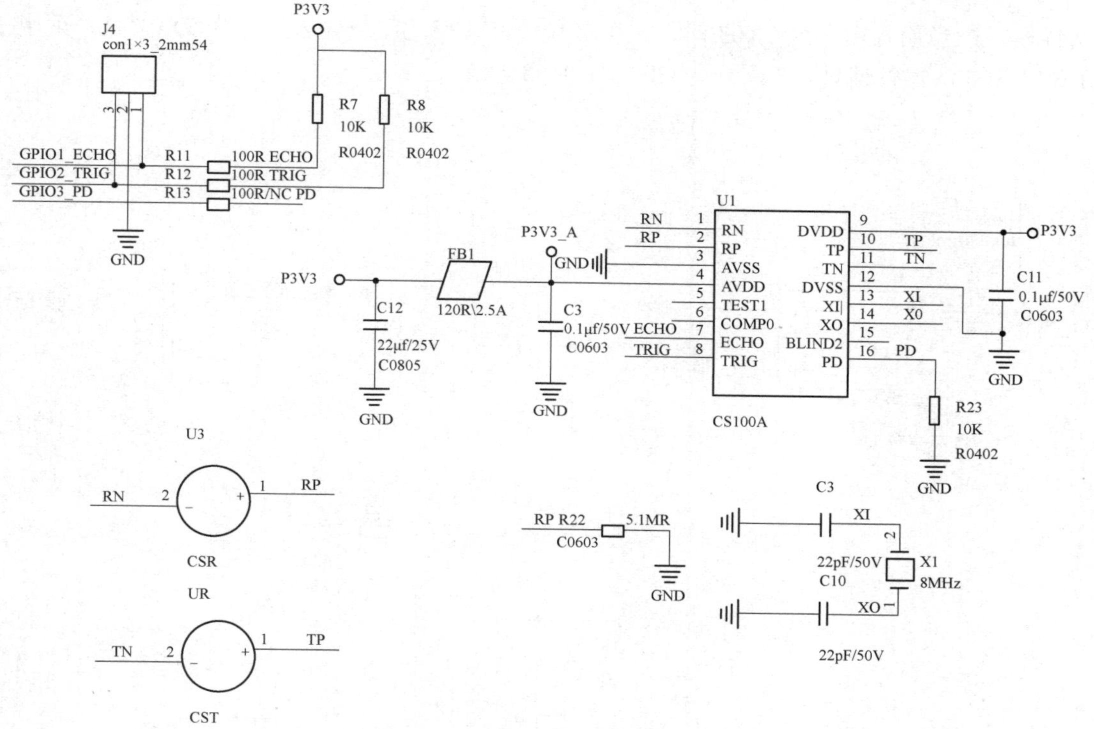

图 14-41　超声波接线原理图

● 当测量距离超过测量范围时，仍会通过 ECHO 引脚输出高电平的信号，高电平的宽度约为 33ms。

● 有信号返回，通过 I/O 口 ECHO 输出一个高电平，高电平持续的时间就是超声波从发射到返回的时间。测试距离=（高电平时间×声速）/2。

● 超声波时序图如图 14-42 所示。

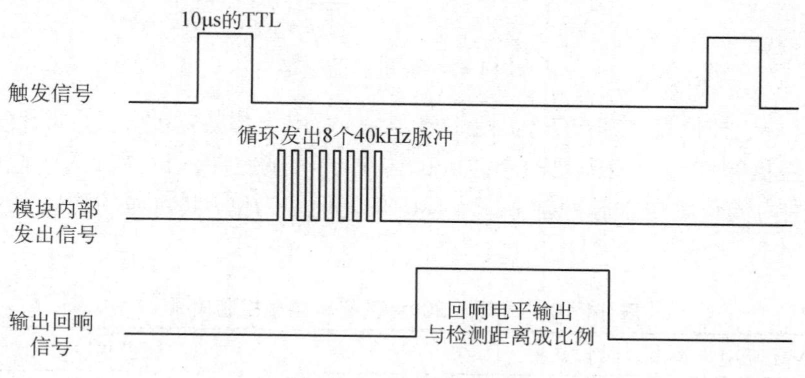

图 14-42　超声波时序

4. 舵机模块

舵机驱动电路采用 1 片 GP7101 芯片输出 PWM 驱动 FS90 舵机，根据输出的 PWM 占空比，控制舵机的偏转角度，其驱动电路如图 14-43 所示。

GP7101 是一个 I2C 信号转 PWM 信号转换器。该芯片可以将 I2C 协议输入的数据线性转换成占空比为 0%到 100%的 PWM 信号，并且占空比的线性误差小于 0.5%。该芯片产生 PWM

有两种模式：当输入指令为 0X03 时，采用 8 位 PWM 模式；当输入指令为 0X02 时，采用 16 位 PWM 模式。器件地址（7 位）为 GP7101:0x58。

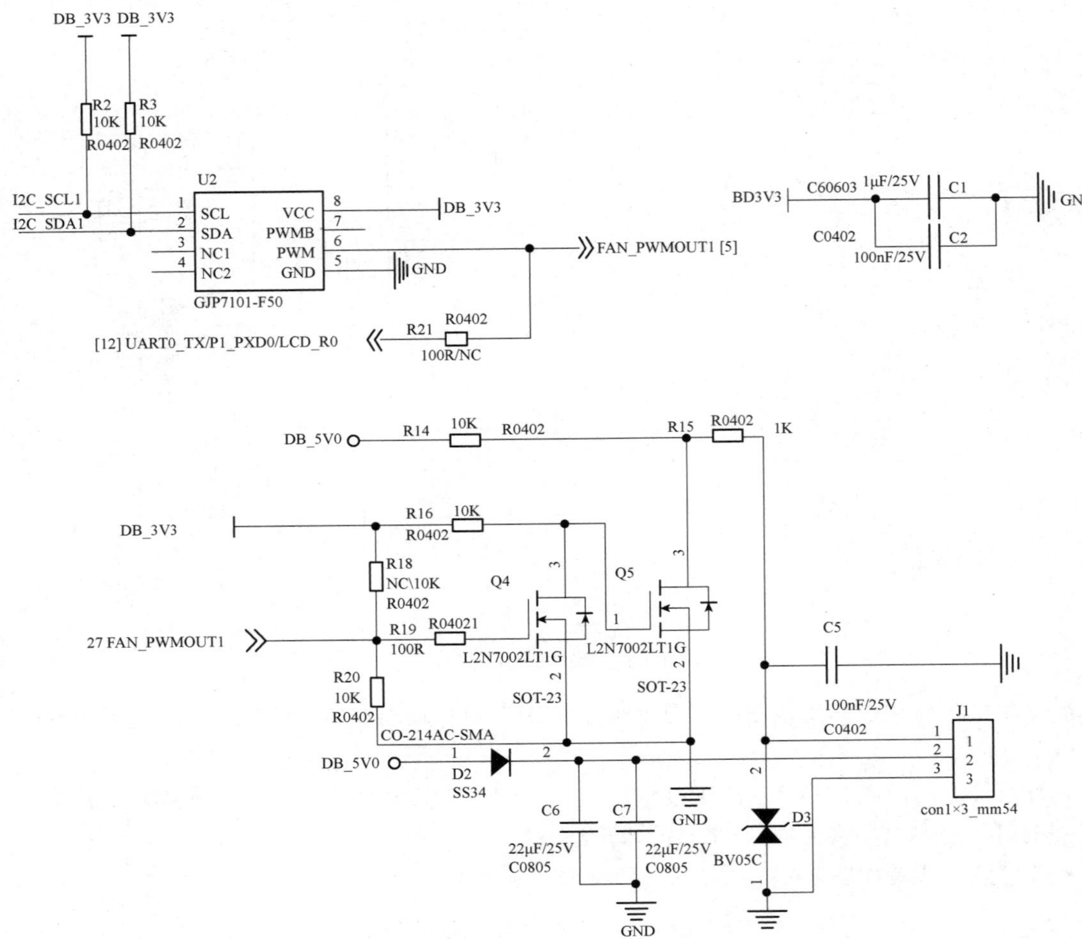

图 14-43　舵机驱动电路

FS90 舵机是一种位置（角度）伺服的驱动器，适用于那些需要角度不断变化并可以保持的控制系统。舵机的控制一般需要一个 20ms 左右的时基脉冲，该脉冲的高电平部分一般为 0.5～2.5ms 范围内的角度控制脉冲部分。以 180°角度伺服为例，其对应的控制关系，如表 14-10 所示。

表 14-10　周期为 20ms 的舵机角度控制关系

PWM 高电平宽度（时长）	舵机角度
0.5ms	0°
1.0ms	45°
1.5ms	90°
2.0ms	135°
2.5ms	180°

三、任务实施

第 1 步：软件框架设计

软件部分总共分为三个部分：传感器、Qt 界面设计、OpenCV 人脸识别相关程序。

- 传感器：温度、超声波、舵机控制，将其集成编译成 SO 文件以供主程序调用。
- Qt 界面：使用 Qt 设计一个可视化界面，具有一些简单的用户操作，如用户登录、添加用户、训练模型等按键。
- OpenCV 人脸识别：通过 OpenCV 进行人脸检测，通过训练的模型来识别身份，识别成功则打开门禁，并语音播报体温。

整个项目的目录结构如 14-44 所示。

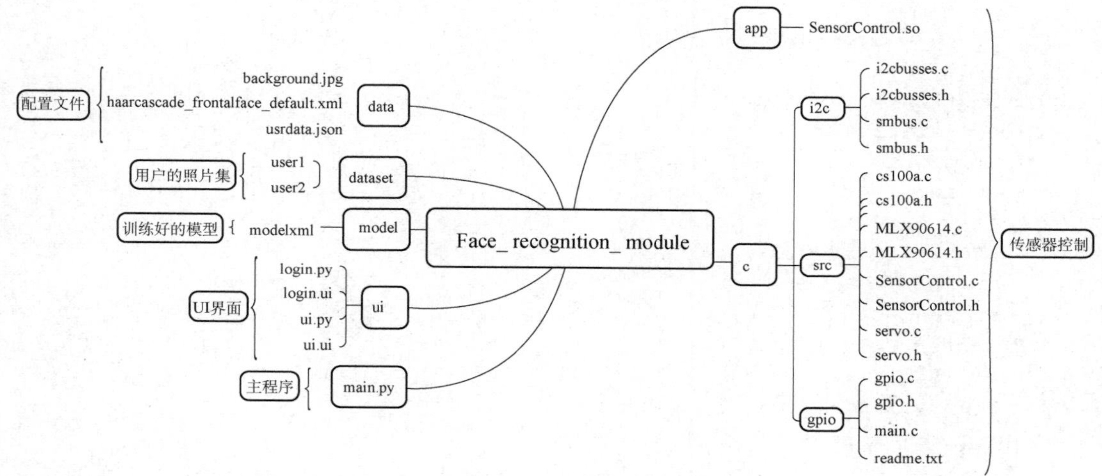

图 14-44　程序目录结构

第 2 步：编写传感器数据采集程序

gpio 和 i2c 文件夹内的 4 个文件与之前传感器模块的相同，直接复制过来即可。src 文件夹放置各个传感器的 c 文件。

1. 超声波传感器程序

在 TRIG 引脚输入一个 10μs 以上的高电平（一般建议 50μs 左右），芯片（TP、TN 引脚）便可发出 8 个 40kHz 的超声波脉冲，然后（RP，RN）检测回波信号。当检测到回波信号后，通过 ECHO 引脚输出。

```
//cs100a.h
#ifndef _CS100A_H
#define _CS100A_H
#define TRIG 2
#define ECHO 1
#define DIR_OUT 1
#define DIR_IN 0
void CS100A_IO_Config(void);
int CS100A_Get_Dist(void);
#endif // _CS100A_H
```

```
//cs100a.c
#include "cs100a.h"
#include "../gpio.h"
#include <sys/time.h>
#include <stdbool.h>
#include <stdio.h>
void CS100A_IO_Config(void){
    gpio_init();
    gpio_enable(TRIG, DIR_OUT);
    gpio_enable(ECHO, DIR_IN);
    gpio_write(TRIG, 0);
}
int CS100A_Get_Dist(void) {
    int dist_100;
    float cnt,distance;
    bool start = false;
    struct timeval start_time , end_time;
    gpio_write(TRIG,1);
    delay_us(20);
    gpio_write(TRIG,0);
     int i = 0;
    while (i<33000)
//33ms over time
{   if (!start)
{   if(gpio_read(ECHO)==1)
{   gettimeofday(&start_time,NULL);
start = true;
}
}
delay_us(1);
if (start)
{     if(gpio_read(ECHO)==0)
{     gettimeofday(&end_time,NULL);
      start =.false;
      break;
}
}
i++;
}
cnt = (end_time.tv_usec - start_time.tv_usec);
cnt = cnt/1000;   distance =34 * cnt / 2;
dist_100 = distance*100;
return dist_100;
}
```

2. 红外温度传感器程序

用红外温度传感器的数据分为环境温度和人体温度，需要通过环境温度来修正人体温度才能得到准确的数值。

```
//MLX90614.h
#ifndef _MLX90614_H
#define _MLX90614_H
```

```
#include<stdint.h>
//MLX90614 地址
#define MLX90614_DEVICE_ADDR  0x5A
//I2C
#define I2C 0void
MLX90614_init(void);
int MLX90614_GET();
float getTempbody(float ta,float tf);
#endif // _MLX90614_H

//MLX90614.c
#include <stdio.h>
#include "../i2c/smbus.h"
#include "../i2c/i2cbusses.h"
#include "../gpio.h"
#include "MLX90614.h"
int file;//初始化
void MLX90614_init(void)
{    char filename[20];
     int ID[4];    //打开 I2C
     file = open_i2c_dev(I2C, filename, sizeof(filename), 0);
     delay_us(100);
}
int MLX90614_GET()
{    float Ta_d;
     float To_d;
     float tbody = 0;
     int tbody_100 = 0;
     short To, Ta;
     char datal, datah;
     set_slave_addr(file, MLX90614_DEVICE_ADDR, 1);
     delay_us(100);
     Ta = i2c_smbus_read_word_data(file, 0x06);
     delay_us(100);
     To = i2c_smbus_read_word_data(file, 0x07);
     delay_us(100);
     Ta_d = Ta * 0.02 - 273.15;
     To_d = To * 0.02 - 273.15;
     tbody = getTempbody(Ta_d ,To_d);
     tbody_100 = tbody*100;
     return tbody_100;
}
/******************************************************************** ** 函数
名： getTempbody ** 函数功能： 额温转体温算法 ** 形参： 无 ** 返回值： 计算的体温 ** 说
明： *****************************************************************/
float getTempbody(float ta,float tf)//迈来芯额温转体温算法
{    //ta 为芯片内部温度，tf 为额温，tbody 为体温
float tbody = 0;
float tf_low,tf_high = 0;
float TA_LEVEL = 25;
//判断界限，环境温度
if(ta <= TA_LEVEL)//环境温度小于或等于 25 度
{    tf_low  = 32.66 + 0.186 * (ta - TA_LEVEL);
     tf_high = 34.84 + 0.148 * (ta - TA_LEVEL);
}
else//环境温度大于 25 度
{    tf_low  = 32.66 + 0.086 * (ta - TA_LEVEL);
     tf_high = 34.84 + 0.1 * (ta - TA_LEVEL);
```

```
}
//先计算出tf_low和tf_high,再通过tf_low和tf_high计算出tbody
if(tf_low <= tf && tf <= tf_high)
{     tbody = 36.3 + 0.5 / (tf_high - tf_low) * (tf - tf_low);
}
else if(tf > tf_high)//额温大于tf_high
{     tbody = 36.8 + (0.029321 + 0.002364 * ta) * (tf - tf_high);
}
else if(tf < tf_low)//额温小于tf_low
{    tbody = 36.3 + (0.551658 + 0.021525 * ta) * (tf - tf_low);
}
return tbody;//返回获得的体温
}
```

3.舵机控制程序

控制舵机的偏转角度，将脉冲值转换成角度表示。

```
//servo.h
#ifndef _SERVO_H
#define _SERVO_H
void SERVO_init(void);
void FS90_Set_PWM(unsigned short brightpercent);
void Set_SERVO_OPEN();
void Set_SERVO_CLOSE();
#define WR_8BIT_CMD             0x03
#define WR_16BIT_CMD            0X02
#define GP7101_ADDRESS          0x58
#define GP7101_BAUDRATE         1000000
#define I2C 0
#define GPIO7_LED_GRN 7
#define GPIO60_LED_GRN 60
#define GPIO9_BUZ1 9
#endif // _SERVO_H
-------//servo.c
#include "servo.h"
#include "../gpio.h"
#include <stdio.h>
#include "../i2c/smbus.h"
#include "../i2c/i2cbusses.h"
/***********************************************************************************
************** ** 函 数 功 能 ： 初 始 化 GP7101 ** 参 数 ： 无 ** 说 明 ：
***********************************************************************************
********/int file;
void SERVO_init(void)
{    gpio_init();
     gpio_enable(GPIO7_LED_GRN, 1);
     gpio_enable(GPIO60_LED_GRN, 1);
     gpio_enable(GPIO9_BUZ1, 1);
     char filename[20];
//打开I2C
     file = open_i2c_dev(I2C, filename, sizeof(filename), 0);
     delay_us(10);     //设置器件地址
     set_slave_addr(file, GP7101_ADDRESS, 1);
     delay_us(10);
     Set_SERVO_CLOSE();
}
//脉冲宽度范围 500～1500～2500us -- 0.5～1.5～2.5ms -->1638～8192 -->16 位
```

```
//8350 -- 4720 -- 1680
    /***************************************************************************
************* ** 函数功能：控制舵机的偏转角度 ** 参数：unsigned char brightpercent：填入的数值为：0 ～ 120 ** 说明：周期 20ms        FS90 偏转角度 0～120 度        脉冲宽度范围 900～1500～2100us -- 0.9～2.1ms -->2949～6881 -->16 位        0 刻度的数值--6650        90 刻度的数值 --4915        120 刻度的数值--2940****************************************************************************
**************/
    void FS90_Set_PWM(unsigned short brightpercent)
    {    unsigned char data[3] = {0};
         unsigned short brightness = brightpercent;
         if (brightpercent >= 140)
        {    brightness = 2880-(brightpercent-140) * 30;
    //每减 30，指针偏转一度
    }
        else
    {     brightness = 8350-brightpercent*40;
    //每减 40，指针偏转一度
    }
         set_slave_addr(file, GP7101_ADDRESS, 1);
         delay_us(100);    //16 位 PWM 模式
         data[0] = WR_16BIT_CMD;    //数据    data[1] = brightness;
         data[2] = brightness >> 8;
         short DATA = data[1] | (data[2] << 8);
         i2c_smbus_write_word_data(file, 0x02, brightness);
    }
    void Set_SERVO_OPEN()
    {    FS90_Set_PWM(90);
         gpio_write(GPIO7_LED_GRN, 0);
         gpio_write(GPIO60_LED_GRN, 1);
         gpio_write(GPIO9_BUZ1,1);
    }
    void Set_SERVO_CLOSE()
    {    FS90_Set_PWM(0);
         gpio_write(GPIO7_LED_GRN, 1);
         gpio_write(GPIO60_LED_GRN, 0);
         gpio_write(GPIO9_BUZ1,0);
    }
```

4. 控制接口文件

将所有传感器接口集成为一个 API 方便调用。

```
    //SensorControl.h
    #ifndef _SensorControl_H
    #define _SensorControl_H
    void Sensor_init();
    int Sensor_Control(int sw);
    #endif // _SensorControl_H
--------------------------------------------------------------------------------
    //SensorControl.c
    #include <stdio.h>
    #include <stdlib.h>
    #include <unistd.h>
    #include <pthread.h>
    #include <stdbool.h>
    #include "cs100a.h"
    #include "servo.h"
```

```
#include "MLX90614.h"
#include "../i2c/smbus.h"
#include "../i2c/i2cbusses.h"
int Sensor_Control(int sw)
{int dist,to;
if(sw == 1)
{    dist = CS100A_Get_Dist();
     return dist;
}
else if(sw == 2)
{    Set_SERVO_OPEN();
     return 2;
}
else if(sw == 3)
{    Set_SERVO_CLOSE();
     return 3;
}
else if(sw == 4)
{    to = MLX90614_GET();
     return to;
}
}
void Sensor_init()
{    SERVO_init();
     CS100A_IO_Config();
     MLX90614_init();
}
```

第 3 步：测试传感器程序

以上文件准备好后，可先编译一个 main 程序运行一下是否能正常获取数据。

```
//main.c
#include <stdio.h>
#include <stdlib.h>
#include <unistd.h>
#include <pthread.h>
#include <stdbool.h>
#include "src/SensorControl.h"
int main()
{Sensor_init();
while(1)
{    int sw = 0;
     scanf("%d",&sw);
     Sensor_Control(sw);
}
}
```

在 c 目录下编译指令：

```
gcc -o main main.c gpio.c i2c/*.c src/*.c -lpthread -lm
```

运行后可以在命令行输入不同的指令获取温度、距离，控制舵机开关。

第 4 步：编译 SO 文件

在 src 目录下执行编制指令：

```
gcc -fPIC -c SensorControl.c *.c ../gpio.c ../i2c/*.c -lpthread -lm
```

该指令会生产各个以.o 为后缀的文件，之后再输入：

```
gcc -shared -o SensorControl.so *.o
```

最终会生成一个 SensorControl.so 文件，这个 so 文件就是用来给主程序调用传感器的，将其复制到 app 文件夹内。

第 5 步：界面设计

界面沿用用户管理系统的 UI，添加模型训练部分的按键，具体实现如图 14-45、图 14-46 和图 14-47 所示。

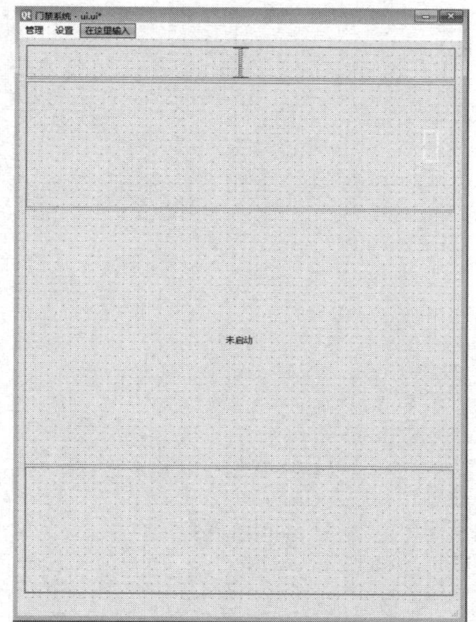

图 14-45　主窗体

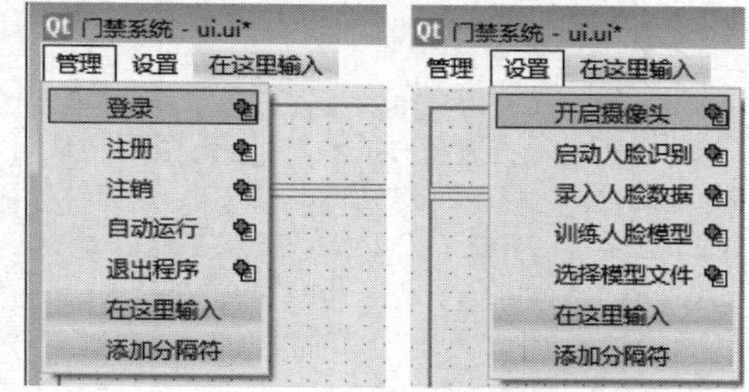

图 14-46　按键

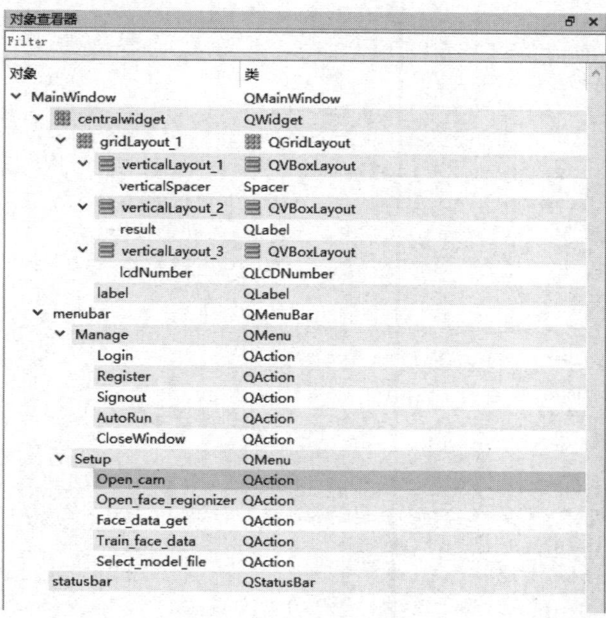

图 14-47　界面控件

完成后保存，使用 PyUIC 工具将 UI 文件转换成 py 文件。

生成的 py 文件如下：

```
    # ui.py
    from PyQt5 import QtCore, QtGui, QtWidgets
    class Ui_MainWindow(object):
        def setupUi(self, MainWindow):
            MainWindow.setObjectName("MainWindow")
            MainWindow.resize(820, 1018)
            MainWindow.setStyleSheet("")
            self.centralwidget = QtWidgets.QWidget(MainWindow)

self.centralwidget.setStyleSheet("border-image:url(./data/background.jpg)")
            self.centralwidget.setObjectName("centralwidget")
            self.gridLayout = QtWidgets.QGridLayout(self.centralwidget)
            self.gridLayout.setObjectName("gridLayout")
            self.gridLayout_1 = QtWidgets.QGridLayout()
            self.gridLayout_1.setObjectName("gridLayout_1")
            self.verticalLayout_1 = QtWidgets.QVBoxLayout()
            self.verticalLayout_1.setObjectName("verticalLayout_1")
            spacerItem          =          QtWidgets.QSpacerItem(20,          40,
QtWidgets.QSizePolicy.Minimum, QtWidgets.QSizePolicy.Expanding)
            self.verticalLayout_1.addItem(spacerItem)
            self.gridLayout_1.addLayout(self.verticalLayout_1, 0, 0, 1, 1)
            self.verticalLayout_2 = QtWidgets.QVBoxLayout()
            self.verticalLayout_2.setObjectName("verticalLayout_2")
            self.result = QtWidgets.QLabel(self.centralwidget)
            font = QtGui.QFont()
            font.setPointSize(40)
            self.result.setFont(font)
            self.result.setAutoFillBackground(False)
            self.result.setStyleSheet("color: red;border-image:url()")
            self.result.setText("")
            self.result.setAlignment(QtCore.Qt.AlignCenter)
            self.result.setObjectName("result")
            self.verticalLayout_2.addWidget(self.result)
            self.gridLayout_1.addLayout(self.verticalLayout_2, 3, 0, 1, 1)
            self.label = QtWidgets.QLabel(self.centralwidget)
            sizePolicy  =  QtWidgets.QSizePolicy(QtWidgets.QSizePolicy.Preferred,
QtWidgets.QSizePolicy.Preferred)
            sizePolicy.setHorizontalStretch(0)
            sizePolicy.setVerticalStretch(0)

sizePolicy.setHeightForWidth(self.label.sizePolicy().hasHeightForWidth())
            self.label.setSizePolicy(sizePolicy)
            self.label.setMinimumSize(QtCore.QSize(60, 80))
            self.label.setMaximumSize(QtCore.QSize(1280, 960))
            self.label.setSizeIncrement(QtCore.QSize(0, 0))
            self.label.setLayoutDirection(QtCore.Qt.LeftToRight)
            self.label.setAutoFillBackground(False)
            self.label.setStyleSheet("border-image:url()")
            self.label.setScaledContents(True)
```

```
        self.label.setAlignment(QtCore.Qt.AlignCenter)
        self.label.setObjectName("label")
        self.gridLayout_1.addWidget(self.label, 2, 0, 1, 1)
        self.verticalLayout_3 = QtWidgets.QVBoxLayout()
        self.verticalLayout_3.setObjectName("verticalLayout_3")
        self.lcdNumber = QtWidgets.QLCDNumber(self.centralwidget)
        font = QtGui.QFont()
        font.setPointSize(8)
        self.lcdNumber.setFont(font)
        self.lcdNumber.setStyleSheet("border-image:url();color:
yellow;border:none;")
        self.lcdNumber.setDigitCount(20)
        self.lcdNumber.setSegmentStyle(QtWidgets.QLCDNumber.Flat)
        self.lcdNumber.setObjectName("lcdNumber")
        self.verticalLayout_3.addWidget(self.lcdNumber)
        self.gridLayout_1.addLayout(self.verticalLayout_3, 1, 0, 1, 1)
        self.gridLayout_1.setRowStretch(0, 1)
        self.gridLayout_1.setRowStretch(1, 4)
        self.gridLayout_1.setRowStretch(2, 8)
        self.gridLayout_1.setRowStretch(3, 4)
        self.gridLayout.addLayout(self.gridLayout_1, 0, 0, 1, 1)
        MainWindow.setCentralWidget(self.centralwidget)
        self.menubar = QtWidgets.QMenuBar(MainWindow)
        self.menubar.setGeometry(QtCore.QRect(0, 0, 820, 26))
        self.menubar.setObjectName("menubar")
        self.Setup = QtWidgets.QMenu(self.menubar)
        self.Setup.setObjectName("Setup")
        self.Manage = QtWidgets.QMenu(self.menubar)
        self.Manage.setObjectName("Manage")
        MainWindow.setMenuBar(self.menubar)
        self.statusbar = QtWidgets.QStatusBar(MainWindow)
        self.statusbar.setObjectName("statusbar")
        MainWindow.setStatusBar(self.statusbar)
        self.Open_cam = QtWidgets.QAction(MainWindow)
        self.Open_cam.setObjectName("Open_cam")
        self.Open_face_regionizer = QtWidgets.QAction(MainWindow)
        self.Open_face_regionizer.setObjectName("Open_face_regionizer")
        self.Face_data_get = QtWidgets.QAction(MainWindow)
        self.Face_data_get.setObjectName("Face_data_get")
        self.Train_face_data = QtWidgets.QAction(MainWindow)
        self.Train_face_data.setObjectName("Train_face_data")
        self.Login = QtWidgets.QAction(MainWindow)
        self.Login.setObjectName("Login")
        self.Register = QtWidgets.QAction(MainWindow)
        self.Register.setObjectName("Register")
        self.Signout = QtWidgets.QAction(MainWindow)
        self.Signout.setObjectName("Signout")
        self.CloseWindow = QtWidgets.QAction(MainWindow)
        self.CloseWindow.setObjectName("CloseWindow")
        self.AutoRun = QtWidgets.QAction(MainWindow)
        self.AutoRun.setObjectName("AutoRun")
        # self.Select_model_file = QtWidgets.QAction(MainWindow)
        # self.Select_model_file.setObjectName("Select_model_file")
```

```
        self.Setup.addAction(self.Open_cam)
        self.Setup.addAction(self.Open_face_regionizer)
        self.Setup.addAction(self.Face_data_get)
        self.Setup.addAction(self.Train_face_data)
        # self.Setup.addAction(self.Select_model_file)
        self.Manage.addAction(self.Login)
        self.Manage.addAction(self.Register)
        self.Manage.addAction(self.Signout)
        self.Manage.addAction(self.AutoRun)
        self.Manage.addAction(self.CloseWindow)
        self.menubar.addAction(self.Manage.menuAction())
        self.menubar.addAction(self.Setup.menuAction())
        self.retranslateUi(MainWindow)
        QtCore.QMetaObject.connectSlotsByName(MainWindow)

    def retranslateUi(self, MainWindow):
        _translate = QtCore.QCoreApplication.translate
        MainWindow.setWindowTitle(_translate("MainWindow", "门禁系统"))
        self.label.setText(_translate("MainWindow", "未启动"))
        self.Setup.setTitle(_translate("MainWindow", "设置"))
        self.Manage.setTitle(_translate("MainWindow", "管理"))
        self.Open_cam.setText(_translate("MainWindow", "开启摄像头"))
        self.Open_face_regionizer.setText(_translate("MainWindow", "启动人脸识
别"))
        self.Face_data_get.setText(_translate("MainWindow", "录入人脸数据"))
        self.Train_face_data.setText(_translate("MainWindow", "训练人脸模型"))
        self.Login.setText(_translate("MainWindow", "登录"))
        self.Register.setText(_translate("MainWindow", "注册"))
        self.Signout.setText(_translate("MainWindow", "注销"))
        self.CloseWindow.setText(_translate("MainWindow", "退出程序"))
        self.AutoRun.setText(_translate("MainWindow", "自动运行"))
        # self.Select_model_file.setText(_translate("MainWindow", "选择模型文件
"))
```

登录界面 login，如图 14-48 所示，控件对象如图 14-49 所示。

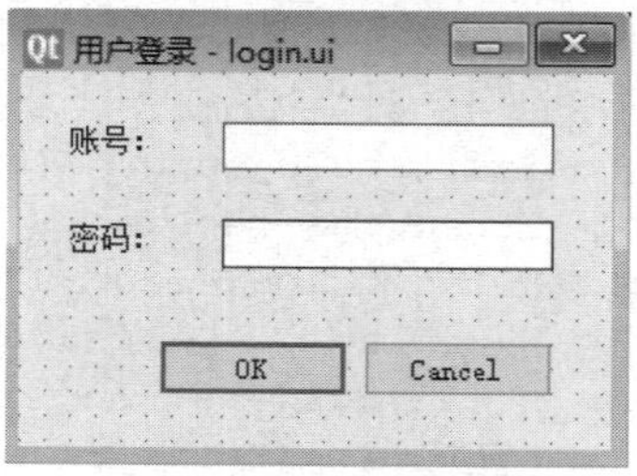

图 14-48　登录界面 login

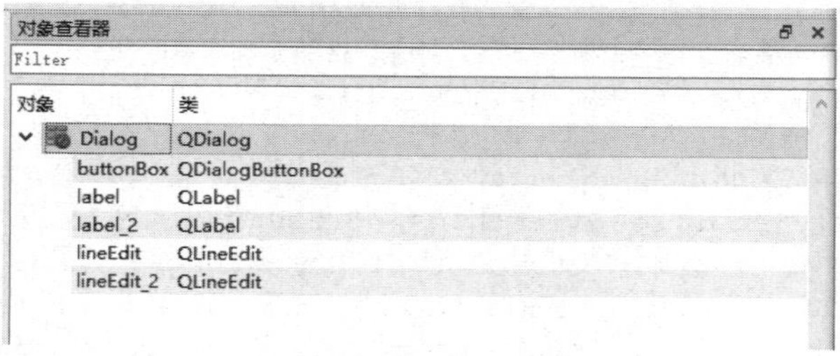

对象	类
Dialog	QDialog
buttonBox	QDialogButtonBox
label	QLabel
label_2	QLabel
lineEdit	QLineEdit
lineEdit_2	QLineEdit

图 14-49　控件对象

生成的 py 文件如下：

```
--------------------------------------------------------------------------------
    # login.py
    from PyQt5 import QtCore, QtGui, QtWidgets
    class Ui_Dialog(object):
    def setupUi(self, Dialog):
    Dialog.setObjectName("Dialog")
    Dialog.resize(234, 153)
    self.buttonBox = QtWidgets.QDialogButtonBox(Dialog)
    self.buttonBox.setGeometry(QtCore.QRect(-10, 100, 221, 41))
    self.buttonBox.setOrientation(QtCore.Qt.Horizontal)
    self.buttonBox.setStandardButtons(QtWidgets.QDialogButtonBox.Cancel|QtWidge
ts.QDialogButtonBox.Ok)
    self.buttonBox.setCenterButtons(False)
    self.buttonBox.setObjectName("buttonBox")
    self.label = QtWidgets.QLabel(Dialog)
    self.label.setGeometry(QtCore.QRect(20, 20, 68, 15))
    self.label.setObjectName("label")
    self.label_2 = QtWidgets.QLabel(Dialog)
    self.label_2.setGeometry(QtCore.QRect(20, 60, 68, 15))
    self.label_2.setObjectName("label_2")
    self.lineEdit = QtWidgets.QLineEdit(Dialog)
    self.lineEdit.setGeometry(QtCore.QRect(80, 20, 131, 20))
    self.lineEdit.setObjectName("lineEdit")
    self.lineEdit_2 = QtWidgets.QLineEdit(Dialog)
    self.lineEdit_2.setGeometry(QtCore.QRect(80, 60, 131, 20))
    self.lineEdit_2.setEchoMode(QtWidgets.QLineEdit.Password)
    self.lineEdit_2.setObjectName("lineEdit_2")
    self.retranslateUi(Dialog)
    self.buttonBox.rejected.connect(Dialog.reject)
    self.buttonBox.accepted.connect(Dialog.accept)
    QtCore.QMetaObject.connectSlotsByName(Dialog)
    def retranslateUi(self, Dialog):
    _translate = QtCore.QCoreApplication.translate
    Dialog.setWindowTitle(_translate("Dialog", "用户登录"))
    self.label.setText(_translate("Dialog", "账号："))
    self.label_2.setText(_translate("Dialog", "密码："))
--------------------------------------------------------------------------------
```

第 6 步：编写主程序

编辑好界面后，建立一个 main.py 主程序调用界面文件和传感器控制文件，添加界面的逻辑代码：

```
--------------------------------# main.py---------------------------------------
    import os
    import threading
    from ctypes import cdll
    import cv2
    import sys
    import time
    import datetime
    import json
```

```
    import numpy as np
    from PyQt5.QtWidgets import *
    from PyQt5.QtCore import QThread, pyqtSignal, QTimer
    from PyQt5.QtGui import QImage, QPixmap
    from ui.ui import *
    from ui.login import *
    import subprocess
    import shutil
    import pyttsx3
    import io
    # import sys# sudo apt-get install espeak
    sys.stdout = io.TextIOWrapper(sys.stdout.buffer, encoding='utf-8')# 加载人脸识
别参数文件
    face_cascade = cv2.CascadeClassifier("./data/haarcascade_frontaLface_default.
xml")
    # 中文语音播报def say_zh(msg):
        engine = pyttsx3.init()
        engine.setProperty('voice', 'zh')
        engine.setProperty('rate', 180)
        engine.say(msg)
        engine.runAndWait()
        chinese_num_dict = {'0': '零', '1': '一', '2': '二', '3': '三', '4': '四',
'5': '五', '6': '六', '7': '七', '8': '八', '9': '九','.': '点'}
    # 数字转换汉字def to_zh(num):
        num_int = int(num * 100)
        chinese_num = ""
        num_int = str(num_int)
        if len(num_int) == 4:
            if num_int[0] != '1':
                chinese_num = chinese_num_dict[num_int[0]] + " 十 " +
chinese_num_dict[num_int[1]] + " 点 " + chinese_num_dict[num_int[2]] +
chinese_num_dict[num_int[3]] + "度"
            else:
                chinese_num = " 十 " + chinese_num_dict[num_int[1]] + " 点 " +
chinese_num_dict[num_int[2]] + chinese_num_dict[num_int[3]] + "度"
        elif len(num_int) == 3:
            chinese_num = chinese_num_dict[num_int[0]] + " 点 " +
chinese_num_dict[num_int[1]] + chinese_num_dict[num_int[2]] + "度"
        else:
            return "温度测量错误"
        return "体温" + chinese_num
   class State(object):
        def __init__(self):
            # 初始化开始时间
            self.init_time = time.time()
            # 多久抽取一张照片识别
            self.interval = 2
            # 前一个人名字
            self.before = None
            # 现在识别到的名字
            self.after_name = None
            # 距离，测量间隔
            self.distance = 1000
```

```
        self.temperature = 0
class Horn_Sensor(object):
    def __init__(self):
        self.init_time = time.time()
        self.flag = False
user_state = State()
user_horn_sensor = Horn_Sensor()
# 初始化全局变量class GlobalVariable():
    # 参数保存字典
    global_var = {}
    # 线程锁确保多线程读取安全
    # lock = threading.RLock()
    # 初始化参数
    def init(self):
        now_time = datetime.datetime.now()
        self.global_var = {
            'login_Admin': False,
            'login_Usr': False,
            'login_time': now_time,
            'Usr_name': 'unkonw',
            'label_isWrok': False,
        }
    # 设置参数
    def set_var(self, name, value):
        # 加锁
        # self.lock.acquire()
        try:
            self.global_var[name] = value
        finally:
            # 释放
            # self.lock.release()
            pass
    # 获取参数
    def get_var(self, name):
        try: # 加锁
            # self.lock.acquire()
            return self.global_var[name]
        finally:
            # 释放
            # self.lock.release()
            pass
global_variable = GlobalVariable()
global_variable.init()
# 打开摄像头class WorkThread1(QThread):
    signals = pyqtSignal(object)  # 定义信号对象
    def __init__(self): # 向线程中传递参数，以便在run方法中使用
        super(WorkThread1, self).__init__()
        self.isWork = True
    def run(self): # 重写run方法
        cam = cv2.VideoCapture(0)
        while cam.isOpened() and self.isWork:
            try:
                ret, img = cam.read()
```

```
                if ret:
                    img = cv2.cvtColor(img, cv2.COLOR_BGR2RGB)
                    img    =    QImage(img.data,    img.shape[1],    img.shape[0],
QImage.Format_RGB888)
                    pixmap = QPixmap.fromImage(img)
                    if self.isWork:
                        self.signals.emit(pixmap)  # 发射信号
                    else:
                        cam.release()
            except:
                continue
    def stop(self):
        self.isWork = False
# 人脸识别class WorkThread2(QThread):
    signals = pyqtSignal(object)  # 定义信号对象
    def __init__(self, face_model_filename):  # 向线程中传递参数，以便在 run 方法中
使用
        super(WorkThread2, self).__init__()
        self.isWork = True
        self.face_model_fileName = face_model_filename
    def run(self):  # 重写 run 方法
        names = os.listdir('./dataset')
        # 创建识别模型，使用 EigenFace 算法识别，Confidence 评分低于 4000 时表示可靠
        # model = cv2.face.EigenFaceRecognizer_create()
        # 创建识别模型，使用 LBPHFace 算法识别，Confidence 评分低于 50 时表示可靠
        # model = cv2.face.LBPHFaceRecognizer_create()
        # 创建识别模型，使用 FisherFace 算法识别，Confidence 评分低于 4000 时表示可靠
        model = cv2.face.FisherFaceRecognizer_create()
        # 加载模型参数
        model.read(self.face_model_fileName)
        # 打开本地摄像头
        cam = cv2.VideoCapture(0)
        # 加载 Haar 级联数据文件，用于检测人面
        face_cascade                                                          =
cv2.CascadeClassifier('data/haarcascade_frontalface_default.xml')
        while cam.isOpened() and self.isWork:
            # 检测摄像头的人面
            try:
                ret, img = cam.read()
                if ret:
                    faces = face_cascade.detectMultiScale(img, 1.3, 5)
                    # 将检测的人面进行识别处理
                    for (x, y, w, h) in faces:
                        # 画出人面所在位置并灰度处理
                        img = cv2.rectangle(img, (x, y), (x + w, y + h), (255, 0,
0), 2)
                        gray = cv2.cvtColor(img, cv2.COLOR_BGR2GRAY)
                        roi = gray[x:x + w, y:y + h]
                        # 将检测的人面缩放 200*200 大小，用于识别
                        # cv2.INTER_LINEAR 是图片变换方式，其余变换方式如下：
                        # INTER_NN - 最近邻插值。
                        # INTER_LINEAR - 双线性插值(缺省使用)
                        # INTER_AREA - 使用象素关系重采样。当图像缩小时候，该方法可以避
```

```
免波纹出现。
                    # INTER_CUBIC - 立方插值。
                    roi      =      cv2.resize(roi,      (200,      200),
interpolation=cv2.INTER_LINEAR)
                    # 检测的人面与模型进行匹配识别
                    params = model.predict(roi)
                    #  print("Label:  %s,  Confidence:  %.2f"  %  (params[0],
params[1]))
                    # 将识别结果显示在摄像头上
                    # cv2.FONT_HERSHEY_SIMPLEX 定义字体
                    # cv2.putText 参数：图像，内容，坐标，字体，大小，颜色，字体厚度
                    score = params[1] / 4000
                    if score > 1:
                        score = 1
                    if score > 0.6:
                        text = names[params[0]] + ' score:%.3f' % (score)
                        # print("text= ", text)
                    else:
                        text = 'UnKnow'
                    cv2.putText(img,    text,    (x,    y    -    20),
cv2.FONT_HERSHEY_SIMPLEX, 1,
   (0, 0, 255), 2)
                img = cv2.cvtColor(img, cv2.COLOR_BGR2RGB)
                img   =   QImage(img.data,   img.shape[1],   img.shape[0],
QImage.Format_RGB888)
                pixmap = QPixmap.fromImage(img)
                if self.isWork:
                    self.signals.emit(pixmap)  # 发射信号，内容为需要传递的数据
                else:
                    cam.release()
            except:
                img = cv2.cvtColor(img, cv2.COLOR_BGR2RGB)
                img   =   QImage(img.data,   img.shape[1],   img.shape[0],
QImage.Format_RGB888)
                pixmap = QPixmap.fromImage(img)
                if self.isWork:
                    self.signals.emit(pixmap)  # 发射信号，str 类型数据，内容为需要传
递的数据
                else:
                    cam.release()
                continue
    def stop(self):
        self.isWork = False
# 录制人脸数据 class WorkThread3(QThread):
    signals_img = pyqtSignal(object)  # 定义信号对象,传递图片,
    signals_result = pyqtSignal(str)  # 定义信号对象,传递处理结果,
    def __init__(self, face_data_name):  # 向线程中传递参数，以便在 run 方法中使用
        super(WorkThread3, self).__init__()
        self.isWork = True
        self.startTime = datetime.datetime.now()
        self.seconds = 0
        self.face_data_name = face_data_name
        if not os.path.exists('./dataset/' + face_data_name):
```

```
            os.mkdir('./dataset/' + face_data_name)
    def run(self):  # 重写 run 方法
        # 打开本地摄像头
        cam = cv2.VideoCapture(0)
        # 加载 Haar 级联数据文件，用于检测人面
        face_cascade                                                        =
cv2.CascadeClassifier('data/haarcascade_frontalface_default.xml')
        count = 0
        init_time = time.time()
        while cam.isOpened() and self.isWork:
            # 倒数 5 秒开始录制人脸
            if self.seconds <= 5:
                end_time = datetime.datetime.now()
                self.seconds = (end_time - self.startTime).seconds
            # 保存 20 张后退出
            if count >= 20:
                self.signals_img.emit('')
                self.signals_result.emit('model done')
                break
            try:
                ret, img = cam.read()
                if ret:
                    # 转换成灰度图
                    gray = cv2.cvtColor(img, cv2.COLOR_BGR2GRAY)
                    # ROI 区域
                    x_min = int(img.shape[1] * 0.2)
                    y_min = int(img.shape[0] * 0.15)
                    x_max = int(img.shape[1] * 0.8)
                    y_max = int(img.shape[0] * 0.85)
                    # 获取圆的圆心和半径
                    cir_center = (int(img.shape[1] / 2),
   int(img.shape[0] / 2))  # (h, w) -> (x, y)
                    cir_radius = int(img.shape[0] / 2.5)
                    # 画圆形 ROI 区域
                    img = cv2.circle(img, cir_center, cir_radius, (0, 255, 0), 3)
                    # 查找人脸
                    faces = face_cascade.detectMultiScale(gray, 1.3, 5)
                    if len(faces) > 0:
                        # 取第一个结果
                        x, y, w, h = faces[0]
                        if x > x_min and y > y_min and x < x_max and y < y_max:
                            # 画出面部位置
                            img = cv2.rectangle(img, (x, y), (x + w, y + h), (0, 0,
255), 2)
                            # 根据人脸的位置截取图片并调整截取后的图片大小
                            gray_roi = cv2.resize(gray[y:y + h, x:x + w], (200, 200),
interpolation=cv2.INTER_LINEAR)
                            if self.seconds > 5:
                                if time.time() - init_time > 0.6:
                                    # 保存图片
                                    count += 1
                                    self.signals_result.emit('保存第{}张图片，还剩{}
张'.format(count, 20 - count))
```

```
                                    save_path        =        os.path.join('dataset',
self.face_data_name, str(count) + '.jpg')
                                    cv2.imwrite(save_path, gray_roi)
                                    init_time = time.time()
                            else:
                                self.signals_result.emit('{}秒后开始录入'.format(5
- self.seconds))
                        else:
                            self.signals_result.emit('超出范围！')
                    else:
                        self.signals_result.emit('未检测到人脸！')
                    # 将图片转成 QImage,发送给界面显示
                    img = cv2.cvtColor(img, cv2.COLOR_BGR2RGB)
                    img    =    QImage(img.data,    img.shape[1],    img.shape[0],
QImage.Format_RGB888)
                    pixmap = QPixmap.fromImage(img)
                    if self.isWork:
                        self.signals_img.emit(pixmap)  # 发射信号
                    else:
                        self.signals_img.emit('')
                        self.signals_result.emit('')
            except:
                img = cv2.cvtColor(img, cv2.COLOR_BGR2RGB)
                img     =     QImage(img.data,     img.shape[1],     img.shape[0],
QImage.Format_RGB888)
                pixmap = QPixmap.fromImage(img)
                if self.isWork:
                    self.signals_img.emit(pixmap)  # 发射信号
                else:
                    cam.release()
                continue
    def stop(self):
        self.isWork = False
  # 训练人脸数据 class WorkThread4(QThread):
    signals_result = pyqtSignal(str)
    def __init__(self):  # 向线程中传递参数，以便在 run 方法中使用
        super(WorkThread4, self).__init__()
        self.isWork = True
    def run(self):  # 重写 run 方法
        # 获取人脸名字，以文件夹命名，无用的文件夹要删除掉！
        names = os.listdir('./dataset')
        [X, y] = self.read_images('./dataset')
        # 创建识别模型，使用 EigenFace 算法识别，Confidence 评分低于 4000 是可靠
        # model = cv2.face.EigenFaceRecognizer_create()
        # 创建识别模型，使用 LBPHFace 算法识别，Confidence 评分低于 50 是可靠
        # model = cv2.face.LBPHFaceRecognizer_create()
        # 创建识别模型，使用 FisherFace 算法识别，Confidence 评分低于 4000 是可靠
        model = cv2.face.FisherFaceRecognizer_create()
        # # 训练模型
        # train 函数参数：images, labels，两参数必须为 np.array 格式，而且 labels 的值
必须为整型
        self.signals_result.emit('模型训练中，请勿操作')
        model.train(np.array(X), np.array(y))
```

```
        # 保存模型
        model.save("./model/model.xml")
        self.signals_result.emit('model done')
        self.signals_result.emit("模型训练完成")
    # 加载人脸图片
    def read_images(self, path, sz=None):
        """Reads the images in a given folder, resizes images on the fly if size
is given.
        Args:
            path: 人面数据所在的文件路径
            sz: 图片尺寸设置
        Returns:
            A list [X,y]
                X: 图片信息
                y: 图片的读取顺序
        """
        c = 0
        x, y = [], []
        for dirname, dirnames, filenames in os.walk(path):
            for subdirname in dirnames:
                subject_path = os.path.join(dirname, subdirname)
                for filename in os.listdir(subject_path):
                    filepath = os.path.join(subject_path, filename)
                    im = cv2.imread(filepath, cv2.IMREAD_GRAYSCALE)
                    if (sz is not None):
                        im = cv2.resize(im, sz)
                    x.append(np.asarray(im, dtype=np.uint8))
                    y.append(c)
                c = c + 1
        return [x, y]
# 自动运行class AutoWorkTread(QThread):
    signals_img = pyqtSignal(object)  # 定义信号对象,传递图片,
    signals_result = pyqtSignal(str)  # 定义信号对象,传递识别结果,
    def __init__(self):  # 向线程中传递参数，以便在run方法中使用
        super(AutoWorkTread, self).__init__()
        self.isWork = True
        self.wait_time = 100  # 扫描人脸等待时间
        self.names = os.listdir('./dataset')
        self.startTime = datetime.datetime.now()
        self.dll = cdll.LoadLibrary('app/SensorControl.so')
    def run(self):  # 重写run方法
        # 设定相机
        cam = cv2.VideoCapture(0)
        # 人脸识别
        face_cascade                                                          =
cv2.CascadeClassifier('data/haarcascade_frontalface_default.xml')
        # 人脸匹配
        model = cv2.face.FisherFaceRecognizer_create()
        # 加载模型参数
        with open('data/usrdata.json', 'r') as f:
            data = json.load(f)
        face_model_filename = data['Setup']['model_path']
        model.read(face_model_filename)
```

```
            # 设置有识别人脸时间
            start_time_1 = time.time()
            # 初始化传感器
            self.dll.Sensor_init()
            while cam.isOpened() and self.isWork:
                try:
                    ret, img = cam.read()
                    if ret:
                        # 转换成灰度图
                        gray = cv2.cvtColor(img, cv2.COLOR_BGR2GRAY)
                        # ROI 区域
                        x_min = int(img.shape[1] * 0.2)
                        y_min = int(img.shape[0] * 0.15)
                        x_max = int(img.shape[1] * 0.8)
                        y_max = int(img.shape[0] * 0.85)
                        # gray_roi = gray[x_min:x_max, y_min:y_max]
                        # 显示 ROI 区域
                        # img = cv2.rectangle(img,(x_min,y_min),(x_max,y_max),(255,
0, 0), 2)
                        # 获取圆的圆心和半径
                        cir_center = (int(img.shape[1] / 2),
      int(img.shape[0] / 2))  # (h, w) -> (x, y)
                        cir_radius = int(img.shape[0] / 2.5)
                        # 画圆形 ROI 区域
                        img = cv2.circle(img, cir_center, cir_radius, (0, 255, 0), 3)
                        user_info = ['超出检测范围！', '无法识别身份！', '距离太近，请站远
点！',
     '距离太远，请靠近点！', None]
                        def identify_face():
                            self.dll.Sensor_Control(3)
                            # 超声波距离
                            distance = self.dll.Sensor_Control(1) / 100
                            # 体温
                            user_state.temperature = self.dll.Sensor_Control(4) / 100
                            try:
                                # 查找人脸
                                faces = face_cascade.detectMultiScale(gray, 1.3, 5)
                                if len(faces) > 0:
                                    x, y, w, h = faces[0]
                                    if x < x_min or y < y_min or x + w > x_max or y +
h > y_max:
                                        user_state.init_time = time.time()
                                        user_state.after_name = '超出检测范围！'
                                    else:
                                        user_state.init_time = time.time()
                                        gray_roi = cv2.resize(gray[y:y + h, x:x + w],
(200, 200),interpolation=cv2.INTER_LINEAR)
                                        # 人脸匹配，输出得分结果
                                        params = model.predict(gray_roi)
                                        score = params[1] / 4000
                                        if score > 1:
                                            score = 1
                                        if score > 0.6:
```

```
                                        user_state.after_name                                =
self.names[params[0]] + " " +
                                          str( user_state.temperature) + "度"
                                  else:
                                      user_state.after_name = '无法识别身份！'
                              if distance < 10:
                                  user_state.after_name = '距离太近，请站远点！'
                              elif distance > 120:
                                  user_state.after_name = '距离太远，请靠近点！'
                          else:
                              user_state.after_name = None
                      except KeyError:
                          user_state.after_name = None
                  if time.time() - start_time_1 > 4:
                      start_time_1 = time.time()
                      identify_face()
                      if user_state.after_name not in user_info:
                          say_str = to_zh(user_state.temperature)
                          t1 = threading.Thread(target=say_zh, args=(say_str,))
                          t1.start()
                          if user_state.temperature < 37.2:
                              self.dll.Sensor_Control(2)
                  if time.time() - user_state.init_time > 30:
                      self.signals_img.emit('')  # 发射信号
                      self.signals_result.emit('')
                  else:
                      img = cv2.cvtColor(img, cv2.COLOR_BGR2RGB)
                      img   =   QImage(img.data,   img.shape[1],   img.shape[0],
QImage.Format_RGB888)
                      pixmap = QPixmap.fromImage(img)
                      if self.isWork:
                          self.signals_img.emit(pixmap)  # 发射信号
                          self.signals_result.emit(user_state.after_name)
            except:
                continue
        # 退出关闭相机
        cam.release()
    # 停止函数
    def stop(self):
        self.isWork = False
# 登录界面class MyLogin(QDialog, Ui_Dialog):
    def __init__(self):
        super(MyLogin, self).__init__()
        self.setupUi(self)
        self.setWindowTitle('用户登录')
# 注册界面class MyRegister(QDialog, Ui_Dialog):
    def __init__(self):
        super(MyRegister, self).__init__()
        self.setupUi(self)
        self.setWindowTitle('用户注册')
# 注销界面class MySignOut(QDialog, Ui_Dialog):
    def __init__(self):
        super(MySignOut, self).__init__()
```

```
        self.setupUi(self)
        self.setWindowTitle('用户注销')
        self.lineEdit_2.setVisible(False)
        with open('data/usrdata.json', 'r') as f:
            data = json.load(f)
        text = ''
        usr_count = 0
        for usr in data['Usr'].keys():
            usr_count += 1
            text += ' {' + usr + '} '
        text = '共有{}个用户'.format(usr_count) + text
        self.label_2.setText('用户列表')
        self.label_2.setStyleSheet('background: yellow')
        self.label_2.setToolTip(text)
# 主界面class MyWindow(QMainWindow, Ui_MainWindow):
    def __init__(self):
        super(MyWindow, self).__init__()
        self.setupUi(self)
        '''菜单栏按键事件'''
        # 登录
        self.Login.triggered.connect(self.open_login_form)
        # 注册
        self.Register.triggered.connect(self.open_register_form)
        # 注销
        self.Signout.triggered.connect(self.open_signout_form)
        # 关闭程序
        self.CloseWindow.triggered.connect(self.closeEvent)
        # 打开自动运行
        self.AutoRun.triggered.connect(lambda: self.AotuRun_thread_start())
        # 打开摄像头
        self.Open_cam.triggered.connect(lambda:
self.Open_cam_fc_start_thread())
        # 打开人脸识别
        self.Open_face_regionizer.triggered.connect(lambda:
self.Open_face_regionizer_fc_start_thread())
        # 录制人脸数据
        self.Face_data_get.triggered.connect(lambda:
self.Face_data_get_fc_start_thread())
        # 选择模型文件
        # self.Select_model_file.triggered.connect(self.Select_model_file_fc)
        # 开始训练

self.Train_face_data.triggered.connect(self.Train_face_data_fc_start_thread)
        # 时间日期
        self.timer = QTimer()
        self.timer.start()
        self.timer.timeout.connect(self.clock)
        # 开机启动
        self.AutoRun.setText('停止运行')
        self.AotuRun_thread = AutoWorkTread()  # 类的实例化
        self.AotuRun_thread.start()  # 开启线程
        self.AotuRun_thread.signals_img.connect(self.SetPixmap)  #用来显示图片
        self.AotuRun_thread.signals_result.connect(self.SetResult)  #用来显示
```

```
结果
            self.Setup.setEnabled(False)  # 自动运行时屏蔽设置功能
            self.Register.setEnabled(False)
            self.Signout.setEnabled(False)
            self.AutoRun.setEnabled(False)
            self.CloseWindow.setEnabled(False)
        # 登录界面
        def open_login_form(self):
            if self.Login.text() == '登录':
                self.login_form = MyLogin()
                self.login_form.buttonBox.accepted.connect(self.login_fc)
                self.login_form.setWindowModality(QtCore.Qt.ApplicationModal)  #关
闭父界面
                self.login_form.exec_()
            else:
                self.Login.setText('登录')
                global_variable.set_var('login_Admin', False)
                global_variable.set_var('login_Usr', False)
                global_variable.set_var('Usr_name', 0)
                self.Register.setEnabled(False)
                self.Signout.setEnabled(False)
                self.AutoRun.setEnabled(False)
        def login_fc(self):
            # 账号密码便利用户数据库
            account = self.login_form.lineEdit.text()
            password = self.login_form.lineEdit_2.text()
            try:
                with open('data/usrdata.json', 'r') as f:
                    data = json.load(f)
                if data['Usr'][account] == password:
                    global_variable.set_var('Usr_name', account)
                    self.Login.setText('退出')
                    QtWidgets.QMessageBox.about(self, "提示", "用户：{} 登录成功！
".format(account))
                    if account == 'admin':
                        # 管理员登录，权限全开，能注册注销用户
                        global_variable.set_var('login_Admin', True)
                        self.Register.setEnabled(True)
                        self.Signout.setEnabled(True)
                        self.AutoRun.setEnabled(True)
                    else:
                        # 用户登录，可以录制人脸
                        global_variable.set_var('login_Usr', True)
                        self.AutoRun.setEnabled(True)
                else:
                    QtWidgets.QMessageBox.critical(self, "提示", "密码错误！")
            except:
                QtWidgets.QMessageBox.critical(self, "提示", "登录失败！")
        # 注册界面
        def open_register_form(self):
            self.register_form = MyRegister()
            self.register_form.buttonBox.accepted.connect(self.register_fc)
            self.register_form.setWindowModality(QtCore.Qt.ApplicationModal)
```

```
        self.register_form.exec_()
    def register_fc(self):
        # 账号密码便利用户数据库
        account = self.register_form.lineEdit.text()
        password = self.register_form.lineEdit_2.text()
        if len(account) > 0 and len(password) > 0:
            with open('data/usrdata.json', 'r') as f:
                data = json.load(f)
            if account in data['Usr']:
                QtWidgets.QMessageBox.critical(self, "注册失败", "该用户已存在！")
            else:
                data['Usr'][account] = password
                data_json = json.dumps(data)
                with open('data/usrdata.json', 'w') as w:
                    w.write(data_json)
                QtWidgets.QMessageBox.about(self, "注册成功", "用户：{} 已注册！
".format(account))
        else:
            QtWidgets.QMessageBox.critical(self, "注册失败", "账号密码不能为空！")
    # 注销界面
    def open_signout_form(self):
        self.signout_form = MySignOut()
        self.signout_form.buttonBox.accepted.connect(self.signout_fc)
        self.signout_form.setWindowModality(QtCore.Qt.ApplicationModal)  # 该
模式下，只有该dialog关闭，才可以关闭父界面
        self.signout_form.exec_()
    def signout_fc(self):
        # 账号密码便利用户数据库
        account = self.signout_form.lineEdit.text()
        if len(account) > 0:
            with open('data/usrdata.json', 'r') as f:
                data = json.load(f)
            if account in data['Usr']:
                data['Usr'].pop(account)
                data_json = json.dumps(data)
                with open('data/usrdata.json', 'w') as w:
                    w.write(data_json)
                QtWidgets.QMessageBox.about(self, "注销成功", "用户：{} 已注销！
".format(account))
                if os.path.exists(os.path.join("dataset", account)):
                    shutil.rmtree(os.path.join("dataset", account))
            else:
                QtWidgets.QMessageBox.about(self, "注销识别", "用户：{} 不存在！
".format(account))
        else:
            QtWidgets.QMessageBox.critical(self, "注销失败", "账号不能为空！")
    # 关闭
    def closeEvent(self, event):
        """Generate 'question' dialog on clicking 'X' button in title bar.
        Reimplement the closeEvent() event handler to include a 'Question'
        dialog with options on how to proceed - Save, Close, Cancel buttons
        """
        reply = QMessageBox.question(
```

```
            self, "关闭程序",
            "确定退出程序？.",
            QMessageBox.Ok | QMessageBox.Cancel,
            QMessageBox.Ok)
        if reply == QMessageBox.Ok:
            app.quit()
        else:
            pass
    # 时间日期
    def clock(self):
        t = time.strftime('%Y-%m-%d %H:%M:%S')
        self.lcdNumber.display(t)
    # 显示图像
    def SetPixmap(self, Pixmap):
        if Pixmap == '':
            # if self.label.isVisible():
            #     self.label.setVisible(False)
            self.label.clear()
        else:
            # if self.label.isVisible() == False:
            #     self.label.setVisible(True)
            self.label.setPixmap(Pixmap)
    # 显示结果
    def SetResult(self, Result):
        if Result == 'model done':
            # 模型训练完毕后恢复按键
            self.result.setText('')
            self.Face_data_get.setText('录入人脸数据')
            self.Manage.setEnabled(True)
            self.Setup.setEnabled(True)
            self.Open_cam.setEnabled(True)
            self.Open_face_regionizer.setEnabled(True)
            self.Train_face_data.setEnabled(True)
        else:
            # 正常显示
            self.result.setText(Result)
    # 自动运行
    def AotuRun_thread_start(self):
        if self.AutoRun.text() == '自动运行':
            self.AutoRun.setText('停止运行')
            self.AotuRun_thread = AutoWorkTread()  # 类的实例化
            self.AotuRun_thread.start()  # 开启线程
            self.AotuRun_thread.signals_img.connect(self.SetPixmap)  #用来显示
图片
            self.AotuRun_thread.signals_result.connect(self.SetResult)  #用来
显示结果
            # 自动运行时屏蔽设置功能和除登录以外的所有案件
            self.Setup.setEnabled(False)
            self.Register.setEnabled(False)
            self.Signout.setEnabled(False)
            self.CloseWindow.setEnabled(False)
        else:
            self.AotuRun_thread.stop()  # 停止线程
```

```
            self.AutoRun.setText('自动运行')
            # 停止运行后恢复按键
            self.Setup.setEnabled(True)
            self.Login.setEnabled(True)
            self.Signout.setEnabled(True)
            self.CloseWindow.setEnabled(True)
            self.label.clear()
    # 打开摄像头
    def Open_cam_fc_start_thread(self):
        if self.Open_cam.text() == '开启摄像头':
            self.label.setText('相机启动中....')
            self.Open_cam.setText('关闭摄像头')
            # 开启 QT 线程
            self.Open_cam_thread = WorkThread1()  # 类的实例化
            self.Open_cam_thread.start()  # 开启线程
            self.Open_cam_thread.signals.connect(self.SetPixmap)  # 信号连接槽函
数
            # 启动摄像头后屏蔽其他功能键
            self.Open_face_regionizer.setEnabled(False)
            self.Face_data_get.setEnabled(False)
            self.Train_face_data.setEnabled(False)
        else:
            # 停止线程
            self.Open_cam_thread.stop()
            self.Open_cam.setText('开启摄像头')
            self.Open_cam_thread_isWork = False
            # 关闭摄像头后恢复其他功能键
            self.Open_face_regionizer.setEnabled(True)
            self.Face_data_get.setEnabled(True)
            self.Train_face_data.setEnabled(True)
            self.label.clear()
    # 打开人脸识别
    def Open_face_regionizer_fc_start_thread(self):
        if self.Open_face_regionizer.text() == '启动人脸识别':
            with open('data/usrdata.json', 'r') as f:
                data = json.load(f)
            face_model_fileName = data['Setup']['model_path']
            self.label.setText('人脸模型启动中....')
            self.Open_face_regionizer.setText('关闭人脸识别')
            # 开启 Qt 线程
            self.Open_face_regionizer_thread                              =
WorkThread2(face_model_fileName)
            self.Open_face_regionizer_thread.start()
            self.Open_face_regionizer_thread.signals.connect(self.SetPixmap)
            # 启动后屏蔽其他功能键
            self.Open_cam.setEnabled(False)
            self.Face_data_get.setEnabled(False)
            self.Train_face_data.setEnabled(False)
        else:
```

```
                self.Open_face_regionizer_thread.stop()
                self.Open_face_regionizer.setText('启动人脸识别')
                # 关闭后恢复其他功能键
                self.Open_cam.setEnabled(True)
                self.Face_data_get.setEnabled(True)
                self.Train_face_data.setEnabled(True)
                self.label.clear()
        # 录制人脸数据
        def Face_data_get_fc_start_thread(self):
            if self.Face_data_get.text() == '录入人脸数据':
                self.Face_data_get.setText('停止录入数据')
                face_data_name, ok_pressed = QtWidgets.QInputDialog.getText(self, "
录入人脸", "请输入人脸名字",QtWidgets.QLineEdit.Normal, "")
                if ok_pressed and face_data_name != '':
                    # 开启 Qt 线程
                    self.Face_data_get_thread = WorkThread3(face_data_name)
                    self.Face_data_get_thread.start()
                    self.Face_data_get_thread.signals_img.connect(self.SetPixmap)

self.Face_data_get_thread.signals_result.connect(self.SetResult)
                    # 启动后屏蔽其他功能键
                    self.Open_cam.setEnabled(False)
                    self.Open_face_regionizer.setEnabled(False)
                    self.Train_face_data.setEnabled(False)
            else:
                self.Face_data_get_thread.stop()
                self.Face_data_get.setText('录入人脸数据')
                # 关闭后恢复其他功能键
                self.Open_cam.setEnabled(True)
                self.Open_face_regionizer.setEnabled(True)
                self.Train_face_data.setEnabled(True)
                self.label.clear()
        # 训练人脸模型
        def Train_face_data_fc_start_thread(self):
            # 开启 QT 线程
            self.Train_face_data_thread = WorkThread4()
            self.Train_face_data_thread.start()
            self.Train_face_data_thread.signals_result.connect(self.SetResult)
            # 屏蔽所有按键
            self.Manage.setEnabled(False)
            self.Setup.setEnabled(False)
        # 错误信息显示
        def show_message(self):
            QtWidgets.QMessageBox.critical(self, "错误", "模型类型错误，请重新选择")
    if __name__ == '__main__':
        # QApplication.setAttribute(QtCore.Qt.AA_EnableHighDpiScaling)
        app = QApplication(sys.argv)
        MainWindow = MyWindow()
        # 全屏显示
```

```
    # MainWindow.showFullScreen()
    MainWindow.show()
    sys.exit(app.exec())
```

第 7 步：程序运行

通过命令行运行 main.py 文件，即可打开图像化界面，待机时显示背景图片。当检测到人脸时会显示摄像头实时画面，超声波模块检测距离是否过近或者过远，识别成功则界面显示用户名字与体温，同时语音播报体温。可以通过相关设置来注册用户人脸数据，对加入的人脸重新进行训练。

注意：在首次运行时没有训练好的模型是无法正常启动的，所以要先将开机自动运行的部分注释掉，需要进行人脸采集（至少一人）、模型的训练，训练好模型后才能正常运行，如图 14-50 所示。

```
self.timer.start()
self.timer.timeout.connect(self.clock)
# 开机启动
'''
self.AutoRun.setText('停止运行')
self.AotuRun_thread = AutoWorkTread()  # 类的实例化
self.AotuRun_thread.start()  # 开启线程
self.AotuRun_thread.signals_img.connect(self.SetPixmap)  # 信号连接槽函数,用来显示图片
self.AotuRun_thread.signals_result.connect(self.SetResult)  # 信号连接槽函数,用来显示结果
self.Setup.setEnabled(False)  # 自动运行时屏蔽设置功能
self.Register.setEnabled(False)
self.Signout.setEnabled(False)
self.AutoRun.setEnabled(False)
self.CloseWindow.setEnabled(False)
'''
```

图 14-50　注释相应代码

第 8 步：输入人脸名字

输入人脸名字，单击“OK”按钮后倒数 5 秒开始录制人脸，如图 14-51 所示。

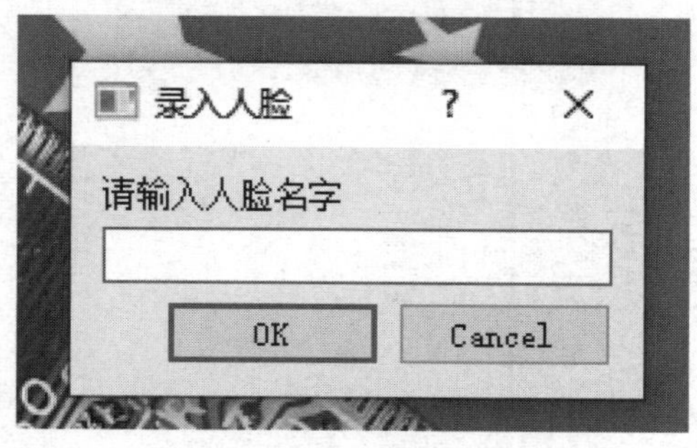

图 14-51　输入名字

第 9 步：图片训练

单击训练模型等待模型训练完毕。完成后关闭软件，将注释的代码恢复，重新运行。程序运行效果，如图 14-52 所示。

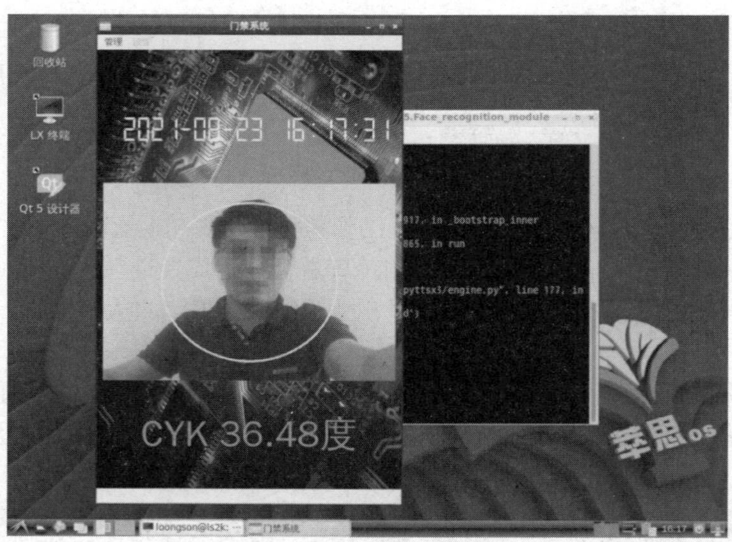

图 14-52　程序运行效果

第 15 章　龙芯 2K OpenCV 应用开发

15.1　OpenCV 简介

OpenCV 是一个基于 BSD 许可（开源）发行的跨平台计算机视觉和机器学习软件库，可以运行在 Linux、Windows、Android 和 mac OS 操作系统上。它由一系列 C 函数和少量 C++ 类构成，同时提供了 Python、Ruby、MATLAB 等语言的接口，实现了图像处理和计算机视觉方面的很多通用算法。

OpenCV 提供的视觉处理算法非常丰富，并且它部分以 C 语言编写，加上其开源的特性，不需要添加新的外部支持也可以完整地编译链接生成执行程序，所以很多人用它来做算法的移植。OpenCV 的代码经过适当改写可以正常地运行在 DSP 系统和 ARM 嵌入式系统中。

OpenCV 可以用 C++语言编写，它的主要接口采用的也是 C++语言，但是依然保留了大量的 C 语言接口。该库也有大量的 Python、Java and MATLAB/OCTAVE（版本 2.5）的接口。这些语言的 API 接口函数可以通过在线文档获得。如今它还提供对于 C#、Ch、Ruby 的支持。

OpenCV 可以在 Windows、Android、Maemo、FreeBSD、OpenBSD、iOS，Linux 和 mac OS 等平台上都可以运行。使用者可以在 SourceForge 获得官方版本，或者从 SVN 获得开发版本。

OpenCV 应用于人机互动、物体识别、图像分割、人脸识别、动作识别、运动跟踪、机器人、运动分析、机器视觉、结构分析、汽车安全驾驶等领域。

15.2　OpenCV 安装

1. 更新系统

```
sudo apt-get update
sudo apt-get upgrade
```

2. 安装需要的编译工具

```
sudo apt-get install build-essential cmake pkg-config
```

3. 安装相应的依赖包

```
sudo apt-get install libjpeg8-dev libtiff5-dev libjasper-dev libpng12-dev
sudo apt-get install libavcodec-dev libavformat-dev libswscale-dev libv4l-dev
sudo apt-get install libxvidcore-dev libx264-dev
sudo apt-get install libgtk-3-dev
sudo apt-get install libatlas-base-dev gfortran
```

4. 在 GitHub 的 OpenCV 项目主页下载需要的版本，注意 contrib 的版本和 OpenCV 的版本要一致

OpenCV 源码下载地址：

```
https://github.com/opencv/opencv/releases
```

contrib 源码下载地址：

```
https://github.com/opencv/opencv_contrib/releases
```

5. 下载好 OpenCV 的源码压缩包以后，将其解压，然后进入到刚才解压的文件夹中，生成 cmake 配置

```
cmake -D CMAKE_BUILD_TYPE=RELEASE -D CMAKE_INSTALL_PREFIX=/usr/local -D
INSTALL_PYTHON_EXAMPLES=ON -D INSTALL_C_EXAMPLES=OFF -D
OPENCV_EXTRA_MODULES_PATH=/home/loongson/opencv_contrib-4.5.3/modules -D
PYTHON_EXECUTABLE=/usr/bin/python3.7 -D WITH_TBB=ON -D
BUILD_NEW_PYTHON_SUPPORT=ON -D BUILD_EXAMPLES=OFF -D WITH_V4L=ON -D WITH_QT=ON ..
```

6. 完成 cmake 的配置后，用 make 指令进行编译

```
make
```

7. make 完成后进行安装

```
sudo make install
```

15.3 OpenCV 快速入门

15.3.1 显示图像

1. 读取图像

使用 cv.imread()函数读取图像，其第一个参数是图像路径，第二个参数是一个标志，用于指定读取图像的方式。

cv.IMREAD_COLOR：加载彩色图像。任何图像的透明度都会被忽视。它是默认标志。

cv.IMREAD_GRAYSCALE：以灰度模式加载图像。

cv.IMREAD_UNCHANGED：加载图像，包括 alpha 通道。

注意，除了这三个标志，可以分别简单地传递整数 1、0 或−1。请参见下面的代码：

```
import numpy as np
import cv2 as cv
# 加载彩色灰度图像
img = cv.imread('img.jpg', 0)
```

即使图像路径错误，它也不会引发任何错误，但是 printf(img)会给出 None。

2. 显示图像

可以使用函数 cv.imshow()在窗口中显示图像，窗口会自动适合图像尺寸。第一个参数是窗口名称，它是一个字符串。第二个参数是我们的对象，可以根据需要创建任意多个窗口，但必须使用不同的窗口名称。

```
cv.imshow('image', img)
cv.waitKey(0)
cv.destroyAllWindows()
```

窗口的屏幕截图如图 15-1 所示。

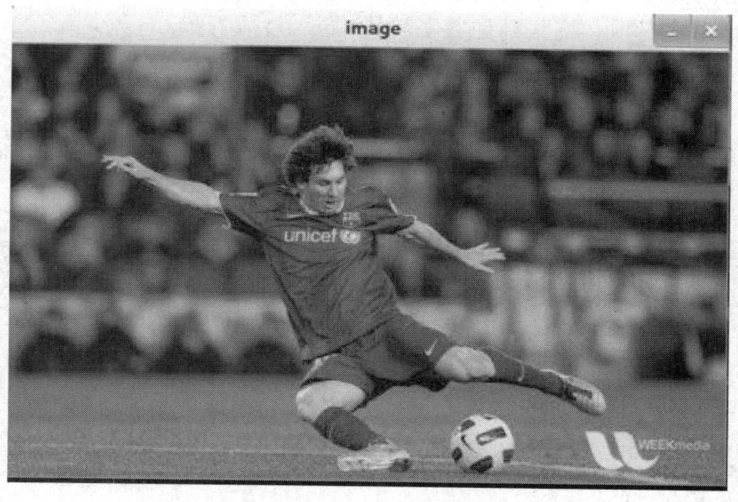

图 15-1 窗口的屏幕截图

cv.waitKey()是一个键盘绑定函数。其参数是以毫秒为单位的时间。该函数等待任何键盘事件指定的毫秒数。如果在这段时间内按下任何键，程序将继续运行。如果参数为 0，它将无限期地等待一次敲击键。它也可以设置为检测特定的按键，如按下键 A 等。

注意：除了键盘绑定事件外，此功能还处理许多其他 GUI 事件，因此必须使用它来显示实际图像。

使用 cv.destroyAllWindows()会关闭我们创建的所有窗口。cv.destroyWindow()在其中传递确切的窗口名称作为参数。

注意：在特殊情况下，可以创建一个空窗口，然后再将图像加载到该窗口。在这种情况下，可以指定窗口是否可调整大小。这是通过功能 cv.namedWindow()完成的。在默认情况下，该标志为 cv.WINDOW_AUTOSIZE。但是，如果将标志指定为 cv.WINDOW_NORMAL，则可以调整窗口大小。当图像尺寸过大及向窗口添加跟踪栏时，这将很有帮助。请参见下面的代码：

```
cv.namedWindow('image', cv.WINDOW_NORMAL)
cv.imshow('image', img)
cv.waitKey(0)
cv.destroyAllWindows()
```

3. 写入图像

使用函数 cv.imwrite()保存图像。其第一个参数为要保存的文件名，第二个参数为数据流。

```
import cv2 as cv
# 加载彩色灰度图像
img = cv.imread('img.jpg', 0)
cv.namedWindow('image', cv.WINDOW_NORMAL)
cv.imshow('image', img)
cv.waitKey(0)cv.destroyAllWindows()
```

15.3.2 实时视频

1. 读取摄像头

通常情况下，我们必须用摄像机捕捉实时画面。OpenCV 提供了一个非常简单的界面。让我们从摄像头捕捉一段视频，将其转换成灰度视频并显示出来。这只是一个简单的开始任务。

要捕获视频，需要创建一个 VideoCapture 对象。它的参数可以是设备索引或视频文件的名称。设备索引就是指定哪个摄像头的数字，正常情况下只有一个摄像头，所以简单地传 0（或−1）。可以通过传递 1 来选择第二个相机，依此类推，在此之后，可以逐帧捕获。最后，记住不要忘记释放。

```
---------------------------------------------------------------------------
import numpy as np
import cv2 as cv
cap = cv.VideoCapture(0)
if not cap.isOpened():
   print("Cannot open camera")
   exit()while True:
   # 逐帧捕获
   ret, frame = cap.read()
   # 如果正确读取帧，ret 为 True
   if not ret:
      print("Can't receive frame (stream end?). Exiting ...")
      break
   gray = cv.cvtColor(frame, cv.COLOR_BGR2GRAY)
   # 显示结果帧
   cv.imshow('frame', gray)
   if cv.waitKey(1) == ord('q'):
      break# 完成所有操作后，释放
cap.release()
cv.destroyAllWindows()
---------------------------------------------------------------------------
```

cap.read()返回两个参数，一个为布尔值（True/ False），另一个为 image（图像）。如果正确读取了帧，它将返回 True。因此，可以通过检查此返回值来检查视频的结束。

有时 cap 可能尚未初始化捕获。在这种情况下，此代码显示错误。因此可以通过 cap.isOpened()方法检查它是否已初始化。如果为 True，则确定已初始化，否则，使用 cap.open()打开它。

还可以使用 cap.get(propId)方法访问该视频的某些功能，其中 propId 是 0 到 18 之间的一个数字。每个数字表示视频的属性（如果适用于该视频）。其中一些值可以使用 cap.set(propId, value)进行修改。

例如，可以通过 cap.get(cv.CAP_PROP_FRAME_WIDTH) 和 cap.get(cv.CAP_PROP_FRAME_HEIGHT)检查框架的宽度和高度。在默认情况下，它的分辨率为 640×480，若想将其修改为 320×240，就可以使用：

ret = cap.set(cv.CAP_PROP_FRAME_WIDTH,320)

ret = cap.set(cv.CAP_PROP_FRAME_HEIGHT,240)

注意：如果出现错误，请确保使用任何其他相机应用程序（例如，Linux 中的 Cheese）都可以正常使用相机。

2. 读取视频

它与从相机捕获类似，只需要将摄像机索引更改为视频文件路径。另外在显示时，请使用适当的时间 cv.waitKey()。如果值设置得小，则视频播放将非常快，而如果太大，则视频播放将变得很慢（可以用于显示慢动作），正常情况下 25 毫秒就可以了。

```
import numpy as np
import cv2 as cv
cap = cv.VideoCapture('vtest.avi')
while cap.isOpened():
    ret, frame = cap.read()
    # 如果正确读取帧，ret 为 True
    if not ret:
        print("Can't receive frame (stream end?). Exiting ...")
        break
    gray = cv.cvtColor(frame, cv.COLOR_BGR2GRAY)
    cv.imshow('frame', gray)
    if cv.waitKey(1) == ord('q'):
        break
cap.release()
cv.destroyAllWindows()
```

注意：在 Linux 环境下，必须确保安装了正确的 FFMPEG 或 GStreamer 版本。有时，使用视频捕获（Video Capture）是一件令人头疼的事情，主要原因就是错误地安装了 FFMPEG 或 GStreamer。

3. 视频保存

对于图像保存，它非常简单，只需使用 cv.imwrite()即可。

对于视频保存，则需要创建一个 VideoWriter 对象。首先要指定输出文件名（例如，output.avi），再指定 FourCC 代码，然后传递帧率的数量和帧大小，最后设置一个颜色标志，如果为 True，编码器会输出彩色帧，否则就会输出灰度帧。

FourCC（http://en.wikipedia.org/wiki/FourCC）是用于指定视频编解码器的 4 字节代码，可用代码列表可在 fourcc.org（http://www.fourcc.org/codecs.php）中找到。

FourCC 代码作为 MJPG 的 cv.VideoWriter_fourcc（'M'，'J'，'P'，'G'）或 cv.VideoWriter_fourcc（*'MJPG'）传递。

从摄像机获取图像并保存的代码如下：

```
----------------------------------------------------------------------
   import numpy as np
   import cv2 as cv
   cap = cv.VideoCapture(0) # 定义编解码器并创建 VideoWriter 对象
   fourcc = cv.VideoWriter_fourcc(*'XVID')
   out  =  cv.VideoWriter('output.avi',  fourcc,  20.0,  (640,   480))while  cap.
isOpened():
       ret, frame = cap.read()
       if not ret:
          print("Can't receive frame (stream end?). Exiting ...")
          break
       frame = cv.flip(frame, 0)
       # 写翻转的框架
       out.write(frame)
       cv.imshow('frame', frame)
       if cv.waitKey(1) == ord('q'):
          break# 完成工作后释放所有内容
   cap.release()
   out.release()
   cv.destroyAllWindows()
----------------------------------------------------------------------
```

15.3.3 OpenCV 中的绘图功能

在利用 OpenCV 处理图像时，我们常常需要利用一些绘图操作来验证中间结果是否正确，比如画圆、画椭圆、画线、画矩形等功能。下面对常用的绘图函数做个整理，也方便日后使用。

1. 画直线

绘制一条线，需要传递直线的开始和结束坐标，指令如下：

```
cv2.line(img, pt1, pt2, color[, thickness[, lineType[, shift]]])
```

img：要画的图像。

pt1：直线起点。

pt2：直线终点。

color：线条颜色，如 (0, 0, 255)为红色，BGR。

thickness：线条宽度。

lineType：有以下几种选项。

- 8 (or omitted)： 8-connected line。

- 4：4-connected line。
- CV_AA - antialiased line。

shift：坐标点的小数点位数。

2. 画矩形

绘制一个矩形，指令如下：

```
cv2.rectangle(img, pt1, pt2, color[, thickness[, lineType[, shift]]])
```

img：要画的图像。
pt1：矩形左上角的点。
pt2：矩形右下角的点。
其余同画直线。

3. 画圆

绘制一个圆，指令如下：

```
cv2.circle(img,center,radius,color[, thickness[, lineType[, shift]]])
```

center：圆心坐标，如 (100, 100)。
radius：半径，如 10。
thickness：正值表示圆边框宽度，负值表示画一个填充圆形。
lineType：圆边框线型，可取值 0，4，8。
shift：圆心坐标和半径的小数点位数。
其余同画直线。

4. 画椭圆

绘制一个椭圆，指令如下：

```
cv.ellipse(img, ptCenter, axesSize, rotateAngle, startAngle, endAngle, point_color, thickness, lineType)
```

img：要画的图像。
ptCenter： 中心点位置。
axesSize： 长轴半径，短轴半径。
rotateAngle： 旋转角度。
startAngle： 开始角度。
endAngle： 结束角度。
point_color： 颜色 thickness = 1。
lineType： 边框线型显示字符。

5. 写文字

写文字指令如下：

```
cv2.putText(src,text,place,Font,Font_Size,Font_Color,Font_Overstriking)
```

src：输入图像。

text：需要添加的文字。

place：左上角坐标。

Font：字体类型。

Font_Size：字体大小。

Font_Color：文字颜色。

Font_Overstriking：字体粗细。

任务 17　形状检测

一、任务描述

采用 OpenCV 识别三角形、四边形/矩形、多边形、圆、五角星等几何形状，并且显示出同类形状的数量。

二、任务分析

如何识别一些简单的几何形状与它们的颜色呢？

通过 OpenCV 的轮廓发现与几何分析相关的函数，只需不到 100 行的代码，就可以很好地实现这些简单几何形状的识别与对象测量相关操作。OpenCV 轮廓发现与几何分析相关函数可以实现如下功能：

- 几何形状识别（识别三角形、四边形/矩形、多边形、圆、五角星）。
- 计算几何形状面积与周长、中心位置。
- 提取几何形状的颜色。

在具体代码实现与程序演示之前，我们先要搞清楚一些概念。

1. 基本概念与函数介绍

（1）轮廓

什么是轮廓？简单地说轮廓就是一些列点相连组成的形状，它们拥有同样的颜色。轮廓发现在图像的对象分析、对象检测等方面是非常有用的工具，在 OpenCV 中使用轮廓发现相关函数时要求输入的图像是二值图像，这样便于轮廓提取、边缘提取等操作。轮廓发现的函数与参数解释如下：

```
findContours(image, mode, method, contours=None, hierarchy=None, offset=None)
```

- image：输入/输出的二值图像。
- mode：返回轮廓的结构；可以是 List、Tree、External。
- method：轮廓点的编码方式，基本是基于链式编码的。
- contours：返回的轮廓集合。
- hieracrchy：返回的轮廓层次关系。
- offset：点是否有位移。

（2）多边形逼近

多边形逼近，是通过对轮廓外形无限逼近，删除非关键点，得到轮廓的关键点，不断逼近轮廓真实形状的方法，OpenCV 中多边形逼近的函数与参数解释如下：

```
approxPolyDP(curve, epsilon, closed, approxCurve=None)
```

- curve：表示输入的轮廓点集合。
- epsilon：表示逼近曲率，越小表示相似逼近越厉害。
- close：是否闭合。

（3）几何距离计算

几何距离是图像的几何特征，高阶几何距中心化之后具有特征不变性，用于形状匹配等操作，这里我们通过计算一阶几何距得到指定轮廓的中心位置，计算几何距的函数与参数解释如下：

```
moments(array, binaryImage=None)
```

- array：表示指定输入轮廓。
- binaryImage：默认为 None。

2. 软件设计

整个代码实现分为以下几步完成，即加载图像，图像二值化，轮廓发现，几何形状识别，测量周长、面积，计算中心，颜色提取等。

加载图片后，先通过二值化将物体与背景分离，再通过轮廓查找函数来查找所有物体的轮廓，然后进行几何逼近，让轮廓更加平滑，最后通过检测角点的个数来判断物体的形状。

三、任务实施

第 1 步：代码实现

完整的源代码如下：

```
--------------------------------------------------------------------------------
    import cv2 as cv
    import numpy as np
    class ShapeAnalysis:
        def __init__(self):
            self.shapes = {'triangle': 0, 'rectangle': 0, 'polygons': 0, 'circles':
0,'Pentagram':0}
        def analysis(self, frame):
            h, w, ch = frame.shape
            result = np.zeros((h, w, ch), dtype=np.uint8)
            # 二值化图像
            print("start to detect lines...\n")
            gray = cv.cvtColor(frame, cv.COLOR_BGR2GRAY)
            ret, binary = cv.threshold(gray, 0, 255, cv.THRESH_BINARY_INV |
cv.THRESH_OTSU)
            cv.imshow("input image", frame)
            contours, hierarchy = cv.findContours(binary, cv.RETR_EXTERNAL,
    cv.CHAIN_APPROX_SIMPLE)
```

```
        for cnt in range(len(contours)):
            # 提取与绘制轮廓
            cv.drawContours(result, contours, cnt, (0, 255, 0), 2)
            # 轮廓逼近
            epsilon = 0.01 * cv.arcLength(contours[cnt], True)
            approx = cv.approxPolyDP(contours[cnt], epsilon, True)
            # 分析几何形状
            corners = len(approx)
            shape_type = ""
            if corners == 3:
                count = self.shapes['triangle']
                count = count + 1
                self.shapes['triangle'] = count
                shape_type = "triangle"
            if corners == 4:
                count = self.shapes['rectangle']
                count = count + 1
                self.shapes['rectangle'] = count
                shape_type = "rectangle"
            if corners > 10:
                count = self.shapes['circles']
                count = count + 1
                self.shapes['circles'] = count
                shape_type = "circles"
            if corners == 10:
                count = self.shapes['Pentagram']
                count = count + 1
                self.shapes['Pentagram'] = count
                shape_type = "Pentagram"
            if 4 < corners < 10:
                count = self.shapes['polygons']
                count = count + 1
                self.shapes['polygons'] = count
                shape_type = "polygons"
            # 求解中心位置
            mm = cv.moments(contours[cnt])
            cx = int(mm['m10'] / mm['m00'])
            cy = int(mm['m01'] / mm['m00'])
            cv.circle(result, (cx, cy), 3, (0, 0, 255), -1)
            # 形状描述
            cv.putText(result, shape_type, (cx-30, cy-10), cv.FONT_HERSHEY_
PLAIN, 1.2, (0, 255, 255), 1)
            # 颜色分析
            color = frame[cy][cx]
            color_str = "(" + str(color[0]) + ", " + str(color[1]) + ",
    " + str(color[2]) + ")"
            # 计算面积与周长
            p = cv.arcLength(contours[cnt], True)
            area = cv.contourArea(contours[cnt])
            print("周长: %.3f, 面积: %.3f 颜色: %s 形状: %s " % (p, area, color_str,
shape_type))
        cv.imshow("Analysis Result", self.draw_text_info(result))
        cv.imwrite("D:/test-result.png", self.draw_text_info(result))
```

```
        return self.shapes
    def draw_text_info(self, image):
        c1 = self.shapes['triangle']
        c2 = self.shapes['rectangle']
        c3 = self.shapes['polygons']
        c4 = self.shapes['circles']
        c5 = self.shapes['Pentagram']
        cv.putText(image, "triangle: " + str(c1), (10, 20), cv.FONT_HERSHEY_
PLAIN, 1.2,
  (0, 255, 255), 1)
        cv.putText(image, "rectangle: " + str(c2), (10, 40), cv.FONT_HERSHEY_
PLAIN, 1.2,
  (0, 255, 255), 1)
        cv.putText(image, "polygons: " + str(c3), (10, 60), cv.FONT_HERSHEY_
PLAIN, 1.2,
  (0, 255, 255), 1)
        cv.putText(image, "circles: " + str(c4), (10, 80), cv.FONT_HERSHEY_PLAIN,
1.2,
   (0, 255, 255), 1)
        cv.putText(image, "Pentagram: " + str(c5), (10, 100), cv.FONT_HERSHEY_
PLAIN, 1.2,
  (0, 255, 255), 1)
        return image
  if __name__ == "__main__":
    src = cv.imread("img1.jpg")
    ld = ShapeAnalysis()
    ld.analysis(src)
    cv.waitKey(0)
    cv.destroyAllWindows()
```

加载的图片如图 15-2 所示。图片检测效果如图 15-3 所示，结果输出如图 15-4 所示。

图 15-2　加载的图片

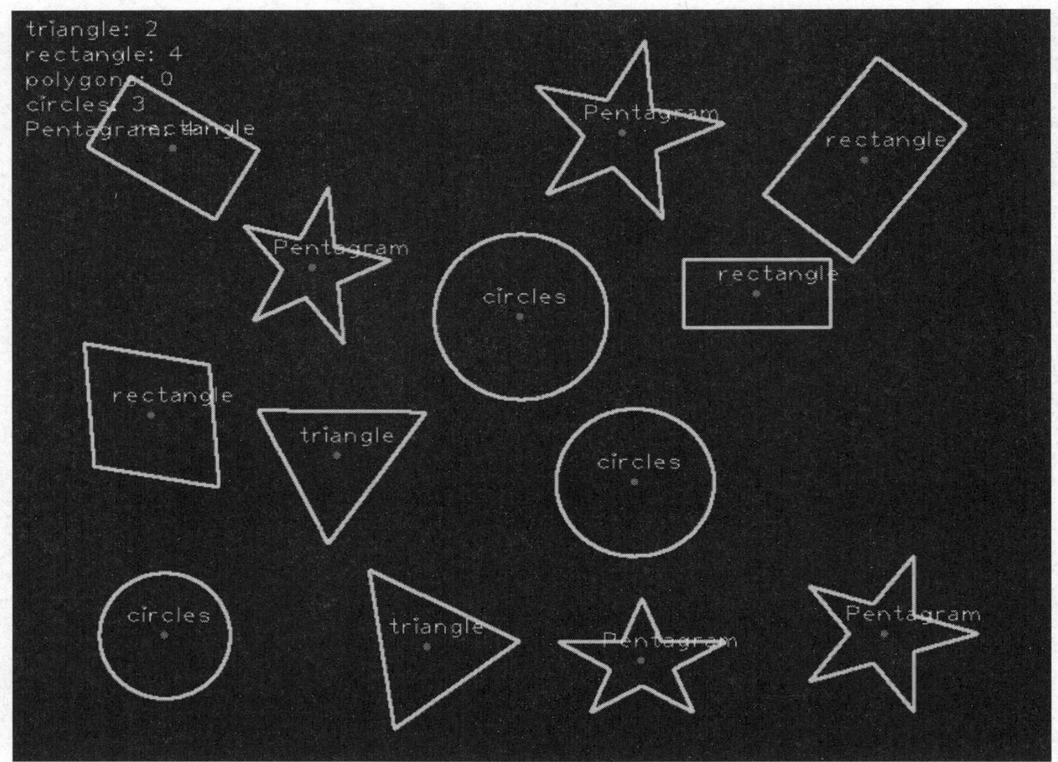

图 15-3　图片检测结果

```
C:\ProgramData\Anaconda3\envs\python38\python.exe D:/项目/龙芯2k100
start to detect lines...

周长: 449.061, 面积: 3865.500 颜色: (254, 0, 255) 形状: Pentagram
周长: 333.706, 面积: 7939.000 颜色: (1, 255, 0) 形状: circles
周长: 398.475, 面积: 6797.000 颜色: (1, 255, 0) 形状: triangle
周长: 516.558, 面积: 5286.000 颜色: (1, 255, 0) 形状: Pentagram
周长: 392.434, 面积: 6857.500 颜色: (254, 0, 255) 形状: triangle
周长: 396.818, 面积: 11197.000 颜色: (254, 0, 0) 形状: circles
周长: 405.882, 面积: 9200.000 颜色: (255, 255, 1) 形状: rectangle
周长: 334.000, 面积: 6102.000 颜色: (254, 0, 0) 形状: rectangle
周长: 440.032, 面积: 13732.500 颜色: (255, 255, 1) 形状: circles
周长: 483.002, 面积: 4425.500 颜色: (1, 255, 0) 形状: Pentagram
周长: 383.387, 面积: 7457.000 颜色: (0, 0, 254) 形状: rectangle
周长: 471.980, 面积: 12214.000 颜色: (254, 0, 255) 形状: rectangle
周长: 580.156, 面积: 6584.000 颜色: (1, 255, 0) 形状: Pentagram
```

图 15-4　结果输出

任务 18　瓶盖缺陷检测

一、任务描述

随着自动化技术的快速发展，“机器换人”正是推动传统制造业实现产业转型升级的重要举措。本任务要求采用 OpenCV 检测瓶盖缺陷，显示“Pass”“Fail”字样分别表示“合格”“不合格”。

二、任务分析

1. 产品表面缺陷检测分析

借助缺陷检测技术可以有效地提高生产质量和效率，但是由于受设备、工艺等因素的影响，产品表面的缺陷类型往往五花八门，比如织物生产中出现污点、破损，金属产品上出现划痕、裂纹、凹凸不平等各种不同类型的缺陷。例如，一个标准的啤酒盖，如图 15-5 所示。

图 15-5　标准的啤酒盖（标准件）

5 个待检测的瓶盖，其中前两个为合格品，后三个为瑕疵品，如图 15-6 所示。

图 15-6　待检测件

如何通过标准件来检测瓶盖的好坏呢？

2. 基本概念与函数介绍

（1）图像的灰度直方图

一幅图像由不同灰度值的像素组成，图像中灰度的分布情况是该图像的一个重要特征。图像的灰度直方图就描述了图像中灰度分布情况，能够很直观地展示图像中各个灰度级所占的比例。图像的灰度直方图是灰度级的函数，描述的是图像中具有该灰度级的像素的个数。如图 15-7 所示，其中，横坐标为灰度级，纵坐标为该灰度级出现的频率。

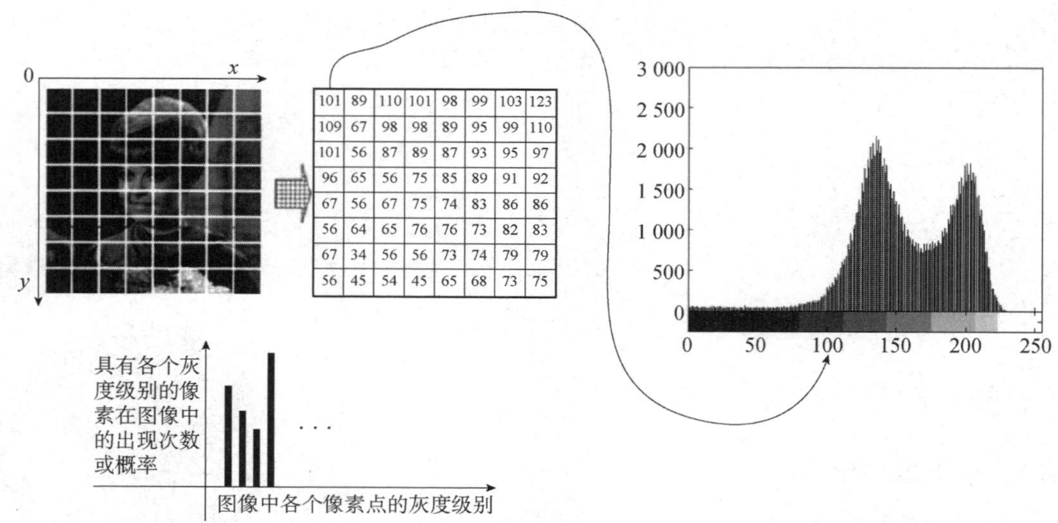

图 15-7　图像的灰度直方图

（2）直方图计算

直方图的计算是很简单的，无非是遍历图像的像素，统计每个灰度级的个数。在 OpenCV 中封装了直方图的计算函数 calcHist()，其声明如下：

```
    cv2.calcHist(images,channels,mask,histSize,ranges[,hist[,accumulate]])    ->
hist
```

- images：输入的图像，必须采用列表形式[]，哪怕只有一个图片。
- channels:：传入图像的通道，如果是灰度图像，只有一个通道，值为 0，如果是彩色图像（有 3 个通道），那么值为 0、1、2 中的一个，对应 BGR 各个通道。这个值也得用列表方式[]传入。
- mask：掩膜图像。如果统计整幅图，那么为 none。如果要统计部分图的直方图，就得构造相应的掩膜来计算。
- histSize：灰度级的个数，需要加中括号，如[256]。
- ranges:像素值的范围，通常取值为[0,256]，有的图像的像素值如果不是在 0～256 范围内，例如，来回各种变换导致像素值为负值或很大，则需要加以调整。

```
img = cv2.imread('demo.jpg')
hist = cv2.calcHist([img],[0],None,[256],[0,255])
```

（3）直方图相关性比较

① 图像相似度比较。如果我们有两张图像，并且这两张图像的直方图一样，或者有极高的相似度，那么在一定程度上，我们可以认为这两张图像是一样的，这就是直方图相关性比较的应用之一。

② 分析图像之间的关系。两张图像的直方图反映了该图像像素的分布情况，可以利用图像的直方图来分析两张图像的关系。

```
cv2.compareHist(H1, H2, method)
```

- H1，H2：分别为要比较图像的直方图。
- method：比较方式。

相关性比较 (method=cv.HISTCMP_CORREL)，值越大，相关度越高，最大值为 1，最小值为 0。

卡方比较(method=cv.HISTCMP_CHISQR)，值越小，相关度越高，最大值无上界，最小值为 0。

巴氏距离比较(method=cv.HISTCMP_BHATTACHARYYA)，值越小，相关度越高，最大值为 1，最小值为 0。

```
#相关性计算，采用相关系数的方式
result = cv2.compareHist(hist,h1,method=cv2.HISTCMP_CORREL)
```

2. 软件设计

整个代码实现过程，可以分为以下几步完成，即加载图像、转换灰度图、计算灰度直方图、计算直方图相关性、输出检测结果等。

加载标准件图片后，先处理图像灰度图，再计算其灰度直方图，然后将其与待检测图像的灰度直方图计算相关性，从而得出检测结果。

三、任务实施

第 1 步：代码实现

```
--------------------------------------------------------------------------------
# -*- coding: UTF-8 -*-
import cv2
import numpy as np
from matplotlib import pyplot as plt
img = cv2.imread("0.png")
cv2.imshow("0", img)
# 原图灰度转换
gray = cv2.cvtColor(img, cv2.COLOR_RGB2GRAY)
# 直方图计算的函数，反映灰度值的分布情况
hist_0 = cv2.calcHist([gray], [0], None, [256], [0.0, 255.0])
# 显示灰度直方图
plt.subplot(3,2,1)
plt.subplots_adjust(wspace=0.3, hspace=0.8)
plt.title("hist_0")
plt.hist(gray.ravel(),256,[0,256])
# 灰度直方图相关性比较 for i in range(1, 6):
    img_t = cv2.imread(str(i) + ".png")
    t1 = cv2.cvtColor(img_t, cv2.COLOR_RGB2GRAY)
    h1 = cv2.calcHist([t1], [0], None, [256], [0.0, 255.0])
    plt.subplot(3, 2, i+1)
    plt.title("hist_"+str(i))
    plt.hist(t1.ravel(), 256, [0, 255])
    # 相关性计算，采用相关系数的方式
    result = cv2.compareHist(hist_0, h1, method=cv2.HISTCMP_CORREL)
```

```
    # 这里视作>=0.9 认为相似，即合格
    if result >= 0.9:
        img_t = cv2.putText(img_t, "PASS " + str(result), (0, 30),
                            cv2.FONT_HERSHEY_SIMPLEX, 1, (0, 255, 0), 2)
    else:
        img_t = cv2.putText(img_t, "FAIL " + str(result), (0, 30),
                            cv2.FONT_HERSHEY_SIMPLEX, 1, (0, 0, 255), 2)
    cv2.imshow("test", img_t)
    cv2.waitKey()
plt.show()
```

检测结果如图 15-8 所示，灰度直方图对比如图 15-9 所示。

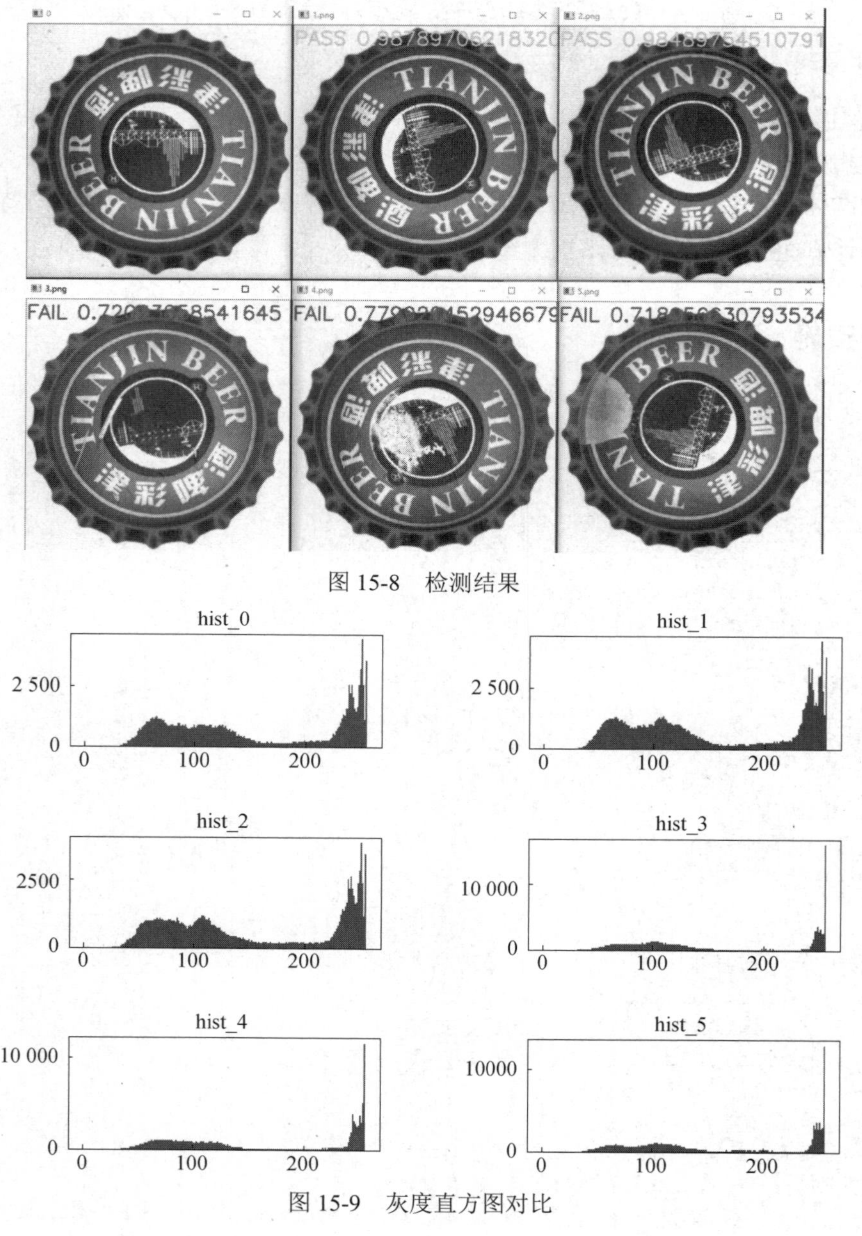

图 15-8　检测结果

图 15-9　灰度直方图对比

任务 19　多目标跟踪

一、任务描述

采用 OpenCV 对多种颜色、不同大小的实心（或穿孔）塑料珠进行跟踪，塑料珠颜色有红、绿、蓝、黑、白等，直径为 20、25、30mm。

二、任务分析

1. 目标跟踪基本概念

什么是目标跟踪？简单地说，在一个视频的连续帧中定位目标就称为跟踪。

这个定义听起来很直接，但是在计算机视觉和机器学习领域，跟踪是一个非常广泛的术语，涵盖概念上相似但技术上不同的想法。举个例子，下面所有不同的但却相关的方法均可用在目标跟踪的研究领域。

（1）密集光流法：这类算法有助于估计视频帧中每个像素的运动矢量。

（2）稀疏光流法：这类算法，如 Kanade-Lucas-Tomashi(KLT)特征跟踪器，可以跟踪图像中几个特征点的位置。

（3）卡尔曼滤波：这是一个非常流行的信号处理算法，用于根据先前的运动信息预测运动物体的位置。

（4）Meanshift 和 Camshift：这些是用于定位密度函数的最大值的算法。它们也用于跟踪领域。

（5）单目标跟踪器：在此类跟踪器中，首先第一帧使用矩形标记来指示我们要跟踪的对象的位置。然后使用跟踪算法在后续帧中跟踪对象。在大多数实际应用中，这些跟踪器与物体检测器要结合使用。

（6）多目标跟踪器：在我们有快速物体探测器的情况下，先检测每个帧中的多个物体然后运行轨迹查找算法来识别一帧中的哪个矩形对应于下一帧中的矩形，这是很有意义的。

2. 目标跟踪相关函数

（1）OpenCV 中的跟踪算法

OpenCV（opencv_contrib 模块）目前支持 8 种跟踪算法，如表 15-1 所示。

表 15-1　opencv 支持 8 种跟踪算法

跟踪算法	OpenCV 支持最低版本	说明
Boosting	OpenCV 3.0.0	比较古老的目标跟踪算法，速度慢
MIL	OpenCV 3.0.0	速度快，但是失败率较高
KCF	OpenCV 3.1.0	比 Boosting 和 MIL 快，但是遮挡情况下效果差
TLD	OpenCV 3.0.0	TLD 目前有 3 种版本算法：TLD 1.0、TLD 2.0、TLD 3.0。OpenCV 的 TLD 跟踪效果较差，其原因可能是它是基于 TLD 1.0 算法实现的
MedianFlow	OpenCV 3.0.0	跟踪效果较好，但对于快速移动/跳动的物体容易失败
GOTURN	OpenCV 3.2.0	基于深度学习的目标检测器，需要额外的 GOTURN 模型，可以自行训练目标跟踪模型
MOSSE	OpenCV 3.4.1	速度比其他算法快，但是准确率比 CSRT 和 KCF 低
CSRT	OpenCV 3.4.2	准确率比 KCF 稍高，但速度不如 KCF

建议：

CSRT：在可以接受较慢速度的情况下，追求高准确度。

KCF：速度要求稍高，准确度要求不高。

MOSSE：只要求高速，不要求准确度。

GOTURN：可以自行训练模型，提高识别效果。

（2）多目标跟踪

OpenCV 中的 MultiTracker 类提供了多目标追踪的实施方法。它是一个简单的实施方法因为其对被追踪的目标独立处理，不需要在多个被追踪对象之间做任何优化。

一个多目标追踪器是由一系列简单的单目标追踪器组成的。一开始，我们先定义一个函数，用追踪器类型作为输入并创建一个追踪器对象。

```
#创建单个追踪器（CSRT 为例）
Tracker1 = cv2.TrackerCSRT_create()
Tracker2 = cv2.TrackerCSRT_create()
```

一个多目标追踪器需要以下两个输入:

①视频的一帧。

②想要追踪的所有目标的位置（边界框）。

给定这些信息，追踪器会在序列帧中追踪这些特定目标的位置。

```
# 创建多目标追踪器
multiTracker = cv2.MultiTracker_create()
# 将已经有追踪目标的追踪器添加进 multiTracker 中
multiTracker.add(Tracker1 , frame , bbox)
multiTracker.add(Tracker2 , frame , bbox)
# 持续刷新 multiTracker 实现多目标跟踪
while 1:
    ...
success, boxes = multiTracker.update(frame)
...
```

2. 软件设计

整个代码实现过程，可以分为以下几步完成，即：

（1）加载视频或相机。

（2）截取第一帧。

（3）循环选取目标，每个目标对应一个追踪器。

（4）将所有追踪器添加进多目标追踪器中。

（5）持续刷新多目标追踪器获得目标位置信息。

OpenCV 提供了一个叫作 selectROI 的功能，它可以弹出一个 GUI 来选择边界框（也叫作感兴趣的区域（ROI））。首先对第一帧选取目标，再确定选取区域并继续选取，按 Q 键退出选取阶段，接着遍历所有的区域并创建追踪器，最后将所有的追踪器添加到多目标追踪器中，实现多目标追踪。

三、任务实施

代码实现如下。

```
------------------------------------------------------------------------------------------------
    from __future__ import print_function
    import sysimport cv2
    from random import randint
    font = cv2.FONT_HERSHEY_SIMPLEX  # 使用默认字体
    # 创建单目标追踪器
    trackerTypes = ['BOOSTING', 'MIL', 'KCF', 'TLD', 'MEDIANFLOW', 'GOTURN',
'MOSSE', 'CSRT']
    def createTrackerByName(trackerType):
        # Create a tracker based on tracker name
        if trackerType == trackerTypes[0]:
            tracker = cv2.TrackerBoosting_create()
        elif trackerType == trackerTypes[1]:
            tracker = cv2.TrackerMIL_create()
        elif trackerType == trackerTypes[2]:
            tracker = cv2.TrackerKCF_create()
        elif trackerType == trackerTypes[3]:
            tracker = cv2.TrackerTLD_create()
        elif trackerType == trackerTypes[4]:
            tracker = cv2.TrackerMedianFlow_create()
        elif trackerType == trackerTypes[5]:
            tracker = cv2.TrackerGOTURN_create()
        elif trackerType == trackerTypes[6]:
            tracker = cv2.TrackerMOSSE_create()
        elif trackerType == trackerTypes[7]:
            tracker = cv2.TrackerCSRT_create()
        else:
            tracker = None
            print('Incorrect tracker name')
            print('Available trackers are:')
            for t in trackerTypes:
                print(t)
    return tracker
    """
```

读取视频的第一帧，一个多目标追踪器需要两个输入：视频的一帧，想要追踪的所有目标的位置（边界框）。在下面的代码中，我们先用 VidoeCapture 类加载视频，读取第一帧。这一帧将会用于之后的 MultiTracker 的初始化。

```
    """
    # Set video to load# videoPath = "Video/1.mp4"
    videoPath = 0
    # Create a video capture object to read videos
    cap = cv2.VideoCapture(videoPath)
    # Read first frame
    success, frame = cap.read()
    # quit if unable to read the video file
    if not success:
        print('Failed to read video')
        sys.exit(1)
    """
```

在第一帧中要定位物体，接下来，需要在第一帧中定位我们想要追踪的物体。其位置是一个简单的边界框。

OpenCV 提供了一个叫作 selectROI 的功能，在 C++版本中，selectROI 允许你得到多个边界框，但在 Python 版本中，它只会返回一个边界框。所以，在 Python 版本中，我们需要一个循环来得到多个

```
边界框。对于每个目标，我们还会选择随机的颜色来显示边界框。
    """
    # Select boxes
    bboxes = []
    colors = []
    ID = []
    ID_calc = 0
    while True:
        bbox = cv2.selectROI('MultiTracker', frame)
        ID_calc += 1
        ID.append(str(ID_calc))
        bboxes.append(bbox)
        colors.append((randint(0, 255), randint(0, 255), randint(0, 255)))
        print("Press q to quit selecting boxes and start tracking")
        print("Press any other key to select next object")
        k = cv2.waitKey(0) & 0xFF
        if k == 113:  # q is pressed
            break
    print('Selected bounding boxes {}'.format(bboxes))
    """
    初始化多目标追踪器直到目前，我们读到了第一帧并且得到了目标周围的边界框。这些是初始化多目标追踪器所需的全部信息。我们创建一个 MuliTracker 对象并且增加和单个目标追踪器一样多的边界框。在这个例子中，我们用 CSRT 单目标追踪器，但是你可以尝试通过将 trackerTyper 变量改变为 8 种追踪器中的一种，CSRT 追踪器不是速度最快的，但它在我们尝试的许多情况下都能生成最好的结果。
    """
    # Specify the tracker type# img = frame  # cv2.cvtColor(frame,cv2.CV_32FC2)
    trackerType = "CSRT"
    # Create MultiTracker object
    multiTracker = cv2.MultiTracker_create()# Initialize MultiTrackerq
    for bbox in bboxes:
        multiTracker.add(createTrackerByName(trackerType), frame, bbox)
    width = int(cap.get(cv2.CAP_PROP_FRAME_WIDTH))
    height = int(cap.get(cv2.CAP_PROP_FRAME_HEIGHT))
    fps = cap.get(cv2.CAP_PROP_FPS)
    fourcc = cv2.VideoWriter_fourcc('M', 'P', '4', '2')
    # outVideo = cv2.VideoWriter('save_test_video.avi', fourcc, 20, (width, height))
    """
    更新多目标追踪器并展示结果，我们的多目标追踪器已经准备好了，可以在新的帧中追踪多个目标。我们用 MultiTracker 类中的 update 的方法来定位新一帧中的目标。每个用来追踪目标的边界框都用不同颜色来画。
    """
    # Process video and track objects
    while cap.isOpened():
        success, frame = cap.read()
        if not success:
            break
        is_delete = False
        # q get updated location of objects in subsequent frames
        success, boxes = multiTracker.update(frame)
        limt_box = []
        # 超出界线的删除跟踪目标
        for i, newbox in enumerate(boxes):
```

```
        if 20 <= int(newbox[0]) <= frame.shape[0] - 20 and 20 <= int(newbox[1])
< frame.shape[1] - 20 and 20 <= int(newbox[0] + newbox[2]) <= frame.shape[0] - 20
and 20 <= int(newbox[1] + newbox[3]) <= frame.shape[1] - 20:
            limt_box.append(boxes[i])
        else:
            is_delete = True
            colors.pop(i)
            ID.pop(i)
      if is_delete:
        # Create MultiTracker object
        multiTracker = cv2.MultiTracker_create()
        bboxes = tuple(map(tuple, limt_box))
        # Initialize MultiTrackerq
        for i, bbox in enumerate(bboxes):
           multiTracker.add(createTrackerByName(trackerType), frame, bbox)
  # draw tracked objects
      for i, newbox in enumerate(limt_box):
         p1 = (int(newbox[0]), int(newbox[1]))
         p2 = (int(newbox[0] + newbox[2]), int(newbox[1] + newbox[3]))
         cv2.rectangle(frame, p1, p2, colors[i], 2, 1)
         # 添加文字，1.2 表示字体大小，（0,40）是初始的位置，(255,255,255)表示颜色，2 表
示粗细
         img = cv2.putText(frame, ID[i], (int(newbox[0]), int(newbox[1])), font,
1,
   colors[i], 2)
      # show frame
      cv2.imshow('MultiTracker', frame)
      # outVideo.write(frame)
      # quit on ESC button
      if cv2.waitKey(1) & 0xFF == 27:  # Esc pressed
         break
  cap.release()# outVideo.release()
  cv2.destroyAllWindows()
--------------------------------------------------------------------------------
```

多目标跟踪输出结果，如图 15-10 所示。

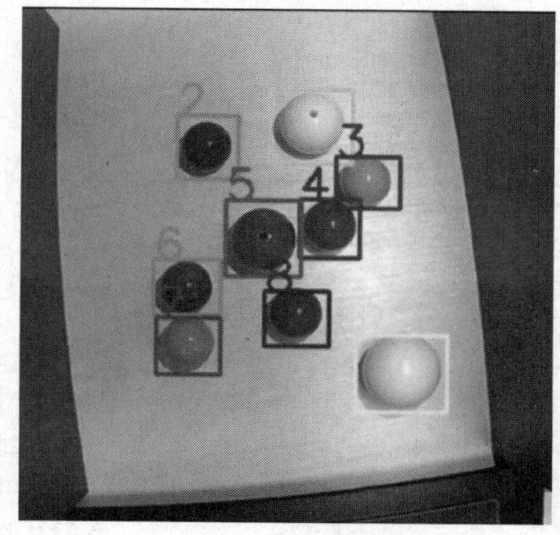

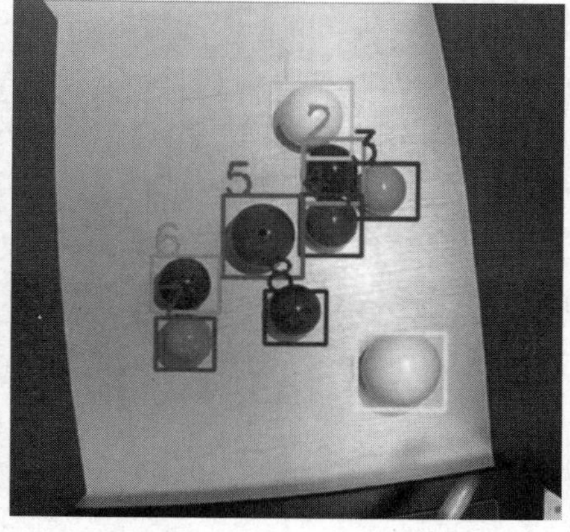

图 15-10　多目标跟踪输出结果

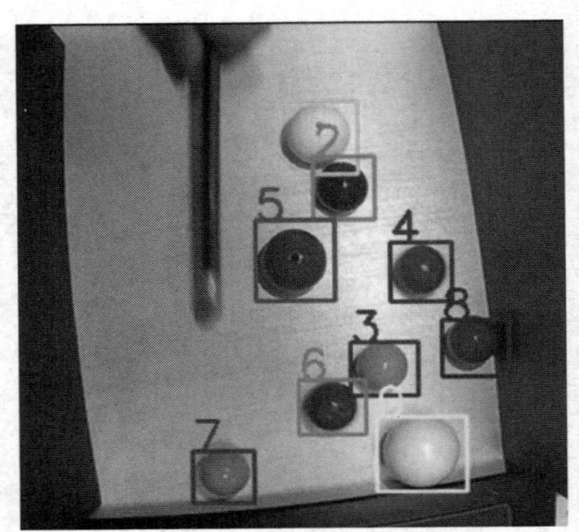

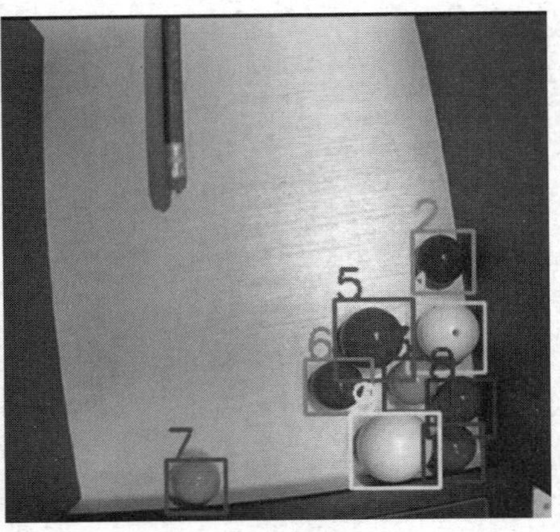

图 15-10　多目标跟踪输出结果（续）

第 16 章　嵌入式 AI 与边缘计算应用开发

16.1　嵌入式人工智能开发概述

嵌入式人工智能可分为基础支撑层、技术驱动层和场景应用层。基础支撑层主要包含操作系统、编程语言、硬件平台等作为程序运行的基础支撑；技术驱动层主要包含理论及算法、技术平台/框架、通用技术等，通过对图像处理、机器学习和深度学习等技术的理论支撑，结合各种软件框架实现图像识别、目标检测、图像分割、语音识别、语音合成、多传感器融合等通用技术；场景应用层主要是 AI 场景的落地应用，通过对通用技术的理解结合人工智能思维在实际的场景中落地应用，如智能无人车、智能可穿戴设备、智能移动机器人、智能无人机等。

嵌入式人工智能开发主要包括两大部分，即人工智能模型训练和嵌入式端模型部署及应用。人工智能模型训练主要在 PC 端进行，包括数据采集、模型构建、模型训练等。嵌入式端主要是结合实际场景部署和应用人工智能模型，如图 16-1 所示。

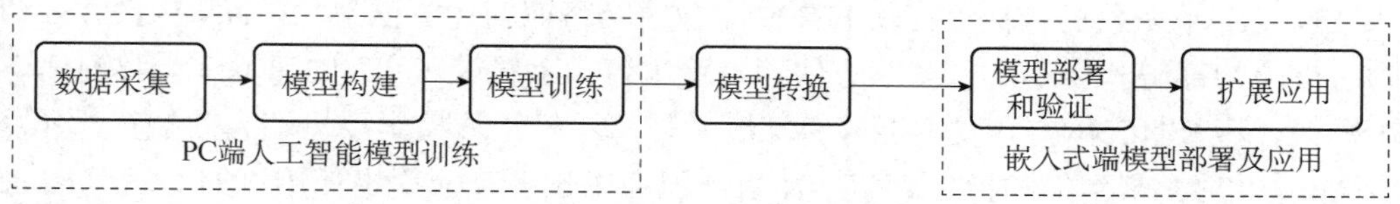

图 16-1　嵌入式人工智能开发流程

嵌入式人工智能开发的三个环节为模型训练、模型转换、模型部署。模型训练需要在 PC 端完成，使用深度学习框架构建模型，并完成模型训练，常用的深度学习框架有 PyTorch、TensorFlow、PaddlePaddle 等；模型转换主要是进行模型优化，对模型进行剪枝、量化等操作，在损失较小模型识别精度的同时，极大地降低模型大小，便于在嵌入式端运行；模型部署根据转换后的模型编写推理代码，实现嵌入式端的模型部署及应用，如图 16-2 所示。

嵌入式与人工智能的结合为各行各业垂直领域的应用带来巨大潜力。嵌入式人工智能广泛应用于零售、交通、运输、自动化、制造业及农业等行业。驱动市场的主要因素就是嵌入式人工智能技术在各种终端用户垂直领域的应用数量不断增加，尤其是改善对终端消费者的服务。嵌入式技术在人工智能时代，有了新的定义与前景，人工智能也为嵌入式的智能发展赋能，使嵌入式产品更加快地走进千家万户，甚至未来绝大多数产品都是基于嵌入式设备的数据采集与智能处理分析的，比如用于物流的自动分拣机器人、智能快递柜等，用于城市交通中的无人驾驶汽车、交警机器人等，用于安防系统的智能摄像头、人脸识别、巡检机器人等，用于家居中的智能音箱、扫地机器人等，这些都是典型的嵌入式人工智能应用产品。

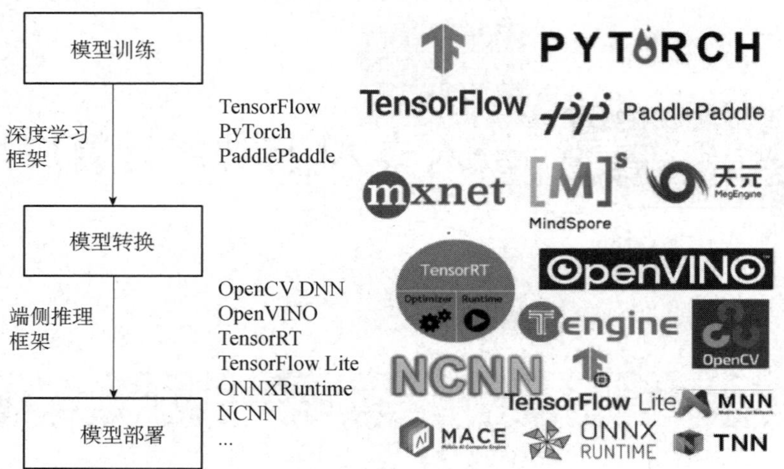

图 16-2　嵌入式 AI 的三个主要环节

总而言之，人工智能的落地大多基于嵌入式技术，嵌入式技术为人工智能发展提供了硬件支撑。人类突破了早年的通信速度问题实现了万物互联，通过万物互联产生了大数据，通过大数据分析可以让设备拥有机器学习的能力。随着物联网、三网融合等高端技术的发展，嵌入式与人工智能相结合必将成为主流的核心技术。

16.2　NCNN 计算框架应用

NCNN 是一个为手机端极致优化的高性能神经网络前向计算框架。NCNN 从设计之初深刻考虑到手机端的部署和使用，无第三方依赖，跨平台，手机端 CPU 的速度快于目前所有已知的开源框架。基于 NCNN，开发者能够将深度学习算法轻松移植到手机端高效执行，开发出人工智能 App，将 AI 带到你的指尖。NCNN 目前已在腾讯多款应用中使用，如 QQ、Qzone、微信、天天 P 图等。

NCNN 的模型支持 Caffe、TensorFlow、PyTorch 等主流神经网络框架部署，有相应的模型转换工具。支持大部分常用的 CNN 网络：

- Classical CNN: VGG/AlexNet/GoogleNet/Inception ...
- Practical CNN: ResNet/DenseNet/SENet/FPN ...
- Light-weight CNN: SqueezeNet/MobileNetV1/V2/V3/ShuffleNetV1/V2/MNasNet ...
- Face Detection: MTCNN RetinaFace scrfd ...
- Detection:VGG-SSD/MobileNet-SSD/SqueezeNet-SSD/MobileNetV2-SSDLite/MobileNetV3-SSDLite ...
- Detection: Faster-RCNN R-FCN ...
- Detection: YOLOV2 YOLOV3 MobileNet-YOLOV3 YOLOV4 YOLOV5 YOLOX ...
- Detection: NanoDet

- Segmentation: FCN PSPNet UNet YOLACT ...
- Pose Estimation: SimplePose ...

功能概述：

- 支持卷积神经网络，支持多输入和多分支结构，可计算部分分支。
- 无任何第三方库依赖，不依赖 BLAS/NNPACK 等计算框架。
- 纯 C++ 实现，跨平台，支持 Android、iOS 等。
- ARM NEON 汇编级优化，计算速度极快。
- 精细的内存管理和数据结构设计，内存占用极低。
- 支持多核并行计算加速，ARM big.LITTLE CPU 调度优化。
- 支持基于全新低消耗的 Vulkan API GPU 加速。
- 整体库体积小于 700KB，并可轻松精简到小于 300KB。
- 可扩展的模型设计，支持 8bit 量化和半精度浮点存储，可导入 Caffe/PyTorch/mxnet/onnx/darknet/Keras/TensorFlow(mlir) 模型。
- 支持直接内存零拷贝引用加载网络模型。
- 可注册自定义层实现并扩展。

16.2.1 配置 NCNN 框架

1. 前期准备：修改 msa.h

gcc-8.5 修复了 mips msa fmadd intrinsic 参数顺序错误的 bug。龙芯 2K 开发板上的 GCC 是 8.3 版本的，要手工修改 msa.h 使其绕过 bug。

用编辑器打开 /usr/lib/gcc/mips64el-linux-gnuabi64/8/include/msa.h，找到 __msa_fmadd_w，将它修改为正确的参数顺序。

```
// #define __msa_fmadd_w __builtin_msa_fmadd_w
#define __msa_fmadd_w(a, b, c) __builtin_msa_fmadd_w(c, b, a)
```

2. 编译安装 NCNN

全局开启了 msa 和 loongson-mmi 扩展指令支持。NCNN 已支持直接用 simpleocv 替代 OpenCV 编译出 examples，如果要使用 simpleocv 则将-DNCNN_SIMPLEOCV 设为 ON，这里设为 OFF 则采用龙芯 2K 开发板系统上的 OpenCV4.5.3。

```
mkdir -p build
cd build
cmake -DNCNN_DISABLE_RTTI=ON -DNCNN_DISABLE_EXCEPTION=ON -DNCNN_RUNTIME_CPU=OFF -DNCNN_MSA=ON -DNCNN_MMI=ON -DNCNN_SIMPLEOCV=OFF ..
cmake --build . -j 2
cmake --build . --target install
```

3. 测试 benchncnn

benchncnn 将会测试各个模型的推理运行时间，将 ncnn/benchmark/*.param 复制到 ncnn/build/benchmark/。

```
./benchncnn 8 2 0 -1 0
```

4. 测试 example

build/example 文件夹下会生成各个模型的 demo，需要先下载对应的模型参数文件，地址为：https://github.com/nihui/ncnn-assets/tree/master/models。

如测试 scrfd（人脸识别）就需要 scrfd_500m-opt2.bin 、scrfd_500m-opt2.param，将这两个参数文件和测试图片复制到 build/example。

```
./scrfd test.jpg
```

scrfd 模型运行结果，如图 16-3 所示。

图 16-3 scrfd 模型运行结果

再来测试一下 yolov5（多分类目标检测），同样将 yolov5s_6.0.bin、yolov5s_6.0.param 下载复制到目录下。

```
./yolov5 test.jpg
```

yolov5 模型运行结果，如图 16-4 所示。yolov5 模型输出结果如图 16-5 所示。

至此，NCNN 在龙芯 2K1000 开发板上已经编译成功。

图 16-4　yolov5 模型运行结果

```
root@ls2k:/home/loongson/ncnn/ncnn/build/examples# ./yolov5 test5.png

0 = 0.91188 at 314.64 209.81 109.42 x 267.11
0 = 0.88155 at 144.95 77.49 184.24 x 402.45
0 = 0.73349 at 285.84 102.94 61.68 x 103.08
0 = 0.68559 at 506.42 77.42 71.58 x 400.83
0 = 0.62985 at 145.31 119.88 43.40 x 65.66
0 = 0.62270 at 313.23 99.99 89.01 x 159.29
0 = 0.61426 at 30.09 101.47 78.77 x 214.28
0 = 0.60297 at 0.00 109.44 31.48 x 118.09
0 = 0.58292 at 12.43 97.57 36.52 x 70.54
0 = 0.57442 at 507.58 112.95 39.61 x 105.81
62 = 0.57158 at 382.92 148.86 88.30 x 58.24
0 = 0.37062 at 419.44 98.02 50.33 x 38.61
0 = 0.32239 at 106.50 115.09 31.72 x 42.91
27 = 0.29587 at 366.16 163.60 12.25 x 27.81
0 = 0.26830 at 410.45 99.35 64.40 x 65.50
```

图 16-5　yolov5 模型输出结果

16.2.2　部署 NCNN 模型到龙芯 2K1000 处理器

Caffe，全称 Convolutional Architecture for Fast Feature Embedding，是一个兼具表达性、速度和思维模块化的深度学习框架，由伯克利人工智能研究小组及伯克利视觉和学习中心开发。虽然其内核是用 C++编写的，但 Caffe 有 Python 和 MATLAB 相关接口。Caffe 支持多种类型的深度学习架构，面向图像分类和图像分割，还支持 CNN、RCNN、LSTM 和全连接神经网络设计。Caffe 支持基于 GPU 和 CPU 的加速计算内核库，如 NVIDIA cuDNN 和 Intel MKL。

NCNN 使用的模型参数可由 Caffe 转换而来，下面将以 AlexNet 网络来介绍 NCNN 的模型部署步骤。本章节摘自 GitHub 上的 NCNN 使用指南（https://github.com/Tencent/ncnn/wiki/use-ncnn-with-alexnet.zh）。

1. 准备 Caffe 网络和模型

对于 Caffe 的网络和模型通常来说训练完会有以下文件。

```
train.prototxt
deploy.prototxt
snapshot_10000.caffemodel
```

部署时只需要测试过程，所以有 deploy.prototxt 和 caffemodel 就足够了。

alexnet 的 deploy.prototxt 可以在这里下载 https://github.com/BVLC/caffe/tree/master/models/bvlc_alexnet。

alexnet 的 caffemodel 可以在这里下载 http://dl.caffe.berkeleyvision.org/bvlc_alexnet.caffemodel。

2. 转换新版 Caffe

Caffe 自带了工具可以把老版本的 Caffe 网络和模型转换为新版（NCNN 的工具只认识新版）。

```
upgrade_net_proto_text [老 prototxt] [新 prototxt]
upgrade_net_proto_binary [老 caffemodel] [新 caffemodel]
```

3. 转换 NCNN 网络和模型

修改 prototxt 文件，将输入层改用 Input，因为每次只需要做一个图片，所以将第一个 dim 设为 1。

```
layer {
  name: "data"
  type: "Input"
  top: "data"
  input_param { shape: { dim: 1 dim: 3 dim: 227 dim: 227 } }
}
```

使用 caffe2ncnn 工具将其转换为 NCNN 的网络描述和模型。

```
caffe2ncnn deploy.prototxt bvlc_alexnet.caffemodel alexnet.param alexnet.bin
```

4. 去除可见字符串

有了 param 和 bin 文件其实就可以了，但是 param 描述文件是明文的，如果放在 App 分发出去很容易被窥探到网络结构，使用 ncnn2mem 工具将其转换为二进制描述文件和内存模型，生成 alexnet.param.bin 和两个静态数组的代码文件。

```
ncnn2mem alexnet.param alexnet.bin alexnet.id.h alexnet.mem.h
```

5. 加载模型

直接加载 param 和 bin，它适合快速验证效果使用。

```
ncnn::Net net;
net.load_param("alexnet.param");
```

```
net.load_model("alexnet.bin");
```

加载二进制的 param.bin 和 bin，没有可见字符串，适合 App 分发模型资源。

```
ncnn::Net net;
net.load_param_bin("alexnet.param.bin");
net.load_model("alexnet.bin");
```

从内存引用加载网络和模型，没有可见字符串，模型数据全在代码中，没有任何外部文件，另外，Android apk 打包的资源文件读出来的也是内存块。

```
#include "alexnet.mem.h"
ncnn::Net net;
net.load_param(alexnet_param_bin);
net.load_model(alexnet_bin);
```

以上三种都可以加载模型，其中内存引用方式加载是 zero-copy 的，所以使用网络模型的来源内存块必须存在。

6. 卸载模型

```
net.clear();
```

7. 输入和输出

NCNN 用自己的数据结构 Mat 来存放输入和输出数据，输入图像的数据要转换为 Mat，依需要减去均值和乘系数。

```
#include "mat.h"
unsigned char* rgbdata;// data pointer to RGB image pixels
int w;// image width
int h;// image height
ncnn::Mat in = ncnn::Mat::from_pixels(rgbdata, ncnn::Mat::PIXEL_RGB, w, h);
const float mean_vals[3] = {104.f, 117.f, 123.f};
in.substract_mean_normalize(mean_vals, 0);
```

执行前向网络，获得计算结果。

```
#include "net.h"
ncnn::Mat in;// input blob as above
ncnn::Mat out;
ncnn::Extractor ex = net.create_extractor();
ex.set_light_mode(true);
ex.input("data", in);
ex.extract("prob", out);
```

如果是二进制的 param.bin 方式，没有可见字符串，则利用 alexnet.id.h 的枚举来代替 blob 的名字。

```
#include "net.h"
#include "alexnet.id.h"
ncnn::Mat in;// input blob as above
ncnn::Mat out;
ncnn::Extractor ex = net.create_extractor();
ex.set_light_mode(true);
```

```
ex.input(alexnet_param_id::BLOB_data, in);
ex.extract(alexnet_param_id::BLOB_prob, out);
```

获取 Mat 中的输出数据，Mat 内部的数据通常是三维的（c / h / w），可以遍历所有获得全部分类的分数。

```
ncnn::Mat out_flatterned = out.reshape(out.w * out.h * out.c);
std::vector<float> scores;
scores.resize(out_flatterned.w);
for (int j=0; j<out_flatterned.w; j++)
{
    scores[j] = out_flatterned[j];
}
```

8. 使用技巧

Extractor 有个多线程加速的开关，设置线程数能加快计算：

```
ex.set_num_threads(4);
```

Mat 转换图像时可以顺便转换颜色和缩放大小，这些顺带的操作也是有优化的，它支持 RGB2GRAY、GRAY2RGB、RGB2BGR 等常用转换，也支持缩小和放大。

```
#include "mat.h"
unsigned char* rgbdata;// data pointer to RGB image pixels
int w;// image width
int h;// image height
int target_width = 227;// target resized width
int target_height = 227;// target resized height
ncnn::Mat in = ncnn::Mat::from_pixels_resize(rgbdata, ncnn::Mat::PIXEL_RGB2GRAY, w, h, target_width, target_height);
```

Net 有从 FILE* 文件描述加载的接口，可以利用这点把多个网络和模型文件合并为一个，分发时较为方便，而内存引用就无所谓了。

```
cat alexnet.param.bin alexnet.bin > alexnet-all.bin
#include "net.h"
FILE* fp = fopen("alexnet-all.bin", "rb");
net.load_param_bin(fp);
net.load_model(fp);
fclose(fp);
```

16.3 Caffe

Caffe 框架一般运行在 Linux 环境下，虽然 Windows 有移植，但会有很多意想不到的问题，所以推荐在 Linux 环境下使用 Caffe。

16.3.1 Ubuntu 上安装 Caffe

利用 Anaconda 来安装 Caffe 十分简单快捷，仅需几条代码即可安装好所需的环境，并且

Anaconda 有助于服务器下不同用户之间的 Package 版本，系统设置各自独立，互不干扰。Anaconda 可以直接去官网下载 Linux 版本的安装包，直接安装即可。

1. 创建虚拟环境

```
conda create -n your-envs-name
```

例如：

```
conda create -n mycaffe
```

2. 激活环境

```
conda activate mycaffe
```

3. 安装 Caffe

```
conda install -c engility caffe-gpu #GPU 版本，会自动安装好驱动对应的 CUDA、cudnn
或者
conda install -c engility caffe #CPU 版本
```

4. 测试

```
conda activate mycaffe
caffe    #会有指令提示
python   #进去 Python
import caffe #加载 Caffe 成功
```

16.3.2 源码安装 Caffe（CPU）

1. 安装依赖库

```
sudo apt-get update
sudo apt-get upgrade
sudo apt-get install -y libopencv-dev
sudo apt-get install -y build-essential cmake git pkg-config
sudo apt-get install -y libprotobuf-dev libleveldb-dev libsnappy-dev libhdf5-serial-dev protobuf-compiler
sudo apt-get install -y liblapack-dev
sudo apt-get install -y libatlas-base-dev
sudo apt-get install -y --no-install-recommends libboost-all-dev
sudo apt-get install -y libgflags-dev libgoogle-glog-dev liblmdb-dev
```

2. 从 GitHub 上下载 Caffe

```
sudo git clone https://github.com/BVLC/caffe.git
```

3. 修改 Makefile.config 文件

```
cp Makefile.config.example Makefile.config
```

（1）修改参量

```
#CPU_ONLY := 1
```

改为

```
CPU_ONLY := 1
```

如果安装的是 OpenCV3，要将

```
#OPENCV_VERSION := 3
```

改为

```
OPENCV_VERSION := 3
```

（2）在终端中查找另外添加的两个文件的路径

```
sudo find / -name hdf5.h
sudo find / -name libhdf5.so
```

（3）复制对应路径到 Makefile.config 中

```
INCLUDE_DIRS := $(PYTHON_INCLUDE) /usr/local/include /usr/include/hdf5/serial
LIBRARY_DIRS := $(PYTHON_LIB) /usr/local/lib /usr/lib  /usr/lib/x86_64-linux-gnu/hdf5/serial
```

4. 编译

```
make all -j4//代表有 4 个核
make test
make runtest
```

5. 测试

```
./data/cifar10/get_cifar10.sh
./examples/cifar10/create_cifar10.sh
```

将 examples/cifar10/cifar10_quick_solver.prototxt 中的 GPU 改为 CPU；将 examples/cifar10/cifar10_quick_solver_lr1.prototxt 中的 GPU 改为 CPU。

输入命令：

```
examples/cifar10/train_quick.sh
```

6. PyCaffe 环境设置

在 Caffe 根目录下，有个 python 文件夹，文件夹里面有个文件 requirements.txt，里面有需要的依赖库和版本信息，按照其安装即可。

```
sudo apt-get install gfortran
cd ~/caffe/python
for req in $(cat requirements.txt); do pip install $req; done
```

Caffe 只支持 protobuf 2.x 版本。

（1）首先查看版本：

```
protobuf --vertion
```

如果是 3.x 版本，则卸载：

```
sudo pip uninstall protobuf
```

再次查看版本：

```
protobuf --vertion
```

如果显示的还是老版本号，手动在/usr/local/lib 及/usr/lib 下删除 protoc 文件。

（2）下载老版本

```
https://github.com/google/protobuf/releases/tag/v2.6.1
tar -zxvf protobuf-2.6.1.tar.gz # 解压
sudo apt-get install build-essential # 不装会报错
cd protobuf-2.6.1/ # 进入目录
./configure # 配置安装文件
make -j8# 编译
make check -j8 # 检测编译安装的环境
sudo make install -j8# 安装
```

安装后如果 import caffe 时发现找不到模块，则可以：

```
sudo apt-get uninstall python-protobuf
```

7. 编译 Python 接口

```
cd caffe make pycaffe
```

8. 添加环境变量

在/etc/profile 文件的最后一行中添加环境变量：

```
vim /etc/profileexport PYTHONPATH=/path/to/caffe/python:$PYTHONPATH
source /etc/profile
```

9. 测试

```
cd python python
```

在 Python 中输入：

```
import caffe
```

注：在 Linux 系统中创建 shfile 共享文件夹。

```
mount -t vboxsf sh /home/v3edu/shfile
```

16.3.3 Caffe 使用方法

Caffe 是一个清晰而高效的深度学习框架，纯粹的 C++/CUDA 架构，支持命令行、Python 和 MATLAB 接口，可以在 CPU 和 GPU 中直接无缝切换。

Caffe 的主要优势有：

- CPU 与 GPU 无缝切换。
- 模型与优化都是通过配置文件来设置的，无须代码。

Caffe 的使用接口有命令行，Python 和 MATLAB 在训练时只需命令行执行配置好的文件即可，至于训练好的模型则可以使用 Python 与 MATLAB 的接口进行调用，下面先描述基于命令行的模型训练，以 LeNet 模型为例。

1. LeNet 模型

LeNet 是手写数字库 MNIST 中应用比较经典的模型，具有 7 层网络结构，分别是输入层、卷积层、下采样层、全连接层、非线性层、准确率层、损失估计层。

```
Gradient based learning applied to document recognition
```

训练模型之前需要先准备好训练数据 MNIST，执行以下命令可以下载 MNIST 数据库：

```
./data/mnist/get_mnist.sh
```

由于 Caffe 支持的数据类型不包括图像类型，所以常规做法需要将图像类型转为 lmdb 类型：

```
./examples/mnist/create_mnist.sh
```

准备好数据之后，我们需要定义网络模型，在 Caffe 中可通过.prototxt 配置文件来定义，MNIST 的模型文件保存在./examples/mnist/lenet_train_test.prototxt 中，打开可以看到各个网络层是如何定义的。

（1）输入层（数据层）

```
layer {  name: "mnist"       //表示层名
type: "Data"       //表示层的类型
top: "data"
top: "label"
  include {
phase: TRAIN      //表示仅在训练阶段起作用
  }
  transform_param {
scale: 0.00390625  //将图像像素值归一化
  }
  data_param {
source: "examples/mnist/mnist_train_lmdb"   //数据来源
batch_size: 64                                //训练时每个迭代的输入样本数量
backend: LMDB                                 //数据类型
  }
}
```

（2）卷积层

```
layer {
name: "conv1"
type: "Convolution"  bottom: "data"          //输入的是 data
top: "conv1"                 //输出的是卷积特征
  param {
lr_mult: 1                 //权重参数 w 的学习率倍数
  }
  param {
lr_mult: 2                 //偏置参数 b 的学习率倍数
  }
  convolution_param {
num_output: 20
kernel_size: 5
stride: 1
weight_filler {            //权重参数 w 的初始化方案，使用 xavier 算法
```

```
type: "xavier"
    }
bias_filler {
type: "constant"          //偏置参数 b 初始化为常数，一般为 0
    }
  }
}
```

（3）下采样层（pool）

```
layer {
name: "pool1"
type: "Pooling"
bottom: "conv1"
top: "pool1"
  pooling_param {
pool: MAX
kernel_size: 2
stride: 2
  }
}
```

（4）全连接层

```
layer {
  name: "ip1"
  type: "InnerProduct"
  bottom: "pool2"
  top: "ip1"
  param {
    lr_mult: 1
  }
  param {
    lr_mult: 2
  }
  inner_product_param {
    num_output: 500
    weight_filler {
      type: "xavier"
    }
    bias_filler {
      type: "constant"
    }
  }
}
```

（5）非线性层

```
layer {
name: "relu1"
type: "ReLU"
bottom: "ip1"
top: "ip1"
}
```

（6）准确率层（计算准确率）

```
layer {
name: "accuracy"
type: "Accuracy"
bottom: "ip2"
bottom: "label"
top: "accuracy"
  include {
phase: TEST
  }
}
```

（7）损失估计层

```
layer {
name: "loss"
type: "SoftmaxWithLoss"
bottom: "ip2"
bottom: "label"
top: "loss"
}
```

定义完网络模型，还需要配置关于模型优化的 lenet_solver.prototxt 文件，配置文件如下：

```
net: "examples/mnist/lenet_train_test.prototxt"      //设定网络模型配置文件的路径
test_iter: 100            //测试 100 次，每次使用 batch_size 个样本
test_interval: 500        //每隔 500 次用测试数据，做一次验证
base_lr: 0.01           //学习率
momentum: 0.9           //权重衰减系数
weight_decay: 0.0005      //权重衰减系数
lr_policy: "inv"          //梯度下降的相关优化策略
gamma: 0.0001
power: 0.75
display: 100              //每迭代 100 次显示一次结果
max_iter: 10000  //最大迭代次数
snapshot: 5000   //每迭代 5000 次，保存一次结果
snapshot_prefix: "examples/mnist/lenet"     //每迭代 5000 次，保存一次结果
solver_mode: GPU  //训练硬件设备选择 GPU 还是 CPU
```

2. 训练模型

接下来就是进行训练了，直接执行脚本命令就可以：

```
#!/usr/bin/env sh
set -e
./build/tools/caffe train --solver=examples/mnist/lenet_solver.prototxt $@
```

脚本中指定了 Caffe 的路径并设为 train 模式，并以 lenet_solver.prototxt 中的参数开启训练，上面说过在 lenet_solver.prototxt 中设定了网络模型配置文件的路径。

执行后可以看到，首先会读取配置文件初始化网络和优化器，紧接着开始优化，可以看到训练过程中每 100 次迭代就会显示一个损失（loss），每 500 次迭代就会计算一次准确率（test），总共 10000 次迭代，这些都可以在配置文件中设置，如图 16-6 所示。

```
I1112 11:45:36.121951  7854 solver.cpp:239] Iteration 9900 (18.1324 iter/s, 5.515s/100 iters), loss = 0.00620736
I1112 11:45:36.121996  7854 solver.cpp:258]     Train net output #0: loss = 0.00620749 (* 1 = 0.00620749 loss)
I1112 11:45:36.122004  7854 sgd_solver.cpp:112] Iteration 9900, lr = 0.00596843
I1112 11:45:41.599592  7854 solver.cpp:464] Snapshotting to binary proto file examples/mnist/lenet_iter_10000.caffemodel
I1112 11:45:41.618216  7854 sgd_solver.cpp:284] Snapshotting solver state to binary proto file examples/mnist/lenet_iter_10000.solverstate
I1112 11:45:41.644001  7854 solver.cpp:327] Iteration 10000, loss = 0.00333873
I1112 11:45:41.644047  7854 solver.cpp:347] Iteration 10000, Testing net (#0)
I1112 11:45:45.006284  7857 data_layer.cpp:73] Restarting data prefetching from start.
I1112 11:45:45.152503  7854 solver.cpp:414]     Test net output #0: accuracy = 0.9906
I1112 11:45:45.152560  7854 solver.cpp:414]     Test net output #1: loss = 0.0297759 (* 1 = 0.0297759 loss)
I1112 11:45:45.152568  7854 solver.cpp:332] Optimization Done.
I1112 11:45:45.152575  7854 caffe.cpp:250] Optimization Done.
```

图 16-6　开始训练

训练完之后的模型就保存在.caffemodel 文件中，该文件可以被 C、Python、MATLAB 等调用。

通过 LeNet 模型的使用，我们可以发现，使用 Caffe 训练模型只需要以下几个步骤：

① 准备好数据。

② 写好模型配置文件。

③ 写好优化配置文件。

④ 命令行执行。

这样就可以得到训练的模型.caffemodel 文件了。

3. 模型训练流程

（1）准备数据

①数据来源：任意的 jpg 或其他格式的图像数据。

②划分数据为 train 和 val 数据集，并且使用文本记录好对应的标签（自己写脚本就可以），格式如下（注意 label 是从 0 开始的）：

```
1.jpe 0
2.jpe 0
3.jpe 1
4.jpe 1
5.jpe 2
6.jpe 2
7.jpe 3
8.jpe 4
```

③将数据转化为 lmdb，在 Caffe 的根目录下，/build/tools/下有各种可以使用的命令行工作，为了将图像数据转化为 lmdb，可以使用 convert_imageset 指令，具体如下：

```
$CAFFE_TOOLS/convert_imageset \
            --resize_height=$RESIZE_HEIGHT \
            --resize_width=$RESIZE_WIDTH \
            --shuffle \
            $IMAGE_DATA_ROOT \
            $LABEL_DATA_PATH/label.txt \
            $OUTPUT_PATH/data_lmdb
```

其中 CAFFE_TOOLS 是命令行路径；resize_height 根据自己需要决定是否要将原始图片改变大小。

（2）训练模型

前面已经讲述了如何配置模型文件和优化文件，现在需要注意的是如何调用命令行来训练，很简单，只需指定优化配置文件的路径即可；至此模型训练结束，我们已经得到了想要的模型，并存放在. caffemodel 中。

（3）使用模型

以下记录如何用命令行来使用训练好的模型，主要讲述提取每层的特征：

① test.prototxt 描述的是测试的网络结构。

② ip2 表示需要提取特征的层的名字。

（4）注意事项

① 在将 jpg 数据转化为 lmdb 时，都需要有 label 的文本信息，一般来说，train 和 val 数据是带有 label 的，test 数据是没有的，一般给 test 数据提供 index 文本信息。

② 在模型训练过程中将导入 train 数据和 val 数据，其中 train 数据用于训练模型，val 数据给出识别率为调参提供参考；其中 val 数据不是必需的，根据需要在训练模型配置文件中定义。

③ 训练过程的模型文件既定义了训练模型也定义了验证模型，而提取特征过程的模型文件中只定义测试模型。

④ 在提取的特征中，每张图像的特征的次序跟输入的次序是不一样的，为了得到 Caffe 模型训练过程中的输入图像的次序，可以通过提取 test 数据的 index 文本信息，也就是 label 信息。

⑤ 提取出来的特征以 lmdb 形式给出，需要根据需要自行转换。

任务 20　基于神经网络的手势识别

一、任务描述

采用工人智能嵌入式边缘计算技术，运行训练神经网络模型，对数字 1～10 的手势进行识别，并显示对应的数字。

二、任务实施

第 1 步：环境准备

（1）在 Ubuntu 系统中安装 Caffe。

可以采用虚拟机安装，非虚拟机可以使用 GPU 版本加速训练。

（2）在龙芯 2K 教育派开发板上安装 NCNN。

（3）采用训练神经网络模型识别特定的手势，手势如图 16-7 所示。

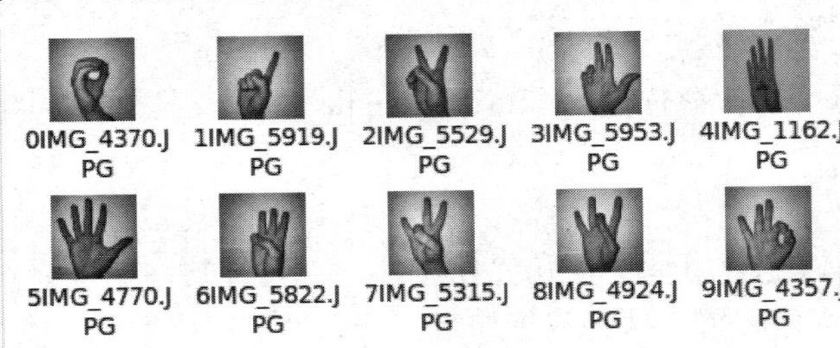

图 16-7　手势

第 2 步：数据集处理

（1）下载数据集。

```
链接：https://pan.baidu.com/s/1IR3meGgo8OC8K7yljcpEDA
提取码：lx2k
```

（2）新建 hand_lenet 文件夹，并且将数据集解压到里面。dataset 目录下每一类都已经按文件夹分类好，0～9 对应 10 个手势数据。新建一个 train 文件夹，将所有分类目录放进里面，项目的整体结构如下。此时还需要创建一个脚本来划分测试集 val 并且创建 txt 索引文件。

```
hand_lene
├── creat_train_and_val_txt.py
└── dataset
    └── train
        ├── 0
        ├── 1
        ├── ...
        └── 9
```

（3）创建 txt 索引文件。

train.txt 文本内容是训练集图像的相对路径及其对应的 ground-truth label，其中相对路径的根目录是 train/文件夹，每一行记录一张图像的相对路径和对应的 label（所用的手势图像类别依次命名为 0～9），label 和相对路径之间用一个空格符隔开。

val/目录的格式与 train/目录不同，val/目录下并没有子文件夹，直接存放不同类别的图像，每一类取训练集数据的 10%作为验证集图像。val.txt 与 train.txt 内容相似，也是图像的相对路径及其对应的 ground-truth label。

通过 Python 脚本来划分 val 数据集，同时创建 train.txt 和 val.txt，脚本如下：

```
# -*- coding:UTF-8 -*-
import os
import shutilfrom random
import shuffle
# 判断路径是否存在
isExists=os.path.exists("./dataset/val")
# 如果不存在则创建目录
if not isExists:
   os.makedirs("./dataset/val")
train_src_path = "./dataset/train/"
class_list =  os.listdir(train_src_path)
train_txt_list = []
val_txt_list = []
for i in range(10):
   class_name = str(i)
   class_path  = os.path.join(train_src_path,class_name)
   img_list =os.listdir(class_path)
   # 划分数据集
   num = int(len(img_list)*0.9)
   train_list = img_list[:num]
   val_list = img_list[num:]
   # tarin.txt 路径
```

```
        for img_name in train_list:
            img_path = os.path.join(class_name,img_name)
            train_txt_list.append(img_path+' '+class_name+"\n")
        # val 移动图片,将分类名加前面避免有重复命名
        for img_name in val_list:
            img_path = os.path.join(class_path,img_name)
            new_path = os.path.join("./dataset/val",class_name+img_name)
            shutil.move(img_path, new_path)
            val_txt_list.append(class_name+img_name+' '+class_name+"\n")
            # shuffle(train_txt_list)# tarin.txt 写入路径和 label
    with open("./dataset/train.txt","w") as f1:
            f1.truncate(0)
            for _list in train_txt_list:
                f1.write(_list)
    # val 移动图片后再写入路径和 label
    with open("./dataset/val.txt","w") as f2:
            f2.truncate(0)
            for _list in val_txt_list:
                f2.write(_list)
```

运行完脚本即可在 dataset 下重新划分 train 和 val 数据，同时生成 train.txt 和 val.txt，如图 16-8 所示。

图 16-8　划分数据集

（4）转换数据格式为 lmdb 文件。

```
    #!/usr/bin/env sh
    # 激活环境
    source /home/abc/miniconda3/bin/activate caffe
    python --version
    # Create the imagenet lmdb inputs# N.B. set the path to the imagenet train +
val data dirs
    set -e
    EXAMPLE=models/caffe_refuse_classification/
    DATA=datasetTOOLS=build/tools
    TRAIN_DATA_ROOT=dataset/train/
    VAL_DATA_ROOT=dataset/val/
    # Set RESIZE=true to resize the images to 256x256. Leave as false if images have#
already been resized using another tool.
    RESIZE=true
    if $RESIZE; then
      RESIZE_HEIGHT=100
      RESIZE_WIDTH=100
    else
```

```
  RESIZE_HEIGHT=0
  RESIZE_WIDTH=0
fi
if [ ! -d "$TRAIN_DATA_ROOT" ]; then
  echo "Error: TRAIN_DATA_ROOT is not a path to a directory: $TRAIN_DATA_ROOT"
  echo "Set the TRAIN_DATA_ROOT variable in create_imagenet.sh to the path" \
       "where the ImageNet training data is stored."
  exit 1
fi
if [ ! -d "$VAL_DATA_ROOT" ]; then
  echo "Error: VAL_DATA_ROOT is not a path to a directory: $VAL_DATA_ROOT"
  echo "Set the VAL_DATA_ROOT variable in create_imagenet.sh to the path" \
       "where the ImageNet validation data is stored."
  exit 1
fi
echo "Creating train lmdb..."
GLOG_logtostderr=1 convert_imageset \
    --resize_height=$RESIZE_HEIGHT \
    --resize_width=$RESIZE_WIDTH \
    --shuffle \
    $TRAIN_DATA_ROOT \
    $DATA/train.txt \
    train_lmdb
echo "Creating val lmdb..."
GLOG_logtostderr=1 convert_imageset \
    --resize_height=$RESIZE_HEIGHT \
    --resize_width=$RESIZE_WIDTH \
    --shuffle \
    $VAL_DATA_ROOT \
    $DATA/val.txt \
    val_lmdb
echo "Done."
```

运行脚本后，生成 train_lmdb 和 val_lmdb，这两个文件夹内就存放着训练模型时用到的数据，如图 16-9 所示。

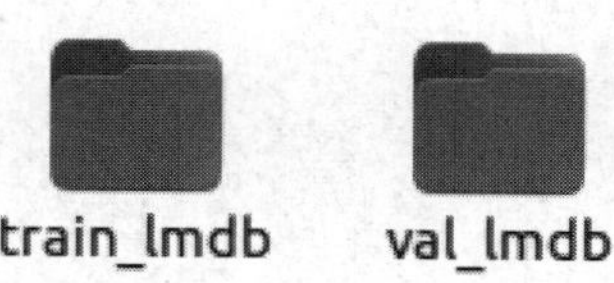

图 16-9　生成训练数据

第 3 步：训练模型

1. 准备神经网络模型

神经网络模型采用经典的 LeNet 模型，LeNet 网络结构比较简单，但是刚好适合神经网络的入门学习，也可以采用更先进的模型如 AlexNet、GoogleNet、ResNet，更先进的模型往往意味着更高的准确率和运算资源。

lenet.prototxt 是预测时使用的模型文件，如下所示：

```
name: "LeNet"
```

```
layer {
  name: "data"
  type: "Input"
  top: "data"
  input_param { shape: { dim: 1 dim: 3 dim: 100 dim: 100 } }
}
layer {
  name: "conv1"
  type: "Convolution"
  bottom: "data"
top: "conv1"
  param {
lr_mult: 1
  }
  param {
lr_mult: 2
  }
  convolution_param {
num_output: 20
kernel_size: 5
stride: 1
weight_filler {
type: "xavier"
    }
bias_filler {
type: "constant"
    }
  }
}
layer {
name: "pool1"
type: "Pooling"
bottom: "conv1"
top: "pool1"
  pooling_param {
pool: MAX
kernel_size: 2
stride: 2
  }
}
layer {
name: "conv2"
type: "Convolution"
bottom: "pool1"
top: "conv2"
  param {
lr_mult: 1
  }
  param {
lr_mult: 2
  }
  convolution_param {
num_output: 50
```

```
    kernel_size: 5
    stride: 1
    weight_filler {
    type: "xavier"
      }
    bias_filler {
    type: "constant"
      }
    }
  }
  layer {
  name: "pool2"
  type: "Pooling"
  bottom: "conv2"
  top: "pool2"
    pooling_param {
  pool: MAX
  kernel_size: 2
  stride: 2
    }
  }
  layer {
  name: "ip1"
  type: "InnerProduct"
    bottom: "pool2"
  top: "ip1"
    param {
  lr_mult: 1
    }
    param {
  lr_mult: 2
    }
    inner_product_param {
  num_output: 500
  weight_filler {
  type: "xavier"
      }
  bias_filler {
  type: "constant"
      }
    }
  }
  layer {
  name: "relu1"
  type: "ReLU"
  bottom: "ip1"
  top: "ip1"
  }
  layer {
  name: "ip2"
  type: "InnerProduct"
  bottom: "ip1"
  top: "ip2"
```

```
  param {
 lr_mult: 1
  }
  param {
 lr_mult: 2
  }
  inner_product_param {
 num_output: 10
 weight_filler {
 type: "xavier"
    }
 bias_filler {
 type: "constant"
    }
  }
}
layer {
 name: "prob"
 type: "Softmax"
 bottom: "ip2"
 top: "prob"
}
```

训练时所需的文件由 lenet.prototxt 修改得到，直接将其复制一份，重命名为 lenet_train_test.prototxt，修改内容如下。

数据输入层：

```
name: "LeNet"
layer {
  name: "data"
  type: "Input"
  top: "data"
  input_param { shape: { dim: 1 dim: 3 dim: 100 dim: 100 } }
}
```

修改成：

```
name: "LeNet"
layer {
name: "hand"
type: "Data"
top: "data"
top: "label"
  include {
phase: TRAIN           # 训练集
  }
  transform_param {
scale: 0.00390625    # 将像素归一化
  }
  data_param {
source: "train_lmdb"    # 训练集的路径
batch_size: 32          # 每次迭代数据个数
backend: LMDB           # 数据格式
```

```
    }
  }
 layer {
 name: "hand"
 type: "Data"
 top: "data"
 top: "label"
   include {
 phase: TEST          # 测试集
   }
   transform_param {
 scale: 0.00390625
   }
   data_param {
 source: "val_lmdb"
 batch_size: 32
 backend: LMDB
   }
 }
```

在结尾的输出层：

```
 layer {
 name: "prob"
 type: "Softmax"
 bottom: "ip2"
 top: "prob"
 }
```

修改 acc 层与 loss 层：

```
 layer {
 name: "accuracy"
 type: "Accuracy"
 bottom: "ip2"
 bottom: "label"
 top: "accuracy"
   include {
 phase: TEST
   }
 }
 layer {
 name: "loss"
 type: "SoftmaxWithLoss"
 bottom: "ip2"
 bottom: "label"
 top: "loss"
 }
```

2. 训练超参数设置文件

```
lenet_solver_adam.prototxt
net: "lenet_train_test.prototxt"
test_iter: 14
```

```
test_interval: 1000
base_lr: 0.001
momentum: 0.9
momentum2: 0.999
lr_policy: "fixed"
display: 100
max_iter: 10000
snapshot: 5000
snapshot_prefix: "save/lenet"
# solver mode: CPU or GPU
solver_mode: GPU
```

3. 设置训练脚本

```
train_lenet.sh
#!/usr/bin/env sh
source /home/abc/miniconda3/bin/activate caffe
python --version
set -e
caffe train \    # 源码编译的 caffe 位于 caffe/build/tools/下
   --solver=lenet_solver_adam.prototxt $@
```

运行脚本即可训练模型，如图 16-10 所示，每 5000 次保存一次模型在 save 文件夹中（要先手动创建），训练 10000 次的模型在 val 数据集下的正确率已经达到了 89%。可以调整参数比如学习率、训练次数、衰减率、优化方式等继续进行训练，或者更换其他更深的模型。

```
I1129 09:27:18.520998  4379 solver.cpp:237]     Train net output #0: loss = 0.000236018 (* 1 = 0.000236018 loss)
I1129 09:27:18.521008  4379 sgd_solver.cpp:105] Iteration 9600, lr = 0.001
I1129 09:27:18.623370  4386 data_layer.cpp:73] Restarting data prefetching from start.
I1129 09:27:19.731597  4386 data_layer.cpp:73] Restarting data prefetching from start.
I1129 09:27:20.439448  4379 solver.cpp:218] Iteration 9700 (52.123 iter/s, 1.91854s/100 iters), loss = 0.000113807
I1129 09:27:20.440083  4379 solver.cpp:237]     Train net output #0: loss = 0.000113937 (* 1 = 0.000113937 loss)
I1129 09:27:20.440093  4379 sgd_solver.cpp:105] Iteration 9700, lr = 0.001
I1129 09:27:20.812103  4386 data_layer.cpp:73] Restarting data prefetching from start.
I1129 09:27:21.935784  4386 data_layer.cpp:73] Restarting data prefetching from start.
I1129 09:27:22.355533  4379 solver.cpp:218] Iteration 9800 (52.2045 iter/s, 1.91554s/100 iters), loss = 0.000312889
I1129 09:27:22.356168  4379 solver.cpp:237]     Train net output #0: loss = 0.000313018 (* 1 = 0.000313018 loss)
I1129 09:27:22.356180  4379 sgd_solver.cpp:105] Iteration 9800, lr = 0.001
I1129 09:27:23.048898  4386 data_layer.cpp:73] Restarting data prefetching from start.
I1129 09:27:24.159507  4386 data_layer.cpp:73] Restarting data prefetching from start.
I1129 09:27:24.273753  4379 solver.cpp:218] Iteration 9900 (52.1465 iter/s, 1.91767s/100 iters), loss = 0.000360491
I1129 09:27:24.274392  4379 solver.cpp:237]     Train net output #0: loss = 0.00036062 (* 1 = 0.00036062 loss)
I1129 09:27:24.274405  4379 sgd_solver.cpp:105] Iteration 9900, lr = 0.001
I1129 09:27:25.258527  4386 data_layer.cpp:73] Restarting data prefetching from start.
I1129 09:27:26.153980  4379 solver.cpp:447] Snapshotting to binary proto file save/lenet_iter_10000.caffemodel
I1129 09:27:26.328267  4379 sgd_solver.cpp:273] Snapshotting solver state to binary proto file save/lenet_iter_10000.solverstate
I1129 09:27:26.389117  4379 solver.cpp:310] Iteration 10000, loss = 0.000312253
I1129 09:27:26.389135  4379 solver.cpp:330] Iteration 10000, Testing net (#0)
I1129 09:27:26.424780  4387 data_layer.cpp:73] Restarting data prefetching from start.
I1129 09:27:26.459456  4379 solver.cpp:397]     Test net output #0: accuracy = 0.892857
I1129 09:27:26.459477  4379 solver.cpp:397]     Test net output #1: loss = 0.436688 (* 1 = 0.436688 loss)
I1129 09:27:26.459483  4379 solver.cpp:315] Optimization Done.
I1129 09:27:26.459487  4379 caffe.cpp:259] Optimization Done.
I1129 09:27:26.459751  4387 data_layer.cpp:73] Restarting data prefetching from start.
```

图 16-10　开始训练

如果要沿用已经训练好的模型继续训练，只需在训练脚本中加入模型参数的路径即可：

```
#!/usr/bin/env sh
source /home/abc/miniconda3/bin/activate caffe
python --version
set -e
caffe train \    # 源码编译的 caffe 位于 caffe/build/tools/下
--solver=lenet_solver_adam.prototxt \
--snapshot=save/lenet_iter_10000.solverstate  $@   # 以原来的参数继续训练
# --weights=save/lenet_iter_10000.caffemodel $@    # 以新的参数继续训练
```

4. 测试模型

```
test.py:
import sys
import caffe
import numpy as np
caffe.set_mode_gpu()
# caffe.set_device(0)
#deploy 组网文件
model_def = 'lenet.prototxt'
model_weights = 'lenet_iter_10000.caffemodel'
net = caffe.Net(model_def, #测试的模型，Caffe 已经给出，照着用即可
                model_weights,#训练好的参数
                caffe.TEST) #使用的模式
#加载均值文件
# mu = np.load('image_mean.npy')
# mu = mu.mean(1).mean(1)
#print 'mean-substracted values',zip('BGR',mu)
transformer = caffe.io.Transformer({'data':net.blobs['data'].data.shape})
#[h,w,c]->[c,h,w]
transformer.set_transpose('data', [2,0,1])
# transformer.set_mean('data', mu) #减均值
transformer.set_raw_scale('data', 255)#变换到[0-1]
transformer.set_channel_swap('data', [2,1,0])#RGB->BGR
#按照 Caffe 的输入格式 reshape 输入
net.blobs['data'].reshape(1, #batch,想一张的测试
                          3,   #channel
                          100, #height
                          100) #weight
img_path = sys.argv[1]
img = caffe.io.load_image(img_path)
#将输入进行预处理达到 Caffe 的输入格式要求
transformer_img = transformer.preprocess('data',img)
#让 deploy 里面的数据层接收到输入的图片
net.blobs['data'].data[...] = transformer_img
#前向传播一次就行
output = net.forward()
#在网络的最后一个层是输出的每个类别的概率
output_pro = output['prob'][0]
print output_pro
#最大的概率
print 'predict class is:',output_pro.argmax()
```

第 4 步：部署模型

1. 转换模型

在龙芯教育派上新建一个 model 文件夹，用于存放训练好的 Caffe 模型，所需的文件有 lenet.prototxt 和 lenet_iter_10000.caffemodel。在编译好的 ncnn/build/tools/caffe/下，caffe2ncnn 工具能将这两个文件转换成 NCNN 的模型文件，执行命令：

```
../ncnn/build/tools/caffe/caffe2ncnn lenet.prototxt lenet_iter_10000.caffemodel ncnn_hand.param ncnn_hand.bin
```

生成的 ncnn_hand.param、ncnn_hand.bin 均用于部署 NCNN 模型。

2. 添加 examples 源码

在/ncnn/ncnn/examples/下新建 cpp 文件 ncnn_hand.cpp。

ncnn_hand 就是我们的预测处理程序，首先要加载模型参数，对传入的图片进行处理（与训练时一致），最后从模型中获取预测分数，将最大值对应的标号进行输出，即可进行手势识别。

```
#if defined(USE_NCNN_SIMPLEOCV)
#include "simpleocv.h"
#else
#include <opencv2/core/core.hpp>
#include <opencv2/highgui/highgui.hpp>
#include <opencv2/imgproc/imgproc.hpp>
#endif
#include <float.h>
#include <stdio.h
>#include <vector>
#include <iostream>
#include "net.h"
static int predit(const cv::Mat& bgr,ncnn::Net& net_)// ncnn::Extractor& ex
{    const int target_size = 100;
int img_w = bgr.cols;
int img_h = bgr.rows;
ncnn::Extractor ex = net_.create_extractor();
ex.set_light_mode(true);
ncnn::Mat in = ncnn::Mat::from_pixels_resize(bgr.data,ncnn::Mat::PIXEL_BGR,
img_w, img_h,target_size, target_size);
ncnn::Mat out;
const float norm_vals[3] = {1/255.f, 1/255.f, 1/255.f};
in.substract_mean_normalize(0, norm_vals);
ex.input("data", in);
ex.extract("prob", out);
ncnn::Mat out_flatterned = out.reshape(out.w * out.h * out.c);
std::vector<float> scores;
scores.resize(out_flatterned.w);
float scores_max = 0.0;
int number = 0;
for (int j=0; j<out_flatterned.w; j++)
{  scores[j] = out_flatterned[j];
   //printf("scores %d : %f\n",j,scores[j]);
   if (scores[j] > scores_max )
   {  scores_max = scores[j];
      number = j;
   }
}
return number;
}
int main(int argc, char** argv)
{  if (argc < 2)
```

```
        {   fprintf(stderr, "Usage: %s [imagepath]\n", argv[0]);
            return -1;
        }
    bool imgShow = false;
    const char* imagepath = argv[1];
    if(argc == 3)
    {   if(strcmp(argv[2],"imgshow")==0)
            {   imgShow = true;
            }
        }
        cv::Mat frame;
        //加载模型
        ncnn::Net net;
        net.load_param("ncnn_hand.param");
        net.load_model("ncnn_hand.bin");
        //相机实时预测
        if (strcmp(imagepath,"cam")==0)
        {  cv::VideoCapture video(0);
            if (video.isOpened())
        {    fprintf(stdout, "cam isOpened\n");
            }
            else
            {   fprintf(stdout, "cam not Opened\n");
                return -1;
            }
            video>>frame;
            //框出 ROI 区域
            int w_c = frame.cols/2;
            int h_c = frame.rows/2;
            int roi_size_w = 220;
            int roi_size_h = 260;
        cv::Rect
rect(w_c-roi_size_w/2-1,h_c-roi_size_h/2-1,roi_size_w+2,roi_size_h+2);
        cv::Rect piece_ROI(cv::Point(w_c-roi_size_w/2, h_c-roi_size_h/2),
    cv::Point(w_c+roi_size_w/2, h_c+roi_size_h/2));
            while(video.isOpened())
            {   int keyboard = cv::waitKey(10);
                if(keyboard==27)
                {  break;
                }
                video>>frame;
                if (frame.empty())
                {   fprintf(stdout, "read cam is failed\n");
                    break;
                }
                cv::Mat frame_roi = frame(piece_ROI);
                cv::rectangle(frame,rect,cv::Scalar(0,255,0),1,4);
                int result = predit(frame_roi,net);

cv::putText(frame,std::to_string(result),cv::Point(w_c-roi_size_w/2-1,
    h_c-roi_size_h/2-1),0,2,cv::Scalar(255,0,0),2,5);
```

```
            cv::imshow("image", frame);
        }
    }
    //图片预测
    else
    {   frame = cv::imread(imagepath);
        if (frame.empty())
        {   fprintf(stderr, "cv::imread %s failed\n", imagepath);
            return -1;
        }
            int result = predit(frame,net);
            fprintf(stdout, "number is %d\n",result);
            if(imgShow)
            {   cv::imshow("image", frame);
                cv::waitKey(0);
            }
    }
    return 0;
}
```

3. 修改 CMakeLists.txt

将刚才添加的 cpp 文件添加到 ncnn/examples/CMakeLists.txt 的编译列表中，如图 16-11 所示。

```
    endif()

    if(OpenCV_FOUND OR NCNN_SIMPLEOCV)
        if(OpenCV_FOUND)
            message(STATUS "OpenCV library: ${OpenCV_INSTALL_PATH}")
            message(STATUS "    version: ${OpenCV_VERSION}")
            message(STATUS "    libraries: ${OpenCV_LIBS}")
            message(STATUS "    include path: ${OpenCV_INCLUDE_DIRS}")

            if(${OpenCV_VERSION_MAJOR} GREATER 3)
                set(CMAKE_CXX_STANDARD 11)
            endif()
        endif()

        include_directories(${CMAKE_CURRENT_SOURCE_DIR}/../src)
        include_directories(${CMAKE_CURRENT_BINARY_DIR}/../src)

        ncnn_add_example(ncnn_hand)
        ncnn_add_example(squeezenet)
        ncnn_add_example(squeezenet_c_api)
        ncnn_add_example(fasterrcnn)
        ncnn_add_example(rfcn)
        ncnn_add_example(yolov2)
        ncnn_add_example(yolov3)
```

图 16-11　添加训练的模型名字

4. 编译

在 ncnn/build/examples/下打开命令行执行编译命令：make。编译生成可执行文件，如图 16-12 所示。

```
loongson@ls2k:~/ncnn/ncnn/build/examples$ make
[  0%] Built target ncnn-generate-spirv
[ 74%] Built target ncnn
Consolidate compiler generated dependencies of target ncnn_hand
[ 75%] Building CXX object examples/CMakeFiles/ncnn_hand.dir/ncnn_hand.cpp.o
[ 75%] Linking CXX executable ncnn_hand
[ 75%] Built target ncnn_hand
[ 76%] Built target ncnn_lenet
[ 77%] Built target squeezenet
[ 78%] Built target squeezenet_c_api
[ 79%] Built target fasterrcnn
[ 80%] Built target rfcn
[ 82%] Built target yolov2
[ 83%] Built target yolov3
[ 84%] Built target yolov5
[ 85%] Built target yolox
[ 86%] Built target mobilenetv2ssdlite
[ 87%] Built target mobilenetssd
[ 88%] Built target squeezenetssd
[ 89%] Built target shufflenetv2
[ 91%] Built target peleenetssd_seg
[ 92%] Built target simplepose
[ 93%] Built target retinaface
[ 94%] Built target yolact
[ 95%] Built target nanodet
[ 96%] Built target scrfd
[ 97%] Built target scrfd_crowdhuman
[ 98%] Built target yolov4
[100%] Built target rvm
loongson@ls2k:~/ncnn/ncnn/build/examples$
```

图 16-12　编译生成可执行文件

可以看到 ncnn_hand 已经添加进了编译列表并且编译成功。将生成的二进制文件 ncnn_hand 复制到之前的 model 文件夹下。

5. 执行预测

```
./ncnn_hand 0IMG_4370.JPG # 预测图片
```

预测图片，如图 16-13 所示。

```
loongson@ls2k:~/ncnn/model$ ./ncnn_hand 0IMG_4370.JPG
number is 0
loongson@ls2k:~/ncnn/model$ ./ncnn_hand 1IMG_5919.JPG
number is 1
loongson@ls2k:~/ncnn/model$ ./ncnn_hand 2IMG_5529.JPG
number is 8
loongson@ls2k:~/ncnn/model$ ./ncnn_hand 3IMG_5953.JPG
number is 3
loongson@ls2k:~/ncnn/model$ ./ncnn_hand 4IMG_1162.JPG
number is 4
loongson@ls2k:~/ncnn/model$ ./ncnn_hand 5IMG_4770.JPG
number is 5
loongson@ls2k:~/ncnn/model$ ./ncnn_hand 6IMG_5822.JPG
number is 7
loongson@ls2k:~/ncnn/model$ ./ncnn_hand 7IMG_5315.JPG
number is 7
loongson@ls2k:~/ncnn/model$ ./ncnn_hand 8IMG_4924.JPG
number is 8
loongson@ls2k:~/ncnn/model$ ./ncnn_hand 9IMG_4357.JPG
number is 9
loongson@ls2k:~/ncnn/model$
```

图 16-13　预测图片

```
./ncnn_hand cam # 实时相机预测
```

识别手势如图 16-14 所示。

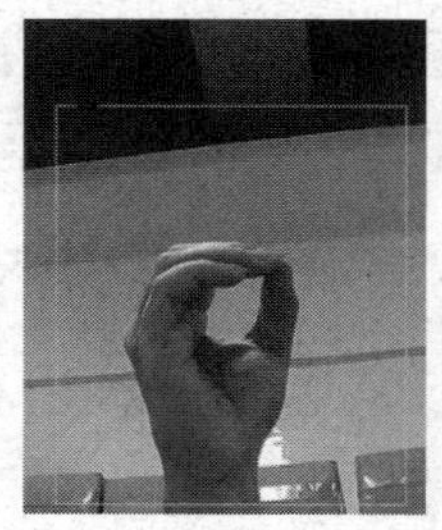

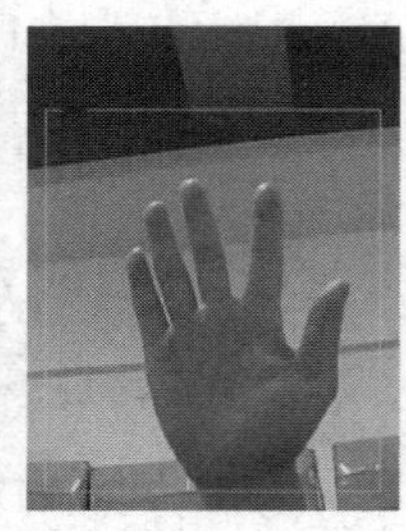
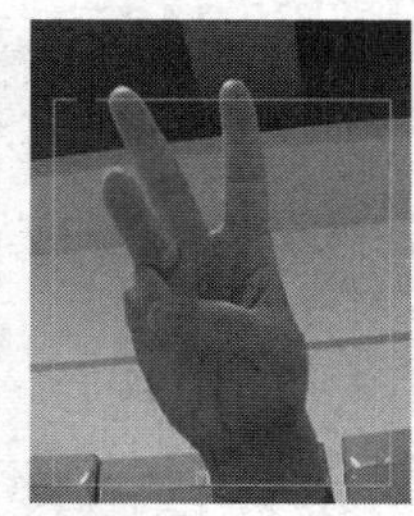

图 16-14　识别手势

可以看到，在预测测试集的图片时仍有错误的情况，因为训练 10000 次的模型此时正确率只有 89%，可以调整超参数继续训练来提高正确率。在实时相机识别时，因为背景、光照、甚至手的形状与训练集的有所区别，识别正确率也不是很高，说明模型的泛化能力不强。因此更为高效的改进方法是：

（1）制作自己的数据集，让识别的场景与训练时的场景一致，能很好地提高正确率。这也是在网上下载一个训练好的模型，往往还需要对本地数据进行迁移学习微调的原因。

（2）图像增强，增大数据集，对数据集进行随机亮度、随机裁剪等方式调整以增强模型的泛化能力。

（3）更换模型，LeNet 是一个较简单的卷积神经网络，但是它包含了深度学习的基本模块：卷积层、池化层、全连接层，是其他深度学习模型的基础。可以使用 AlexNet、VGG 来训练，能得到一个比较理想的正确率，但是其运算能力的需求也是十几、数十倍的增加。所以在选择模型时也要评估模型的识别率与运算时间。

任务 21　基于神经网络的人脸口罩佩戴检测

一、任务描述

采用工人智能嵌入式边缘计算技术，运行训练神经网络模型，对是否佩戴口罩的人脸进行识别，并在图片上显示否佩戴口罩信息。

二、任务实施

第 1 步：分析检测方法

佩戴口罩是疫情防控的主要措施，口罩佩戴检测在各种人流密集场所的应用非常广泛，如客运中心、商超、地铁站、火车站、飞机场等。根据深度学习的基础知识可知，目标检测可以定位到物体的位置并且可识别物体的类别，可满足于人脸口罩佩戴检测的功能需求。它既可以定位到图像中人脸的位置，也可以识别出该人脸是否佩戴口罩，如图 16-15 所示。

人脸口罩检测嵌入式端模型部署的完整流程如图 16-16 所示，主要使用 PyTorch 深度学习框架和 NCNN 模型推理框架实现，主要分为 PC 端模型训练和嵌入式端模型部署及应用，由数据采集、模型构建、模型训练、模型转换、模型部署和验证、扩展应用六大步骤组成。

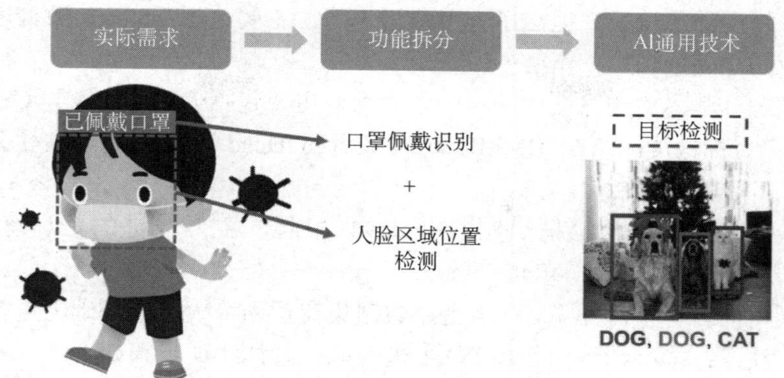

图 16-15　人脸口罩检测

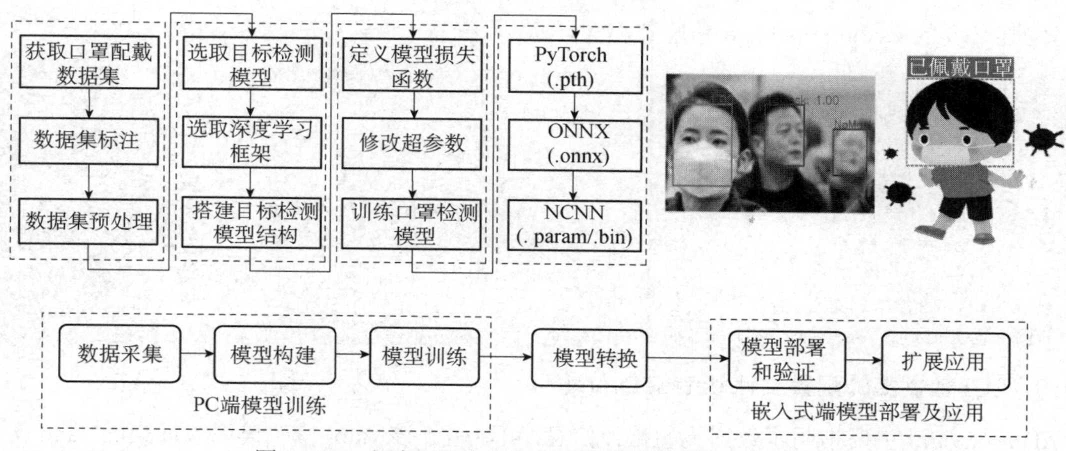

图 16-16　人脸口罩检测嵌入式端模型部署的完整流程

第 2 步：环境准备

（1）上位机训练 yolov5 模型，采用 PyTorch 框架。

（2）在龙芯 2K 教育派开发板上安装 NCNN。

第 3 步：数据集准备

使用 VOTT 数据集标注软件标注人脸口罩数据集（需要将数据集格式导出为 VOC 的数据集格式）或直接使用已标记完成的口罩数据集（在提供的资源包 Maskdata.zip 压缩包中），如图 16-17 所示。

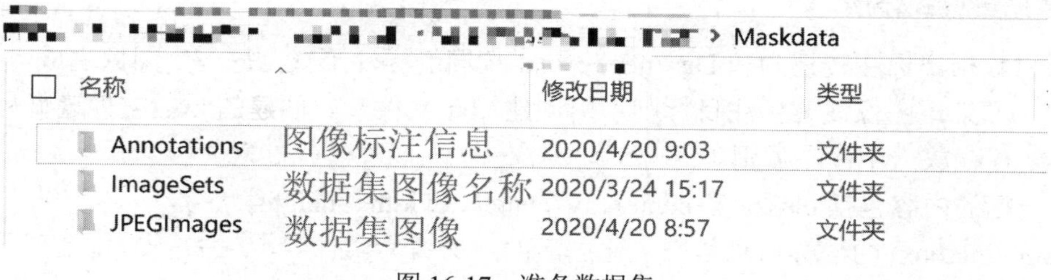

› Maskdata

名称		修改日期	类型
Annotations	图像标注信息	2020/4/20 9:03	文件夹
ImageSets	数据集图像名称	2020/3/24 15:17	文件夹
JPEGImages	数据集图像	2020/4/20 8:57	文件夹

图 16-17　准备数据集

第 4 步：训练模型

yolov5 是一种单阶段目标检测算法，该算法在 yolov4 的基础上添加了一些新的改进思路，使其速度与精度都得到了极大的性能提升，主要的改进思路如下所示。

输入端：在模型训练阶段，提出了一些改进思路，主要包括 Mosaic 数据增强、自适应锚框计算、自适应图片缩放。

基准网络：融合其他检测算法中的一些新思路，主要包括 Focus 结构与 CSP 结构。

Neck 网络：目标检测网络在 BackBone 与最后的 Head 输出层之间往往会插入一些层，yolov5 中添加了 FPN+PAN 结构。

Head 输出层：输出层的锚框机制与 yolov4 相同，主要改进的是训练时的损失函数 GIOU_Loss，以及预测框筛选的 DIOU_nms。

yolov5 是通用的目标检测模型，只需更换数据集在预训练模型的基础上重新训练即可实现口罩检测功能。注意：模型训练需使用 PC 主机完成，具体实现步骤如下。

1. 环境配置

安装必要的 Python Package 和配置相关环境。

```
#python3.6
# torch==1.3.0
# torchvision==0.4.1

# git clone yolo v5 repo
git clone https://github.com/ultralytics/yolov5
cd yolov5
# 安装必要的 Package
pip3 install -U -r requirements.txt
```

2. 创建数据集的配置文件 dataset.yaml

dataset.yaml 主要指明了数据集的路径信息，可以基于该 yaml 修改自己数据集的 yaml 文件。

```
# train and val datasets (image directory or *.txt file with image paths)
train: ./datasets/score/images/train/
val: ./datasets/score/images/val/

# number of classes
nc: 2

# class names
names: [''mask', 'no mask'']
```

3. 数据集格式转换

需要将数据集标注转换为和 Darknet Format 相同的标注形式，每一个图像生成一个*.txt 的标注文件（如果该图像没有标注目标则不用创建*.txt 文件）。创建的*.txt 文件遵循如下规则：

- 每一行存放一个标注类别。
- 每一行的内容包括 class、x_center、y_center、width、height。
- Bounding box 的坐标信息是归一化之后的（0～1）。
- class label 转化为 index 时计数是从 0 开始的。

```
def convert(size, box):
    '''
```

```
    将标注的 xml 文件标注转换为 darknet 形的坐标
    '''
    dw = 1./(size[0])
    dh = 1./(size[1])
    x = (box[0] + box[1])/2.0 - 1
    y = (box[2] + box[3])/2.0 - 1
    w = box[1] - box[0]
    h = box[3] - box[2]
    x = x*dw
    w = w*dw
    y = y*dh
    h = h*dh
    return (x,y,w,h)
```

每一个标注*.txt 文件存放在和图像相似的文件目录下，只需要将/images/*.jpg 替换为/lables/*.txt 即可。

4. 选择模型，修改相应的配置文件

yolov5 官方一共提供了 yolov5s.yaml、yolov5m.yaml、yolov5l.yaml、yolov5x.yaml 四个不同大小的模型，它们的精度与速度也各有不同，官方给出了具体的数据，如图 16-18 所示。

Model	AP^{val}	AP^{test}	AP_{50}	$Speed_{GPU}$	FPS_{GPU}	params	FLOPS
yolov5s	37.0	37.0	56.2	**2.4ms**	**416**	7.5M	13.2B
yolov5m	44.3	44.3	63.2	3.4ms	294	21.8M	39.4B
yolov5l	47.7	47.7	66.5	4.4ms	227	47.8M	88.1B
yolov5x	**49.2**	**49.2**	**67.7**	6.9ms	145	89.0M	166.4B
yolov5x + TTA	**50.8**	**50.8**	**68.9**	25.5ms	39	89.0M	354.3B

图 16-18　不同模型的参数指标

可以根据需求选择相应的模型，这里选择最小的 yolov5s 模型，在嵌入式边缘计算平台中部署算力有限，需要使用轻量级模型。选择什么模型，就需要修改 models 文件夹下对应的 yaml 文件，这里需要修改 yolov5s.yaml 文件，修改类别数量 nc，口罩检测数据集包含 2 个类别，因此将 nc 改为 2。

5. 模型训练

在 train.py 文件里修改相应的训练参数：batch、epoch、cfg、data 等参数，运行如下命令训练模型：

```
    python3 train.py --img-size 640 --batch-size 16 --epochs 300 --data ./data/score.yaml --cfg ./models/score/yolov5s.yaml --weights weights/yolov5s.pt
```

6. 模型测试

在 detect.py 里自行按需修改，主要修改测试图片和视频的路径，测试结果如图 16-19 所示。

图 16-19　模型测试

第 5 步：模型部署

在龙芯 2K1000 中部署 yolov5 模型，使用 NCNN 框架，所以需要将 yolov5 的 PyTorch 模型转换为 NCNN 所需的模型格式。

1. yolov5 PyTorch 模型转为 ONNX 模型

在 yolov5 的 git 项目里有自带的一个 onnx_export.py 文件，运行该文件，即可将 PyTorch 模型转为 ONNX 模型，需要根据模型配置修改图像输入大小。

转换成功后输出 ONNX 模型，但是转换 NCNN 模型格式还需要对模型做一个 Simplifier 操作，因为转出的 ONNX 模型还有许多冗余，在 NCNN 里是不支持的，以避免转 NCNN 时报错。可使用如下命令优化模型，其中 input_onnx_model 是需要简化的 ONNX 的路径，out_onnx_model 就是输出简化后模型的路径。

```
python3 -m onnxsim input_onnx_model out_onnx_model
```

2. ONNX 模型转 NCNN 模型

在 PC 主机中编译安装 NCNN，安装成功后使用 onnx2ncnn 命令完成模型转换操作，其中 yolov5s.onnx 即是需要转为 NCNN 的 ONNX 模型，yolov5s.param 和 yolov5s.bin 即为转为 NCNN 后输出的两个文件。

```
./onnx2ncnn yolov5s.onnx yolov5s.param yolov5s.bin
```

运行完成之后会出现很多 Unsupported slice step（不支持的切片步骤），这是 focus 模块转换的报错，需要修改 NCNN 的模型结构，使用记事本打开 yolov5s.param 文件，去除 split 模块中的 op，直接使用自定义模块 YoloV5Focus 代替，如图 16-20 所示。

```
7767517
192 216
Input            images          0 1 images
YoloV5Focus      focus           1 1 images 207
Convolution      Conv_41         1 1 207 208 0=32 1=3 4=1 5=1 6=3456
HardSwish        Div_49          1 1 208 216 0=1.666667e-01
Convolution      Conv_50         1 1 216 217 0=64 1=3 3=2 4=1 5=1 6=18432
HardSwish        Div_58          1 1 217 225 0=1.666667e-01
Split            splitncnn_0     1 2 225 225_splitncnn_0 225_splitncnn_1
Convolution      Conv_59         1 1 225_splitncnn_1 226 0=32 1=1 5=1 6=2048
HardSwish        Div_67          1 1 226 234 0=1.666667e-01
```

图 16-20　自定义 YoloV5Focus

替换后用 ncnnoptimize 优化一遍模型，转为 fp16 存储减小模型体积，使用如下命令：

```
ncnnoptimize yolov5s.param yolov5s.bin yolov5s-opt.param yolov5s-opt.bin 65536
```

3. NCNN 口罩检测模型部署在龙芯 2K1000 处理器上

（1）将转换完成的模型文件复制至开发板中。将模型文件复制至开发板~/ncnn/build/examples 文件夹中，如图 16-21 所示。

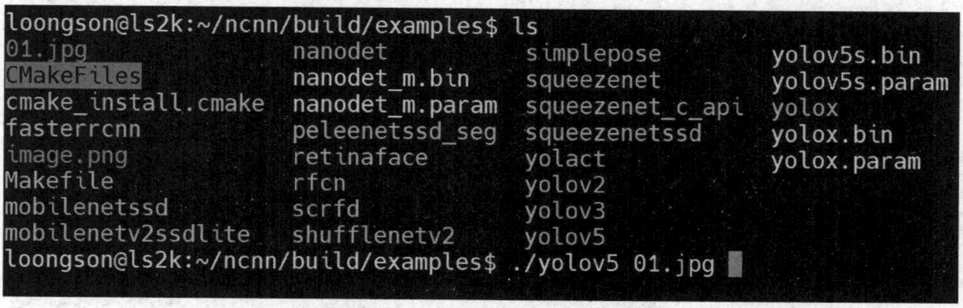

```
loongson@ls2k:~/ncnn/build/examples$ ls
01.jpg                 nanodet            simplepose          yolov5s.bin
CMakeFiles             nanodet_m.bin      squeezenet          yolov5s.param
cmake_install.cmake    nanodet_m.param    squeezenet_c_api    yolox
fasterrcnn             peleenetssd_seg    squeezenetssd       yolox.bin
image.png              retinaface         yolact              yolox.param
Makefile               rfcn               yolov2
mobilenetssd           scrfd              yolov3
mobilenetv2ssdlite     shufflenetv2       yolov5
loongson@ls2k:~/ncnn/build/examples$ ./yolov5 01.jpg
```

图 16-21　复制模型至开发板上

（2）修改 NCNN 中 yolov5 的模型推理代码。使用 cd 命令，转到 ncnn\examples 路径中，使用 vim 命令打开 yolov5.cpp 文件，修改模型名称和路径，重新编译 yolov5.cpp，生成可执行文件，如图 16-22 所示。

```
cd ~/ncnn/examples
vim ./yolov5.cpp
```

```
loongson@ls2k:~/ncnn$ ls
benchmark          CMakeLists.txt     glslang       pyproject.toml   tests
build              codeformat.sh      images        python           toolchains
build-android.cmd  CONTRIBUTING.md    Info.plist    README.md        tools
build.sh           docs               LICENSE.txt   setup.py
cmake              examples           package.sh    src
loongson@ls2k:~/ncnn$ cd examples/
loongson@ls2k:~/ncnn/examples$ ls
CMakeLists.txt          scrfd.cpp                     squeezenet_v1.1.prototxt
fasterrcnn.cpp          shufflenetv2.cpp              synset_words.txt
mobilenetssd.cpp        simplepose.cpp                yolact.cpp
mobilenetv2ssdlite.cpp  squeezencnn                   yolov2.cpp
mobilenetv3ssdlite.cpp  squeezenet_c_api.cpp          yolov3.cpp
nanodet.cpp             squeezenet.cpp                yolov4.cpp
nanodet_m.bin           squeezenetssd.cpp             yolov5.cpp
nanodet_m.param         squeezenet_v1.1.bin           yolov5s.bin
peleenetssd_seg.cpp     squeezenet_v1.1.caffemodel    yolov5s.param
retinaface.cpp          squeezenet_v1.1.param         yolox.cpp
rfcn.cpp                squeezenet_v1.1.param.bin
loongson@ls2k:~/ncnn/examples$ vim yolov5
yolov5.cpp     yolov5s.bin     yolov5s.param
loongson@ls2k:~/ncnn/examples$ vim yolov5.cpp
```

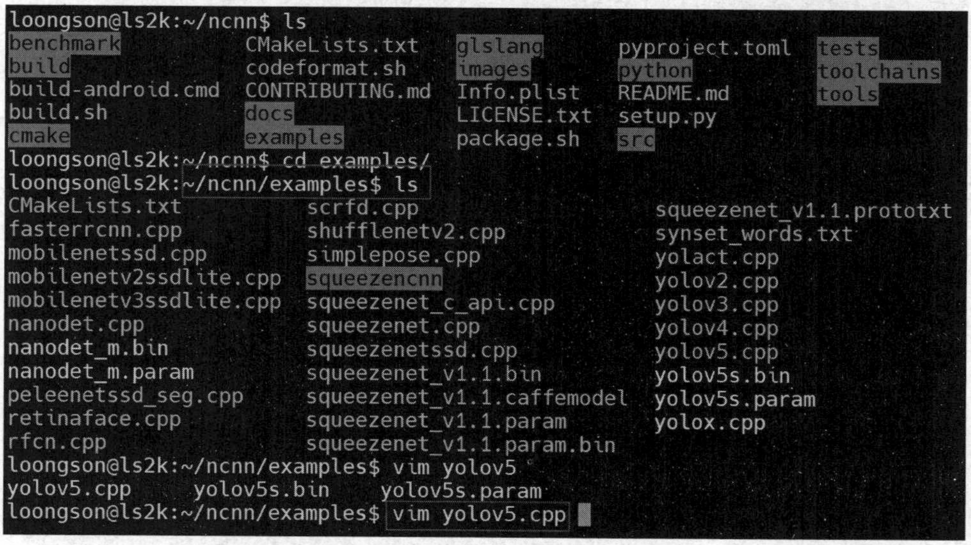

图 16-22　修改 yolov5.cpp 文件

在 vim 中修改模型文件路径和数据输入大小，如图 16-23 所示。

修改完成后使用 vim 命令保存并退出，进入 ncnn 文件夹下的 build 文件夹中，重新编译生成 yolov5 的可执行文件，如图 16-24 所示。

```
cd ../build/
make -j2
```

```
static int detect_yolov5(const cv::Mat& bgr, std::vector<Object>& objects)
{
    ncnn::Net yolov5;

    yolov5.opt.use_vulkan_compute = true;
    // yolov5.opt.use_bf16_storage = true;

    yolov5.register_custom_layer("YoloV5Focus", YoloV5Focus_layer_creator);

    // original pretrained model from https://github.com/ultralytics/yolov5
    // the ncnn model https://github.com/nihui/ncnn-assets/tree/master/models
    yolov5.load_param("yolov5s.param");
    yolov5.load_model("yolov5s.bin");

    const int target_size = 640;
    const float prob_threshold = 0.25f;
    const float nms_threshold = 0.45f;

    int img_w = bgr.cols;
    int img_h = bgr.rows;

    // letterbox pad to multiple of 32
    int w = img_w;
    int h = img_h;
    float scale = 1.f;
-- 插入 --                                                    275,1         56%
```

图 16-23　修改模型文件路径和数据输入大小

```
loongson@ls2k:~/ncnn/build$ make -j2
[  0%] Built target ncnn-generate-spirv
[  1%] Built target ncnnmerge
[ 75%] Built target ncnn
[ 78%] Built target benchncnn
[ 78%] Built target scrfd
[ 79%] Built target yolov3
[ 80%] Built target simplepose
[ 81%] Built target nanodet
[ 82%] Built target shufflenetv2
[ 83%] Built target squeezenet
[ 84%] Built target squeezenet_c_api
[ 85%] Built target yolov5
[ 86%] Built target rfcn
[ 88%] Built target yolox
[ 89%] Built target yolov2
[ 90%] Built target mobilenetv2ssdlite
[ 91%] Built target mobilenetssd
[ 92%] Built target squeezenetssd
[ 93%] Built target peleenetssd_seg
[ 94%] Built target fasterrcnn
[ 95%] Built target retinaface
[ 96%] Built target yolact
[ 97%] Built target ncnnoptimize
[ 98%] Built target ncnn2mem
[ 99%] Built target ncnn2int8
[100%] Built target ncnn2table
loongson@ls2k:~/ncnn/build$
```

图 16-24　重新编译

（3）口罩检测模型在龙芯 2K1000 处理器上的运行结果，如图 16-25 所示。

```
cd /examples/
./yolov5 no_mask.jpg
./yolov5 mask.jpg
```

图 16-25　运行结果